Struktur Verlag

Achim Balters, geboren 1949, schreibt Romane und Erzählungen.
2010 erschien sein Roman »Der Strandsegler«, der von einer radikalen Lebenswende handelt. In seinem Erzählband »Das Auflösen« (2012) beschreibt er Menschen in Grenzsituationen. Er lebte lange in Köln und Berlin, zog 2011 mit seiner Frau, der Malerin Jana Balters, nach Worpswede.

Achim Balters

Der Körpervirtuose

Roman

Struktur Verlag

Bibliografische Information der Deutschen Nationalbibliothek
Die Deutsche Nationalbibliothek verzeichnet diese Publikation in der Deutschen Nationalbibliografie, detaillierte bibliografische Daten sind im Internet über http://dnb.ddb.de abrufbar.

Umschlaggestaltung: Jana Balters
Umschlagfoto: Ostill Fotosearch
Herstellung: BoD - Books on Demand, Norderstedt
ISBN 978-3-9814185-1-4

Achim Balters · Der Körpervirtuose

$g = 9{,}81\ m/sec^2$.

Newton's Fallgesetz, das für alle Körper gilt, die sich erdwärts bewegen, kommt Wiegand jetzt in den Sinn. Er bezieht es auf sich. Es wird heute Nachmittag auch auf ihn einwirken. Bei seinem Sprung aus 55 Metern Höhe wird er fallen, wie er fallen muss. Die Schwerkraft der Erde wird seinen Körper mit einer Beschleunigung von $9{,}81\ m/sec^2$ anziehen. Unwiderstehlich. Ein überall herrschendes Naturgesetz. In freiem Fall zurück zu Mutter Erde.

Kurt Wiegand schwitzt. In jeder Hand hält er eine fünf Kilogramm schwere Eisenhantel, die er beide gleichzeitig hebt und senkt. Diese Hantelübungen gehören zu seinem heutigen Körpertraining, mit dem er sich auf seinen Sprung vorbereitet, den er um vier Uhr in dem bayerischen Vergnügungspark »Eldorado« wagen wird.

5000 Euro warten auf mich. Kein schlechter Sekundenlohn. Wenn ich meinen Sprung überlebe. Salto mortale.

Bei diesem Gedanken gerät er aus dem Rhythmus. Er trainiert nicht mehr weiter. Er lässt seine ausgestreckten Arme hinuntersinken und bleibt eine Zeit lang regungslos im Wohnzimmer stehen, die beiden Hanteln dicht neben seinem Körper haltend, der nur mit einer gelben Turnhose bekleidet ist. Dann legt er sie auf den Teppichboden und wischt sich mit beiden Händen Schweiß aus seinem Gesicht. Flüchtig trocknet er sie an der Turnhose ab. Er schüttelt irritiert den Kopf. Schon wieder hat er seinen Sprung mit dem Tod verbunden. Er fragt sich, warum er heute Morgen so denkt, der Tod als Möglichkeit erneut in sein Bewusstsein gedrungen ist, findet aber keine Antwort.

Nervös darf ich jetzt nicht werden. Kaum möglich, dass etwas passiert. Warum sollte es mein Todessprung werden? Ich müsste schon am Luftsack vorbeispringen, oder er müsste platzen. Damit brauche ich nicht zu rechnen. Alles ist durchgetestet worden. Eigentlich kein Risiko für mich.

Er schiebt auf jede Hantelstange eine zusätzliche, ein Kilogramm schwere Gewichtsscheibe aus Gusseisen, schraubt sie fest, nimmt beide Hanteln wieder in die Hände und setzt sein Trainingsprogramm fort. Erst hebt und senkt er sie, dann lässt er sie mit ausgestreckten Armen kleine Kreisläufe ausführen, die er abwechselnd beschleunigt und verlangsamt. Er genießt die Anspannung seiner Muskeln, seine gegen die Erdanziehung wirkende Kraft.

Ich werde es schaffen. Zum ersten Mal ein Doppelsalto aus dieser Höhe. Ein erstklassiger Kunstsprung. Ziemlich gewagt. Aber das Risiko kann ich eingehen. Kein extrem hoher Schwierigkeitsgrad.

Er stellt sich die einzelnen Sprungphasen vor. Mehrmals wiederholt er den kurzen Gedankenfilm, in dem er, in einem Transportcontainer stehend, von einem Autokran in eine Höhe von 55 Metern befördert wird, von wo aus er abspringt, erst einen gekonnten Doppelsalto ausführt, dann kopfüber mit flügelartig ausgebreiteten Armen und stark durchgedrücktem Körper dem Luftsack entgegenfällt, in bester Sturzflughaltung, so lange, bis er kurz vor dem Aufprall seinen Körper eindreht, in Rückenlage schlägt er auf, genau in der Mitte des Luftsacks, versinkt in ihm, klettert dann von ihm herunter und bekommt einen Scheck von 5000 Euro überreicht.

Er legt die Hanteln dicht nebeneinander in das unterste Fach des bis zur Zimmerdecke reichenden Allzweckregals aus schwarz lackiertem Stahlblech. Nach einigen Lockerungsübungen beginnt er mit der Gymnastik, dem letzten Teil seines Körpertrainings, das er ganz auf seinen Sprung zugeschnitten hat. Er winkelt sein linkes Bein an. Stehe hier wie ein Flamingo, denkt er. Zuerst macht er zwölf einbeinige Kniebeugen rechts, dann verlagert er das Gewicht auf sein linkes Bein, winkelt sein rechtes an und lässt zwölf einbeinige Kniebeugen links folgen. Er erinnert sich an die rosafarbenen Flamingos, die er im Frühjahr in Südfrankreich während der Dreharbeiten zu dem Actionfilm »Treibjagd« gesehen hat, wie sie stelzbeinig am Ufer eines kleinen Sees standen, auffallend viele nur auf einem Bein, das andere hoch gewinkelt. Passen mit ihrem rosafarbenen Federkleid gut nach Hollywood, schön kitschiges Hollywoodrosa, komische Viecher, sehen auch irgendwie misslungen aus, hatte er zu Nadine gesagt, die von den Flamingos begeistert war, sie einfach atemberaubend schön fand und kurz streifen seine Gedanken noch ihren sich an den Flamingos entzündenden Streit, der für sie beide symptomatisch war, das bevorstehende Ende ihrer erst bei den Dreharbeiten begonnenen Liebelei ankündigte.

Juckender Schweiß rinnt über sein unrasiertes Gesicht. Er schwitzt stark. Als Unsinn verwirft er sofort die Frage, ob er etwa eine unterschwellige Angst mit ausschwitzt. Ich bewege mich und ich schwitze dabei entsprechend, was sonst. Schnell wischt er sich mit seiner linken Hand über sein schweißnasses Gesicht, während er seinen Rumpf weiterkreisen lässt.

Eine knappe Viertelstunde später turnt er sechsmal hintereinander die Standwaage, die Abschlussübung seiner aus insgesamt zehn Trainingseinheiten bestehenden Gymnastik. Bei

jeder Standwaage hält er seinen Körper, der mehrere Sekunden lang waagerecht zum Standbein gestreckt bleibt, mühelos im Gleichgewicht. Sein Bewegungsapparat funktioniert tadellos. Er ist mit sich zufrieden. Seine Form stimmt. Alles spricht dafür, dass ihm sein Sprung gelingen wird.
Gewagte Sprünge gehören zu Kurt Wiegands körperbetontem Leben. Sie sind eine Spezialität von ihm und eine brauchbare, wenn auch nur unregelmäßig sprudelnde Einnahmequelle. Um sein Risiko in vertretbaren Grenzen zu halten, plant er sie immer mit einem Höchstmaß an Präzision. So oft er bisher für ein bestimmtes Honorar gesprungen ist, so oft ist er auch unverletzt geblieben. Er bringt seinen Körper ins Spiel, ohne ihn, sein oberster Grundsatz, aufs Spiel zu setzen. Das gilt für seine Sprünge ebenso wie für seine Stürze und andere Körpereinsätze, die mit einem gewissen Risiko verbunden sind.
Geld verdient er ähnlich wie ein Gelegenheitsarbeiter. Er steht öfter zur Verfügung, als er eingesetzt wird. An sein regelmäßig schwankendes Einkommen hat er sich gewöhnt. Es gibt Phasen, in denen er recht magere Summen erhält, der Normalfall bei ihm, solche, in denen er überdurchschnittlich viel einnimmt und dann wieder solche, in denen er überhaupt nichts verdient. Sein Jahreseinkommen zählt zu den finanziellen Niederungen. Offiziell nennt er sich Stuntman, eine Berufsbezeichnung, die ihm angemessener erscheint als Sensationsdarsteller oder Schauspieler. Genau genommen hat er keinen Beruf. Eine Tatsache, die ihm gefällt. In seinen Augen ist er jemand, der seine körperlichen Qualitäten vermietet. Was er macht, sind Gelegenheitsarbeiten, die zu ihm passen und mit denen er auf eine ihm angenehme Weise das nötige Geld verdient. Seinen Lebensstandard hat er seinem Einkommen angepasst. Er ist fast schuldenfrei.
Im Film- und Fernsehgeschäft bieten sich ihm die meisten Chancen, um seine Fähigkeiten zu verwerten. Wenn er enga-

giert wird, erwartet man von ihm, dass er seinen Körper gekonnt in Szene setzt. Dann leistet er seinen Beitrag zur Zuschauerunterhaltung, dann hat er seine mehr oder minder riskanten, aber immer gut abgesicherten Auftritte, dann passiert etwas, gerät Leben in Gefahr, soll der Reiz des Spektakulären wirken, in den Bann ziehen, dann kommt es zu den spannenden Handlungshöhepunkten, wie sie nervkitzelnde Verfolgungsjagden, wüste Schießereien, verbissene Kämpfe, halsbrecherische Klettereien, tollkühne Sprünge und schwere Stürze liefern.

Seine Darbietungen dauern nicht lange. Man braucht ihn zwar, aber er spielt nur für kurze, aktionsgeladene Szenen eine Rolle. Er gehört zu den nützlichen Randfiguren, die wenig kosten. Er fühlt sich unterbezahlt. Vor allem die Summen, die er als Double verdient, erscheinen ihm oft als lächerlich gering angesichts der Tatsache, dass er dabei ein Risiko auf sich nimmt, das dem Schauspieler nicht zugemutet wird, er eine bemerkenswerte Leistung darstellt und vortäuscht, die den Anschein erwecken soll, als würde sie von dem gedoubelten Schauspieler vollbracht.

Je nach Gelegenheit schauspielert er auch selbst in kleinen Nebenrollen, die er problemlos bewältigt, weil in ihnen das Körperliche eindeutig im Vordergrund steht. In letzter Zeit mehren sich derartige Engagements. Aber er fühlt sich deswegen nicht als Schauspieler. Er macht bei Dreharbeiten mit, bringt seinen Körper ins Spiel, zeigt, was er kann. Dafür bekommt er Geld. Das ist alles. Bisher hat ihm noch kein Film gefallen, in dem er in einer Nebenrolle mitgespielt hat.

Seinen Lebensunterhalt verdient er auch in Vergnügungsparks, bei Firmenfeiern und auf Werbeveranstaltungen, wo er alleine oder mit anderen zusammen publikumswirksam auftritt, für Sprünge, Stürze, Kampfsportdemonstrationen und Showeinlagen bezahlt wird.

Vom herb-frischen Duft des Eau de Toilette umströmt, das er sich nach dem Duschen auf die athletische Brust gesprüht hat, steht Wiegand vor dem aufgeklappten Wohnzimmerfenster und blickt auf die Bäume am Straßenrand. Sie zeigen ihm an, dass nur ein leichter Wind weht. Eine Windstärke, die für seinen Sprung nicht ins Gewicht fällt. Erst ab Windstärke sechs würde er nicht springen. Wie von den Meteorologen vorhergesagt: Temperaturen bis zu 25 Grad, schwacher Wind aus Südost, gegen Mittag aufkommende Bewölkung. Er sieht einer Amsel zu, wie sie reife Beeren von den Zweigen einer Esche schnäbelt und frisst. Einige Beeren fallen auf den Bürgersteig, der menschenleer ist. An den am Straßenrand geparkten Wagen fährt ein Schulbus vorbei. Die Jalousien der Bäckerei sind heruntergelassen. Im Haus gegenüber döst vor dem weit geöffneten Fenster eine massige Frau in einem ärmellosen Kittel, ihre Brüste über ihre aufgestützten Arme knautschend. Neben ihr putzt sich ein Stubentiger. Ein Fahrrad lehnt an der Mauer des Uhrengeschäfts, dessen Schaufenster vergittert ist. Die allgemeine Mittagsstarre in Alsbach widert ihn an. Nur der Briefkasten hat jetzt geöffnet, denkt er. Und das katholische Klubhaus. Jeden Tag durchgehend. Der liebe Gott macht keine Mittagspause. Wie konnte ich nur in dieses dumpfe Nest ziehen? Seit vier Monaten wohnt er in Alsbach und fast genauso lange weiß er auch, dass es ein Fehler war, dieses 42 Kilometer von München entfernte und an den bajuwarischen Einheitsstil angepasste Dorf als Wohnort zu wählen. Seine anfänglichen Bedenken missachtend, hatte er der Verlockung, hier preiswert und gesund leben zu können, nachgegeben. Heute eine Torheit ohnegleichen für ihn. Er hätte sich nicht über Tatsachen hinwegtäuschen dürfen. Die Ruhe und Langsamkeit hier, die bäuerlich genormte Landschaft und die langen Fahrzeiten nach München fielen ihm schon bald auf die Nerven. In seiner Wohnung fühlte er sich nie zu Hause. Vorige Woche hat er sie fristgemäß gekündigt. Er gehört nach München, den ganzen Tag. Da herrscht die Atmosphäre, die er braucht, da fühlt er sich mitten im Leben. Eine neue Wohnung hat er noch nicht gefunden.

Das Telefon läutet. Vielleicht ist es Ingrid. Er sieht nicht zu dem Telefon, das sich in Griffweite neben ihm befindet, zögert kurz, entschließt sich dann, sich nicht zu melden. Er will jetzt mit niemandem sprechen. Wiegand wendet sich vom Fenster ab und geht zu einem der Polstersessel, die aus verschiedenen Sitzgruppen stammen. Er stellt sich mit dem Rücken zum Sessel, legt die Hände auf die abgenutzten Lehnen, stützt sich ab, hebt seine Beine hoch, streckt sie parallel zum Boden aus, zieht sie an und streckt sie wieder. Das wiederholt er mehrere Male. Danach lässt er sich in den Sessel fallen.

Er trägt eine schwarze Baumwollhose und ein weit geschnittenes, olivgrünes Seidenhemd; seine unbestrumpften Füße werden von mokassinartigen, dunkelbraunen Schuhen flach umschlossen. Prüfend atmet er tief durch die Nase ein. Der Duft ist schon merklich schwächer geworden. Er hat sich doch nicht zu stark parfümiert. Bald wird der Duft so weit verflogen sein, dass man ihn nur noch in seiner unmittelbaren Nähe wahrnehmen kann. Er lächelt versonnen. Ingrid mag's, und ich habe mich daran gewöhnt. Vor zwei Wochen hat sie es mir geschenkt. Ein raffiniert zurückhaltender Duft, ich habe ziemlich lange nach einem besonderen Eau de Toilette für dich gesucht, hat sie gesagt und es mir sofort auf den Nacken getupft. Manchmal nimmt sie es auch. Gestern hat sie sich damit ihre Brüste parfümiert. Roch gut. Kenne keine Frau, die eine so empfindliche Nase hat wie sie. Die meisten Männer riechen genauso schlecht wie Pferde, meint sie. Beschnüffelt mich genüsslich, seitdem ich das Eau de Toilette nehme. Frauen haben ja von Natur aus eine feinere Nase als Männer. Trotzdem werden Parfüms meistens von Männern ausgetüftelt. Für

Ingrid ein Skandal. Sollen gut dabei verdienen. Bestimmt besser als ich. Auch ein Beruf. Männer mit einer hoch dotierten Nase. Verdammt! Wiegand schlägt mit der Faust auf die Sessellehne, aus der Staubpartikel wirbeln. Ich habe mich von Mander einschüchtern lassen. Wie der mich abgespeist hat. 5000 Euro sind einfach zu wenig für meinen Sprung. Gerissener Kerl, der Mander. Muss sich gewundert haben, dass ich so schnell nachgab und nicht mehr mit ihm weiterfeilschen wollte. Habe mich bluffen lassen und dadurch mindestens 2000 Euro verloren. Ich hätte mehr herausschlagen müssen. Das sagen alle. Vorbei. Eine Lehre für mich. Die 5000 kann ich gut gebrauchen. Der Umzug nach München wird mich einiges kosten. Habe mit einem Sprung noch nie so viel verdient. Trotz allem, ein fabelhafter Sekundenlohn.

Wiegand streckt seine rechte Hand aus, dreht sie zweimal schnell aus dem Handgelenk und lässt sie nach unten fallen. Er sieht zu der Plexiglasuhr, eine Werbeprämie, die in einem Fach des zimmerhohen Allzweckregals steht. Sie zeigt ihm sechs Minuten nach eins an. Noch knapp drei Stunden. G gleich neun Komma acht eins Meter pro Sekunde zum Quadrat, denkt Wiegand, während er sich ein Glas Mineralwasser einschenkt. Noch einmal wiederholt er das Fallgesetz, das für alle zur Erde fallende Körper gilt: g gleich neun Komma acht eins Meter pro Sekunde zum Quadrat. Er sagt es sich wie eine Beschwörungsformel auf. Eine Angewohnheit, die bis in die Zeit zurückreicht, in der er sich als Kunstturner bei Wettkämpfen konzentrierte. Physikalische Gegebenheiten interessieren ihn im Grunde nicht, aber diese eine Formel schätzt er über alle Maßen, weil in dem $g = 9{,}81\ m/sec^2$ die ununterbrochene Wirkung der Erdanziehung zum Ausdruck kommt, eine Wirkung, die in seinem körperbetonten Leben eine äußerst bedeutsame Rolle spielt. Besonders dann, wenn er auf Honorarbasis riskante Sprünge oder Stürze wagt. Es vergeht selten ein Tag, an dem die Formel nicht mindestens einmal kurz seine Gedanken angezogen hätte. Heute kommt sie ihm oft in den Sinn. Diesem Fallgesetz wird er um vier Uhr folgen müssen. Es ist übermächtig, denkt er. Nicht auszuschalten. Ich habe meinen Sprung bestens geplant. Man müsste fliegen können.

Er hebt die Arme über den Kopf und streckt sich mit einem wohligen Aufstöhnen so weit, wie es sein Bewegungsapparat zulässt. In dieser Stellung verharrt er einige Sekunden. Dann steht er auf, geht in die Küche, stellt den Backofen auf 200 Grad ein, holt den Gemüseauflauf aus dem Kühlschrank, bestreut ihn mit Oregano und schiebt ihn in den Backofen. Aufgewärmter Gemüseauflauf, denkt er, das letzte Mittagessen des Kurt Wiegand.

Er merkt, dass er jetzt mit seinem möglichen Tod nur noch tändelt. Von Todesgedanken fühlt er sich nicht mehr ernsthaft berührt. Sie haben ihn heute schon genug belästigt. Am unangenehmsten war es für ihn am Morgen, direkt beim Aufwachen, als er seinen Arm ausstreckte, aber ins Leere fasste, weil Ingrid nicht neben ihm lag und ihm schlagartig bewusst wurde, dass es sein letzter Morgen werden könnte. Todesgedanken nisteten sich bei ihm immer wieder von Neuem ein und versetzten ihn in eine bislang unbekannte Gefühlslage. Eine Art Abschiedsstimmung, die er völlig überzogen fand, die ihn aber trotzdem beeinflusste. Vieles nahm er intensiver als sonst wahr und schien ihm von einer eigenartigen Wichtigkeit zu sein. Sogar das Schnüren seiner Sportschuhe wurde für ihn zu einer außergewöhnlichen Handlung. Erst als er mit dem Training begann und auf dem 5000-Meter-Lauf sich körperlich forderte, änderte sich seine Stimmung, und er wurde gelöster. Er weiß jetzt, wie wichtig das heutige Körpertraining für ihn gewesen ist. Der Lauf, die Arbeit an der Kraftmaschine, die Hantelübungen und die Gymnastik haben ihn von verqueren

Anwandlungen wegbewegt. Für seinen Sprung fühlt er sich körperlich und seelisch gut eingestellt. Er zweifelt nicht mehr daran, dass sein Entschluss richtig war, den Tag bis zu seinem Sprung alleine zu verbringen.

Als er ins Wohnzimmer zurückgeht, fällt sein Blick auf das Foto seiner Großeltern, das in der Mitte der linken Wand hängt. Er ist schon unter der Erde, sie ist noch auf der Erde. Und ich, er überlegt kurz, und ich bin heute Nachmittag für ein paar Sekunden zwischen Himmel und Erde. Ich werde es schaffen. Er sieht auf seine Uhr, wundert sich, wie früh es noch ist. Er geht in die Knie und lässt seine Augen zunächst unschlüssig über seine CD-Sammlung gleiten. Dann wählt er französische Chansons aus, mit denen er die noch verbleibende Zeit überbrücken wird.

Ich bin eine Art Hure, denkt Wiegand von sich, ich prostituiere meinen Körper. Eine Selbsteinschätzung, mit der er gut zurechtkommt. Denn um Geld zu verdienen, stellt er seinen Körper gern zur Verfügung. Es gibt für ihn keine passendere Tätigkeit. Wie er eine fremdbestimmte Kopfarbeit innerhalb einer streng geregelten Bürozeit aushalten könnte, entzieht sich seiner Vorstellung. Zweifellos würde er jede Büroarbeit als Tortur empfinden und daran erkranken. Allein schon aus Gesundheitsgründen will er nicht sitzend seinen Lebensunterhalt verdienen. Er lebt sehr gesundheitsbewusst. Er besitzt nur diesen einen Körper. Für ihn gibt es nichts Wertvolleres. Mit seinen 28 Jahren sieht er sich auf dem Höhepunkt seiner körperlichen Leistungsfähigkeit angelangt. Danach lebt er. Er weiß, dass dieses Hoch befristet ist, die Zeit dagegen arbeitet. Nun kommt es für ihn darauf an, das Können und die Form seines Körpers zu bewahren. Er hat etwas aus seinem Körper gemacht. Er misst sich an ihm. Er trainiert ihn weiter, damit er nicht nachlässt. Es war und ist eine freiwillige Dressur. Er beherrscht seinen Körper. Auf ihn kann er sich verlassen. Was er leistet, liegt weiter über dem Durchschnitt. Sein Körper zeichnet ihn aus. Dafür gibt es eindeutige Bewertungen. Seine Körperkultur hält er für weitaus wichtiger als seine Hirnkultur. Die lässt sich ohne Weiteres aufschieben, seine Körperkultur jedoch nicht, deren größter Gegner ja die Zeit ist. Erst dann will er sich um seine Weiterbildung bemühen, wenn er seinen körperlichen Zenit überschritten hat, es spürt und seine geistigen Bedürfnisse stärker geworden sind, vielleicht ab dreißig. Einige Meter Bücher wird er dann wohl, so schätzt er, bewältigen müssen, um sich eine gewisse Hirnkultur anzutrainieren. Doch das kann er aufschieben. Alles zu seiner Zeit. Noch thront sein Körper. Die Selbstsicherheit und die Genüsse, die er ihm vermittelt, prägen sein Leben. Er neigt zum Körperfanatismus, was er auskostet.

Von der Natur fühlt sich Wiegand bevorzugt behandelt. Sein Äußeres wertet er als außergewöhnlich gut gelungen. Es zieht an. Ein großes Plus für ihn. Aber er hat auch das Seine dazu beigetragen. Systematisch hat er seinen Körper ausgebildet, ihn dabei geformt, seine heutige Gestalt mitbestimmt. Sein Körper ist auch sein Werk. Wenn er sich nackt vor dem Spiegel betrachtet und den Panoramablick auf sich selbst genießt, dann fühlt er sich gestärkt.

Seine Maße: 188 Zentimeter groß, 84 Kilogramm schwer, 116 Zentimeter Brustumfang, 83 Taille, 86 Hüfte; Zentralglied: 12,3 Zentimeter ruhend und 18,5 Zentimeter stehend. Sein Körper funktioniert auf eine ihn beglückende Weise. Für Mediziner ist er bestimmt eine Provokation. An ihm können sie ja nichts verdienen. Für sie ist er zu gesund. Die Werte, die er bei regelmäßigen Gesundheitschecks erzielt, sind hervorragend.

Er ist stolz auf seinen Körper. Als er noch das Kunstturnen als Leistungssport betrieb, war sein Körper zwar muskulöser, leistete kräftemäßig mehr, dafür aber ist er heute geschmeidiger und besser proportioniert, was er höher bewertet. Sein Körper charakterisiert ihn. Er gleicht dem eines Zirkusartisten. Zufrieden kann er auch mit seinem Gesicht sein, vor allem mit seinem Profil, das, wie man ihm wiederholt versichert hat, sehr ebenmäßig geschnitten ist. Seine blaugrauen, mittelgroßen Augen, die von dunklen Wimpern umgeben sind, scheinen ihm widerzuspiegeln, dass er gern lebt. Sein Blick ist offen, Sympathie fördernd. Beinahe faltenlos erhebt sich über seiner Augenpartie seine kantige Stirn. Eine energisch wirkende Falte beginnt sich senkrecht zwischen seinen Augenbrauen einzukerben, Ausdruck seiner jahrelangen, oft großen körperlichen Anstrengungen. Seine gerade Nase verbreitert sich zur Spitze hin, die von schön geformten Nasenflügeln betont wird. Seine Lippen sind voll, haben eine ausgeprägte Linienführung. Hin und wieder fragt er sich, ob sein Gesicht nicht zu gleichmäßig geschnitten ist, ihm eigenwilligere Züge doch besser gefallen würden. Eine mehr spielerische Frage, die er offen lässt. Sein Gesicht stärkt sein Selbstbewusstsein.

Eine Einheit bilden für ihn sein Äußeres und das Leben, das er führt und auch weiterhin führen will. Er hofft, dass sich daran noch lange nichts ändern wird. Bis sein Körper nachlässt und sein Verfall beginnt. Irgendwann einmal wird es geschehen. Das empfindet er als die größte Bedrohung seines Lebens. Sein Verfall wird unvermeidlich sein, auch wenn er sich gezielt dagegen wehren wird. Zwar natürlich, aber schwer erträglich. Glücklicherweise liegt solch eine Zukunft für ihn noch in weiter Ferne.

Wiegand hat sowohl eine enge Beziehung zu seinem Körper als auch zu sich selbst. Er nimmt sich wichtig. Diese Grundeinstellung verleugnet er weder vor sich noch vor anderen. Es ist für ihn naheliegend seine eigene Wichtigkeit zu bejahen. Eine Selbstverständlichkeit. Schließlich bin ich lebenslang mit mir zusammen. Bis dass der Tod mich scheidet. Er fühlt sich tief in sich verwurzelt. Seine wirkliche Heimat. Um für sich durchschaubar zu sein und zu bleiben, denkt er oft über sich nach. Er möchte nicht von sich selbst überrascht werden. Je besser er sich kennenlernt, desto mehr hat er von sich. Eine einfache Kalkulation für ihn. Er schiebt sich nicht auf. Das kann er sich nicht erlauben. Seine Zeitform ist die Gegenwart. Er will sich auf seine eigene Art ausleben. Nichts erscheint ihm wichtiger. Was er für sich braucht, das besitzt er. Seine Einstellung zum Leben ist sportlich. Man muss es gut trainieren, dann gelingt es.

Eldorado kurz nach vier Uhr Mitteleuropäischer Zeit:
Der Luftdruck beträgt 1029 Hektopascal, die Luftfeuchtigkeit 71 Prozent, die Temperatur liegt bei 23 Grad, ein schwacher Wind weht aus südöstlicher Richtung und ein wolkenüberwucherter Himmel schirmt die Sonne ab.
Die Sprungbedingungen sind günstig. Noch steht Wiegand auf dem Rasen des Freizeitparks. Er trägt einen orangefarbenen Overall, auf dessen Brust- und Rückenseite »10 Jahre Eldorado« halbkreisförmig und mehrfarbig aufgedruckt ist. Wenige Meter hinter ihm liegt ein riesiger, dunkelblauer Luftsack, eine Spezialanfertigung, deren Zuverlässigkeit Tests bestätigt haben. Auf dieser mit der Luft Bayerns gefüllten 11 Meter langen, 9 Meter breiten und 3 Meter hohen Synthetik-Masse wird aller Voraussicht nach sein Körper gleich aufschlagen und sein Sprung enden.
Wiegand wird jetzt von Mander, dem Geschäftsführer des Freizeitparks, den dicht gedrängt stehenden Schaulustigen präsentiert.
»Wir kommen nun, liebe Freunde von Eldorado, zu einem weiteren Höhepunkt in unserem Programm, wenn nicht sogar zu dem absoluten Top-Ereignis unserer Jubiläumsveranstal-

tung, mit der wir das zehnjährige Bestehen dieses größten bayerischen Vergnügungsparks gebührend feiern wollen. Kurt Wiegand, einer der besten deutschen Sensationsdarsteller, bekannt durch seine tollkühnen Auftritte in Film und Fernsehen, wird Ihnen nun etwas Einmaliges, ja, etwas wirklich Atemberaubendes vorführen. Mithilfe dieses Autokrans, den uns freundlicherweise die Firma Dettinger & Riedel zur Verfügung gestellt hat, wird er in Kürze auf die luftige Höhe von 55 Metern transportiert werden und von dort aus einen doppelten Salto springen. Eine riskante Sache. Er wird dabei tief fallen. Wie sie sich alle sicherlich leicht vorstellen können, muss er nach seinem Sprung unbedingt auf diesem Luftsack landen. Sonst ... aber darüber möchte ich jetzt lieber nicht reden. Sowohl für deutsche Verhältnisse als auch international gesehen, stellt solch ein Sprung eine Sensation dar. Ich bitte Sie, doch nur einmal zu bedenken, wie einfach es sich dagegen die weltberühmten Klippenspringer von Acapulco machen, die sich bloß kopfüber nach unten stürzen und dazu noch einen ganzen Ozean voller Wasser unter sich haben. Nun, die Geschäftsleitung von Eldorado weiß den Sprung, den Kurt Weigand jetzt gleich wagen wird, richtig einzuschätzen. Deswegen und gewissermaßen auch als eine Art Jubiläumsprämie haben wir für diese Sprung-Sensation das sensationelle Honorar von 5000 Euro vorgesehen. Nach seinem, das hoffen wir doch alle, geglückten Sprung wird Kurt Wiegand diesen Scheck aus meiner Hand in Empfang nehmen können. Es geht hier also auch um eine Menge Geld. Eine Bitte habe ich noch an Sie, liebe Freunde von Eldorado: Übertreten Sie bitte nicht die Markierungslinien auf dem Rasen. Der Sicherheitsabstand zum Luftsack muss unbedingt eingehalten werden. Vielen Dank für ihr Verständnis. Und nun wünsche ich Ihnen allen eine gehörige Portion Nervenkitzel und Ihnen, lieber Kurt Wiegand, Hals- und Beinbruch.«

Mit einer gezierten Armbewegung und einem komplizenhaften Lächeln wendet er sich Wiegand zu.
Was für ein Lackaffe! Endlich ist er fertig. Wie der über die 5000 geschwafelt hat. Als wäre es eine Super-Gage. Sollte in die Politik gehen. Trägt einen viel zu engen Anzug. Fetter Bürokratenhintern. Hat mindestens 5 Kilo Übergewicht, denkt Wiegand. Er versucht, seinem Gesicht einen freundlichen Ausdruck zu geben, blickt um sich, die Menschen nur als Menge wahrnehmend und hebt seine Hand zu einem knappen Gruß. Der lächelnde Geschäftsführer und die unruhige Menschenmenge, die ihm voller Sensationsgier zu sein scheint, stoßen ihn ab. Plötzlich befällt ihn ein Gefühl, als würde sich sein Körper ihm entziehen. Seine Atmung wird flacher. Ich muss mich jetzt sofort bewegen. Das wird helfen. Ich darf nicht die Kontrolle verlieren. Er dreht sich um und geht mit ihm steif erscheinenden Schritten zu dem Luftsack. Ich darf keine Angst bekommen. Ich will die 5000 Euro. Langsam umkreist er den Luftsack, bleibt dabei mehrmals stehen, drückt an verschiedenen Stellen gegen die nachgiebige Masse, so, als wollte er noch einmal überprüfen, ob sie seinen Aufprall aushalten würde. Er atmet bewusst und tief, merkt, wie seine Verkrampfung nachlässt, und er sich zu entspannen beginnt. Es ist vorbei. Er sieht zu dem Mann im Kranwagen und winkt ihm auffordernd zu.
Der Kranarm schwenkt den an einer Seite offenen Transportcontainer zu ihm hin, setzt ihn mit einem blechernen Klang auf dem Boden auf. Entschlossen, ohne auf seine Umgebung zu achten, geht er einige Meter, steigt dann mit einem großen Schritt in den Transportcontainer, stellt sich in die Mitte, winkelt seine Arme ab und umfasst die beiden hüfthohen Seitenwände aus dickem Blech. Ein kurzer Ruck erst, dann wird er pathetisch-langsam wie eine Nationalflagge hochgezogen. Die damit verbundenen Geräusche, das leichte Zittern im Blech

und auch der kühlende Luftzug sind ihm seit den Proben vertraut. Er sieht nicht mehr nach unten. Es könnte ihn ablenken. Er sieht nicht, wie die beiden mitlaufenden Stabilisierungsseile aus zentimeterdickem Draht ihre Bogenspannung immer mehr verlieren, linearer und straffer werden, je höher er gezogen wird, nicht, dass die Zuschauerköpfe unter ihm in der Kathedralenhaltung verharren, nicht aufgeregtes Zeigefinger-Da-Da, sieht nicht Ingrid, die ihre Lippen aufeinander presst und auch nicht Hermann neben ihr, der ihn filmt, nimmt auf seinem Weg nach oben überhaupt nichts mehr von dem wahr, was im Vergnügungspark unter ihm geschieht. Sein Blick ist auf den wolkenverhangenen Himmel gerichtet. Er fühlt sich dem normalen Leben entrückt. Ein feierliches Angespanntsein. Als wäre er auf einem einmaligen Fest. Es gibt jetzt nur noch ihn und seinen unmittelbar bevorstehenden Sprung. Ein leichter Stoß, wie bei einem alten Aufzug, der Transportcontainer ist stehen geblieben. Der Höhenmesser zeigt 55 Meter an. Die Zugvorrichtung des Kranarms wird eingerastet, was ein schepperndes Geräusch verursacht. Mithilfe einer automatischen Seilwinde, die an der Hinterwand angebracht ist, vergrößert Wiegand die Spannung der beiden Stabilisierungsseile. Dadurch ist der Transportcontainer gut abgesichert und wird aller Voraussicht nach nur wenig bei seinem Absprung ins Schwanken geraten. Es ist so weit.

Er stellt sich an die offene Seite des Transportcontainers, knapp an den Rand, von wo aus er in wenigen Augenblicken abspringen wird. Er konzentriert sich. G gleich neun Komma acht eins Meter pro Sekunde zum Quadrat, denkt er. Er hebt seine Arme und streckt sie horizontal aus, wobei sich seine Hände berühren. In dieser Haltung verharrt er. Seine Augen sind auf einen weit vor ihm liegenden imaginären Punkt gerichtet. Er denkt an nichts mehr. Es gibt nur noch seinen Körper. Seine Atmung ist gleichmäßig. Ein Gefühl großer

Gelassenheit durchströmt ihn. Er ist sprungbereit. Er hebt die Arme über den Kopf. Er hat den Eindruck, als würde er sich selbst zusehen. Er ist ganz Körper, der in diesem Augenblick zum Sprung ansetzt.
55 Meter über dem Rasen von Eldorado und 52 Meter über dem dunkelblauen Luftsack, auf den er höchstwahrscheinlich in wenigen Sekunden fallen wird, spannen sich Wiegands Muskeln zu einem Sprung, den er zum ersten Mal wagt. Auf Probesprünge vor seiner jetzt beginnenden Sprungpremiere hat er verzichtet; denn:
Die Möglichkeit, einen Fehler zu machen, hätte sich mit der Anzahl der Sprünge vergrößert. Jeder Sprung ist anders. Nach einem geglückten Probesprung hätte ein verunglückter folgen können. Das war nicht auszuschließen. Ein Kunstsprung aus dieser Höhe birgt immer ein Restrisiko. Jeder Doppelsalto könnte ihm gelingen und auch misslingen, der erste ebenso wie der zwölfte. Allein schon deswegen schien es ihm sinnvoll, nur einmal zu springen. Entweder würde ihm sein Doppelsalto sofort beim ersten Versuch gelingen, oder er würde patzen, eventuell schwerwiegend. Ein kleineres Risiko als bei einem einzigen Sprung gibt es für ihn nicht. Außer, wenn er nicht springen würde.
Je öfter er gesprungen wäre, desto stärker wäre der Luftsack strapaziert worden. Tests haben einen Belastungswert ergeben, der ihm eine große Haltbarkeit bescheinigt, Materialfehler sind jedoch nicht auszuschließen. Kein Luftsack kann eine hundertprozentige Sicherheit garantieren. Wiegand kennt Sprungtragödien, bei denen ein Luftsack trotz guter Testergebnisse nicht hielt und für den auf ihn Fallenden zum Totenbett wurde. Indem er sich auf einen Sprung beschränkte, traf er eine zusätzliche, nur von ihm selbst zu verwirklichende Sicherheitsvorkehrung. Von möglichen Materialfehlern am Luftsack wird er deswegen weniger gefährdet.

Warum sollte er auch einen Sprung einüben, bei dem es lediglich darauf ankommt, dass er ihn wagt, nicht, wie gut er ihn ausführt? Vertraglich festgelegt sind 5000 Euro für einen Doppelsalto aus 55 Metern Höhe. An seine Haltung beim Sprung sind keine Bedingungen geknüpft worden. Ob er einen technisch guten oder mäßigen Sprung absolviert, zählt nicht. Davon ist seine Prämie gänzlich unabhängig. Einen Schönheitspreis gibt es nicht. Erwartet wird von ihm nur, dass er den Zuschauern das Jubiläums-Sprung-Spekatakel bietet, das auf dem Programm steht. Mehr nicht. Wiederum kann er sich auch keinen laschen Sprung leisten, weil er dann ins Trudeln geraten könnte, was weniger bedeutsam für die Sprungtechnik als für seine Gesundheit wäre. Er hat sich auf einen für ihn tatsächlich einmaligen Sprung eingestellt, den er nur aus Sicherheitsgründen so präzise wie möglich ausführen wird.

Während Wiegand am Rand des Transportcontainers in noch vertikaler Stellung leicht in den Knien einknickt, das Gewicht seines Körpers nach vorne verlagert, ihn wie ein Kunstspringer spannt, der im Begriff ist, vom Turm eines Schwimmbads abzuspringen, steht Ingrid Keydel 55 Meter unter ihm auf dem Eldorado-Rasen, regungslos, in einem figurumspielenden Sommerkleid, die Arme ineinander verschränkt und an den Körper gedrückt, den Blick auf ihn geheftet. Eine Frau, die er seit drei Monaten kennt, deren Körper ihm vertrauter ist als ihr Charakter. Der übliche Verlauf bei ihm. Dem umgekehrten kann er nichts abgewinnen. Er mutet sich keine Lustversäumnisse zu, keine lange geschlechtliche Anlaufs- und Ausfallszeit. Was für eine Torheit, die altväterliche Tour zu bevorzugen! Was für ein Vabanquespiel! Wie viele dabei schon leer ausgegangen sind und noch immer leer ausgehen. Komische Helden. Nach fleißiger Minne nicht erhört. Unbefriedigt. Sexologische Forschungsergebnisse, wonach häufige

sexuelle Aktivität psychische Stabilität erzeugt, die Frequenz der Orgasmen den Harmoniestatus der Persönlichkeit prägt, gehören für ihn seit seiner Studentenzeit zu den unumstößlichen Wahrheiten. Sie decken sich mit seinen Erfahrungen, bestätigen ihn in seinem Kurs. Wo Lust, kein Frust.
Nur über ihren Körper lernt er eine Frau kennen, mehr oder weniger, je nachdem. Nicht selten bleibt eine Frau eine Fremde, nachdem er mit ihr Körpererfahrungen ausgetauscht hat, Persönliches nicht weiter lockt, wieder einmal eine Episode vorbei ist. Wann begreift man schon das Wesen einer Frau richtig? Wie viel Zeit erfordert es, wie viel Nerven, wie viel größere und kleinere Tricks, jahrelang womöglich. Und selbst dann irrt man noch. Man braucht sich nur umzusehen: Ein Liebesschwank jagt den anderen. Zum Lachen reizende Missverhältnisse. Dafür hat er kein Talent. Er lässt sich vom Körper leiten, richtet sich danach, dass er frühzeitiger und leichter erschlossen werden kann als der Charakter und meistens hält, was er verspricht. Hierzu besitzt er genügend Erfahrungswerte. Frühere Liebesirrtümer, die wohl unvermeidlich waren, zählt er zu seiner Lehrzeit. Heute lebt er in einer befriedigenden Balance von Angebot und Nachfrage. Einladenden Zufällen folgt er aus Abenteuerlust. Er fraut mehr nach Gefühl als nach Taktik, probiert, amüsiert sich. Liebeleien vorwiegend, Zwischenspiele, Experimente.
Ingrid setzt die Reihe fort, aber ungewöhnlich, eine Variante oder sogar etwas ganz anderes. Zuneigungsschübe haben ihn überrascht und erfreut. Er wartet ab, möchte nichts überstürzen. Ist er mit ihr zusammen, genießt er es, ist sie nicht da, verblasst sie. Wohin ihre gemeinsame Reise noch gehen wird, verliert sich für ihn im Vagen.
Ihr Körper: Ein Natur-Kunstwerk, dessen Vorzüge sie sehr geschickt ins Spiel bringt, und auf das sie wie auf eine besondere Leistung stolz ist. Als hätte sie es selbst gemacht. Sie

neigt dazu, ihren Körper auszustellen, was er versteht und gerne sieht. Du bist deine eigene Galeristin, sagte er ihr einmal. Sie war geschmeichelt. Sie lud ihn sofort zur intimen Vernissage ein. Seitdem haben die Worte Galerie und Vernissage für sie beide eine erotische Bedeutung und Verwendung bekommen.
Ihr Gesicht: Nicht schön, jedoch eine ausdrucksvolle Mischung von ebenmäßigen und weniger gelungenen Zügen, deren Eigenart ihm erst nach einer kurzen Verzögerungszeit auffiel. Den Blickfang in ihrem Gesicht bildet zweifellos ihr Mund, übergroß und auftrumpfend, ihre feine Nase und ihre pastellblauen, etwas puppenhaften Augen zurückdrängend. Lippen, deren Formschwünge ihn ungemein anziehen; ein Versprechen, das ihr Körper hält.
Ihr Charakter: Trotz einiger Aufschlüsse noch ein Fragezeichen für ihn, das ihn kaum beschäftigt. Mehr Ansichten als Einblicke. Damit gibt er sich zufrieden. Er verspürt noch keinen Anreiz, bei ihr in die Tiefe zu schürfen. Ihre Oberfläche reicht ihm. Nicht ausgeschlossen, dass sie auch oberflächlich ist, vielleicht der Grund für die ihm angenehme Leichtigkeit ihrer Beziehung. Sie selbst scheint nicht gewillt zu sein, dass er schon ihr inneres Geflecht begreift. Keine Frau, die ihn nach den ersten Duos mit Selbstbekenntnissen überrascht, die dann wie zu früh gegebene Versprechen durch die nächsten Tage geistern. Sie ist direkt, aber nicht offen, bietet sich an, hält sich aber auch bedeckt. Sie geht auf ihn zu, lässt ihn aber auch kommen. Sie gibt sich in Raten preis. Gut dosiert. Köder, die sie auslegt, um ihn wohl näher an sie heranzulocken. Manchmal hat er den Eindruck, als traute sie sich noch nicht die zu sein, die sie schon ist. Ihren Charakter vermag er nicht anders als skizzenhaft zu erfassen. Er wartet ab. Es wird sich schon zeigen. Gebildeter als er sicherlich, vielleicht auch intelligenter, eine Vermutung, die ihn eher beeindruckt als stört. An

Luxus, der bei ihr später als bei ihm beginnt, gewöhnt, was sie bagatellisiert, nicht zugeben will, als befürchtete sie deswegen Missklänge. Wenig überzeugend versuchte sie neulich, ihren aufwendigen Lebensstil vor ihm herunterzuspielen, überflüssigerweise; denn die weitaus höhere Einkommenskategorie ihres Mannes lässt ihn ebenso kalt wie ihre damit verbundenen Vorteile. Das sagte er ihr dann auch ohne Verpackung. Frau und Geld seien für ihn nicht miteinander verkoppelt. Eine Frau sei weder ein Luxusartikel noch eine Gebührenempfängerin. Warum sollte er eine mehr oder weniger verschleierte Nutzungsgebühr fürs andere Geschlecht bezahlen? Er finanziere nur sich selbst und das schaffe er lediglich mit bescheidenem Erfolg. Er müsse sein Geld zusammenhalten. Frauen seien für ihn gratis. Und umgekehrt. Mit Geld und Prestige könne und wolle er nicht balzen, eine erbärmliche, altbewährte Masche, um Frauen anzulocken und zu vereinnahmen.

»Ich habe schon verstanden«, erwiderte sie mit säuerlicher Miene, »darüber brauchst du mir keinen langen Vortrag zu halten. Glaubst du etwa, dein kaum vorhandenes Kapital hätte für unser Verhältnis, nennen wir es einmal so, irgendeine Bedeutung? Das Gegenteil müsste ich dir doch schon bewiesen haben, oder? Du bezweifelst anscheinend, dass ich meinen ach so luxuriösen Lebensstil ohne Schwierigkeiten aufgeben könnte?«

Sie erhitzte sich darüber. Ein aufregender Anblick für ihn. Er sagte nur wenig, als sie, angefeuert von ihrem Temperament und wohl auch ihrer Absicht, immer mehr in Fahrt geriet, ihr Gesicht, ihren Körper und ihre Stimme wirkungsvoll dabei einsetzte.

»Glaube mir, ich brauche diesen ganzen Krempel nicht. Darauf könnte ich ohne Weiteres verzichten. Mit Leichtigkeit sogar. Man kann mich nicht kaufen ... Sehr freundlich von dir,

Kurt. Du scheinst mich doch zu kennen. Dein Statement vorhin hast du ja wohl nicht auf mich gemünzt. Ich jedenfalls bin keine dieser Ehenutten, die sich von ihrem Mann als Luxusgeschöpf an die Leine legen lassen und das richtig genießen. München ist voll von solchen Paaren ... In der Tat. Etwas Ähnliches hat auch meinem Mann vorgeschwebt, aber dabei ist er an die Falsche geraten. Ich bin doch nicht seine Trophäe. Das habe ich ihm schnell ausgetrieben. Und einiges andere auch. Er wirkt dominant, ist aber zutiefst unsicher. Eigentlich macht er, was ich will, ohne dass er es merkt. Kommt mir manchmal wie ein apportierendes Hündchen vor. Mit der Zeit wird's langweilig. Es gibt nichts Spannendes mehr zwischen uns ... Was soll ich mit einem Geld scheffelnden Langweiler? Dass ich ihn geheiratet habe, war ein Blackout von mir. Ich werde mich von ihm scheiden lassen ... Nein, ich werde nichts überstürzen. Finanziell werde ich gut abgesichert sein, sehr gut sogar. Ich habe es bereits überschlagen. Ich werde auch wieder arbeiten. Vielleicht bei meinem Vater. Einschränkungen wird es für mich sicherlich geben. Aber ich werde nichts vermissen, das kannst du mir ruhig abnehmen. Ihn sowieso nicht. Das Beste an ihm ist sein Spürsinn für Geschäfte. Ist bei ihm ganz besonders ausgeprägt. Erstaunlich potent beim Geldverdienen, das muss man ihm schon lassen. Als hätte er eine Wünschelrute zwischen den Beinen, die bei jeder Geldquelle ausschlägt. Übrigens, was ich dich noch fragen wollte: Stört es dich eigentlich, dass ich mit meinem legalisierten Begatter noch schlafe? ... Na schön. Sehr großzügig. Aber ich nehme ihn sowieso nur als Vorspeise oder Dessert. Dafür ist er ganz brauchbar. Solange ich mit ihm noch unter einem Dach lebe, die beste Lösung. Ich werde aber nicht mehr lange so weitermachen. Es passiert immer öfter, dass er mich stört. In jeder Beziehung. Allein schon die Tatsache, dass er da ist. Er riecht auch schlechter als früher. Vielleicht Ausdünstungen des Alters. Obwohl er sich für seine 43 Jahre noch ganz gut gehalten hat. Ich überlege ernsthaft, ob ich noch in diesem Jahr die Scheidung einreichen soll. Was meinst du dazu? ... Etwas anderes fällt dir nicht ein? Nur egal? ... Du hältst dich da also heraus. Auch eine Taktik. Du lässt lieber alles offen. Das habe ich schon gemerkt. Über Sweetheart Marion möchte ich jetzt besser nicht reden. Mir egal, so, wie dir mein Mann egal ist. So schnell werde ich nicht eifersüchtig. Du sollst ruhig deinen Spaß haben. Ihr scheint euch ja noch immer sehr zu mögen. Marion, die große Ausnahme ... Reizend. Soso. Beinah wie bei Bruder und Schwester. Aber sie ist nicht deine Schwester und du bist nicht ihr Bruder. Wenn du mit ihr auf der Matratze bist, passiert wohl bei euch eine höhere Art von Inzest ... Sehr witzig ... Ach, nur weil ihr so gut aufeinander eingespielt seid, treibt ihr es noch miteinander? Ehrlich gesagt, ich müsste dir reichen. Wir sollten öfter zusammen sein. Dann wirst du keine Marion mehr brauchen, das garantiere ich dir ... Jawohl und nochmals jawohl. Wir sehen uns zu wenig. Durchschnittlich dreimal pro Woche. Was ist denn das? Als wärst du ein Fernfahrer und ich dein Liebchen ... Lach nicht. Ich meine es ernst. Ich bin auf den Geschmack gekommen. Ich will mehr von uns haben ... Das ist lieb von dir, Kurt ... Ja, zum Teufel, was interessiert mich denn noch mein Mann! Ich richte mich doch nicht nach einem Terminkalender. Das wäre das Letzte. Dieser Langweiler wittert sowieso schon etwas. Soll er doch. Ich mache jetzt, was ich will und ich werde noch mehr wollen, verstehst du? Ich will nur noch nach meiner Fasson leben. Rigoros. Ich musste wohl erst 31 Jahre alt werden, um diese Kraft zu spüren. Das wurde höchste Zeit. Ich habe einiges nachzuholen. Mit dir zusammen fällt es mir leichter. Ich habe mich vorher selbst gehemmt. Jetzt kennen wir uns noch nicht einmal drei Monate. Es kommt mir viel länger vor ... Mag sein. Und doch ist es erst der Anfang.

Findest du nicht auch, dass so manches zwischen uns noch in der Schwebe ist?«

Er bejahte es. Eine noch offene Geschichte. Dieses In-der-Schwebe-sein bei ihnen gefällt ihm außerordentlich, gibt ihrer Beziehung einen ganz besonderen Reiz. So wenig bislang entschieden ist, so viel scheint noch möglich zu sein.

Dass sie wegen seines Sprungs, zu dem er in diesem Moment ansetzt, und dem sie 55 Meter unter ihm wie versteinert zusieht, äußerst beunruhigt sei, die Gefahr, in die er sich begebe, nicht länger verdrängen könne, sagte sie ihm gestern Abend, als sie sich in einer horizontalen Position befanden, sie beide während einer Lustpause nackt in seinem Bett lagen. Ihr Gesicht schien von einem melancholischen Muskelspiel verändert, sie sprach nur noch mit leiser Stimme, glanzlose Seitenblicke, müdes Lächeln.

Er wunderte sich, hatte er doch angenommen, sein Sprung würde ihr genauso wenig zu schaffen machen wie andere Körpereinsätze von ihm, deren Planung und Ausführung sie schon miterlebt hatte. Bisher hatte sie sich dabei erstaunlich abgeklärt gezeigt und ihn nicht mit Sorge- und Angsttiraden belästigt.

Sie ist eine Frau, die mich nicht beammen will, hatte er sich gesagt. Ein Charakterzug von ihr, den er zu schätzen wusste; denn wiederholt hatte er miterleben müssen, wie eine Frau wegen seiner Körpereinsätze zu einem Nervenbündel wurde, so weit in Sorge und Angst abdriftete, wie sie ihn gefährdet sah, in eine lästige Ammenrolle verfiel und ihn mit Tu's-nicht bedrängte. Etwas Ähnliches baute sich anscheinend jetzt in Ingrid zum ersten Mal auf.

»Es ist halb so wild, Ingrid. Mehr eine Frage des Willens. Ich habe schon Sprünge aus größerer Höhe und mit schwierigerem Bewegungsablauf geschafft, die allesamt riskanter waren«, sagte er betont beiläufig.

»Ich weiß. Dieses Argument kenne ich bereits. Du willst mich damit doch nur beruhigen«, erwiderte sie.
»Du solltest dich jetzt nicht verkrampfen. Mach dir keine Sorgen. Ich dachte, du hättest meinen Sprung schon längst abgehakt.«
»Das dachte ich auch. Aber gestern Mittag ist mir urplötzlich klar geworden, worauf du sich da einlässt. Ich war viel zu naiv, habe einfach deine Worte übernommen, nur ans Gelingen gedacht. Jetzt fantasiere ich darüber, was dir alles passieren könnte. Nicht gerade angenehm für mich. Ich bekomme es nicht aus meinem Kopf. Ich mache mir Sorgen um dich. Wenn du das nicht verstehen kannst.«
»Ingrid, ich gehe kein großes Risiko ein. Dafür lebe ich zu gerne.«
»Diesen Sprung hast du doch noch nie zuvor gewagt, Kurt. Aus 55 Metern Höhe. Das ist schon nicht mehr gewagt, das ist purer Leichtsinn. Dein Jubiläumssprung könnte dein letzter Hüpfer sein«, sagte sie mit lauter werdender Stimme. Mit einer nervösen Geste fährt sie sich durchs zerzauste Haar.
»Ziemlich unwahrscheinlich«, erwiderte er noch gelassen. »Mehr konnte für meine Sicherheit nicht getan werden. Kamikaze liegt mir überhaupt nicht.«
»Das ist ein sehr gesunder Standpunkt von dir«, sagte sie, wobei sie mehrmals übertrieben mit dem Kopf nickte.
»Morgen u m diese Zeit ist alles vorbei.«
»Ja. So oder so.«
»Es wird mir nichts passieren.«
»Kurt, morgen geht es für dich nicht um das Goldene Sportabzeichen.«
»Da hast du zweifellos recht.«
»Warum springst du eigentlich? Etwa nur wegen des Geldes?«, fragte sie und brachte ihren Körper in eine Knieellenbogenlage, von der aus sie ihn forschend ansah. Ihre Miene

hatte sich wieder aufgehellt. Er genoss kurz den Anblick ihrer appetitlichen Brüste, die vor ihm in Griffweite nach unten kurvten, dann sagte er:
»Ja, vor allem deswegen. Natürlich reizt mich der Sprung auch. Eine Art Abenteuer für mich.«
»Kurt, der Abenteurer. Bin ich für dich auch eine Art Abenteuer? Schon gut, die Frage brauchst du mir nicht zu beantworten. Nicht so wichtig«, sagte sie, ihren Kopf auf eine Hand stützend.
Wiegand lächelte unsicher.
»Ingrid, ich kann mir 5000 Euro erspringen. Mit einem einzigen Sprung. Und meine Arbeitszeit dabei ist schon kürzer als kurz, oder?«
»Sicherlich. Aber tot bist du ein bisschen länger. Wenn du Pech hast. Für lumpige 5000 Euro begibst du dich in Lebensgefahr.«
Wiegand richtete sich jäh auf, spürte Zorn, dämliches Gequatsche, wollte ihr einen heftigen Satz entgegenschleudern, besann sich jedoch frühzeitig, schwieg einige Herzschläge lang.
»Ich wäre doch ein Narr«, sagte er schließlich, »wenn ich es nicht machen würde. Leicht verdientes Geld und dazu noch eine super Werbung für mich. Gut möglich, dass ich deswegen besser ins Geschäft komme. Wenn Norbert mir nicht so früh den Tipp gegeben hätte, wäre aus meinem Sprung vielleicht gar nichts geworden. Ich bin leider nicht konkurrenzlos. Schön wär's. Spektakuläre Sprünge haben auch andere anzubieten. Auch Frauen. Übrigens, jeder Tag kann für einen tödlich werden. Jede Autofahrt. Sogar ein Essen. In den USA verschlucken sich jährlich über 4000 Menschen beim Essen tödlich.«
»So? Lassen sich wohl keine Zeit zum Durchkauen. Gieriges Geschlinge sieht man ja überall. Für manche eben tödlich. Das ist mir völlig egal. Dein Sprung nicht. Das dürfte dich nicht

überraschen. Mir wäre wohler, wenn ein anderer als du engagiert worden wäre.«

»Mir nicht.«

»Lass uns jetzt besser das Thema Sprung beenden, Kurt«, sagte sie nach einem kurzen Schweigen, sonst werde ich noch nervöser als ich es schon bin. Dein Entschluss zu springen, steht ja sowieso fest.«

»Ja, seitdem ich das Angebot angenommen habe. Und das war vor etwa einem Monat.«

»Sollte ich es mit der Angst zu tun bekommen, werde ich versuchen, mannhaft dagegen anzugehen. Ich will jetzt nichts dramatisieren. Vielleicht spielt auch der Föhn eine Rolle. Dann bin ich immer ganz kribbelig.«

»31 Jahre alt, 176 weibliche Zentimeter groß, 61 Kilogramm schwer, Maße: 90 mal 60 mal 86, besondere Kennzeichen: kribbelig bei Föhn.«

Sie lachte kurz auf.

»Wie viel du doch von mir weißt«, sagte sie und drängte sich enger an ihn. »Ich hoffe, du kennst noch andere Qualitäten von mir.«

»Ich denke schon. Willst du noch einen Kaffee?«, fragte er. Seine rechte Hand fuhr leicht über die Innenseite ihrer Oberschenkel.

»Ja«, antwortete sie, kurz ihre Augen schließend. »Und dich«. Sie setzte sich in den Schneidersitz.

»Reicht dir nicht erst einmal der Kaffee?«, fragte er, während er ihr aus der Warmhaltekanne einschenkte.

»Nein. Wieso fragst du? So schlapp?« Sie sah prüfend zu seinem ruhenden Zentralglied, hob es kurz an, ließ es dann wieder in seine vorherige Lage zurückfallen.

»Das wohl nicht. Aber ich kann nicht den ganzen Tag mit dir im Bett verbringen. Morgen muss ich fit sein. Ein paar Trainingseinheiten brauche ich heute noch.«

»Willst du jetzt etwa trainieren? Nimm mich doch. Unser Bettsport müsste dich eigentlich genug auf Touren bringen. Wie wär's mit einem Marathonmatch? Bist du gerne mit mir in der Horizontalen?", fragte sie und bewegte sich so, dass ihre vollen Brüste über seinen Oberkörper langsam hin und her glitten.

»Liebend gern, Ingrid«, antwortete er, umfasste ihre Hüften und zog sie an sich. Trainieren konnte er ja noch immer. Seine Hände umfuhren mehrmals genießerisch ihren reizvoll geformten Körper, den sie eng an ihn schmiegte. Sie stöhnte leise auf, biss ihn sanft in die Oberlippe, löste sich langsam von ihm, wobei sie sich auf den Rücken drehte, lächelte ihn an und öffnete einladend ihre Beine. Er küsste sie von Nord nach Süd, kam dabei in ihre verschiedenen Duftzonen, die für sie als Stimulanz einfach dazugehören, weil, ihre feste Überzeugung, Sinnlichkeit sich immer auch über die Nase entfaltet. Ihr Gesicht duftete wieder nach »Flair«, die Marke, die sie bevorzugt, ihre Brüste hatte sie mit dem Eau de Toilette betupft, das sie ihm geschenkt hatte und ihr schwarz gekraustes Dreieck, vor dem er züngelnd verweilte, verströmte einen schweren, bislang unbekannten Duft, der ihn an Zimt erinnerte. Eine Zeit lang ließ er sie noch in Kitzlerwonnen treiben, dann richtete er seinen Oberkörper auf, seine Hände folgten seinen Augen, wanderten von ihren festen halbkugelförmigen Brüsten über ihre Hüften zu ihrem nassen Zentrum, das eine starke Signalwirkung auslöste, ihn steifwillig anzog.

»Jetzt bekommst du bestimmt genügend Bewegungseinheiten, du Bewegungsfanati ... ah ... ja!«

»Ist's so gut?«

»Jaaah, hmh, weiter so, Mara ... hmh ... Marathon«, sagte sie noch. Danach begleitete ein zweistimmiger Stöhngesang aus sehr einfachen Rhythmen ihr eingespieltes Mannfrau. Es wurde für ihn erneut eines dieser fabelhaften Lusthappenings, die Ingrid zur Nummer 1 unter den Frauen machen, mit denen er bisher in der Horizontalen zusammen war.

Der jetzt 55 Meter hoch über dem Eldorado-Rasen stehende Wiegand wird etwa noch einen Herzschlag lang seinen Körper in dieser Absprungposition ausgerichtet halten, dann wird er ihn vom Rand des Transportcontainers abdrücken und zum Doppelsalto eindrehen. Den Bewegungsablauf eines Doppelsaltos beherrscht er perfekt. Wenn er ihn ausführt, ob am Boden, auf dem Trampolin oder vom Schwimmbad-Turm, sich nach dem Absprung einrollt, in der Luft zweimal schnell um die eigene Körperachse dreht und wieder erdwärts streckt, dann verspürt er so viel Bewegungslust wie bei keinem anderen Sprung. Eigentlich kein Spitzenklassensprung, technisch nur mittelschwer, zwar spektakulär, aber nicht wenige können ihn, kaum zu vergleichen mit jenen komplizierteren und gewagteren Sprüngen, die, wenn sie ihm gelingen, jedes Mal das befriedigende Gefühl vermitteln, etwas Außergewöhnliches geschafft zu haben. Doch nur beim Doppelsalto, seitdem er ihn als jugendlicher Leistungssportler einübte und zu einem sicheren Bestandteil seiner Bodenkür bei Turn-Wettkämpfen machte, verspürt er diese eigenartige Bewegungslust. Warum, das kann er sich nicht erklären. Es ist eben so. Eine reine Gefühlssache.

Als er gestern Morgen bei den letzten Proben auf dem Transportcontainer stand, ebenfalls in 55 Metern Höhe, jedoch nicht so nah am Rand wie jetzt, sich mit beiden Händen an den hüfthohen Seitenwänden aus massivem Blech festhielt und leicht vorgebeugt nach unten blickte, streifte ihn flüchtig der Gedanke, dass gerade der Sprung, den er seit Jahren am liebsten ausführt, sein Todessprung werden könnte. Die 55 Meter Höhe bergen ein Risiko, das er bei einem anderen Doppelsalto noch nie eingegangen ist. Der Luftsack könnte vielleicht doch platzen. Nicht völlig auszuschließen. Das würde ich genauso

wenig überleben, wie wenn ich ihn verfehlen würde. Dann würde das Grün des Rasens blutrot. Ich würde im Rasen stecken. Wie eine Rübe im Acker. Er verspürte einen Lachreiz, unterdrückte ihn aber. Ist ziemlich unwahrscheinlich. Unsinn, daran weiter zu denken. Wäre ich mir nicht sicher, ich würde es nicht machen. Er räusperte sich, verfolgte kurz den Flug eines Bussards, der sich über Baumwipfeln hochschraubte, dann beugte er sich etwas weiter vor und musterte den blauen, 11 Meter langen, 9 Meter breiten und 3 Meter hohen Luftsack unter ihm, der wie eine Wasserfläche aussah.
Wasser kann aus dieser Höhe verdammt hart werden, wenn man nicht richtig eintaucht. Der Luftsack ist weicher. So oder so. Ich muss ihn nicht unbedingt in der Mitte treffen. Werde es aber. Es reicht schon, wenn ich den Doppelsalto einigermaßen sauber springe und die Kontrolle über meinen Körper behalte. Ich darf mich nicht überstrecken. Ich werde auf ihm sicher landen. Er wird halten. Das Material ist erstklassig. Alles wird so ablaufen, wie wir es durchgespielt haben.
Wiegand war zufrieden. Besser konnte er sich nicht vorbereiten. Morgen Nachmittag würde er wieder hier oben stehen, aber dann wäre es kurz vor seinem Absprung. Er würde bei seinem Salto mortale so etwas wie ein Artist in einem Freiluft-Zirkus sein. Über ihm die Himmelskuppel, unter ihm die Arena mit dem Luftsack in der Mitte und den halbkreisförmig gruppierten Zuschauern. Open Air. Ein entspanntes Lächeln erschien in seinem Gesicht. Er hatte seinen Sprung gut im Gefühl. Dafür waren die Proben mit dem Kranwagen unersetzlich gewesen. Mehrmals hatte er am Rand des Transportcontainers gestanden, von dort aus nach allen Seiten geblickt, nach oben, nach unten und hatte sich seine Gedanken gemacht, die jedes Mal verschieden strömten, aber immer in der Gewissheit mündeten, dass ihm sein Sprung gelingen würde. Mit einer fallenden Armbewegung gab er dem Mann

im Kranwagen unter ihm das Abwärts-Zeichen. Wie bei den Proben zuvor spürte er wieder das leichte Vibrieren im Blech, hörte er wieder das gleichmäßige Arbeiten der Zugautomatik, als sich der Transportcontainer zum letzten Mal mit ihm zu Boden senkte. Er machte einen großen Schritt, betrat wieder die Rasenfläche des Vergnügungsparks. Die Proben waren zu Ende.

»Das wär's also. Mehr konnte ich für dich nicht tun, Kurt. Du brauchst jetzt nur noch zu springen«, sagte Norbert Seifert zu ihm, als sie nach den Proben vor dem Kranwagen standen und sich verabschiedeten.

»Dann kann ja nichts mehr schiefgehen«, erwiderte Wiegand.

»Eigentlich nicht. Außer, du hast in der Luft eine schicksalhafte Begegnung mit einem dieser perversen Tiefflieger oder mit einem verliebten Jungvogel, der träumt und dich zu spät kommen sieht.«

Wiegand schnaubte amüsiert durch die Nase.

»Vielleicht sollte ich, bevor ich springe einen Warnschrei ausstoßen«, sagte er.

»Schaden kann's nicht, nutzen aber auch nicht. Im Ernst, Kurt, ich habe alles genau berechnet. Du bist wirklich gut abgesichert«, sagte er sehr bestimmt.

»Ich weiß, Norbert. Du hast meinen Sprung bestens vorbereitet. Morgen müsste ich es problemlos schaffen.«

»Worauf du bei diesem Sprung besonders achten musst, wirst du ja wohl nicht vergessen.«

»Auf keinen Fall. Eher vergesse ich, wie ich heiße. Ich werde mich bestimmt nicht zu stark abdrücken, und ich werde auch ziemlich nahe am Transportcontainer vorbeispringen und so spät wie möglich meinen Körper in die Rückenlage drehen. Ich habe meinen Sprung intus, Norbert.«

»Davon bin ich überzeugt. Jammerschade, dass ich morgen nicht dabei sein kann. Ich muss aber heute Abend unbedingt noch nach London fliegen. Kann es nicht verschieben. Hermann filmt dich ja. Was hältst du davon, wenn wir uns deinen Sprung später zusammen bei Hermann ansehen?«

»Gute Idee.«

»Also dann.«

»Also dann.«

Seifert legte leicht seine rechte Hand auf Wiegands Schulter, lächelte freundschaftlich, nickte mit dem Kopf, wobei er die Augen schloss, drehte sich um und ging. Wiegands Blick folgte ihm so lange, bis er den großen Parkplatz am Rand des Vergnügungsparks erreicht hatte.

Wirklich netter Kerl, der Norbert, dachte er. Hätte nichts dagegen, wenn wir uns öfter sehen würden. Ist kaum noch in München. Sagte, dass er mindestens 33 Tage im Monat unterwegs ist. Dick im Geschäft. Einer der Besten seines Fachs. Dass ich mir noch keinen Knochen gebrochen habe, geht sicherlich auch auf sein Konto. Was er macht, das macht er hundertprozentig. Auch jetzt wieder. Fast eine Sicherheitsgarantie. Arbeite gern mit ihm zusammen. Ich bringe meinen Körper ins Spiel, er sein Wissen. Alles perfekt vorbereitet. Brauche eigentlich nur noch zu springen.

Gemeinsam hatten sie seinen Sprung bis in jede Einzelheit, die berücksichtigt werden musste, durchgespielt. Dabei hatte Wiegand sich vor allem nach den in seiner bisherigen Körper-Praxis gesammelten Erfahrungen gerichtet, während Seifert, ein Ingenieur, der als Fachmann für Spezialeffekte hauptsächlich im Filmgeschäft arbeitet, wissenschaftlich verankerten Leitlinien gefolgt war. Sie hatten sich wieder gut ergänzt, so wie es schon einige Male der Fall gewesen war, wenn sie beide zusammen an spektakulären Filmszenen und Showeinlagen gearbeitet hatten. Was Wiegand mit seinem Körper machen wollte, wozu er sich fähig fühlte, das war von Seifert mit geradezu mathematischer Genauigkeit auf seine Verwirklichung hin getestet worden. Berechnungen, die für den Doppelsalto die Grundlage bedeuteten. Zentimetergenau hatte er den Standort des Kranwagens, die Lage des Luftsacks und die Absprungstelle bestimmt, hatte den Schwankungsgrad des Transportcontainers und Windverhältnisse bis zu Stärke 6 berücksichtigt und auch Aufpralltoleranzen errechnet, die angaben, wie weit von der Luftsackmitte entfernt Wiegands fallender Körper noch gefahrlos auftreffen würde.

Wenn etwas passieren würde, darüber war sich Wiegand im Klaren, dann würde es mit ihm selbst und dem Sprungverlauf zusammenhängen oder mit der Qualität des Luftsacks, nicht mit Seifert, der seinem Ruf, ein Perfektionist zu sein, erneut bestätigt hatte. Die Genauigkeit, mit der Seifert vorgegangen war, wie er den Sprung gedanklich vorweggenommen und das Risiko verringert hatte, davon fühlte sich Wiegand stark beeindruckt.

»Die Sicherheit stelle ich natürlich über den Effekt«, hatte Seifert gestern zu Beginn der letzten Probenarbeit gesagt. »Ich bin dafür verantwortlich, dass nichts passiert, würde mich schuldig fühlen, wenn jemand deswegen verunglückt, weil ich nicht gut genug gearbeitet habe. Könnte es wohl nur schwer ertragen. So präzise wie möglich zu arbeiten, das ist mein Ethos. Das einzige, das ich habe. Also, wenn du keinen Schnitzer machst, dann wirst du mitten auf dem Luftsack aufkommen. Eine punktgenaue und butterweiche Landung, so viel steht fest«, hatte er ihm versichert und zum Beweis mit dem Zeigefinger auf eine dick unterstrichene Gleichung auf einem seiner großformatigen Arbeitspapiere getippt, die auf dem Eldorado-Rasen lagen und mit Zahlen, Zeichen und Skizzen übersät waren, die geistige Basis für sein jetzt beginnendes Körper-Kunststück.

Ein Doppelsalto aus 55 Metern Höhe mit anschließendem Hecht ist ein erstklassiger Kunstsprung. Für Wiegand bestand in den vergangenen Tagen kein Zweifel darüber, wie er seinen Sprung einzuschätzen hatte. Er zählte nicht zu seinen Filmsprüngen, die oft auch Stürze darstellten, war keiner dieser gewagten Körpereinsätze, die in irgendeine Geschichte eingebaut waren, sondern er war ein ganz auf ihn selbst bezogener Kunstsprung vor Publikum. Ihm würde damit eine sportliche Spitzenleistung gelingen. Es würde ein körperliches Kunststück sein. Sicherlich, es war kein Supersprung, und er war nicht der Einzige, der dazu fähig war, so zu springen, aber es gab wiederum nur wenige, die ihm das hätten nachmachen können. Mit seinem Sprung würde er bestimmt Aufsehen erregen. Er würde auf diese Weise besser ins Geschäft kommen. Sein Sprung war auch seine Idee. Vermutlich hatte noch niemand vor ihm so etwas gezeigt. Weder hatte er davon erfahren, noch ließ es sich herausfinden. Für 5000 Euro musste er schon Außergewöhnliches bieten. Ein einfacher Hechtsprung oder ein Doppelsalto aus nur 20 Metern Höhe wäre zu wenig gewesen. Erst die Verbindung von Bewegungsablauf und Fallhöhe machten seinen Sprung zu dem, was er auch sein sollte, nämlich eine Vergnügungspark-Attraktion. Sein Sprung könnte der Höhepunkt der Jubiläumsveranstaltung zum zehnjährigen Bestehen von Eldorado sein.

Wenn er ihn mit den anderen angekündigten Attraktionen verglich, schien ihm das gut möglich. Ein sensationeller Salto mortale. Kein anderer würde so weit vom Boden entfernt ein Körper-Kunststück ausführen, und kein anderer würde von der Gravitationskraft der Erde derart spektakulär angezogen werden wie er. Auf jeden Fall konnte er sich mit seinem Sprung sehen lassen.

Es standen noch auf dem Programm: ein Wettkampf zwischen Original-Rodeo-Reitern aus Texas um den eigens dafür gestifteten Eldorado-Pokal; ein mit Wiegand flüchtig bekannter

Motorradartist aus Augsburg, der auf seiner Maschine einen Riesensatz über aufgereihte Autos hinweg durch einen Feuerreifen wagen wollte; ein dusseliger Gedächtnis-Akrobat aus Basel, der die Bibel auswendig gelernt hatte; ein Berliner Dompteur, der mit seinen Raubkatzen spielen würde; eine Kunstschützin aus Dublin, die zielsicher Gewehr und Armbrust gebrauchen und ihre Schussleistungen mit einer Art Wilhelm-Tell-Nummer krönen würde; eine Western-Show voll wohlbekannter, aktionsreicher Handlungen; eine Lido-Show, aufgeführt von Original-Pariser Nachtklubtänzerinnen, die mit ihren ausgesucht schönen Körpern dem deutschen Normalverbraucher in einem gesitteten Rahmen prickelnde Unterhaltung bieten würden; ein vom Moskauer Staatszirkus ausgeliehenes Akrobatenkollektiv, das vor allem wegen seiner Trapeznummern zur Spitzenklasse zählte; ein Wiener Zauberkünstler mit verblüffend großer Trickkiste, der sogar sich selbst halbieren oder schrumpfen lassen konnte. Aber nur er würde als Körpervirtuose etwas Atemberaubendes zeigen, bei dem ein Höchstmaß an Körperbeherrschung und Sicherheit überlebenswichtig ist.

Ob das Publikum mehr von ihm oder von anderen beeindruckt sein würde, war für Wiegand im Grunde genommen unwichtig. Was hatte er schon mit Vergnügungspark-Besuchern zu schaffen? Sie würden bloß für kurze Zeit als sensationslüsterne Randfiguren einen Zuschauerplatz in seinem Leben einnehmen und dann spurlos daraus verschwinden. Nicht um Fremde nervkitzelnd zu unterhalten, würde er springen, sondern nur um 5000 Euro zu kassieren und Eigenwerbung zu betreiben. Das war die Hauptsache. Nichts anderes.

Der Vergnügungspark hatte für ihn nur als Kurzzeit-Arbeitsplatz einen Wert. Nach seinem Auftritt würde er ihn nicht wieder aufsuchen, es sei denn wegen eines neuen Enga-

gements. Er konnte diesem in der Publikumsgunst seit 10 Jahren ganz oben stehenden Eldorado nichts abgewinnen.
Ein sich über mehrere Hektar erstreckender alberner Mischmasch, der hauptsächlich auf Gaudi getrimmt war, diejenigen als Zielgruppe anlockend, die genügend Einfalt mitbrachten, um sich hier gut amüsieren zu können. Diese Freizeitfirma bot eine für ihn unbrauchbare Ware an, wirkte langweilig und kitschig. Warum sollte er in ein mit schalen Überraschungseffekten vollgestopftes Spukschloss aus Pappmaché gehen, warum in Pseudo-Wikingerbooten mitrudern, was konnten ihm schon läppische Achterbahn-Loopings geben, was interessierten ihn brüllende und Rauch speiende Kunststoffungeheuer, was reizten ihn zahme Revuen, warum sollte er puppenstubenähnliche Folterkammern besichtigen, was hatte er von künstlichen, familienfreundlichen Wildwasserfahrten, warum sollte er an verschnörkelten Altstadtkulissen aus Kunststoff vorbeischlendern?
Das Jubiläumsprogramm stand für ihn auf einem anderen Blatt. Bis auf jenen närrischen Gedächtniskünstler aus Basel, der die Bibel auswendig gelernt hatte, kreuz und quer herunterleiern konnte, schätzte Wiegand alle anderen, die mit ihm die Glanzlichter des Tages setzen sollten als Unterhaltungskünstler ein, die ein beachtliches Können verkörperten. Kollegen, gewissermaßen. Klasseleistungen würden sie zeigen, virtuose Kunststücke, Sehenswertes. Eine Ausnahmeveranstaltung, die auch international bestehen könnte und mit dem Normalbetrieb von Eldorado wenig gemeinsam hatte.
Als Wiegand vorgestern während einer Probenpause in einem der Eldorado-Lokale vor einer Tasse Kaffee saß, fiel sein Blick auf ein großes Wiener Schnitzel, das über den Teller eines Familienvaters lappte. Die Panade macht's, dachte er. Sieht deswegen nach mehr aus. Weniger Fleisch als Panade. Wie kann man nur so etwas essen. Scheint ihm aber zu schmecken.

Menü zum Sonderpreis. Ist eher Körperverletzung als Nahrung. Wie alles, was hier auf der Speisekarte steht. Angewidert blickte er weg. Das Wiener Schnitzel erschien ihm passend zum Vergnügungspark: viel Panade und viel Pappmaché. Aber das störte ihn nicht weiter. Hauptsache, er konnte hier auftreten. Panade und Pappmaché ließen sich für ihn leicht auf andere Bereiche übertragen. Panade und Pappmaché allerorten. Wenn man genauer hinsieht. Wie viel davon vor allem im Film- und Fernsehgeschäft gebraucht wurde, das hatte er schon zur Genüge erfahren. Sein Sprung jedenfalls gehörte nicht dazu. Der war durch und durch echt, unverfälscht, genau das, wonach er auch aussah. Ein Anflug von Stolz streifte ihn. Er brauchte keine Panade, kein Pappmaché. Sein Körper reichte. Ein Instrument, das er gut beherrschte. In der Tat, mit seinem Sprung würde ihm eine ehrliche und beachtenswerte Leistung gelingen. Er holte das Röhrchen mit den Vitamintabletten aus seiner Jackentasche, fingerte eine heraus und ließ die nach Zitrone schmeckende Tablette in seinem Mund zergehen.

55 Meter unter dem jetzt absprungbereiten, nur noch für Sekundenbruchteile am Rand des Transportcontainers stehenden Wiegand, hält Hermann Berns eine Filmkamera auf ihn gerichtet. In verwacklungssicherer Aufnahmehaltung, breitbeinig und mit zurückgebogenem Rücken, steht er neben Ingrid Keydel auf dem Eldorado-Rasen, die wie gebannt nach oben blickt.

Wiegand ist seit Jahren mit ihm eng befreundet. Einer der wenigen Menschen, die er vermissen würde, wenn sie aus seinem Leben gestrichen wären. Je länger ihre Freundschaft dauert, desto ungewöhnlicher erscheint sie ihm. Strategie und Taktik, die oft Zauberdienste leisten, um menschlich weiterzukommen, hat es, Wiegands feste Überzeugung, bei ihnen zu keiner Zeit gegeben. Für ihn ein Beweis echter Freundschaft, die sich wie von selbst entwickelt hat. Ein Glücksfall, den er zu schätzen weiß.

Sein Sprung bildete in den vergangenen Tagen den Mittelpunkt, um den ihre Gespräche immer wieder von Neuem kreisten. Was mit ihm zusammenhing, wurde oft bis ins Detail bespiegelt. Wiegand genoss die spielerische Leichtigkeit, die Hermann dabei zeigte; als würde er mit den Einzelheiten seines Sprungs wie mit Bällen jonglieren. Die Sprunggespräche mit Hermann wirkten klärend und entspannend, waren wichtig für eine gute Einstellung. Sein Sprung wurde zu einer Herausforderung, die er, daran zweifelte er nicht, sowohl körperlich als auch geistig beherrschte. Eine Gewissheit, die für ihn ein inneres Sicherungsseil bedeutete. Er gewann den Eindruck, dass dieser Doppelsalto mit anschließendem Hecht das bisher am genauesten durchdachte und am eingehendsten besprochene Ereignis in seinem Laben ist.

»Zu meinem Sprung fällt mir eigentlich nichts Neues mehr ein, Hermann«, sagte er gestern Morgen zu ihm, als er ihn vor den Proben in seiner am Stadtrand von München gelegenen Wohnung besuchte.

»Aber mir. Was würde passieren, Kurt, wenn du mitten im Sprung einen starken Juckreiz verspüren würdest?«, fragte Hermann, der ihm gegenüber auf einem der rechtwinklig angeordneten Sitzelemente aus anthrazitfarbenem Leder saß. Wiegand stutzte, sah forschend in Hermanns Gesicht, der keine Miene verzog, besann sich kurz, schüttelte dann unwillig den Kopf.

»Gar nichts. Einen Juckreiz würde ich nämlich überhaupt nicht registrieren. Ich werde ganz Sprung sein, nichts anderes wird es dann für mich geben. Sag mal, meinst du die Frage wirklich ernst?«

»Weiß es selbst nicht so genau. Bin gerade erst darauf gekommen. Unsinnig scheint mir die Frage nicht zu sein. Was wäre, wenn, Kurt?«, fragte er und drückte seinen linken Zeigefinger gegen sein Kinn.

»Sollte es mich wider Erwarten doch jucken, Hermann, schön, dann werde ich es eben jucken lassen. Ein paar Sekunden später kann ich mich ja kratzen.«

»Also wird's auch dabei keine Probleme für dich geben«, sagt er lächelnd.

»Bestimmt nicht. Ich fühle mich ganz sicher. Ich brauche nur noch zu springen. Alles wird reibungslos verlaufen.«

»Natürlich. Und ich werde dich dabei filmen. Das wird für mich ein ganz besonderer Kurzfilm. Kurt Wiegand Sensationsdarsteller. Dauer: ungefähr sieben Minuten. Ganz dokumentarisch.«

»Bin wirklich gespannt auf diesen Film, Hermann.«

»Ich auch.«

»Gut, dass morgen alles vorbei ist. Ich muss dauernd an meinen Sprung denken.«

»Kann ich gut verstehen, Kurt. Ist ja auch alles andere als alltäglich, was du morgen machst. Ein Höhepunkt in deinem Leben. Im sportlichen und im finanziellen Sinne.«

»Stimmt.«

»Wenn ich bedenke, wie lange so mancher komplett langweilige Gedanken mit sich herumträgt, sie knetet und damit auch noch andere belästigt, finde ich, dass dein Sprung genau den Stellenwert eingenommen hat, den er verdient. Nicht nur bei dir. Warum sollte dieser Höhepunkt deiner bisherigen Laufbahn nicht bei uns eine Zeit lang im Mittelpunkt stehen? Morgen zählt dein Sprung schon zur Vergangenheit. Auf eine Art bedauerlich. Für mich ist dein Sprung, genauer gesagt, dein Kunstsprung, noch immer äußerst interessant.«

»Trotzdem. Noch ein Tag, dann reicht es mir aber mit meinem Sprung«, sagte Wiegand, verschränkte seine Arme und lehnte sich im Ledersessel zurück.

»Danach geht's auf zu neuen Taten«, sagte Hermann in singendem Tonfall. »Kleckerengagements wirst du gar nicht mehr nötig haben, um über die Runden zu kommen. Das wird dein Durchbruch. Du wirst ausgebucht sein. Wart's nur ab. Ich bin da ganz optimistisch.«
Er sah auf seine Uhr. »Noch Zeit satt. Du probst mit Norbert ja erst um elf, und ich brauche heute auch nicht eher im Studio zu sein.«
Hermann Berns, der den jetzt absprungbereiten Wiegand filmt, arbeitet als Kameramann beim Fernsehen. Vor acht Jahren lernten sie sich kennen, zu einer Zeit, als Hermann noch Experimentalfilme drehte, für die er zwar Förderpreise erhielt, die ihm aber sonst nichts einbrachten. Mit großer Begeisterung und beinahe übergangslos wechselte er schließlich zum Dokumentarfilm über und machte sich nach einigen Anlaufschwierigkeiten mit einer Filmserie über gesellschaftliche Außenseiter einen Namen. Weil er mit seinen Dokumentarfilmen zu wenig verdiente, um seinen Lebensunterhalt zu sichern, ging er vor drei Jahren, eine Sanierungsmaßnahme, wie er es nannte, zum Fernsehen, wo er als gut bezahlter Kameramann oft das filmt, was für ihn belanglos ist. Er hat sich eine ironische Arbeitseinstellung zugelegt, mit der es ihm gelingt, jetzt auch die seichtesten Fernsehbeiträge ohne Ekelgefühle abzudrehen.
Sein Filmtagebuch ist seine Leidenschaft. Je älter er wird, vor Kurzem ist er 29 geworden, desto stärker bestimmt es ihn. Er führt es mit dem Bewusstsein, auf diese Weise die für ihn größtmögliche Freiheit beim Filmen zu erreichen, dabei Stationen seiner Lebensgeschichte aufzunehmen und über die Zeit zu retten. Da er sich als Augenmensch versteht, kommt er sich mit seinem Filmtagebuch am nächsten. Wenn er daran arbeitet, dann wird die Kamera, wie er sagt, zu seinem dritten und besten Auge, das eine ganz persönliche Auswahl trifft.

Neben Szenen aus seinem Privatleben, Aufzeichnungen unterschiedlichster Art, die häufig Zufallsprodukte sind und in sich abgeschlossenen Kurzfilmen von wenigen Minuten Dauer, der er vorher genau geplant hat, entstehen so auch schnelle, Fernsehsendungen und Zeitungstitelseiten benutzende Bildfolgen zur Zeitgeschichte, die für ihn im Gegensatz zu Wiegand mit zu seinem Leben gehört. Die ständig wachsende Zahl der Spulen seines Filmtagebuchs, die er chronologisch in einem feuersicheren Stahlschrank gestapelt hat, enthalten seinen immer länger werdenden Lebensfilm, von dem er so lange Fortsetzungen drehen will, wie er eine Kamera vor sein Auge halten kann. Zu Beginn jedes Jahres mischt er aus dem angehäuften Filmmaterial der vergangenen Monate seinen Jahresfilm, wobei er die für ihn wichtigsten Ausschnitte zunächst kopiert, dann in zeitlicher Reihenfolge zu seinem eigenen Jahresrückblick anordnet. Er beabsichtigt, demnächst die bereits entstandenen Jahresfilme, die er nur Wiegand zeigt, auf eine höchstens vier Stunden lange Filmauslese zusammenzuschneiden, um, wie er sagt, zu sehen, was dann von seinem Leben übrig bleibt.
Von Natur aus ungelenkig und mit einem unüberwindlichen Hang zur Bequemlichkeit, nimmt er am Sportgeschehen nur als Zuschauer teil, wobei er Leichtathletikveranstaltungen bevorzugt. Im Sport herumzustümpern, sich wie so viele eine Fitness-Disziplin zu verordnen, dazu könne er sich nicht durchringen. Er würde sich lächerlich vorkommen, wie beim Schulsport früher, er sei nicht zum Sporttreiben gemacht und im Übrigen schwitze er nicht gerne. Er bewege lieber seine Kamera. Noch immer versucht Wiegand ihn davon zu überzeugen, dass er schon aus Gesundheitsgründen seinen Körper fordern müsse. Doch ohne großen Erfolg. Zu mehr als leichten, von Wiegand zusammengestellten gymnastischen Übungen lässt er sich nicht bewegen. Voller Aktivität sind seine

Augen, Augen, wie sie Wiegand noch bei keinem anderen gesehen hat. Wenn sie sehbewegt sind, scheint es, als würde Hermann mit ihnen filmen. In seinem breitflächigen Gesicht, unter dem sich ein Doppelkinn zu wölben beginnt, bilden sie sein besonderes Kennzeichen. Er bewegt lieber seine Augen und seine Kamera, er ist eben ein Augenmensch, sagt sich Wiegand gelegentlich. Er hofft, dass Hermann bald eine bessere und gesündere Einstellung zu seinem Körper gewinnt.

Vorige Woche erzählte ihm Hermann von einem Kameramann, der unter Rebellen in einer südamerikanischen Bananenrepublik lebte, ihren Befreiungskampf unterstützte und dabei höchst tragisch endete. Während er die Rebellen bei einer ihrer Truppenbewegungen filmte, geriet er unter einen ausscherenden Panzer. Der Fahrer hatte ihn nicht gesehen. Er war sofort tot.

»War wohl im toten Winkel. Im wahrsten Sinne des Wortes«, meinte Hermann, der den Film vor Kurzem im Fernsehstudio gesehen hatte. »Seine letzte Einstellung. Verrückt. Was für ein Ende. Der Film ist mir ziemlich unter die Haut gegangen. Ein tragischer Held des Objektivs. Nicht der einzige Kameramann, der bei seiner Arbeit ums Leben gekommen ist. Kameramänner und auch Journalisten, die von Kriegsschauplätzen berichten, leben immer gefährlich. Ist ihr Berufsrisiko.«

»Die leben weitaus gefährlicher als ich«, bemerkte Wiegand.

»Glaube ich auch. Hast eigentlich einen relativ sicheren Job. Bist noch immer unfallfrei. Weil du nur das machst, was du beherrschst. Ich habe deswegen auch nie Angst, dass dir bei einem Stunt etwas passiert. Wäre sonst verdammt unangenehm für mich. Du kennst eben dein Limit.«

»Klar. Sterbe nicht so gerne.«

»Du wirst steinalt. Bist geradezu provozierend gesund. Ärzte sehen dich bestimmt nicht gern in ihrer Praxis. Würden pleitegehen, wenn sie viele Patienten wie dich hätten.«

»Mir egal.«
»Was gibt es nicht alles für Berufskrankheiten! Tödliche sogar. Und dieses Riesenheer der Unglücklichen, die von ihrem Beruf immer mehr gefressen werden.«
»Glücklicherweise bin ich davon nicht betroffen. Ich begreife das nicht. Man verdient seinen Lebensunterhalt und ruiniert sich gleichzeitig dabei. Und wenn man das bis zur Rente überlebt, ist man nur noch ein menschliches Wrack. Spätestens dann wird man bereuen, sein Leben nicht geändert zu haben«, sagte Wiegand kopfschüttelnd.
»Schicksal. Oberflächlich betrachtet, lebst du ziemlich riskant, in Wirklichkeit aber riskieren die Normalberufler viel mehr. Schädlich ist wohl jeder Beruf. Früher oder später«, meint Hermann.
»Bleibt nicht aus. Für die meisten ist der Beruf eine Folter.«
Hermann sah zu Boden, schwieg einige Sekunden, richtete seinen Blick auf Wiegand, zog die Stirn kraus.
»Ein Leben ohne Gefahr gibt es nicht. So oder so. Selbst wenn man nichts macht. Der Körper allein ist schon Risiko genug, geradezu lebensgefährlich.«
Nickend und lächelnd stimmte ihm Wiegand zu.
Fast auf den Zehenspitzen, den Körper in dieser Absprungphase schon so weit nach vorne geschrägt, dass er ihn nicht mehr zurückbewegen könnte, wenn er jetzt seinen Sprung noch abbrechen wollte, in der Sekundenbruchteile kurzen Schwebe zwischen Stand und Absprung, steht Wiegand 55 Meter hoch über dem Eldorado-Rasen und 52 Meter hoch über dem Luftsack, seinem Ziel, das noch nicht in seinem Gesichtsfeld liegt, nach den Vorausberechnungen erst in etwa drei Sekunden, wenn sein Körper nach dem Doppelsalto in den Hechtsprung übergeht, vor ihm auftauchen wird. Ganz Körper geworden, denkt er nicht mehr daran, dass er mit seinem Sprung weniger als erhofft verdienen wird, seine

Gage von Mander, dem Geschäftsführer des Vergnügungsparks, auf 5000 Euro heruntergefeilscht worden ist.
Mander hält den Bank-Scheck über 5000 Euro jetzt in beiden Händen, die er in Bauchnabelhöhe aneinandergelegt hat, nagt an seiner Oberlippe und blickt mit zusammengekniffenen Augen nach oben. An ihm lehnt Miss Bayern, die ihren Titel auf einer Schärpe trägt, welche das Oberteil ihres Fantasiekostüms quert. Auch ihre Augen sind auf Wiegand gerichtet, den sie, wie abgesprochen, nach seinem Sprung mit Show-Küssen beglückwünschen wird. Ein ausdrücklicher Wunsch von Mander, worüber Wiegand vorgestern nicht mehr diskutieren wollte. Mit einer gleichgültigen Geste hatte er nachgegeben. Über diese Witzfigur wollte er sich nicht länger ärgern.
Heute vor 38 Tagen hatte er in Manders Büro versucht, für seinen Sprung ein Honorar von mindestens 7000 Euro auszuhandeln. Er hatte sich gut darauf vorbereitet, mehrere Sätze als Köder zurechtgelegt, wollte sie wirkungsvoll ins Gespräch einfließen lassen. Während er seinen Sprung beschrieb, ihn als ein ebenso spektakuläres wie schwieriges Körperkunststück anpries, wurde er von Mander unterbrochen.
»Das hört sich ja gut an. Aber sagen Sie mal, Herr Wiegand, ist das ein deutscher Rekord?«, fragte er.
Wiegand war überrascht, fing sich jedoch schnell.
»Daran habe ich bisher überhaupt noch nicht gedacht«, antwortete er. »Es geht mir nicht darum, mit meinem Sprung einen deutschen Rekord aufzustellen.«
Mander warf ihm einen taxierenden Blick zu.
»Könnte es denn nicht einer sein?«, fragte er. »So ein Rekordsprung brächte einige Publicity. Für unseren Vergnügungspark wäre das eine super Werbung.«
»Keine Ahnung, wie man das feststellen könnte. Ich habe zwar noch nichts von einem Doppelsalto aus 55 Metern Höhe gehört, aber vielleicht gibt es jemanden, der aus dieser Höhe

einen einfachen Salto gesprungen hat und auch einen, der aus 40 Metern Höhe einen dreifachen Salto geschafft hat. Wie sollen solche Sprünge und andere mit einem besonderen Bewegungsablauf denn als Rekord eingestuft werden? Wann ist die Höhe wichtiger, wann die Art des Sprungs? Hierfür gibt's keine Wettbewerbe und auch keine Rekordtabellen.«

»Aber es hat doch schon Sprünge aus großen Höhen gegeben, bei denen Rekorde, ja sogar Weltrekorde aufgestellt worden sind.«

»Sicherlich. Dann, wenn es nur auf die Höhe ankommt, die Sprungtechnik keine Rolle spielt. Das waren meistens Sprünge aus Hubschraubern und von Wolkenkratzern.«

»Und wo liegt der deutsche Rekord?«

»Zurzeit bei 60 Metern. Aus dieser Höhe ist voriges Jahr jemand von einem Hubschrauber abgesprungen und sicher auf einem Luftsack gelandet. Eine Klasseleistung, zweifellos. Aber ohne eine besondere Technik. In einer Haltung ungefähr so wie jemand, der einen simplen Kopfsprung ins Wasser macht.«

»Na ja, so simpel kann es aus dieser Höhe wohl nicht gewesen sein«, sagte Mander süßlich lächelnd. »Solch einen Sprung wagen Sie nicht?«

»Was heißt schon wagen? So etwas interessiert mich nicht. Ich bin kein Rekordspringer.«

»Schade. Ein deutscher Rekord auf unserer Jubiläumsveranstaltung wäre genau das Richtige gewesen.« Mander mimte erst Enttäuschung, dann fragte er unvermittelt: »Und in welcher Höhe bewegen sich Ihre Honorarvorstellungen?«

Wiegand fühlte sich verunsichert. Einen derartigen Gesprächsverlauf hatte er nicht erwartet. Er versuchte, sich nichts anmerken zu lassen.

»Ich will Ihnen ein preiswertes Angebot machen. Wenn Sie berücksichtigen, dass man im Filmgeschäft zum Beispiel für einen Sturz von einem im fünften Stock gelegenen Balkon mindestens 2000 Euro bekommt, von Stockwerk zu Stockwerk wird's teurer, dann sind doch 8000 für meinen —«

»Das nennen Sie preiswert«, unterbrach ihn Mander und fasste sich an die Stirn. Er machte ein Gesicht, als hätte er soeben etwas völlig Unsinniges gehört. »8000 Euro«, wiederholte er mit leiser Stimme.

»Ja, ein fairer Preis.«

»Das sagen Sie. Übrigens, Herr Wiegand, wir sind hier nicht im Filmgeschäft.«

»Das habe ich schon gemerkt.«

»Ich arbeite schon lange genug in meiner Branche. Ich kenne mich da aus. Auch was die Gagen angeht. Ich bin der festen Überzeugung, dass Sie mit einer Gage zwischen 4 und 5000 Euro durchaus zufrieden sein können."

»Mein Sprung ist mehr wert.«

»Einigen wir uns auf 5000.«

»Zu wenig.«

»Ein wirklich großzügiges Honorar.«

Wiegand besann sich kurz. Ihm fiel ein, was Norbert Seifert über Mander gesagt hatte: Einer dieser aalglatten Typen, die einem freundschaftlich die Schultern tätscheln, wenn sie gerade dabei sind, einen übers Ohr zu hauen. Man muss Ihnen zuvorkommen. Das ist die beste Taktik.

»Was halten Sie von 7000?«, fragte er.

»Ich komme mir vor wie im Orient. Ich feilsche nicht gerne.«

»Und wenn ich aus 60 Metern Höhe abspringen würde?«

Mander versank in ein aufreizendes Schweigen, kratzte sich dabei mehrmals die auffallend stark behaarte Brust, die ein weit offenes Hemd zur Ansicht freigab. Er hatte mehr Haare auf der Brust als auf dem Kopf und Wiegand fragte sich, ob Mander wohl auch sein Brusthaar shampoonieren würde. Während er Mander weiter musterte, ließ dessen geschmäcklerische Aufmachung bei ihm den Eindruck entstehen, einen Provinz-Dandy vor sich zu haben.

»Das wäre ziemlich gewagt«, antwortete Mander schließlich. »Ist aber, glaube ich, dann doch zu hoch. Zu weit weg von den Zuschauern. Sie würden von Ihrem Sprung weniger haben. Lassen wir es besser bei der Höhe von 55 Metern. Von dort aus ist Ihr Sprung noch gut mitzuverfolgen und es reicht allemal aus, damit die Zuschauer ihren Nervenkitzel bekommen, was ja das Wichtigste dabei ist. Diese Höhe scheint Ihnen zu liegen, denn sonst hätten Sie sie ja wohl nicht gewählt. Safety first, nehme ich an. Sollte Ihnen aber doch etwas passieren, dann müssten wir unsere Jubiläumsveranstaltung abbrechen. Der ganze Aufwand wäre umsonst gewesen. Und wir würden eine Menge Ärger mit den Behördenhengsten bekommen. Und die Schlagzeilen in den Zeitungen wären alles andere als eine gute Werbung für uns. Einen Unglücksfall können wir uns nicht leisten. Sie wohl am allerwenigsten. Es ist besser, sicher aus 55 Metern Höhe zu springen, als –«

»Auch aus 20 Metern Höhe kann's schon tödlich enden«, unterbrach ihn Wiegand.

»Mag sein. Aber ich nehme doch sehr an, dass Sie Ihren Sprung beherrschen, oder?«

»Natürlich. Aber ein gewisses Risiko lässt sich dabei nicht ausschließen. Es kann immer etwas Unvorhergesehenes passieren.«

»Sollte es besser nicht. Sie wollen also mindestens 7000?«, fragt er lauernd.

»Ja«, antwortet Wiegand bestimmt.

»Sie sind nicht der Einzige, der sensationelle Sprünge anzubieten hat.«

»Das habe ich auch nicht behauptet, Herr Mander. Wenn es so wäre, dann hätte ich eine Monopolstellung. Ich wäre ein reicher Mann.«

»Bleiben wir besser bei den Tatsachen«, sagte Mander, dessen Gesicht sich zu einer grinsenden Grimasse verzog. »Alle Achtung vor dem Sprung, den Sie da vorhaben, aber so außergewöhnlich ist er nun auch wieder nicht. Manchmal ist es doch geradezu unglaublich, was Top-Sensationsdarsteller schon alles gewagt und geschafft haben.«

»Ja, besonders Dar Robinson. Mit dem kann sich keiner vergleichen«, sagte Wiegand, dessen Gefühle zwischen Verunsicherung und Ärger schwankten.

»Kenne ich nicht. Was macht er denn Sensationelles? Wo kann man ihn bewundern?«, fragte Mander.

»Nirgendwo mehr«, antwortete Wiegand.

»Wieso?«

»Dar Robinson ist vor ein paar Jahren gestorben. Bei einem Motorradunfall tödlich verunglückt. Heute ist er eine Legende.«

»Davon hat er auch nichts mehr. Irgendwann erwischt es jeden einmal. Den einen so, den anderen so. Dieser Dar Robinson ist wohl Ihr großes Vorbild?«, fragte Mander, die Arme verschränkend.

»Nein. Warum sollte er es sein? Ich bin kein Sensationsdarsteller, jedenfalls kein hauptberuflicher. Davon einmal ganz abgesehen, in Deutschland gibt es niemanden, der als Sensationsdarsteller seine Brötchen verdient. Ein deutscher Sensationsdarsteller wäre ein Sozialfall. In den USA ist es anders. Nirgendwo sonst gibt es für Sensationsdarsteller so hervorragende Arbeitsbedingungen. Deswegen arbeiten da auch die Besten.«

»Das habe ich auch gehört«, warf Mander ein. »Da tummelt sich die Weltspitzenklasse.«

»Ja. Und die Gagen, die sie einkassieren, sind dementsprechend«, fuhr Wiegand fort. »Mit einem amerikanischen Sensationsdarsteller könnten Sie wohl nie ins Geschäft kommen.

Für ein Minihonorar von 5000 Euro würde der höchstens von einem Apfelbaum herunterspringen.«

»Meinen Sie? Na ja. Wie Sie wissen, kostet uns Ihr Sprung nicht nur Ihr Honorar. Wir müssen nicht nur Sie bezahlen, sondern auch den Fahrer und die Leihgebühr für den Kranwagen. Dazu kommt noch Seifert, dem wir eine schöne Stange Geld dafür bezahlen, dass Sie heil herunterkommen.«

»Er gehört schließlich zu den Besten seiner Zunft.«

»Ja und auch zu den Teuersten.«

»Als Gage bekommt er sicherlich mehr als die 5000, die Sie für meinen Sprung nur zahlen wollen«, sagte Wiegand, der bereits wusste, dass Seifert 7000 Euro Gage ausgehandelt hatte.

»Darüber schweigt des Sängers Höflichkeit. So viel möchte ich Ihnen aber doch sagen: Seifert hat nicht nur dafür zu sorgen, dass bei Ihnen alles klappt, sondern er ist für den reibungslosen Verlauf unseres gesamten Jubiläumsprogramms verantwortlich. Für die vielen Spezialeffekte und die ganzen Sicherheitsvorkehrungen. Was glauben Sie, wie viel Arbeit er allein in den Motorrad-Stunt gesteckt hat? Für mich übrigens der absolute Höhepunkt des Tages.«

»Wenn ich nicht springe«, entgegnete Wiegand kühl. Was für ein Halsabschneider!

»So kommen wir nicht weiter«, sagte Mander, seinen Ton verschärfend. »Wissen Sie was, Herr Wiegand, ich schlage vor, Sie nehmen sich eine Bedenkzeit. Mein Angebot steht fest: 5000 Euro. Das ist die Ober-Obergrenze. Eine Supergage für deutsche Verhältnisse. Das sollten Sie anerkennen. Wir sind hier nicht in Amerika. Es liegt jetzt an Ihnen, ob wir uns einigen oder nicht. Für Ihre Entscheidung können Sie sich ruhig einen oder auch zwei Tage Zeit lassen. Dann werden wir weitersehen. Bis zu unserer Jubiläumsveranstaltung am 24. August fließt noch eine Menge Wasser die Isar runter. Alternativen gibt es ja immer.«

Wiegand überlegte. Er wollte jetzt keinen Fehler machen. Er fühlte sich in die Enge getrieben. Die schlechteren Karten schien er zu haben. Er beschloss, nachzugeben. 5000 Euro konnte er nicht aufs Spiel setzen.
»Herr Mander«, sagte er scheinbar gelassen, »Sie haben gewonnen. Für 5000 mache ich es.«
Beinahe gleichzeitig reichten sie sich die Hand.
Wiegand fühlte sich als Verlierer. Über die für seine Verhältnisse immer noch hohe Gage konnte er sich nicht freuen. Er hatte seinen Sprung zu billig verkauft. Mindestens 2000 Euro hatte er beim Gagenpoker verloren.
Wiegands Körper, für den es kein Zurück mehr gibt, ist in diesem Augenblick von den Händen bis zu den Füßen vollkommen gestreckt, bildet eine nach vorne gewinkelte Gerade, die kaum noch den Boden des Transportcontainers berührt. Kürzer als ein Wimpernschlag wird es nur noch dauern, bis er sich ganz von seiner Absprungstelle lösen und frei in der Luft bewegen wird. Seine Augen blicken zum grauen Himmel. Er ist sprungkonzentriert. Außer seinem zum Doppelsalto bereiten Körper gibt es für ihn nichts anderes mehr.
Jetzt ist Wiegand aus einer Höhe von 55 Metern abgesprungen, losgelöst von allem unter ihm, von den Finger- bis zu den Zehenspitzen, ein Freiluft-Artist, über ihm nur noch die Himmelskuppel, tief unter ihm die Vergnügungspark-Arena, schräg nach oben hebt sein Körper ab, bleibt über dem leicht schwankenden Transportcontainer noch einen Moment gestreckt, auf dem höchsten Punkt seiner Sprungkurve, dann krümmt ihn Wiegand schnell zum Doppelsalto, ein Bewegungsablauf, für den er seit Langem eine Vorliebe hat, schon x-mal ist er ihm gelungen, vom Sprungturm eines Schwimmbads wie auch von den Ringen in einer Sporthalle, über einer ebenerdigen Absprungfläche oder über einem Trampolin, er hat den Doppelsalto immer wieder trainiert und variiert, ist

ihn sowohl vorwärts als auch rückwärts gesprungen, gehockt, gebückt und gestreckt, hat ihn mit anderen Sprungelementen verbunden, sein erster Doppelsalto gelang ihm vor fast zwanzig Jahren auf dem Trampolin, nie vergessen wird er diesen einmaligen Tag in seinem Leben, die Freude, der Stolz, ihn endlich geschafft zu haben, ein Höhepunkt in seiner Kindheit, kein anderer sportlicher Bewegungsablauf gibt ihm seitdem einen ähnlichen Körpergenuss, wenn er ihn aus Lust an der Bewegung ausführt, als ein freies Spiel mit seinem Körper und der Gravitation, nur für sich, wenn es aber eine sportliche Spitzenleistung sein soll, wie bei Wettkämpfen, die er bis vor einem Jahr noch für eine Münchner Vereinsmannschaft bestritten hat, oder wenn er ihn auf Honorarbasis aus Höhen wagt, die ihn spektakulärer und riskanter machen, er von sich deswegen ein Höchstmaß an Präzision fordern muss, dann konzentriert er sich ganz auf seinen Körper, dann ist er nur noch sein Sprung, wie jetzt, in einer Höhe, in der er noch nie zuvor sich zu einem Doppelsalto eingekrümmt hat, die er jedoch nicht wahrnimmt, es gibt nur noch seine Körperwirklichkeit, nicht spielerisch springt er, nicht wie schon so oft aus reiner Bewegungslust am Doppelsalto, sondern ganz versachlicht, Wiegand ist Körper ist Sprung, bleibt weiter darauf konzentriert, so, wie er es sich vorgenommen hat, unbedingt notwendig, um zu überleben, er ist zu diesem eingeschliffenen Bewegungsablauf geworden, bei dem innere und äußere Kräfte zusammenwirken, über seine Zukunft sekundenschnell entscheiden, Wiegand spürt seinen Sprung, ohne an ihn zu denken, er macht sich kleiner, nimmt im Luftraum von Eldorado eine Haltung an, welche der Hock- und Kauerstellung eines Embryos im Mutterleib ähnelt, nur noch Körper bei seinem Salto mortale, erfährt er eine Rotationsbeschleunigung, dreht sich automatisch um die durch seinen Schwerpunkt verlaufende Achse, wirbelt so im Flug ganz herum, erst einmal, dann sofort noch einmal, in ebenso guter wie sicherer Haltung, er fühlt es, ohne es zu wissen, wie geplant springt und fällt er ziemlich nahe an dem leicht schwankenden Transportcontainer vorbei, als Luftakrobat ist er weiter nur sein Körper, wird in seiner Konzentration nicht abgelenkt, kein Jagdbomber rast im Tiefflug plötzlich auf ihn zu, keine starke Windbö erfasst ihn, kein durch die Luft dilettierender Jungvogel kreuzt seine Flugbahn, kein Juckreiz befällt ihn, nichts Unvorhergesehenes passiert, er nähert sich immer mehr und immer schneller der fast bewegungslosen, in einem Halbkreis um den Luftsack gruppierten Menschenmenge unter ihm, diesen vielen zu ihm hochgereckten Köpfen, die er nicht sieht, seine Augen bleiben die ganze Zeit auf seine Brust gerichtet, 2,4 Sekunden schnell läuft sein Doppelsalto ab, präzise und kontrolliert, zwei Körperkreisläufe hoch oben in der Luft, ausgeführt von diesem Kunst springenden Organismus, der ihn, Kurt Wiegand, lebt, 28 Jahre, 8 Monate und 12 Tage alt, 188 Zentimeter groß und 84 Kilogramm schwer, ein Mann, der als Person jetzt aufgehoben ist, ganz zu diesem Organismus geworden, dessen Leistungsstärke das Ergebnis intensiver Trainingsarbeit ist, dem es gelingt, einen Doppelsalto aus einer Höhe von 55 Metern zu springen, sicher gesteuert von seinem Zentralnervensystem, dessen Netzwerk elektrochemische Impulse sofort und für ihn nicht spürbar in all seine Körperteile leitet, die Reihenfolge der einzelnen Sprungphasen koordiniert, eine in seinem Körper ablaufende Kettenreaktion, die ein zweckmäßiges und zielgerichtetes Zusammenspiel der Knochen, Sehnen, Bänder und Muskeln seines Bewegungsapparates bewirkt, Wiegand zu diesem Kunstsprung befähigt, ein Sprung, der nach dem gelungenen Doppelsalto und einer zusätzlichen halben Körperdrehung jetzt wie beabsichtigt in den Hecht übergeht, sodass er genau genommen einen zweieinhalbfachen Salto ausgeführt hat, eine in Fachkreisen übliche Ansicht, die Wiegand schon seit Längerem nicht mehr teilt, ein sogenannter halber Salto hat für ihn nichts, was für einen Salto charakteristisch ist, zählt nicht, mit einem ganzen verglichen, wirkt er immer reizlos und zweitrangig, von einem zweieinhalbfachen Salto zu sprechen, erscheint ihm genauso unsinnig wie von einem drei minus einhalbfachen, entweder springt er einen einfachen oder einen doppelten Salto, dazwischen fügt er immer nur Verbindungselemente ein, der Doppelsalto ist die Hauptsache, alles Weitere sind Zusätze, im Grunde nur Übergänge von einem Sprungteil zum anderen, wenn er einen Doppelsalto mit anschließendem Hecht springt, dann gibt es für ihn keinen halben Salto dazwischen, so wie jetzt, hoch oben im Luftraum des Vergnügungsparks Eldorado, wo er seinen nach dem Doppelsalto noch drehgerundeten Körper energisch und schnell streckt, sofort den Haltungswechsel vollzieht, eine reine Gefühlssache, mitentscheidend für sein Überleben, er darf sich nicht überstrecken, muss seinen von den Rotationsbewegungen rasant beschleunigten Körper neu ausrichten, ihn kontrolliert weiterfallen lassen, in guter Sturzflughaltung, was er jetzt auch macht, er drückt seinen Körper durch, gibt ihm eine starke Bogenspannung, sodass er die Form einer gekrümmten Linie annimmt, breitet gleichzeitig seine Arme flügelartig zu größter Spannweite aus, richtet seine Augen auf das unter ihm liegende Blau des Luftsacks und steuert, von den nervalen Vorgängen in seinem Körper geleitet, kopfüber dessen noch mehr als 35 Meter entfernte Mitte an, so, wie er es sich vorgenommen und in Gedanken oft durchgespielt hat, denn je punktgenauer er fällt, desto besser wird er aufkommen, trifft er ihn in der Mitte, dann wird er weich auf diesem riesigen Luftsack, gefüllt mit der Luft Bayerns, landen und seinen Sprung glücklich beenden, um 5000 Euro reicher und mit der Aussicht auf einen Karriereschub im Unterhaltungsgeschäft, ein Sprung vorwärts für ihn, ein Körpererfolg, aber noch hat er es nicht geschafft, ein Luft- und Fallweg von 35 Metern liegt noch vor ihm, noch ist nicht entschieden, ob und wie er seinen Kunstsprung überleben wird, sein Körper ist noch unterwegs, erdwärts gerichtet, der Gravitationskraft ausgesetzt, die hier im Eldorado-Gebiet ihn mit der überall geltenden Fallbeschleunigung von 9,81m/sec^2 unaufhaltsam anzieht, ein auf ihn dauernd einwirkendes Naturgesetz, dem er sich nicht entziehen kann, das ihn rasend schnell zur Erde zurückbewegt, ebenso rigoros, wie es bei vielen Körpereinsätzen zuvor schon der Fall gewesen ist, die er alle unverletzt überstanden hat, bis heute, was er sich zutraut, das kann er auch, dafür ist er trainiert, wenn er etwas mit seinem Körper wagt, dann bringt er ihn immer mit einem Höchstmaß an Kontrolle und Präzision ins Spiel, eine Selbstverständlichkeit und eine Notwendigkeit, nie setzt er ihn aufs Spiel, das Risiko muss in einem für ihn vertretbaren Rahmen bleiben, zwar gewagt, aber genau berechnet, gut abgesichert, etwas anderes kommt für ihn nicht infrage, dafür lebt er zu gerne, er hütet sich davor, sich zu überschätzen, das könnte schnell tödlich werden, er weiß, wie weit er gehen kann, kennt seine Grenzen, er muss davon überzeugt sein, dass er es schafft, nur dann macht er es, führt er aus, wozu man ihn engagiert hat, nur dann setzt er seinen Körper ein, verdient er mit ihm auf seine ganz besondere Weise das Geld, das er braucht, danach handelt er schon seit einigen Jahren, deswegen ist ihm auch bis jetzt noch nichts passiert, weder bei seinen spektakulären Sprüngen und Stürzen, die seine Spezialität sind, noch bei seinen anderen stark körperbetonten Auftritten, nur leichte Hautabschürfungen, Verstauchungen und Zerrungen hat er sich bisher dabei zugezogen, keine ernsthaften Verletzungen, der Schwierigkeitsgrad ist manchmal hoch gewesen, aber er hat noch nie Kopf und Kragen riskiert, grundsätzlich macht er nichts auf gut Glück, er weiß seine körperlichen Möglichkeiten richtig einzuschätzen, das gilt für seinen Sprung jetzt genauso wie für seine anderen mehr oder minder gewagten Körpereinsätze, die er bisher bewältigt hat, hier im Eldorado Vergnügungspark ist er schon im vergangenen Jahr an vier Wochenenden aufgetreten, in einer Bavaria-Stuntmen-Show, wo er mit Kollegen einiges davon zeigte, was bei Filmaufnahmen immer wieder vorkommt: Stürze aus Fenstern, von Leitern, auf Treppen, aus fahrenden Autos, Sprünge von Klippen, von Dächern und Balkonen, durch Glasscheiben, aus Zügen, Prügelszenen mit allen Finessen, auch in dem badenwürttembergischen Freizeitpark FuntropoI hat er schon gearbeitet, ist dort von einem Sprungturm aus einer Höhe von 30 Metern à la Acapulco in ein großes Wasserbecken gesprungen, jedoch nicht als Alleinunterhalter, wie es jetzt der Fall ist, sondern als Mitglied einer fünfköpfigen Springergruppe, die für die Hauptsaison im Sommer verpflichtet worden war, er hat zu verschiedenen Gelegenheiten auch Doppelsaltos vorgeführt, aus Höhen bis zu 35 Metern, am spektakulärsten war wohl bisher sein Hechtsprung aus einem Hubschrauber aus 40 Metern Höhe in den Bodensee, der ihm für eine Fluchtszene in einem Actionfilm problemlos gelang, und nach dem er sich so großartig wie selten fühlte, das war vor etwa eineinhalb Jahren, seitdem wird er mehr beachtet, zwar ist er noch immer eine Randfigur, aber mittlerweile eine bekanntere, in seinem Metier ziemlich gefragt, gilt als vielseitig einsetzbar, zuverlässig, routiniert, Wiegand weiß, dass er sich Schlampereien nicht erlauben darf, wie wichtig ein guter Ruf in seinem Tätigkeitsbereich ist, er wird immer besser, man soll mit ihm zufrieden sein, er ist leistungsorientiert, was er macht, das ist Qualitätsarbeit, bei manchen Körpereinsätzen kommt er nahe an seine Grenze, am schwierigsten sind für ihn jene Sprünge, die wie tödliche Stürze aussehen sollen, bei denen er sekundenschnell die richtige Mischung aus Präzision und Sturzhaltung finden, scheinbar unkontrolliert in die Tiefe fallen muss, wie bei dem Sprung vor einigen Wochen, den er in einer kleinen Nebenrolle für eine Todesszene zu bewältigen hatte, in der er auf einen Baukran kletterte und aus 18 Metern Höhe, von Polizeikugeln getroffen, herunterstürzte, wie bei vielen seiner Sprünge und Stürze auf einem Luftsack sicher landete, fünfmal musste er diesen Sprung wiederholen, weil er dem Regisseur so oft zu artistisch vorkam, zu wenig einem Sturz glich, das war schon gut, aber bitte, mach das doch noch einmal, dann wird's bestimmt super, an solche und ähnliche Sätze hat er sich bei Dreharbeiten gewöhnt, wenn ein Stunt nicht so klappt, wie es der Herr Regisseur gern haben will, man erwartet von ihm, dass er gewagte Szenen wiederholt, so lange, bis man mit ihnen zufrieden ist, sie gut genug wirken, das gehört zum Geschäft, das Risiko hat er allein in Kauf zu nehmen, es soll so spektakulär wie möglich aussehen, sehr gefährlich, es soll Spannung erzeugen, ein Höhepunkt des Films werden, man braucht ihn, man weiß, was man von ihm erwarten kann, man fordert von ihm oft einen hohen Körpereinsatz, den man einem teueren Star keinesfalls zumutet, damit verdient er Geld, er hat dagegen nichts einzuwenden, diese Filmarbeiten gefallen ihm von seinen Engagements am besten, auch wegen der dabei herrschenden Atmosphäre, er zeigt gern, was er mit seinem Körper alles machen kann, genießt es, wenn er etwas Besonderes geschafft hat, er dafür Beifall erhält, wie neulich, als er doubelnd von einem Zug in ein Sportwagen-Cabriolet umstieg, mit einem Aktenkoffer voller Filmgeld unter dem Arm kam er wie vorausberechnet auf dem rutschfest gemachten Wagenheck auf, schlängelte sich dann zum Beifahrersitz, setzte sich neben einen Komplizen und hielt den Aktenkoffer triumphierend hoch, danach war sein Auftritt vorbei, das

Filmteam applaudierte begeistert, Bravo-Rufe, alle Augen auf ihn gerichtet, ein angenehmes Nachspiel für ihn, er war der Mittelpunkt, anerkannt, wichtig, ein Star, aber nur für kurze Zeit, die Szene war abgedreht, seine Arbeit war getan, man brauchte ihn nicht mehr, der gewohnte Verlauf, im Film- und Fernsehgeschäft spielt er keine große Rolle, er ist nur ein Gelegenheitsarbeiter, der mal mehr, mal weniger beschäftigt wird, seine spektakulären und durchschnittlichen Auftritte halten sich dabei in etwa die Waage, manchmal wird er nur für abgedroschene Prügeleien oder läppische Treppenstürze engagiert, es kommt auch vor, dass der jetzt als Sensationsdarsteller 9,81 m/sec^2 schnell durch den Eldorado-Luftraum fallende Kurt Wiegand bloß ein besserer Komparse ist, für Mini-Szenen sich nur wenig zu bewegen und nur ein paar Worte zu sprechen braucht, wofür er Gagen erhält, die kaum kleiner sein können, je spektakulärer er auftritt, desto mehr verdient er auch, Berechnungsgrundlage dafür ist ein Stuntszenen-Katalog, in dem die einzelnen Einsätze nach dem Schwierigkeitsgrad und dem Risiko aufgelistet sind, danach werden die Verträge abgefasst, die er zu erfüllen hat, eine Unfallversicherung gibt es nicht, das Risiko hat er alleine zu tragen, doch das ist ihm egal, er weiß genau, was er sich zumuten kann, vertraut den Sicherheitsvorkehrungen, sonst würde er es nicht machen, manchmal fragt er sich, ob er nicht doch zu wenig wagt, sich zu früh sagt: Bis hier und nicht weiter, vielleicht könnte er aus seinem Körper mehr Kapital schlagen, weil ihm sein Risiko zu hoch schien, hat er schon einige verlockende Angebote abgelehnt, ist er etwa noch zu vorsichtig, nicht couragiert genug, er weiß es nicht, andere wagen und verdienen mehr als er, doch manchmal wagt jemand zu viel, verletzt sich schwer oder stirbt sogar, erst im vorigen Monat war ein amerikanischer Stuntman, der an Händen und Füßen gefesselt war, bei einem Sturz von einem

Münchner Hochhausbalkon katastrophal falsch auf einem Luftsack aufgeprallt, anstatt auf den Rücken fiel er auf den Bauch, seitdem ist er querschnittgelähmt, Rollstuhlfahrer, Wiegand könnte so nicht weiterleben, dann wäre er lieber tot, doch darüber denkt er nicht lange nach, er rechnet immer damit, dass ihm nichts passiert, ist sich seiner Sache sicher, wenn er seinen Körper ins Spiel bringt, sonst hätte er sich auch nicht auf diesen Eldorado-Sprung eingelassen, bei dem sich sein Körper noch in der Sturzflughaltung befindet, dieser für ihn genau kalkulierte Sprung, für den er seinen bisher höchsten Sekundenlohn bekommen wird, der ihn im Unterhaltungsgeschäft ein gutes Stück vorwärts bringen könnte, wo er bislang als Körpervirtuose zwar gebraucht, aber nur am Rande beachtet wurde, in der lohnbezogenen Rangordnung steht er auf einer der untersten Stufen, einen Namen hat er sich noch nicht machen können, er ist problemlos ersetzbar, darüber täuscht er sich nicht hinweg, was er kann, das können andere auch, wenn er es nicht macht, dann macht es eben ein anderer, es gibt zwar nur wenige in Deutschland, die ähnlich wie er ihren Lebensunterhalt verdienen, aber die sind für ihn schon Konkurrenz genug, dagegen muss er sich behaupten, für Leute seines Fachs ist Deutschland ein Entwicklungsland, hier herrschen keine amerikanischen Verhältnisse, mit Hollywood oder Las Vegas lässt sich hier nichts vergleichen, alles ist hier eine Nummer kleiner, mindestens, deutsche Stuntmen oder Sensationsdarsteller gibt es eigentlich nicht, man arbeitet zwar so, aber nicht nur, man ist auf zusätzliche Einnahmequellen angewiesen, Wiegand macht sich darin nichts vor, er kennt die deutschen Verhältnisse, die alles andere als günstig sind, nicht genug Action, er hat sich darauf eingestellt, seine Mischform gefunden, er bietet sich vielseitig an, er ist eine Art Hure, er prostituiert seine körperlichen Fähigkeiten in verschiedenen Bereichen der Unterhaltungsbranche, nimmt auch Angebote an, die weit unter seinem Niveau liegen, er verdient zwar nur mäßig, aber seine Gelegenheitsarbeiten gefallen ihm, was für ihn wichtiger ist, es reicht für seinen Lebensunterhalt, er braucht nicht viel, er will abwarten, wie sich alles weiterentwickelt, wer weiß, welche Möglichkeiten sich ihm nach seinem Sprung noch bieten, es ist eine Chance, auf jeden Fall verdient er damit gutes Geld, auch wenn er sich unter Wert verkauft hat, die 5000 Euro hat er schon fest einkalkuliert, aber noch hält er den Scheck nicht in seinen Händen, noch hat er es nicht geschafft, er ist noch von oben nach unten unterwegs, in perfekter Sturzflughaltung springt er auf den jetzt noch 25 Meter unter ihm liegenden Luftsack zu, als wäre sein Körper in dieser Haltung erstarrt, er beschreibt eine leicht bogenförmige Flugkurve, ganz vom Sprunggefühl durchdrungen, weiterhin an nichts denkend, körperzentriert, die Haltung seines Körpers nicht verändernd, immer schneller fallend, weder empfindet Wiegand es als Rausch, noch läuft, wie es nicht selten abstürzende Bergsteiger erleben, ein Film mit Szenen aus der eigenen Lebensgeschichte vor seinem geistigen Auge ab, noch nie hat er auf einem seiner vielen Fallwege Ähnliches erlebt, eine wohl einzigartige Erfahrung, die er gern einmal machen würde, natürlich nur bei gewollten und geglückten Sprüngen und Stürzen, vielleicht, so sagt er sich gelegentlich, geschieht so etwas bei einem Super-Sprung aus einem Hubschrauber, bei dem er so lange wie noch nie zuvor auf einem Fallweg unterwegs ist oder auch bei einem eher mittelmäßigen Körperkunststück, möglicherweise wird er es jedoch nur dann erleben, wenn er plötzlich sein Gleichgewicht verliert, lebensgefährlich zu Fall kommt, davon völlig überrascht wird, keinen Halt mehr unter seinen Füßen zu haben, wenn er keine Kontrolle mehr über seinen Körper gewinnt, tief ins Leere stürzt, vom Jetzt-ist's-aus durchzuckt, bei einem Unglücksfall, bei der Arbeit an einer gefährlichen Filmszene, vielleicht passiert dann, was andere schon erlebten und wovon sie, falls sie überlebten, später berichteten, vielleicht würde dann bei ihm auch wie bei jenen scheiternden Gipfelbezwingern eine Gedankenflut einsetzen, in der sich rasend schnell das eigene Leben in noch nie gesehenen Bildern zeigt, verbunden mit einem wunderbaren Glücksgefühl, ein Wachtraum direkt an der Grenze von Leben und Tod, die er dann glücklicherweise doch nicht überschreitet, wovon er mit einer einmaligen, unvergesslichen Erfahrung zurückkehren würde, aber davon ist er jetzt weit entfernt, was mit ihm in diesem Augenblick geschieht, das ist von ihm gewollt, geplant, Ergebnis seiner Fähigkeiten, es läuft automatisch ab, sein Bewusstsein bleibt ausgeschaltet, während sein Zentralnervensystem seine Aufgabe weiterhin erledigt, elektrisch schnell leitet es seine Impulse genau dahin, wohin sie gehören, lässt so bestimmte Reihenfolgen von Reiz, Reaktion und Interpretation entstehen, die seinen Sprung dirigieren, wovon er nichts merken kann, solange er springt und fällt, ist er nur noch ein von seinen nervalen Vorgängen gesteuerter Körper, dessen Gewicht und Lage die Auswirkung der Gravitationskraft auf in beeinflusst, die ihn wie alle fallenden Körper zum Erdmittelpunkt hin gleichmäßig beschleunigt und dabei seine Geschwindigkeit nach jeder Sekunde um 9,81 Sekundenmeter vergrößert, bis zum Sprungende, im uralten Schwerefeld der Erde fällt er, wie er fallen muss, sekundenkurz noch wird sich sein Kunst springender Körper im Sturzflug weiter erdwärts bewegen und sein Leben dieser Situation ausgeliefert bleiben, das heute vor 28 Jahren, 8 Monaten und 12 Tagen begann, siebeneinhalb Pfund wog er bei seinem Erddebüt, entwickelte sich aus so viel Körper, lernte sein Gleichgewicht gegen die auf ihn wie auch auf alle anderen Menschen unablässig einwirkende Schwerkraft zu behaupten, er richtete sich auf, machte seine ersten Schritte, fand in der Vertikalen Halt, bewegte sich immer freier im Raum, durchlief prägende Phasen, bekam seinen eigenen Werdegang, wurde schließlich zu dem Mann, der er heute ist, kein anderer will er sein, so etwas spielt er schon lange nicht mehr in Gedanken durch, ein Kopftheaterstück, in dem er als Abtrünniger von sich selbst auftritt, wäre für ihn nur noch komisch, damit gibt er sich nicht ab, die Menschen sind ihm fremd, die es nicht bei sich aushalten und von sich loszukommen versuchen, obwohl sie ihr ganzes Leben mit sich verbringen müssen, mit welchen Tricks man eine derartige Lebensweise erträgt, vermag er nicht nachzuempfinden, vielleicht eine Folter, so vermutet er, an der man zwar leidet, die man aber auch genießt, nicht seine Welt, er bleibt entschieden bei sich, er ist froh, dass er sich hat, so soll es auch bleiben, schließlich bin ich lebenslang mit mir zusammen, bis dass der Tod mich scheidet, sein Leben versteht er als eine Art Kür, nur nach seiner Fasson will er es führen, für ihn eine Selbstverständlichkeit, seine Körper-Kultur bildet seinen Schwerpunkt, er könnte sich nicht anders gewichten, ich körper, also bin ich, seit seiner Studentenzeit denkt er so, was ihm folgerichtig erscheint, auf akademischem Wissen gründet, das er sich auf der Sporthochschule in Köln angeeignet hatte, zwar lernte er weniger als vom Lehrplan gefordert, aber doch genug, um die körperlichen Gegebenheiten zu begreifen, die ihn besonders interessierten, wodurch ihm sein eigener Körper noch vertrauter wurde als er es ohnehin schon war, er übernahm die gerade in Sportlerkreisen favorisierte Ansicht von der Einheit von Körper und Seele, fand im psychophysischen Gleichgewicht sein Ideal, übertrug, um seine Ichstärke zu trainieren, Erfolg versprechende Erkenntnisse der Trainingslehre leicht abgewandelt auf sein Innenleben, er nahm an Selbsterfahrungs-Kursen teil, lernte seine individuellen Schwerpunkte besser verstehen, bemühte sich um seine eigene Balance, es kam ihm darauf an, nicht nur körperlich, sondern auch seelisch in Form zu sein, man muss sein Leben gut trainieren, jeder ist seines Glückes Schmied, er gewann eine sportlich-materialistische Lebenseinstellung, die für ihn sinngebend und richtungsweisend wurde, bis heute ist er mit ihr gut zurechtgekommen, was ihm ihre Richtigkeit beweist, einen anderen Nutzen hatte sein Studium an der Sporthochschule nicht, im Grunde genommen war es sogar überflüssig, ein paar populärwissenschaftliche Bücher hätten für seinen Eigenbedarf auch ausgereicht, aber nach dem Abitur war ihm nichts Besseres eingefallen, als Sportlehrer oder Trainer zu werden, was er wegen seiner wettkampferprobten körperlichen Fähigkeiten für sinnvoll hielt, jedoch bald als Irrtum einsah, er merkte, dass er dafür gänzlich ungeeignet war, andere sportlich zu beammen, deswegen brach er nach dem fünften Semester sein Studium ab, ein zweiter Platz bei den deutschen Studentenmeisterschaften im Kunstturnen war für ihn der größte Erfolg, den er innerhalb seiner Universitätszeit erringen konnte, danach setzte er mit Entschiedenheit fort, womit er schon während seines Studiums begonnen hatte, er bot seine körperlichen Qualitäten an, versuchte im Unterhaltungsgeschäft Fuß zu fassen, um Geld zu verdienen, wurde so zu dem Freiberufler, der er auch heute noch ist, ein Selbstständiger, dessen Produkt sein eigener Körper ist, den er vermarktet, so gut es geht, als freischaffender Körpervirtuose hat er gelernt, seine Ansprüche seiner Verdienstlage anzupassen, er kommt mit wenig Geld aus, den Gelderwerb mit dem eigenen Körper zieht er jedem anderen vor, für ihn gibt es nichts Passenderes, es gefällt ihm keinen genormten Beruf zu haben, mal ist er mehr Schauspieler, dann wieder mehr Doubel oder wie jetzt Sensationsdarsteller, was er macht, ist abwechslungsreich, in einem Büro würde er sicherlich verkümmern, ein bürgerlicher Berufsalltag wäre für ihn ein Martyrium, dafür fehlt ihm das nötige Talent, er hat seinen eigenen Lebensstil gefunden, er ist nur für sich selbst verantwortlich, mit seinen Aktivitäten schadet er niemandem, was er sich zugutehält, wenn er bedenkt, wer alles wem wie schadet, um Gesellschaftliches kümmert er sich nicht, dieses Gebiet überlässt er gern den hauptberuflichen Humanisten, es ist ihm zu fremd, wer kümmert sich denn um ihn, noch nicht einmal eine Gewerkschaft, die es für Leute seines Fachs nicht gibt, er ist auf sich alleine angewiesen, vom sogenannten Sozialstaat fühlt er sich stiefmütterlich behandelt, ohne Lohnfortzahlung im Krankheitsfall, ohne Anspruch auf Arbeitslosengeld oder einen bezahlten Urlaub oder ein dreizehntes Monatsgehalt, er muss sehen, wie er zurechtkommt, alles hängt von seiner körperlichen Verfassung ab, sie muss erstklassig sein, nur so kann er seinen Lebensstil beibehalten, er fordert sich, will sich ausschöpfen, er kennt seine Stärken und richtet sich danach, das macht ihn selbstsicher, falsche Bescheidenheit hat er nicht nötig, seit seiner Kindheit ist er es gewohnt, dass er seine körperlichen Vorzüge ausspielt, und dass sie ihm am meisten nutzen, sie verschaffen ihm Vorteile, Anerkennung, was für ihn in der Natur der Sache liegt, denn das Körperliche steht ja immer hoch im Kurs, jahrelanges, oft hartes Training liegt hinter ihm, er ist auf dem Höhepunkt seiner Leistungsfähigkeit angelangt, er weiß, dass die Zeit gegen ihn arbeitet, er etwas verkörpert, das nur kurzlebig ist, umso wertvoller erscheint es ihm, er lebt sich aus, in vollen Zügen, bis zum Extrem, Mittelmäßiges reicht ihm nicht, er braucht stärkere Reize, wie diesen Doppelsalto aus 55 Metern Höhe, der vor wenigen Augenblicken in den Hecht übergegangen ist, innerhalb seiner eigenen Grenzen will er es so weit wie möglich treiben, das Extreme beginnt bei ihm später als bei den meisten anderen, normale Maßstäbe gelten für ihn nicht, er ist artistisch eingestellt, er sucht die Herausforderung, um sich an ihr zu messen, tiefe Befriedigung verspürt er, wenn er mit seinem Körper etwas Außergewöhnliches geschafft hat, er sich sagen kann: Das war nicht 08/15, das war 1A, eine Reihe beachtlicher Körperkunststücke sind ihm schon gelungen, er ist ein Profi, weiß, dass er in seinem Fach gut ist, aber auch, dass es Bessere gibt, die ihm klar überlegen sind, dazu zählen vor allem die Sensationsdarsteller aus den USA, die dort als Stars gehandelt werden, Hollywood- und Las-Vegas-Größen, die viel können und auch viel verdienen, 100000 Dollar pro Jahr und mehr, die Rekorde aufstellen, noch nie Dagewesenes zeigen, Supersprünge, die er nicht meistern könnte, wie jenen vierfachen Salto mit eineinhalbfacher Schraube aus 30 Metern Höhe, bei dem jemand an einem Wasserfall vorbei sprang, dann im Strudel eintauchte, ein Weltrekord, überall sind diese Spitzenleute im Einsatz, begehrte Spezialisten, nicht zu ersetzen, zweifellos eine Klasse besser als er, doch damit kommt er gut zurecht, er ist mit seinem Körperkönnen zufrieden, es kann sich durchaus sehen lassen, für deutsche Verhältnisse langt's allemal, und danach richtet er sich, was lässt sich nicht steigern, sensationell, sensationeller, am sensationellsten, auch für Wiegand verkörperte Dar Robinson den Superlativ, der steht über allen, einen besseren Sensationsdarsteller hat es bis heute nicht gegeben, der bleibt wohl unübertroffen, in Fachkreisen spricht man mit Hochachtung von ihm, bewundert ihn weiter, er ist eine Legende, zu Lebzeiten die absolute Nummer 1, er war mit Hollywoodstars befreundet, Produzenten flogen ihn zu den Drehorten, was er alles meisterte, ist einzigartig, einmal raste Dar Robinson in einem Sportwagen über eine Rampe direkt in den Grand Canyon, stieg im richtigen Moment aus und segelte an einem Fallschirm die Schlucht hinunter, so etwas hatte man vorher noch nie gesehen, auch nicht, als er aus 340 Metern Höhe vom CN Tower in Toronto, dem damals höchsten

Gebäude der Welt, sprang und nur wenige Meter über der ihn lebensgefährlich anziehenden Erde von einem Spezialseil gestoppt wurde, unübertroffen auch, wie er die Todesszene eines Killers spielte, dabei im 22. Stock eines Hochhauses erst mit einer Hand an dem Balkongeländer hing, mit der anderen die Pistole ergriff, dann losließ und im freien Fall rückwärts noch schnell zwei Schüsse auf seinen Gegner abfeuerte, während er weiter rücklings in die Tiefe stürzte, perfekt, wie er in einem Hochhaus durch eine Scheibe sprang und aus 55 Metern Höhe in Rückenlage, ohne Sichtkontakt zum Luftsack, hinunterfiel, eine weitere Glanzleistung von ihm war sein Weltrekord-Sprung aus 100 Metern Höhe von einem Hubschrauber, nach dem er punktgenau auf einem Luftsack landete, Dar Robinson war ein Perfektionist, worauf er sich einließ, darüber war er sich jedes Mal im Klaren, er wusste, wie weit er gehen durfte, er plante seine Stunts bis ins kleinste Detail, benutzte Computeranalysen, hatte einen scharfen Verstand, dachte immer intensiv darüber nach, was er machte oder machen wollte, mental äußerst stark, der Zufall darf keine Chance bekommen, das war sein Grundsatz, nie war ihm etwas als Sensationsdarsteller passiert, doch dann verunglückte er bei einem alltäglichen Motorradunfall tödlich, er wurde nur 39 Jahre alt, ein recht kurzes, dafür aber intensives Leben, der jetzt 9,81 m/sec^2 schnell durch den Eldorado-Luftraum fallende Kurt Wiegand würde es, wenn er wählen müsste, einem langen, geruhsamen vorziehen, er kann nicht auf Sparflamme leben, in Dar Robinsons Unfalltod sieht er ein Beispiel dafür, dass man als Sensationsdarsteller wohl eher an den Gefahren des Alltags stirbt als an denen des Berufs, die ja durch Können und Planung in den Griff zu bekommen sind, im Alltag passieren dauernd eine Menge unvorhersehbarer Unglücksfälle, die Zeitungen sind voll davon, das Leben ist eben lebensgefährlich, auf vielerlei Art, allein schon der Körper steckt voller Risiken, bislang ist er selbst verschont geblieben, seine Schwester, an die er sich nicht erinnern kann, jedoch nicht, sie starb mit fünf Jahren an einer eitrigen Lungenentzündung, und auch sein Großvater, an dem er sehr hing, hat in seiner Familie bereits gegen den Tod verloren, endete auf ihn anfangs betrübende Weise als menschliches Wrack in einer Anstalt für Geisteskranke, das geschah vor etwa zwei Jahren, er hat sich in dieser Zeit mit Verfall und Tod so gründlich auseinandergesetzt wie noch nie zuvor, ist aber für sich zu keinem neuen Ergebnis gekommen, seine Einstellung zum Tod wird er wohl nie ändern, der Tod ist zum Fürchten, tyrannisiert jeden, alle, aber auch alle werden sein Opfer, die einen früher, die anderen später, der Tod ist sein größter Feind, ungeheuer brutal, unbesiegbar, mörderisch, so lange wie möglich will er ihn sich vom Leibe zu halten versuchen, was bleibt ihm auch anderes übrig, dank seiner erstklassigen körperlichen Verfassung glaubt er gute Überlebenschancen zu haben, mindestens 50 Jahre will er schon alt werden, wer gern lebt, stirbt nur ungern, mit dem Tod beschäftigt er sich nur noch flüchtig, er weiß ja, woran er bei ihm ist, ganz in Luft aufgelöst haben sich für ihn Pläne, die ihm einen Stammplatz im Jenseits sichern sollen, damit liebäugelt er schon lange nicht mehr, erst auf der Erde, dann in der Erde, das wär's, etwas Sinnvolleres als sich auszuleben, gibt es für ihn nicht, auf dieser Erde, die ihn jetzt bei seinem Kunstsprung anzieht und lebenslang weiter anziehen wird, er fühlt sich erdverbunden, Kurt Wiegand, Erdling, er kann sich nicht beklagen, im Grunde ist er mit seinem Leben auf diesem Planeten zufrieden, der im All nicht bahngenau, sondern leicht eiernd kreisen soll, mit dem All kann er nicht viel anfangen, es kommt ihm irgendwie gedopt vor, spielt in einer ganz anderen Liga, konkurrenzlos mit diesen unfassbaren Mega-Kräften und Super-Super-Geschwindigkeiten, wo dauernd eine kosmische Sensation die andere jagt, unfassbare Rekorde aufgestellt werden, erdferne Dimensionen, wo das Maßlose normal zu sein scheint, eben eine Menge passiert, seit jenem Ursprung, der ein Urknall gewesen sein soll, und wenn schon, von ihm aus kann es auch bloß ein göttlicher Furz gewesen sein, was vor Milliarden Jahren passiert sein könnte, interessiert ihn nicht, er zählt nicht zu denen, die den Kosmos anstaunen und pathetisch werden, nicht seine Welt, weitaus bedeutsamer sind für ihn die Schwerkraft der Erde und die drei Fallgesetze von Isaac Newton, wobei er dieses $g = 9{,}81\ m/sec^2$ ganz besonders schätzt, diese Formel gehört zu seinem körperbetonten Leben, besitzt für ihn trotz aller Sachlichkeit eine ganz persönliche Note, kurz und bündig drückt sich in ihr aus, was für ihn eine außergewöhnlich große Rolle spielt, wovon er sich so stark beeinflusst fühlt, ich und die Erdanziehung, es vergeht kaum ein Tag, an dem er nicht an sie denken muss, sie übt auf ihn einen eigenartigen Reiz aus, sie hat für ihn etwas Magisches, von keiner Naturgegebenheit fühlt er sich mehr beeinflusst, die dominierende Kraft unter ihm, andauernd wirkt sie auf ihn ein, er kann sich ihr nicht entziehen, manchmal wünscht er, dass er es könnte, sie stellt an ihn spezielle Anforderungen, genauer als allgemein üblich muss er auf ihre Gesetzmäßigkeiten achten, er ist trainiert, auf ihre Wirkungsweise in Ausnahmesituationen richtig zu reagieren, er fühlt sich zwar gut geerdet, aber er weiß auch, dass er sich Nachlässigkeiten nicht erlauben darf, die Schwerkraft kann für ihn schnell schicksalhaft werden, Konzentration und Präzision sind der Tribut, den er ihr zollt, sie lässt sich nicht austricksen, sie herrscht, seit uralten Zeiten eine Weltmacht, eine Natur-Diktatur, je gekonnter er seinen Körper einsetzt, desto besser kommt er mit ihr zurecht, seine Muskelkraft und Beweglichkeit gegen die Schwerkraft, ein Spiel reich an Höhepunkten, bei dem ihm schon vieles gelungen und noch nichts zugestoßen ist, in seinem 28 Jahre alten Leben, das jetzt nur noch sekundenkurz dauern kann, er bleibt so lange noch in Lebensgefahr, bis er nach seinem Kunstsprung sicher auf dem Luftsack gelandet ist, sein 5000 Euro werter Auftritt als Sensationsdarsteller kann ihn das Leben kosten, wegen eines schweren Haltungsfehlers oder eines Defekts am Luftsack, aber noch stimmt seine Flugbahn, ist seine Sprungtechnik perfekt, mit der sein Körper auf den Luftsack, seiner Überlebenszone zusteuert, auf dieses Blau unter ihm, das immer größer wird und immer näherkommt, nichts anderes als dieses Blau sieht er, seine Augen visieren die Mitte davon an, die er jetzt ganz bewusst wahrnimmt, da will er hin, genau in die Mitte von diesem Blau, sein einziger Gedanke, für Sekundenbruchteile lässt er seinen Körper in noch immer kontrollierter Sturzflughaltung weiterfallen, seine Flugkurve bewegt sich auf den quaderförmigen Luftsack zu, 10 Meter über seiner blauen Überlebenszone, im richtigen Moment, vom Gefühl geleitet, führt er seinen letzten Haltungswechsel aus, die Endphase seines Sprungs beginnt, er dreht seinen Körper zur Rückenlage, winkelt dabei seine Arme an, presst sie seitlich an seinen Rumpf, den er leicht rundet, streckt seine Beine fast diagonal nach oben, gibt seinem Körper sofort eine starke Muskelspannung, die ihn in dieser Haltung erstarren lässt, er gleicht einem Artisten, der nach dem Ende seiner Trapeznummer sich auf das Netz fallen lässt, Wiegands Augen blicken in den grauverhangenen Himmel, während er rücklings auf den Luftsack zufällt, den er nicht mehr verfehlen kann, der Verlauf seiner Flugkurve nähert sich dem Zentrum des Luftsacks, den er als sein größtes Sicherheitsrisiko eingestuft hat, 11 Meter lang, 9 Meter breit und 3 Meter hoch, gefüllt mit der Luft Bayerns, liegt der Luftsack jetzt noch 8 Meter unter ihm, er ist für ihn in diesen Sekunden die wichtigste Sache auf der Welt, lebensentscheidend, man hat zwar Konstruktion und Material gründlich getestet, aber trotzdem bleibt der Luftsack ein Sicherheitsrisiko bis zuletzt, wegen eines Materialfehlers kann er zu stark nachgeben oder sogar platzen, was anderen Stuntmen schon passiert ist, das wird Wiegand jetzt wieder in Sekundenbruchteilen bewusst, er fühlt sich ausgeliefert, in großer Lebensgefahr, alles wird ihm fremd und unheimlich, plötzlich befällt ihn ungeheure Angst, wie er es noch nie zuvor erlebt hat, er spürt seinen Körper nicht mehr, als hätte die Angst ihm einen furchtbaren Schlag versetzt, der ihn gänzlich lähmt, er verliert die Orientierung, weiß nicht mehr, wo er ist, wohin und warum er fällt, glaubt jetzt schon lange so zu stürzen, in einen dunklen Abgrund, immer schneller und tiefer, in eine tödliche Tiefe, er weiß nicht mehr, dass unter ihm der Luftsack liegt, sein Körper genau auf ihn zufällt, Todesangst überwältigt ihn, er will nicht weiterstürzen, er will nicht sterben, Nein will er schreien, Neiiiin, kann es aber nicht, schlägt in diesem Moment nach einer Gesamt-Sprungzeit von 5,23 Sekunden auf dem Luftsack auf, mit einer Geschwindigkeit von 109 Kilometern pro Stunde, nicht ganz in der Mitte, aber noch immer genau genug, eine relativ sichere Stelle, etwa drei Meter vom tödlichen Rand entfernt, er spürt und hört, dass er auf den Luftsack gefallen ist, ein krachend harter, jedoch schmerzloser Aufprall, sofort wird er sich seiner Situation bewusst, seine Gedanken rasen, während er vom Luftsack abgebremst und umschlossen wird, der Luftsack ich hier oben drauf gut getroffen muss halten jetzt nicht kaputt will leben ich 5000 Euro auf Luft nicht platzen dann tot Schwerkraft ich wie tief weich ich versinke nein nicht weiter ist aus viel zu tief sterbe jetzt ist schon geplatzt nein doch nein spannt sich hält ist ganz ja hat gehalten ich lebe geschafft ja ich wirklich ich hab's geschafft, jetzt spürt er, wie sein im Luftsack eingesunkener Körper hochgedrückt wird, eine elastisch federnde Bewegung, die ihn

erst auf seine linke Körperseite dreht, dabei eng an die luftgefüllte, sich glatt und warm anfühlende Synthetikmasse presst, dann wieder auf den Rücken zurückkippt, in dieser Position bleibt sein Körper liegen, lang ausgestreckt, regungslos, in einer Fallmulde, Wiegand sieht nur das Blau des Luftsacks um ihn und das sich scharf dagegen abgrenzende Grau des Himmels, er verspürt eine große Müdigkeit, möchte so liegen bleiben, sein Sprung ist ihm gelungen, das weiß er, aber etwas ist ihm dabei passiert, etwas, das weiter auf ihn einwirkt, irgendwie lähmt, alles andere überdeckt, es kommt ihm jetzt so vor, als hätte er gerade eine schwere Niederlage erlitten.
Schwerfällig richtet sich Wiegand auf. Er balanciert seinen Körper auf dem unter seinen Füßen federnden Luftsack aus, indem er seine Beine spreizt, mit seinem Rumpf kurze Pendelbewegungen nach links und rechts macht und seine Arme ausstreckt. Er bleibt einige Augenblicke stehen, sieht um sich, nur den blauen Luftsack wahrnehmend. Er zögert, weiß noch nicht, von welcher Stelle aus er herunterspringen soll, geht dann mit stapfenden Schritten über die elastische Masse des Luftsacks zu dessen vorderer Längsseite. Aus dem Publikum, das als eine sich auflösende Menschenmasse in sein Blickfeld kommt, schallt Beifallsklatschen zu ihm hoch. Er hört es zwar, aber es bedeutet ihm nichts. Er fühlt sich leer. Er senkt seinen Blick, starrt auf das Blau unter ihm, das sich unter seinen Füßen verformt. Während er in drei Metern Höhe sich dem Rand des Luftsacks nähert, empfindet er sich selbst als einen einzigen Fremdkörper. Vorsichtig setzt er sich an den Rand, stützt seine Hände auf, gleitet dann in Rückenlage einen Moment am Luftsack entlang nach unten, löst sich von ihm und lässt sich mit lang gestrecktem Körper aus nur noch geringer Höhe fallen. Er kommt mit beiden Füßen gleichzeitig auf dem Rasen von Eldorado auf, geht dabei in die Kniebeuge, landet weich. Seine Augen blicken auf das Grün unter ihm. Verwun-

dert zieht er seine Augenbrauen zusammen, sieht genauer hin, doch der Anblick ändert sich nicht. Das Grün scheint von einem seidigen Glanz überzogen zu sein. Ein fremdartiger Reiz geht davon aus. Er beginnt sich tiefer herunterzubeugen, möchte mit beiden Händen in dieses glänzende Grün greifen, hört aber jetzt in seiner Nähe die laute Stimme von Mander, die ihn hochschreckt.

»Bravo! Das war große Klasse. Ein toller Sprung. Mannomann, war das spannend. Richtig Herzklopfen habe ich dabei gekriegt. Was müssen Sie für Nerven haben! Die Leute sind begeistert. Klatschen noch immer. Eine prima Show haben Sie da geliefert«, hört er.

Sofort wird ihm alles wieder bewusst. Mander steht direkt vor ihm, hebt den Scheck erst wedelnd in die Höhe, überreicht ihn dann Wiegand, der ihn kurz überprüft. »5000,- Deutsche Bank München«, liest er. Das wär's also, denkt er und steckt den Barscheck in die rechte Seitentasche seines mit »10 Jahre Eldorado« bedruckten Overalls. Er sagt kein Wort, sieht Mander kühl an, der sein Gesicht zu einem Grinsen verzieht.

»Sie waren wirklich gut. Ich gebe Ihnen noch einen Tausender extra.«

Zornig ballt Wiegand seine rechte Faust, dieser Mistkerl, will in dieses grinsende Gesicht vor ihm schlagen, beherrscht sich aber, öffnet seine Hand wieder und lässt sie in die Tasche gleiten, wo der Scheck liegt.

»Sehr edel«, sagt er unfreundlich.

Miss Bayern, die hinter Mander gestanden hat, kommt hochbeinig und schwerbrüstig auf ihn zu, stellt sich mit einem Reklame-Lächeln in ihrem zu süßen Gesicht nahe vor ihm hin, legt ihre Arme um seine Schultern und drückt ihm wie verabredet zwei Show-Küsse auf beide Wangen, geht dann sofort, als wäre sie so dressiert, mit wiegenden Schritten zu Mander zurück, stellt sich dicht an seine Seite und richtet ihren Körper, den ihr auf Männerträume zugeschnittenes Fantasiekostüm stark betont, kokett aus, dabei mehrmals die Stellung von Standbein und Spielbein verändernd. Erst jetzt erblickt er Ingrid, die sich schnell und mit ernstem Gesicht von links nähert, hinter ihr Hermann, der seine Kamera auf ihn gerichtet hält. Er breitet beide Arme aus und legt sie wenig später um Ingrids eng an ihn gepressten Körper.

»Gut, dass es jetzt vorbei ist«, hört er sie sagen.

»Ja«, erwidert er nur.

Alles kommt ihm unwirklich vor. Als wäre es ein Film, in dem er mitspielt. Er sieht, wie Hermann die Kamera herunternimmt und ein zufriedenes Lächeln in seinem Gesicht erscheint.

»Perfekt, Kurt. Ich hab's ja gewusst«, sagt er und streicht über Ingrid hinweg mit seiner linken Hand kurz über Weigands Kopf.

»Man tut eben, was man kann. Schnell verdiente 6000 Euro, Hermann. 1000 Euro hat Mander gerade draufgelegt. Aber ich bin davon irgendwie geschafft. Ich weiß auch nicht, warum«, sagt er leise und langsam.

»Das kommt bestimmt von der großen nervlichen Anspannung«, meint Ingrid, die sich aus seinen Armen windet und ihn fragend ansieht. »Du siehst müde aus.«

»Ich fühle mich auch so.« Das Sprechen fällt ihm schwer. Alles ist ihm zu viel. Die fremden Menschen ringsum widern ihn an. Sie scheinen von ihm nicht genug bekommen zu können. Wie sie ihn noch immer begaffen und bezeigefingern, wie sie mit ihren Fotoapparaten auf ihn zielen! Sie sollen ihn in Ruhe lassen, sollen verschwinden. Es ist widerlich. Zum Davonlaufen.

»Was nun? Bleiben wir noch weiter hier? Wir wollten uns ja den Motorrad-Stunt ansehen und uns auch noch über diesen bibelfesten Gedächtniskünstler amüsieren. Auf den bin ich

besonders gespannt. Das Paradebeispiel eines Erznarren. Hat wohl seinen Kopf total verbibelt. Oder willst du lieber gehen, Kurt?«, fragt Hermann.
»Ja. Mir reicht's irgendwie«, antwortet Wiegand.
Werner Schellhorn und die anderen Stuntmen kommen jetzt in sein Blickfeld. Sie standen vorhin abseits der Zuschauer, damit Hermann sie als eine zusammengehörige, sich von allen anderen unterscheidende Gruppe filmen konnte. Sie bahnen sich langsam einen Weg durch die noch immer dichte Menschenmenge, scheinen in einer ausgelassenen Stimmung zu sein. Wiegand wäre jetzt am liebsten allein. Er sieht zu dem Autokran und dem Transportcontainer, der noch in 55 Metern Höhe über ihren Köpfen schwebt.
»Vom Himmel hoch, da komm ich her«, scherzt Ingrid.
»Wieder zurück auf Mutter Erde«, erwidert Wiegand gequält lächelnd.
»Und ziemlich mitgenommen«, sagt Hermann.
»Schon mehr als ziemlich. Es wird aber gleich vorbei sein. Brauche wohl noch ein wenig Abstand. Wenn ich mich umgezogen habe, verschwinden wir von hier. Dieser verdammte Vergnügungspark widert mich an.«
»Wieso?«, fragt Ingrid, die erstaunt ihre Augenbrauen hochzieht.
»Ich weiß es selbst nicht. Ist eben so. Vielleicht hängt es mit meinem Sprung zusammen«, antwortet Wiegand und senkt seinen Blick. Der Rasen sieht ziemlich ungepflegt aus, ist an manchen Stellen trockengelb. Er zeigt nichts mehr von diesem Seidenglanz, der vorhin auf ihn einen so starken Reiz ausgeübt hat.
Es war bloß eine Täuschung, denkt er. Ich habe meine Sinne nicht alle beisammen gehabt. Wegen meines Sprungs. Irgendetwas ist mir dabei passiert. Ich muss weg von hier. Erst einmal weg von hier.

Jetzt stürzen sich Werner Schellhorn und die anderen Stuntmen auf ihn, verhalten sich ähnlich wie Fußballer, die einen Torschützen feiern. Wiegand lässt ihre Glückwünsche und ihre Ausgelassenheit beinahe teilnahmslos über sich ergehen. Sie sind enttäuscht, als er sich wenige Minuten später von ihnen verabschiedet, verstehen nicht, warum er nicht länger mit ihnen zusammenbleibt. Er will jetzt nichts erklären. Er kann nicht mit ihnen wie abgemacht seinen geglückten Sprung feiern. Sie haben sich darauf gefreut, können ihn nicht umstimmen, meckern. Es ist ihm alles zu viel. Dass er sie mit seinem Verhalten vor den Kopf stößt, ist ihm jetzt egal. Sein Angstanfall steckt ihm noch zu sehr in den Knochen. Er fühlt sich miserabel. Am liebsten würde er jetzt allein sein. In diesem verdammten Vergnügungspark »Eldorado« kann er nicht länger bleiben.

Mit dem Tag weiß er nichts mehr anzufangen. Er entgleitet ihm, geht ihm verloren. Er lässt es geschehen. Leere bestimmt ihn. Er fühlt sich nicht bei sich. Es scheint ihm, als würde er in einem großen Abstand zu sich selbst stehen und unbeteiligt dem zusehen, was sich vor seinen Augen abspielt.
Hermann und Ingrid sind bemüht, dem Tag noch eine Wende zu geben. Ohne jeden Erfolg führen sie vor ihm ein Zweipersonenstück der guten Laune auf, animieren ihn zum Mitmachen, überreden ihn zum Essen in einem viel zu teuren Restaurant, das ihm nicht schmeckt, gehen mit ihm an der Isar spazieren, schwärmen dabei von seinem Sprung und rätseln über sein Verhalten.
Von seinem Angstanfall sagt er ihnen nichts. Er will es für sich behalten. Sie schleppen ihn noch durch München, bleiben mit ihm bis Mitternacht in einem angesagten, überfüllten Lokal, doch dann geben sie auf und lassen sich von seiner Stimmung anstecken.

Es wäre ihm lieber gewesen, wenn sie ihn weniger beachtet und dafür mehr in Ruhe gelassen hätten. Gut gemeinte, für ihn jedoch überflüssige und auch lästige Versuche, um ihn aus seinem Tief herauszuholen. Es lässt sich nicht wegreden oder durch Zerstreuungen auflösen. Was geschehen ist, wird er so leicht nicht verkraften können. Todesangst hat ihm einen Schock versetzt und aus seiner Bahn geworfen. Es hat ihn völlig überrascht. Er kann nicht verstehen, warum er in diese Situation geraten ist. Irgendetwas muss er falsch gemacht haben. Nach seinem Sprung hat er sich nicht mehr in den Griff bekommen. Ein misslungener Tag, der sich in Hermanns Wohnung weiter in die Länge zieht. Er fühlt sich so müde wie noch nie zuvor, wartet darauf, endlich im Schlaf versinken zu können.

»Ich bin todmüde. Mit mir ist nichts mehr los, leider«, sagt er, die Schultern hochziehend und wieder senkend.

»Nicht erst jetzt«, entgegnet Ingrid, die schlecht gelaunt neben ihm sitzt, viel trinkt und wenig redet.

»Unser Held braucht anscheinend eine große Portion Schlaf. Ende der Vorstellung«, sagt Hermann und schaltet die Hi-Fi-Anlage aus. Mitten im Lied verstummt die Jazzsängerin.

»Irgendwie kommt er mir abgestürzt vor«, sagt Ingrid zu Hermann.

»Vielleicht bin ich es auch«, erwidert Wiegand.

»Bist aber ziemlich weich dabei gelandet«, meint Hermann.

Wiegand schweigt, richtet seinen Blick auf das leere Weinglas, das er langsam in seiner Hand dreht.

Ingrid steht abrupt auf, schwankt ein wenig, legt eine Hand stützend auf Hermanns Schulter.

»Wenn ich dich vorhin richtig verstanden habe, Kurt, willst du heute Nacht hierbleiben, oder?«

»Ja, ich setze keinen Fuß mehr vor die Tür«.

»Ich bestelle mir jetzt ein Taxi.«

»Aber wieso denn? Bleibe doch auch hier, Ingrid. Dann hättet ihr noch etwas voneinander. Ein schöner Ausklang für euch beide. Wer schläft denn gern allein? Davon kann ich ein Lied singen. Einsam nachts in meinem großen Bett«, sagt Hermann, seufzt und blickt dramatisch zur Decke.
»Besten Dank, Hermann«, erwidert sie lächelnd, »aber ich ziehe es vor, zu gehen. Kurt ist zurzeit ungenießbar.«
»Mag sein«, sagt Wiegand kühl.
»Also schläft heute jeder von uns allein«, folgert Hermann.
»Höchstwahrscheinlich«, sagt Ingrid, die Augenbrauen zusammenziehend. »Das hat manchmal auch seinen Reiz. Was ich dir aber noch zu deiner nächtlichen Einsamkeit sagen möchte, Hermann. Du hättest bei Agnes öfter fünf gerade sein lassen sollen, dann wäre zwischen euch alles reibungsloser verlaufen. Auch im Bett. Ich habe sie gemocht. Du bist viel zu ungeduldig mit ihr gewesen.«
»Meinst du wirklich?«
»Ganz bestimmt. Ihr könntet ohne Weiteres noch zusammen sein. Und du hättest kein Sexproblem.«
»Das nicht. Aber dann wäre sie wieder das Problem geworden.«
»Fragt sich nur, welches von beiden das angenehmere ist.«
»Schwierig zu beantworten. Was meinst du, Kurt? Ist eine problematische Frau dem Problem der Frauenlosigkeit vorzuziehen?«
»Zu dieser Frage sollte man es gar nicht erst kommen lassen«, antwortet Wiegand kopfschüttelnd.
»Ach! Und welchen Ratschlag gibt der Experte diesbezüglich?«, fragt Ingrid, die sich neben ihn auf die Sofalehne setzt.
»Ganz einfach. Frühzeitig zu einer anderen überwechseln. So lassen sich Komplikationen vermeiden.«
»Der hat gut reden«, sagt Hermann, während er sich ein Glas Rotwein einschenkt.

»Mir liegt eine passende Antwort auf der Zunge, Kurt, aber ich verkneife sie mir lieber«, sagt Ingrid und verzieht den Mund.

»Nur Mut«, fordert Hermann sie auf.

Wiegand wird alles zu viel. Er rutscht zum Rand des Sofas, lehnt sich mit ausgestreckten Beinen zurück, schließt die Augen.

»Lassen wir es besser. Kurt sollte so schnell wie möglich ins Bett kriechen. Das ist wohl das einzige, wozu er noch in der Lage ist. Du, Hermann kannst ihm ja noch eine männliche Gutenachtgeschichte erzählen.«

»Werde ich machen«, erwidert Hermann und lacht leise. »Ich bestelle dir jetzt ein Taxi«, sagt er zu Ingrid.

Wiegand, der seine Augen weiter geschlossen hält, spürt, wie ihre Hand flüchtig sein Gesicht streichelt.

Wenige Minuten später liegt er mit angezogenen Beinen im Bett, denkt noch kurz an seinen Sprung und auch daran, dass sein Körper jetzt nicht wie vor einigen Stunden auf einem riesigen Luftsack, sondern auf einer normalen Matratze liegt, treibt dann in zusammenfließenden Gedanken dem Schlaf entgegen, überlässt sich ihm und spult eine Serie von wirren Traumfilmen ab, an die er sich am nächsten Morgen nur schwach erinnert.

Was gestern begonnen hat, setzt sich heute fort, bestimmt ihn noch stärker. Er merkt es schon kurz nach dem Aufstehen. Etwas hat sich in ihm eingenistet, beeinflusst ihn, drängt ihm einen fremden inneren Rhythmus auf, der ihn verlangsamt und verunsichert.

Er hat das sonderbare Gefühl, nicht mehr derselbe zu sein, nicht mehr der Kurt Wiegand, der er noch vor seinem Sprung gewesen ist. Es muss mit ihm etwas passiert sein, wogegen er machtlos ist. Ihn befällt eine tiefe, ihm unbegreifliche Niedergeschlagenheit.

Den heutigen Morgen verbringt er alleine in Hermanns Wohnung. Er hat Hermann nicht mehr gesehen, der schon früh zum Fernsehstudio gefahren ist, wo er wieder einmal, wie er gestern schimpfte, für eine zutiefst seichte Unterhaltungssendung die Kamera bewegen muss. Wiegand weiß nicht, ob es für ihn gut oder schlecht ist, jetzt alleine zu sein.

Nachdem er sich angezogen hat, holt er die Tageszeitung aus dem Briefkasten, schlägt sofort den Lokalteil auf und sieht mit zusammengepressten Lippen nach, ob dort ein Bericht über die Eldorado-Jubiläumsveranstaltung abgedruckt ist. Er findet ihn neben einem Foto, das Werner Stroka, den Motorradartisten, in genau dem Augenblick zeigt, wie er mit seiner Maschine einen Riesensatz über mehrere Autos hinweg macht und auf einen Feuerreifen kurz vor ihm zurast. Er liest den Artikel zweimal, lässt dann die Zeitung hinuntersinken.

Ist das alles? Zwei lahme Sätze? Verfälschen alles. Wer hat das bloß zusammengeschmiert? Ohne meinen Namen zu erwähnen. Er ist mehr verärgert als enttäuscht. Noch einmal liest er die beiden Sätze.

»Danach wurde es ziemlich spannend, als ein Münchner Stuntman seine Kamikazenummer vorführte, eine Art Salto-Hechtsprung aus einer Höhe von 55 Metern, in die ihn ein Autokran transportiert hatte. Nach kurzer Flugzeit landete er mit verblüffender Genauigkeit in der Mitte eines großen Luftsacks, von dem er dann wohlbehalten und strahlend herunterkletterte.«

Ziemlich spannend. Münchner Stuntman. Kamikazenummer. Eine Art Salto-Hechtsprung. Wohlbehalten und strahlend, wiederholt Wiegand mit spöttischem Tonfall. Er faltet die Zeitung zusammen, faltet sie zu einem kleinen Papierpaket und wirft es auf den Boden.

Ein für ihn ärgerlicher Artikel. Über die Tanz-Revue und den Bibelnarren ist am meisten, über ihn mit am wenigsten geschrieben worden. Und dazu auch noch derart blödsinnig. Ein paar kurze, treffende Sätze mit der Erwähnung seines Namens hätten ihm bereits genügt. Aber nicht das. Eine große Unverschämtheit. Er bedauert, diesen Artikel gelesen zu haben. Doch dann sagt er sich, dass es im Grunde belanglos ist, was über ihn und seinen Sprung in der Zeitung steht. Weder nutzt es noch schadet es ihm. Damit will er sich nicht weiter auseinandersetzen. Wichtig ist für ihn jetzt nur, dass er sein Tief überwindet und sich wieder in den Griff bekommt. Er versteht es nicht. So etwas hat er bisher noch nicht erlebt. Auf diese Gefühlslage scheint er gar keinen Einfluss zu haben. Während er frühstückt, merkt er, dass sie sich weiter verschlechtert.

»Wie hätten Sie's denn gerne?«, fragt ihn der hinter dem Geldschalter stehende Bankangestellte, dem er den Eldorado-Scheck zugeschoben hat.

»In Fünfhunderter«, antwortet Wiegand und verfolgt, wie der Mann mit branchenüblicher Fingerfertigkeit ihm zehn Fünfhunderteuro-Scheine auszahlt.

Er nimmt das Geld, ohne sich darüber zu freuen, verstaut es in seinem Portemonnaie, steckt es in die Innentasche seiner cremefarbenen Sommerjacke und überprüft durch mehrmaliges Umfassen, ob es dort auch tatsächlich sicher aufgehoben ist. Der Mann hinter dem Geldschalter sieht ihm mit ausdruckslosem Gesicht zu. Vielleicht Mitte Fünfzig. Schon ziemlich fertig. Was für ein Job! Wie viele Stunden seines Lebens der wohl in so einem Glaskäfig zugebracht hat?, denkt Wiegand, während er sich abwendet und an mehreren gläsernen Schalterwänden vorbei zum Ausgang geht. Schlagartig fallen ihm die vielen Glaswände innerhalb der Anstalt ein, in der sein Großvater voriges Jahr als menschliches Wrack endete. Er fühlt sich in seinem Innersten getroffen. Er schluckt krampfhaft. Wie in einem Glaskäfig. Bloß nicht daran denken. Das kann ich jetzt am allerwenigsten gebrauchen. Schmerzlich berührt verlässt er das Bankgebäude. Er blinzelt in die Sonne, die das Straßenviertel in helles Licht taucht. Es ist ein augustwarmer Morgen. 22 Grad zeigt ihm das Thermometer an einer Apotheke an.

Den Rhythmus seiner Schritte muss er bereits nach wenigen Metern ändern. Die vielen Menschen auf dem Bürgersteig zwingen ihn, sich anzupassen, langsamer zu gehen als er möchte. Was um ihn herum geschieht, folgt den Normen des Alltags. Die Fußgänger und der Straßenverkehr mischen sich für ihn zu eintönigen Szenen öffentlicher Fortbewegungen. Wie gewöhnlich funktioniert alles scheinbar reibungslos. Es geht alles seinen Gang. Immer weiter und weiter. Mit ihm genauso wie ohne ihn. Er überlegt, ob er noch in München bleiben oder zu seiner Wohnung fahren soll. Beides erscheint ihm gleich grau.

In seiner Wohnung fühlt er sich noch weniger zu Hause als sonst. Sie bedrückt ihn, was ihn jetzt zusätzlich belastet. Seine Stimmungslage, in der er sich seit gestern befindet, wird sich hier wohl kaum verbessern, eher verschlechtern. Er hätte seine Wohnung eher kündigen sollen. Das Beste wäre gewesen, wenn er sie gar nicht erst bezogen hätte. Dann hätte er jetzt nicht auch noch ein Wohnproblem. Aber er ist zu unentschieden gewesen, hat zu sehr ans Geld gedacht und die Mietpreise in München gescheut. Lange wird er sich seine Wohnung nicht mehr zumuten können. Sie ist Gift für ihn. So schnell wie möglich muss er weg von hier, raus aus dieser Rentnerbude, raus aus diesem katholisch-dumpfen Kaff. Wahrscheinlich wäre es am vernünftigsten, wenn er schon in den nächsten Tagen seinen Umzug vorbereiten und eine Zeit lang bei Freunden wohnen würde, so lange, bis er in seine neue Wohnung einziehen könnte. Er bedauert, nicht in München geblieben zu sein, was für ihn günstiger gewesen wäre, ihn gewiss abgelenkt hätte. Er fühlt sich jetzt nicht in der Lage, wieder zurückzufahren. In seiner Wohnung kommt er sich wie sein eigener Gefangener vor.

Schon seit einigen Minuten liegt Wiegand fast regungslos, die Arme hinter dem Kopf verschränkt, auf seinem grünen Billig-Sofa. Er spürt eine Gliederschwere als hätte er ein hartes Training hinter sich. Er weiß nicht, wie er sein Tief überwinden soll. Zwar versucht er, seinen Sprung und die Folgen aus seinem Bewusstsein auszublenden und seinen Gedanken eine andere Richtung zu geben, aber es gelingt ihm nicht. Er bleibt darauf fixiert. Es geht ihm nicht aus dem Kopf. Was ist bloß mit mir geschehen? Diese Frage bedrängt ihn. Er sucht eine Antwort und gerät ins Grübeln.

Vielleicht, so sagt er sich, ist sein Sprung eine andere Art von Unfall gewesen. Obwohl er dabei unverletzt geblieben ist, hat er doch einen Schaden davongetragen, der ihm jetzt schwer zu schaffen macht. Eine seltsame innere Verletzung, die ihm unbegreiflich bleibt, aber deren Symptome er seit gestern deutlich zu spüren bekommt. Er hat seinen Rhythmus verloren, findet sein Gleichgewicht nicht mehr, wird von ihn niederdrückenden Einflüssen bestimmt. Ein Mittel dagegen kennt er nicht. Er muss es irgendwie durchstehen. Es ist wohl eine Krise, was sonst. Ursache hierfür kann nur die Angst gewesen sein, diese ungeheure Todesangst, die ihn in der letzten Sprungphase befallen hat. Seitdem leidet er an den Folgen. Ein Angstschock ist es gewesen. Die nackte Angst vor dem Sterben. So etwas hat er noch nie zuvor erlebt. Leichtere Angstgefühle hat er vor manchen Wagnissen zwar schon verspürt, doch dann geschah es immer eine geraume Zeit vor seinem Auftritt und verflüchtigte sich relativ schnell. Ähnliches weiß er auch von seinen Kollegen. Es gehört dazu. Aber es lässt sich nicht mit dem vergleichen, was sich gestern bei seinem Sprung ereignet hat. Plötzlich war die Angst da, erinnert er sich, sofort, kurz nachdem er seinen Körper zur Rückenlage eingedreht hatte. Nur wenige Meter über dem Luftsack musste es passiert sein. Lähmende Angst, weil er glaubte, in eine tödliche Tiefe zu stürzen, unrettbar. Das, obwohl er nach einem perfekten Sprung doch genau auf den Luftsack zufiel. Warum? Und woher kam diese Angst? Wieso verwandelte sie sich, als er auf dem Luftsack aufschlug, in Sekundenbruchteilen zu einer Angst davor, dass der Luftsack platzen, er sterben könnte? Er kann es sich nicht erklären. Rasend schnell lief alles ab. Wie bei abstürzenden Bergsteigern. Ein Erlebnis, das er noch immer nicht verkraftet hat. Warum nur diese Angst? Hat er mit seinem Sprung eine Grenze überschritten? Hat ihn die Angst etwa verändert? Fragen, auf die er keine Antwort weiß. Es bleibt ihm ein Rätsel. Er hat das Gefühl, als würde er sich mit seinen Gedanken im Kreis drehen.

Wiegand richtet sich auf, stützt seine Ellbogen auf seine Oberschenkel, seinen Kopf auf seine Handflächen und starrt auf den grauen Teppichboden. Er bemerkt, wie schäbig er aussieht, schäbig wie das Billig-Sofa, auf dem er sitzt, schäbig wie die ganze, seinem chronischen Geldmangel entsprechende Wohnung. Doch so wird er nicht mehr lange hausen. Er kann sich jetzt mehr erlauben. 5000, nein 6000 Euro hat er sich ersprungen. Er verfügt über so viel Geld wie noch nie zuvor. Die 1000 Euro extra wird Mander in den nächsten Tagen überweisen. Aber er ist wohl auch in eine Art Krise gesprungen. Der Preis, den er jetzt für seinen Sprung zahlen muss.

Er steht auf, geht zum Fenster, sieht hinaus. Sein Blick streift Dörfliches, das ihm wieder vor stumpfsinniger Zufriedenheit zu strotzen scheint. Angeekelt wendet er sich ab. Der Ort und seine Wohnung werden ihm unerträglich. Mit schnellen Schritten geht er ins Schlafzimmer, holt eine große Sporttasche aus dem Schrank und beginnt sie zu packen. Trainingssachen, Kulturbeutel, Rasierapparat, Unterwäsche, Hemden, Socken, Jeans, mehr braucht er nicht für die nächsten Tage, die er nur in München zubringen will. Dort wird er sich eher von allem erholen können als hier. Für alle Fälle nimmt er noch die Testsieger-Kondome aus der kleinen Schmuckdose, die auf dem Beistelltisch liegt, der links neben dem vier Quadratmeter großen Bett steht und verstaut sie in einem Seitenfach seines prall gefüllten Kulturbeutels. Er beschließt, zuerst zum Trainingszentrum »Body 2000« zu fahren, wo er Stammkunde ist, schon seit drei Jahren für seine körperliche Leistungsfähigkeit sorgt. Wie er danach den Abend verbringen wird, das lässt er noch offen. Von einem intensiven Training und anschließendem Saunen verspricht er sich eine Verbesserung seines Zustands. Es müsste diese innere Verspannung abbauen. Das hat er jetzt dringend nötig. Seine Gliederschwere dauert an. Ich habe die Angst noch immer in meinen Knochen, denkt er. Trotzdem scheint es ihm, als würde sich seine Stimmung langsam aufhellen.

Im »Body 2000« beginnt er nach einer leichten Aufwärmgymnastik jetzt mit seinem Krafttraining. Dabei fällt es ihm schwerer, seine inneren Widerstände zu überwinden als die mechanischen der Kraftmaschine, an deren chromglänzenden Apparaturen er seine Muskeln nach einem bewährten Übungsplan stärkt. Einerseits will er seinen Körper fordern, um auf diese Weise wieder ins Gleichgewicht zu kommen, andererseits verspürt er einen großen Widerwillen dabei, sich anzustrengen. Er möchte es sich lieber bequem machen. Weil er aber annimmt, dass ein hartes Körpertraining ihm jetzt mehr hilft als ein lässiges In-den-Tag-hinein-Leben, dieses ihm sogar problematisch zu sein scheint, trainiert er zwar lustlos, aber entschieden weiter. Während er mit durchgedrücktem Oberkörper auf der kunststoffbeschichteten Bank der Kraftmaschine sitzt, Beincurler und Butterfly gleichzeitig bedienend, merkt er, dass ihm das heute schwerer fällt als sonst. Er erklärt es sich mit seiner Situation, in der er seit gestern steckt. Innerlich fühlt er sich verändert, verlangsamt. Er würde es am liebsten wegtrainieren.

Nach einigen Minuten beendet er seine Übungen an der Kraftmaschine, steht auf und lockert seine Muskulatur. Ein bekanntes Gesicht kann er nicht erblicken. Wenige Körper erscheinen es ihm wert, betrachtet zu werden. Eine Frau, wohl an die Vierzig, mit noch schönem Körper aber schon bleibenden Schäden ihres Alters im Gesicht, fällt ihm auf, die an einer Sprossenwand Stretchübungen graziös ausführt und seinen Blick erwidert. Seitlich von ihr trainiert ein Mann in Rückenlage auf einer Hantelbank. Er besitzt einen muskelüberwucherten, nach dem Bodybuilder-Ideal ausgeformten Körper. Kann doch nichts Vernünftiges damit anfangen. Nur eine Belastung. Schafft mit seinen Muskelmassen keine 2000 Meter. Macht vorher schlapp. Braucht zu viel Sauerstoff. Sieht unecht aus. Als wären es Muskelattrappen. Aber noch immer besser als so einen Körper zu haben wie dieser Wabbel da vorne. Hat sich gemästet. Hässlicher Buddhabauch. Obwohl er eine starke Abneigung verspürt, länger dorthin zu sehen, mustert er den Mann weiter, seinen unförmigen Fettkörper und sein aufgeschwemmtes Gesicht. Ein unverkennbarer Anfänger, der einige Meter von ihm entfernt mit verbissener Miene ein Fitnessgerät bearbeitet, pressatmend. Nicht ungefährlich. Bei solchen Typen platzt dann schnell ein Äderchen im Kopf. Manche sterben ja den Fitnesstod. Nicht der schlechteste, denkt Wiegand. Zwei Frauen in gleichen, ziemlich schrillen Trikots kommen auf ihn zu und fragen ihn, ob die Kraftmaschine jetzt frei wird, was er bejaht.

Er geht einige Schritte zur Seite, bleibt dann unschlüssig stehen. In der hinteren Ecke des Raumes trainiert ein professionell wirkender großer Mann, vielleicht Mitte 20, athletischer

Körperbau. Leicht und mit flüssigen Bewegungen hebt und senkt er zwei chromglänzende Hanteln. Ein erfreulicher Anblick für Wiegand. Er überlegt kurz, ob er jetzt zum Hanteltraining übergehen soll, entscheidet sich jedoch für das Trockenrudergerät. Er beginnt zügig, steigert dann das Tempo und kommt bald ins Schwitzen. Während er mit hoher Schlagzahl weiterrudert, mit diesem Gerät seine Kraft und Ausdauer gleichzeitig trainiert, muss er wieder daran denken, in welche Lage er geraten ist. Er vermutet, dass er jetzt nicht nur ein Trainingsprogramm für seinen Körper, sondern auch ein festes Programm für sich selbst braucht. Er darf sich nicht treiben lassen. Er braucht einen Halt. Er fühlt sich stark verunsichert. Er traut sich nicht mehr. Sein Körper ist zwar relativ gut in Form, aber er selbst dafür umso weniger. Er glaubt nicht, dass er zur Zeit mit sich alleine gut zurechtkommen kann. Er muss mit Menschen zusammen sein, die ihm wichtig sind. Das wird ihm helfen. Marion, denkt er sofort. Sie weiß nichts von meinem Sprung. Mit Ingrid müsste ich wieder darüber reden. Keine Lust dazu. Bei Marion werde ich besser von allem abschalten können.

Nach einigen Zügen beendet er sein Trockenrudern, bleibt noch eine kurze Zeit mit gebeugtem Rücken sitzen, um seine Muskulatur zu entspannen, dann steht er auf und geht mit eiligen Schritten zu seinem Spind, nimmt sein Handy aus seiner Sporttasche.

»Marion, ich bin's«, meldet er sich.

»Ja Kurt, wo steckst du denn? Gestern habe ich bei dir mehrmals angerufen und es auch heute morgen wieder versucht. Bist du etwa mit deiner neuen Flamme Ingrid verreist? Von wo rufst du an?«, fragt sie.

»Zur Zeit bin ich noch im Body 2000«, antwortet er.

»Ach, da treibst du dich herum. Ganz in meiner Nähe. Ich dachte schon, du wärest wer weiß wo. Folterst du dich wie-

der?«, fragt sie. Er hört ihr leises Lachen, das auch am Telefon melodisch klingt.
»Geht so«, antwortet er.
»Jeder foltert sich auf seine Weise.«
»Ja. Mal mehr, mal weniger. Wann sehen wir uns wieder, Marion?«
»Das liegt nur an uns. Hoffe ich jedenfalls.«
»Was hältst du von heute Abend?«
»Warum so eilig?«
»Ich habe mich wieder in dich verliebt, Marion.«
»Ach Kurt, sag nicht so etwas. Mach darüber bitte keine Scherze. Du weißt, ich –«
»Marion«, unterbricht er sie, »ich wäre heute Abend wirklich gerne mit dir zusammen.«
Sie schweigt einige Sekunden. Er befürchtet, sie könnte Nein sagen.
»Gut, Kurt. Eigentlich hatte ich schon etwas vor. Aber so wichtig ist es nicht. Es gibt Wichtigeres. Brauchst du mich?«, fragt sie
»Ja«, antwortet er.
»Ich dich auch.«
»Wann kann ich kommen, Marion? Um sieben?«
»Komm besser ein bisschen später. Nach acht. Ich habe noch etwas zu erledigen.«
»Schönen Gruß.«
Er hört wieder ihr melodisches Lachen. Er würde am liebsten sofort zu ihr fahren.
»Nicht was du meinst, Kurt. Bist du etwa eifersüchtig? Ich muss Beate nur noch schnell ein Video von den Tanztagen in Wien vorbeibringen. Hast du dein heutiges Training schon beendet?«
»Nein«, antwortet er. »Ein paar Trainingseinheiten werde ich noch abhaken.«

»Mach aber nicht zu viel. Ich brauche dich heute noch. Du bleibst doch, oder?«

»Ja.«

»Schön. Über eine Woche haben wir uns nicht gesehen.«

»Viel zu lange.«

»Ja, Kurt. Also dann bis nach acht.«

»Bis nach acht.«

Wiegand läuft einige Minuten in lockerem Trab auf dem unter seinen Füßen sich pausenlos vorwärtsbewegenden Fließband eines Fitnessgeräts. Kein unangenehmer Gedanke belästigt ihn.

Er tagträumt über sich und Marion mit wechselnden Inhalten, die ihn gut unterhalten, während er gleichmäßig auf der Stelle weiterläuft.

Kurz vor der Sauna hört er Ralf Huber »Kurt, warte mal«, rufen. Er dreht sich um, sieht wie Huber mit großen Schritten und breitem Begrüßungslächeln auf ihn zukommt.

»Hallo Ralf«, sagt Wiegand und gibt ihm die Hand.

»Hallo Kurt. Warum hast du nicht vorher angerufen? Wir hätten dann zusammen trainieren können.«

»Ich habe mich ganz spontan dazu entschieden.«

»Schade. Ich komme gerade aus Augsburg, von meinem neuen Laden.«

»Läuft's noch immer so gut wie im ersten Monat?«

»Und ob. Brummt richtig. Kurt, schön dich auf beiden Beinen wiederzusehen. Bist zum Glück heil heruntergekommen. Das ist ja das Allerwichtigste. Jetzt schwitz erst mal ein bisschen. Von deinem Sprung kannst du mir gleich noch genug erzählen. Ich warte an der Bar auf dich.«

»Gut, Ralf», sagt Wiegand.

Er hätte Huber lieber nicht getroffen. Er möchte nicht an seinen Sprung erinnert werden und noch weniger über ihn reden. Aber davor kann er schließlich nicht weglaufen. Man

wird ihn noch öfter nach seinem Sprung fragen. Nicht zu vermeiden, sagt er sich und öffnet die Saunatür.
Inmitten von wenig ansehnlichen Nackten, die in verschiedenen Sitz- und Liegepositionen Schweiß absondern, versucht sich Wiegand zu entspannen, was ihm jedoch nicht gelingt. Unangenehme Blicke sind auf ihn gerichtet. Man taxiert ihn, aufdringlich und auch verstohlen. Er fällt hier aus dem Rahmen, besitzt einen anderen Körper. Diese Blicke, die an ihm kleben bleiben. Auch Neid scheint ihn zu mustern. Keine gute Gesellschaft, in der er sich jetzt befindet. Es gefällt ihm, wenn man seinen Körper offen ansieht, aber hier fühlt er sich den Blicken ausgesetzt. Wie sie ihn noch immer anstarren. Als würden sie auf der Lauer liegen. Gierig. Glotzt mich doch nicht so an, würde er ihnen am liebsten zurufen. Frauen müssen sich wohl genauso fühlen, wenn sie von Männern angestiert werden. Ingrid sagt ja, dass sie sich oft von Männerblicken ausgezogen fühlt. Möchte dann am liebsten woanders sein. Ich jetzt auch. Alles Banausen hier. Haben keine Körperkultur. Geilen die sich etwa an mir auf? Würde mich nicht wundern. Sein Körper erscheint ihm in seiner Nacktheit als ein ganz privater Bereich, an dem diese Fremden mit ihren widerlichen Blicken kleben. Er zögert noch, vielleicht kann er seine Abneigung überwinden, aber dann steht er auf. Keine Lust mehr. Mir reicht's. Mit diesen Nackten will er keine Minute länger saunen. Sein Körper ist ihm dafür zu schade.
Der Chef werde gleich zurückkommen, spätestens in einer Viertelstunde, das solle sie ihm ausrichten, das Getränk gehe auf Kosten des Hauses.
Wiegand nickt der jungen Frau hinter der Theke einen knappen Dank zu und trinkt einen Schluck von dem Protein-Cocktail, den sie ihm mach den Mengenangaben von Ralf gemixt hat. Ist neu hier, denkt er. Bewegt sich ein bisschen

steif. Vielleicht, weil sie befangen ist. Warum nur? Denkt sie etwa, ich sei wer weiß wer, den Chef Ralf gut kennt? Will nichts falsch machen.
»Schmeckt wie immer, wirklich gut«, sagt er und lächelt sie freundlich an. Er hofft, dass sie ihre Befangenheit verliert. Befangene Frauen machen ihn selbst befangen.
»Ich habe mich auch genau an die Angaben vom Chef gehalten. Er sagt, dass es ihr Spezialmix ist, den sie hier jedes Mal trinken.«
»Der ist für beide Geschlechter gleich gut. Auch für Tiere geeignet. Vor allem für Affen«, scherzt Wiegand.
Sie lacht befreit auf, wirft dabei den Kopf in den Nacken.
Um die Zwanzig, denkt er. Ein bisschen klein geraten. Aber gut geformt. Und schöner als Miss Bayern. Wohl Studentin. Braucht Geld.
»Ich habe Sie noch nie hier gesehen. Ihr erster Tag?«, fragt er.
»Nein, mein dritter«, antwortet sie.
»Wie die Zeit vergeht.«
»Tja. Nicht zu ändern.«
Von links bestellt eine Männerstimme im Befehlston bei ihr ein Glas frisch gepressten Orangensaft mit Eiweißkonzentrat. Wiegand blickt in Richtung Stimme. Es ist der Bodybuilder, den er vorhin beim Krafttraining bemerkt hat. In Jeans und Flanellhemd sitzt er mit auseinanderklaffenden Beinen auf einem der Hocker. Angezogen wirkt er besser als in seinem barocken Muskelkostüm. Kaufmännischer Angestellter vermutlich. Ein Wichtigtuer. Wie der bestellt hat. Wird langsam eng hier. Ralf müsste gleich kommen. Wird auch Zeit. Der Chef persönlich. Er hat's geschafft.
Wiegand sieht zu den gerahmten Fotos, die einen Teil der hinteren Thekenwand bedecken. Sie zeigen Ralf Huber in Aktion. Sechs Momentaufnahmen, auf denen er im Trikot des EV Landshut und der deutschen Nationalmannschaft glänzt

und drei weitere, auf denen er in gekonnter Kampfhaltung seine Karatekunst demonstriert.
Ralf Huber ist ein Hüne von Gestalt. Sein schmales, hohlwangiges Gesicht sieht leicht lädiert aus. Kein Freund von Wiegand, aber ein guter Bekannter von ihm. Ein offenherziger, hilfsbereiter, manchmal zu vertrauensseliger Mensch. Sie trainieren oft zusammen, meistens Mittwochs.
Als Dreiunddreißigjähriger ist Huber noch immer in einer erstklassigen körperlichen Verfassung. Bis vor zwei Jahren Eishockeyprofi, Verteidiger, deutscher Nationalspieler, 38 Länderspiele, technisch nicht besonders beschlagen, glich es aber mit Kondition und Härte aus. Bevor er Eishockeyprofi wurde, gehörte Huber zu den Hoffnungsträgern des deutschen Karatenachwuchses. Er gab aber nach der Unterzeichnung seines ersten Dreijahresvertrags beim EV Landshut dem Eishockey den Vorrang. Seine Kampfsportausbildung half ihm während seiner gesamten Eishockeykarriere. Sie hatte seine Beweglichkeit erhöht und ihn härter gemacht. Für seine Zweikampfstärke auf dem Eis war er berühmt-berüchtigt. Er war ein Raubein, hart, wenn es sein musste auch unfair, aber nie, und das hält er sich zugute, brutal.
»Ich habe da nicht viel Faxen gemacht, bin als Verteidiger meistens ordentlich zur Sache gegangen. Man muss im Eishockey ein bisschen Tier sein. Dann bekommen diese harten Burschen Strang vor einem, und du hast deswegen schon viel gewonnen.«
Danach handelte er. Nie hatte er einen Gegner ernsthaft verletzt. Als Profi verdiente er blendend. Der Abschied vom Eishockey fiel ihm schwer. Nach dem Ende seiner Eishockeykarriere widmete er sich mehr als je zuvor dem Karatesport, wurde Trainer. Seit einigen Monaten beschäftigt er sich mit Weisheitslehren made in Asia, für deren mäßigende Lebensentwürfe Wiegand sich trotz Hubers Werbeversuchen nicht

begeistern kann. Huber beherrscht heute Karate bis zur Perfektion. An einigen Defensiv-Techniken feilt er noch immer. Wenn Wiegand mit ihm trainiert, lernt er meistens dazu.

Lässig und doch bestimmt, mit selbstbewusster Eigentümermiene - könnte einen guten Sportmoderator abgeben, denkt Wiegand in diesem Augenblick - kommt Huber auf ihn zu, sportlich-teuer angezogen, eine Hand in der Hosentasche, die andere grüßend erhoben.

»Hoffe, du wartest noch nicht lange, Kurt ... Schön. Ich musste noch mit meinem Steuerberater telefonieren. Vorhin ist mir hier an der Theke etwas Wichtiges eingefallen. Wollte es nicht aufschieben ... Nein, so wild ist es auch wieder nicht. Komm, setzen wir uns besser an den Tisch da vorne, dann können wir uns ungestörter unterhalten ... Ich sage dir, Finanzbeamte sind wie Haie. Wenn die es einmal auf dich abgesehen haben, na dann prost Mahlzeit ... Ja, bei dir können sie sich die Zähne ausbeißen, sozusagen ... Wenigstens ein Vorteil. Im Ernst, Kurt, vielleicht brauchst du bald auch einen Steuerberater ... Halte ich gar nicht für ausgeschlossen. Wer weiß ... Ach was, du untertreibst, Kurt ... Ja, ziemlich voll hier. Habe natürlich nichts dagegen. Geschäft ist eben Geschäft ... Warum trainierst du auch nachmittags? Du weißt doch, wie's dann hier zugeht ... Kann man wohl sagen. Ab vier wird's eben gemischter. Ich hätte auch lieber nur Profis hier. Aber auf die Schlaffen kann mein Laden nicht verzichten. Bringen ordentlich Kohle. Vor allem, wenn sie anfangen. Bleiben nach dem Training oft lange an der Bar. Probieren hier alles durch. Von den Fitnessgetränken bis zu den Energieriegeln und decken sich damit für zu Hause ein. Fragen einen alles Mögliche. Wollen, dass man ihnen Mut macht ... Die möchten am liebsten in einem Monat aufholen, was sie jahrelang versäumt haben ... Vielleicht. Aber Schlaffe können trotzdem ganz sympathisch sein ... Wo gibt's denn keinen Neid? ... Ja, man sollte beim

Training besser unter sich bleiben. Auch in der Sauna. Geschlossene Gesellschaft ... Ich sehe es genauso. Du kannst es dir ja aussuchen. Morgens bin ich hier auch am liebsten. Das beste Publikum. Eine Wohltat fürs Auge ... Ich werde weiterhin darauf achten. Anfänger haben dann hier nichts zu suchen. Würden sich auch nicht wohlfühlen. Und die Mittelklasse nur ausnahmsweise ... Das behalte ich bei. Sonst würde es morgens zu voll. Wann trainieren wir wieder zusammen, Kurt? ... Abgemacht. Mittwoch um zehn. Ich werde dir dann eine neue Kombination zeigen. Ich kann sie schon wie im Schlaf ... Nur zur Verteidigung. Woraus sofort eine lupenreine Offensive gestartet werden kann ... Wart's ab. Jetzt erzähl mir doch endlich von deinem Sprung. Ich bin ganz neugierig darauf. Das muss für dich ja eine großartige Erfahrung gewesen sein. Hat wohl wie ein Vitaminstoß gewirkt.«

Wiegand spürt, wie er augenblicklich zu verkrampfen beginnt, ein innerliches Engerwerden. Er lässt einige Sekunden verstreichen, um Zeit zu gewinnen, sich zu beherrschen.

»So viel gibt es darüber gar nicht zu erzählen«, sagt er schließlich und lächelt unsicher. Er nimmt die Karaffe, die vor ihm auf dem flachen Holztisch steht, füllt den Rest des Protein-Cocktails in sein Glas und trinkt es langsam aus. Er möchte Abstand von seinem Sprung gewinnen, einen so weiten, dass er nicht mehr ins Grübeln gerät. Doch jetzt bleibt ihm nichts anderes übrig, als Ralf, der ihn gespannt ansieht, einiges von seinem Sprung zu erzählen. Er versucht, sich nichts anmerken zu lassen, redet bedächtig. Er will sich keine Blöße geben. Das wäre ihm vor Ralf peinlich. Er soll nichts von seiner Angst erfahren. Wiegand stellt seinen Sprung als einen spektakulären Auftritt dar, den er wie geplant gemeistert habe, aber auch als ein Körper-Kunststück, das er keinesfalls überschätze, es sei für ihn vorbei, und er wolle jetzt Abstand dazu gewinnen.

»Das kann ich gut verstehen«, pflichtet ihm Huber bei. »Ein kurzer Auftritt nur, aber wie viel Planung, wie viel Zeit war dafür nötig. Und es kam ja auch noch auf die richtige Einstellung von dir an.«

»Bin heilfroh, dass ich es hinter mir habe«, sagt Wiegand, der nicht mehr über seinen Sprung reden will.

»Ich wäre wirklich zu gern dabei gewesen, aber du weißt ja, ich verbringe noch immer den größten Teil des Tages in meinem Augsburger Sportstudio. Und das wird auch noch einige Wochen so weitergehen. Wenn ich selbst Trainingsanweisungen gebe und auf persönliche Atmosphäre mache, dann sagen sich die Leute, dass sie mit meinem Sportstudio die richtige Wahl getroffen haben und empfehlen es auch weiter. Gestern Mittag habe ich die neue Kraftmaschine geliefert bekommen. Habe sie gleich getestet. Funktioniert tadellos. Vor zehn konnte ich deswegen nicht nach München zurückfahren.«

»Ein paar Stunden zu spät. Schade, Ralf. Übrigens, hast du dich schon wegen des Regals entschieden?«, fragt Wiegand.

»Ja«, antwortet Huber. »Ich werde es als Raumteiler aufstellen. Hier links. Eins aus Plexiglas. Eine Art Fitness-Stand. Hochwertige Getränke und Müslis, Packungen mit dem Kraftfutter, das gerade neu auf den Markt gekommen ist. Natürlich auch die ganzen Pillen mit den garantiert richtig dosierten Mineralstoffen und Vitaminen. Bodylotions, diverse Trainings- und Gesundheitsbücher, mehr nicht. Alles übersichtlich sortiert. Selbstbedienung.«

»Gute Idee, Ralf. Man muss nur aufpassen, dass die Selbstbedienung nicht zu weit geht.«

»Wird sie schon nicht.«

Danach reden sie noch über Sportereignisse, gemeinsame Bekannte und auch über deutsche Filme, in denen für sie noch immer viel zu wenig Action vorkommt, beklagen den Mangel an ausgefeilten Verfolgungsjagden, vermissen wirklich spannende Unterhaltung und spotten über die typisch deutschen Kriminalfilme, die meistens nach Schema F heruntergedreht werden, wo onkelhafte Kommissare und leicht resozialisierbare Verbrecher die Zuschauer regelmäßig langweilen.

Die große, silbergraue Sporttasche in seiner Linken, die neben seinen Trainingssachen alles enthält, was er für die nächsten Tage benötigt, verlässt Wiegand »Body 2000«. Mit leicht schwingendem Körper federt er die Stufen zur Tiefgarage hinunter. Er fühlt sich besser, kein Zweifel, die Stunden im Trainingscenter haben den Tag für ihn gerettet. Ein Stimmungsumschwung, der seine vorherige Verdrehtheit gemildert hat. Sein Angstanfall wirkt zwar noch weiter nach, aber sein Leben scheint sich wieder den gewohnten Bahnen zu nähern. Ich habe meinen Sprung hoffentlich bald verkraftet, denkt er.

Während Wiegand durch die autokranke Münchner Innenstadt fährt, wo der Verkehr auch jetzt, kurz vor acht, einem geregelten Chaos gleicht, bemerkt er wieder, dass die Kupplung seines alten Kleinwagens hakt. Er hofft, dass kein größerer Schaden daraus entsteht, er mit dieser Kupplung noch eine Zeit lang weiterfahren kann, mindestens so lange, bis er in München eine neue Wohnung gefunden hat. Eine kostspielige Reparatur würde sich für seinen altersschwachen Wagen nicht mehr lohnen, dessen Verschleißerscheinungen sich zu häufen beginnen. Vielleicht kommt er nicht mehr durch den TÜV, denkt er, während er vor einer Ampel stehen bleibt. Ist in drei Monaten fällig. Wenn ich Pech habe, landet er auf dem Schrottplatz Und wenn schon. In München brauche ich sowieso keinen Wagen mehr. Ist auch billiger. Und sicherer. Erschreckend, wer alles hinter dem Steuer sitzt. Er muss zweimal schalten, um den ersten Gang einzulegen, dann kann er losfahren. Er biegt jetzt in die Straße ein, die auf das Viertel zuläuft, in dem Marion wohnt. Er freut sich auf sie.

Ihre beste Zeit liegt zwar schon längst hinter ihnen, aber sie hängen noch aneinander. Wir kommen nicht von uns los. Das bestätigen sie sich immer wieder von neuem. Sie sind ein Paar, das nicht mehr zusammenlebt, sich aber auch nicht getrennt hat. Seit einiger Zeit befinden sie sich in einer Balance, die sie schätzen und genießen. Sie kennen sich zu gut, um sich noch etwas vorzumachen. Neue Höhen können sie nicht mehr erreichen, dazu sind ihre Möglichkeiten erschöpft. Sie akzeptieren jetzt ihre Grenzen. Sie bleiben auf ihre gemeinsamen Gewohnheiten beschränkt, deren Reize sie nicht missen möchten. Keiner genügt dem anderen, doch mehr als bei sich haben sie bei neuen Liebschaften bisher nicht gefunden, eher weniger. In einem Zeitraum von fünf Jahren haben sie sich auf ihre Weise eingespielt. Auch wenn sie sich nur noch wiederholen, genießen sie sich.

Marion bildet für Wiegand die weibliche Ausnahme. Die einzige Frau, mit der ihn eine längere Geschichte verbindet. Ihr Verlauf scheint ihm immer geradliniger zu werden, ohne weitere Höhen und Tiefen Er hofft, dass ihn nichts unterbricht.

Als er Marion kennenlernte, studierte er noch an der Sporthochschule Köln. Er steckte gerade in der Lebensphase, in der er sich entschloss, nicht mehr, wie anfangs beabsichtigt, Trainer oder Sportlehrer zu werden. Mittlerweile hatte er jegliches Interesse daran verloren, anderen sportlich auf die Sprünge zu helfen. Dafür eignete er sich nicht. Er suchte nach einem passenden Beruf, fand ihn jedoch nicht. Als Kunstturner zählte er zu den Spitzenathleten. Für einen Kölner Verein bestritt er Wettkämpfe, mit wechselndem Erfolg, weil er zwar hart trainierte, aber auch sein Leben genoss, weswegen er in Turnerkreisen als undiszipliniert galt. Darin konnte und wollte er sich nicht ändern. Ehrgeiz und Gleichgültigkeit mischten sich bei ihm. Übungen mit Höchstschwierigkeiten stellten für ihn eine Herausforderung dar. Er trainierte sie so lange, bis er sie beherrschte. Dass er sie technisch sicher turnen konnte, war für ihn weitaus wichtiger als eine damit verbundene einwandfreie Körperhaltung, auf die Punktrichter großen Wert legen. Wettkampferfolge wurden ihm immer gleichgültiger, im Gegensatz zu früheren Jahren, als er von ihnen noch abhängig war, sich jede gute Platzierung hoch anrechnete und Niederlagen ihn empfindlich schmerzten. Er neigte zum Artistischen. Sportlich vielseitig, zeigte er auch beim Turmspringen und Judo beachtliche Leistungen. Schon damals wollte er seinen Körper zu seinem eigenen Instrument machen, das er so gut wie möglich beherrscht. Daraufhin bildete er sich aus. Nichts anderes erschien ihm sinnvoller. Er maß sich an seinem Körper. Sein Leben gefiel ihm. Gelassen wartete er ab, wie sich alles weiterentwickeln würde. Im Film- und Fernsehgeschäft hatte er bereits einige Erfahrungen gesammelt. Zufällig war er damit in Berührung gekommen. Man konnte ihn als Randfigur in diesem Geschäft gebrauchen. Je nach Gelegenheit verwertete er seine körperlichen Fähigkeiten und sein Aussehen; kurzfristige Arbeiten, die er gern ausführte. Er war ein gefragter Komparse und setzte seinen Körper schon öfter als Double oder Stuntman ein, was einen besonderen Reiz auf ihn ausübte. Mit den dabei verdienten Gagen und den monatlichen Überweisungen seines Großvaters, der ihn unterstützte, verfügte er über so viel Geld, wie er für sein Leben benötigte, ohne dafür lange arbeiten zu müssen. Daran gewöhnte er sich. Ein normaler Berufsalltag bekam für ihn etwas Abschreckendes. Er gewann die feste Überzeugung, dass er sich ein anderes als ein freies Leben nicht zumuten könne. Er verspürte keinen Ehrgeiz, etwas zu werden. Er stand außerhalb der sogenannten Gesellschaft,und dort wollte er auch bleiben. Was er brauchte, das hatte er. Er lebte unbeschwert und lustbestimmt, fühlte sich oft herrlich jung und scherte sich nicht um seine Zukunft. Seinen Körper betrachtete er als seinen ganz persönlichen Reichtum, auf den er stolz sein konnte. Für ihn gab es nichts Wichtigeres. Ich körper, also bin ich. Er glaubte, dass ein gut funktionierender Körper eine Art Garantie für ein schönes Leben ist. Er war damals 23 Jahre alt.

Marion, zwei Jahre jünger als er, hatte noch Primaballerina-Träume, als sie sich kennenlernten. Ein für Wiegand erstaunlicher Ehrgeiz trieb sie an. Sie wollte unbedingt Karriere machen, ein Ziel, dem sie alles unterordnete. Sie sah sich als Balletteuse auf den wichtigen Bühnen, vollendet tanzend, beifallsumrauscht. Wenn sie von ihrer Zukunft sprach, leuchteten ihre Augen. So eine Frau war neu für Wiegand. Sie faszinierte ihn. Sie verkörperte etwas ganz anderes als die Frauen, mit denen er bisher zusammen gewesen war. Ihr Einsatz war hoch. Um ihren Traum zu verwirklichen, war sie hart gegen sich selbst. Sie wollte es schaffen. Er konnte ihr ansehen, was ihr Leben bestimmte. Ihr Ballerinenkörper übte auf ihn eine starke Anziehung aus. Er fühlte sich oft davon hingerissen, wie sie ihren Körper hielt, sich bewegte, wie sie von einer Grazie durchdrungen war, die sich im Laufe der Zeit verinnerlicht hatte. In der Liebe war sie anspruchsvoll. Sie verlangte Leistung im Bett. Einfache und schnelle Befriedigungen waren für sie nichts anderes als ein ziemlich tierisches Geficke, wofür sie sich zu schade war. Sie wollte Sex als Körperfeier. Eine andere Art von Tanz. Mit ihrer Sinnlichkeit übertraf sie alle Vorgängerinnen, was ihn beflügelte. Seine Liebestechnik verfeinerte sich. Sie spürten, wie gut sie zusammenpassten. Mit ihren durchtrainierten Körpern gründeten sie ihr erotisches Varieté in dem sie sich an ihren abwechslungsreichen und lustvollen Nummern berauschten. Gewisse Ballettanklänge waren dabei für Wiegend neuartig und reizvoll zugleich.

Marion brachte ihm das Ballett näher, und er begann dafür zu schwärmen. In Marion sah er die werdende Primaballerina. Sie setzte ganz auf das Ballett. Es war ihre Leidenschaft. Schon als Kind hatte sie Tänzerin werden wollen. Ihre Eltern hatten ihr eine vorzügliche Ausbildung ermöglicht. Ein Leben ohne Tanz schien ihr nicht lebenswert. Sie tanzte damals in einer experimentierfreudigen Kölner Ballettgruppe, wo sie wie alle anderen Mitglieder zwar nichts verdiente aber viel lernte.

Marion machte es ihm anfangs nicht leicht. Sie war für ihn eine ebenso außergewöhnliche wie unberechenbare Frau, die es auch sein wollte. Sie schien es sich angewöhnt zu haben, jedem Mann erst einmal zu zeigen, dass sie ihn nicht nötig hatte. Ihre Selbstsicherheit hatte divenhafte Züge, was Wiegand mal belustigte, mal irritierte. Ihren Wert kannte sie genau, und sie verlangte Entsprechendes dafür. Sie forderte ihn. Er bemühte sich um sie wie um keine andere Frau zuvor. Er balzte geschickt, zeigte sich von seiner besten Seite und hatte Erfolg damit. Mit Marion begann für ihn ein neuer Lebensabschnitt. Sie bereicherte ihn. Er spürte, wie sie sein Leben beeinflusste. Eine Tänzerin als Freundin zu haben, erfüllte ihn mit Stolz. Er schmückte sich mit ihr und, das merkte er deutlich, sie schmückte sich mit ihm. Ihre körperlichen Qualitäten zogen sie an. Sie fanden immer mehr Übereinstimmungen. Kunstturnen und Ballett schienen ihnen verwandt und gleichrangig, standen oft im Mittelpunkt ihrer Unterhaltungen. Bald glaubten sie, sich sehr ähnlich zu sein. Ihre beste Zeit begann.

Als Marion nach München zu einem anderen freien Tanzensemble wechselte, folgte er ihr. Sie fühlten sich von einander abhängig. Sie zogen zusammen, was sich zunächst auch wegen der hohen Mieten anbot, aber schließlich als Fehler herausstellte. Sie vertrugen beide keine enge Bindung, fühlten sich dafür noch zu jung. Zwar hatten sie sich heftig ineinander verliebt, aber jeder pochte auf seinen Freiraum, ohne zu wissen, wo er begann, und wo er endete. Es war für sie eine Art Sport, Affären zu haben, die sie sich erst zubilligten, dann vorwarfen. Nach einem Jahr zogen sie auseinander. Über mehrere Stationen, in denen Leidenschaft, Kräche, Versöhnungen und Gewohnheiten sich mischten, wurden sie zu einem eingespielten Paar, das sich nicht trennen kann, aber auch nicht mehr eng zusammenleben will.

In München verdiente Wiegand weiter mit seinem Körper das Geld, das er zum Leben brauchte. Seine Marktchancen waren dort größer als in Köln. Während er im Unterhaltungsgeschäft weiter Fuß fasste, mit Stuntauftritten, Doubel-Szenen und kleinen Nebenrollen eine immer bekanntere Randfigur wurde, gewann er die Überzeugung, auf dem richtigen Weg zu sein, ohne jedoch zu wissen, wohin er ihn führen würde. München war voller Randfiguren, die wie er im Unterhaltungsgeschäft arbeiteten, dort gebraucht, aber schlecht bezahlt wurden und daraus das Beste zu machen versuchten. Allein schon deswegen fühlte er sich in dieser Stadt wohler als in jeder anderen.

Marion scheiterte bei ihren Versuchen, als Tänzerin Karriere zu machen, was für sie zu einer schweren Enttäuschung wurde, die sie nur mühsam überwand. In München begrub sie einen Traum, an dem sie seit ihrer Kindheit gehangen hatte. Ich habe hier die Tragödie meines Lebens erlebt, sagt sie heute dazu. Man hat mir keine Chance gegeben, zu zeigen, was ich kann. Daran werde ich mich nie gewöhnen können. Immer etwas, das mir fehlen wird. Trotz eisernen Trainings schaffte sie es nicht, Mitglied in einem der wichtigen Ensembles zu werden. Sie tanzte vor, wurde begutachtet, dann aussortiert. Ihr letzter Versuch liegt eineinhalb Jahre zurück, als sie für ein Engagement beim Stuttgarter Ballett im Gespräch war, es schließlich aber doch nicht bekam. In dieser Zeit begann sie zu koksen, ohne dass er es merkte. Sie sagte es ihm erst, als sie schon längst damit aufgehört hatte. Ihre Enttäuschung hatte sie nicht anders verkraften können. Diese Kopftänze, wie sie ihre Drogenseligkeit nannte, hatte sie damals gebraucht. Die Kontrolle darüber verlor sie nicht. Sie hörte beinahe problemlos damit auf, als sie merkte, wie ihr Körper vom Kokain geschwächt wurde, sie immer schlechter tanzte. Sie fing sich. Im Grunde davon überzeugt, besser zu sein als viele Tänzerinnen in den staatlich subventionierten Ballettgruppen, tanzte sie weiter bei dem freien Münchner Ensemble, zu dem sie heute noch immer gehört.

Einen Teil ihres Geldes verdient sie, indem sie Hobby-Tänzerinnen, vor allem Hausfrauen und Studentinnen, Ballettunterricht gibt, den fehlenden Rest durch andere Tätigkeiten. Sie hat schon als Reiseleiterin gearbeitet, auf Messen als Hostess und auch schon als einfache Bürokraft. Zur Zeit arbeitet sie halbtags bei einer Autovermietung, die nur wenige Gehminuten von ihrer Wohnung entfernt ist.

Marions früherer Ehrgeiz, der sie von einem Primadonnenleben träumen ließ, hat sich heute zu einer Tanzbegeisterung gewandelt, in die sich eine gewisse Hoffnungslosigkeit mischt. Sie ist 26. Für eine Balletteuse bereits alt. Meine Zukunft, so sagt sie, ist eigentlich schon vorbei. Ich tanze auf das Alter zu. Ich habe nichts erreicht, bin gescheitert. Man hat mich dazu verurteilt, unbekannt zu bleiben.

Sie übertreibt gerne, neigt zum Dramatischen. Mittlerweile hat sich Wiegand darauf eingestellt. Es gehört für ihn jetzt dazu. Sie ist ihm vertraut. Sie sind sich ähnlich. Das glauben sie beide. Ein wesentlicher Unterschied zwischen ihnen liegt darin, dass er nicht wie sie an einem unerfüllten Traum leidet.

»Und? Top trainiert? Ich hoffe, du bist gut in Form. Habe dich vermisst, Kurt. Ausnahmsweise«, begrüßt sie ihn mit einem vielsagenden Lächeln. Sie ist nur mit einem weißen Frotteebademantel bekleidet. Ihre Haare hat sie nachlässig hochgesteckt. Einige lose Strähnen fallen auf ihre schön ausgebildete Hals-Nacken-Partie.

»Fühle mich geschmeichelt, Marion«, erwidert er. Sie schürzt ihre Lippen auffordernd zum Kuss. Schnell stellt er seine Sporttasche auf den Korbstuhl neben der Garderobe. Er legt seine Hände auf ihre Schultern, zieht sie an sich, drückt ihr einen Kuss erst auf den Mund, dann auf die Stirn. Er lässt seine Hände zu ihren Hüften gleiten, hebt ihren leichtgewichtigen Körper langsam hoch und dreht sich mit ihr einmal um seine Längsachse, wobei sie sich fast waagerecht streckt und leise Lachlaute von sich gibt. Dann stellt er sie wieder auf den Dielenboden. Sie bringt ihren verrutschten Bademantel in Ordnung, gürtet ihn enger und schiebt eine Haarspange tiefer in ihr volles Blond.

»Das war überzeugend«, sagt sie strahlend. »Du kannst bleiben. Genau der Mann, den ich jetzt brauche. Hast du schon gegessen?«

Der Abend verläuft so, wie er es gewohnt ist. Ein Klima der Vertrautheit entsteht, in dem sie von ihrer noch immer starken Zuneigung bestimmt werden, ohne sich dabei etwas vorzuspielen. Eine unaufhebbare Distanz bleibt zwischen ihnen bestehen, trotz aller Nähe. Damit können sie seit einiger Zeit gut umgehen. Sie wiederholen sich, und er genießt es.

»Sind wir beide nicht bereits ein altes Paar?«, fragt er Marion, die seitlich von ihm in einem Korbstuhl sitzt, über dessen Lehne sie ihre Beine gelegt hat, die sie jetzt leicht wippen lässt.

»Ja, seit über fünf Jahren. Aber wir sind eins geworden, das nie lange zusammenbleiben kann. Das schaffen wir nicht mehr.« Sie schweigt kurz, sieht ihn dabei nachdenklich an. »Wir kommen anscheinend nicht voneinander los, Kurt.«

»Nein. Wir werden immer wieder rückfällig.«

»Ob's so noch jahrelang mit uns weitergeht?« fragt sie.

»Weiß nicht, Marion«, antwortet er. »Vielleicht heiraten wir sogar noch, wenn wir die Vierzig überschritten haben.«
Sie lacht amüsiert, und er hört dabei wieder diese sinnliche Lachmelodie von ihr, die, seit er sie kennt, anziehend für ihn klingt.
»Wir beide im Ehehafen angekommen. Wäre gar nicht so übel. Auch eine Art Altersvorsorge. Bis dahin haben wir aber noch eine Menge Zeit. Im Ernst, Kurt, ich glaube wirklich, dass es für uns beide das Beste gewesen wäre, wenn wir uns erst später kennengelernt hätten. Vielleicht vor zwei Jahren. Dann wären wir —«. Sie unterbricht sich, macht eine heftige, unwillige Handbewegung. »Aber ich will nicht wieder davon anfangen. Es ist ja sowieso nicht zu ändern.«
»Du kannst recht haben, Marion. Vielleicht sind wir uns wirklich zu früh begegnet.«
»Komm, lassen wir es besser. Reden wir lieber von etwas anderem. Was macht denn dein Luxusweib Ingrid?«, fragt sie.
»Bei uns ist alles noch in der Schwebe«, antwortet er.
»Doch noch? Aber sie ist für dich schon etwas anderes, oder?«
»Ja.«
»Ich werde gleich eifersüchtig.«
»Du hast keinen Grund dazu.«
»Dann bin ich ja beruhigt.«
"Und was macht deine neue Errungenschaft?«
»Meine Errungenschaft Bodo? Ach, der ist so lala. Doch nur ein kurzes Hobby von mir, mehr nicht. Zwar amüsant, auch ganz gut im Bett, aber viel zu angepasst. Das macht mich manchmal fuchsteufelswild. Länger als die Sommersaison wird's zwischen uns bestimmt nicht dauern.«
Mit einer fließenden Bewegung steht sie auf und geht zur Küche. Seine Blicke folgen ihr, ihrem Gang, wie sie dabei ihre Füße weit nach außen setzt, ihren Oberkörper durchgedrückt und ihren Kopf hoch hält, die Tänzerin klar erkennen lässt.

Sie geht so und ist auch eine. Aber sie fühlt sich im Grunde gescheitert. Vielleicht sind wir beide gescheitert, denkt er und spürt, wie er den Atem anhält. Sein Sprung kommt ihm wieder in den Sinn, seine Angst. Die Frage, ob er so weiterleben kann wie bisher, bedrängt ihn.

»Zur Feier des Tages«, sagt Marion, die jetzt zurückkommt, eine Flasche Sekt und zwei langstielige Gläser hochhebend. »Über eine Woche haben wir uns schließlich nicht gesehen. Was ist, Kurt? Du wirkst so geistesabwesend.« Sie bleibt neben dem Sessel stehen, auf dem er mit lang ausgestreckten Beinen sitzt.

»Habe nur ein bisschen mit offenen Augen geträumt«, sagt er und streicht langsam mit seiner rechten Hand über seine Stirn.

»Ich hoffe, von mir, Kurt«, sagt sie, stellt die Gläser auf den Tisch und reicht ihm mit einem ballerinenhaften Ausfallschritt lächelnd die Sektflasche.

Heute ist der erste Tag danach. Ich sollte ihn mir nicht noch mehr verderben, denkt er, während er die Sektflasche öffnet.

Er versucht, auf andere Gedanken zu kommen, merkt aber, wie sich sein Sprung bei ihm weiter einmischt, ihn wie ein störendes Geräusch belästigt, das nicht zu beseitigen ist. Der Abend verliert die für ihn bisher so angenehme Leichtigkeit. Wenigstens braucht er nicht mit Marion über seinen Sprung zu reden. Sie weiß nichts davon, hätte es nur zufällig erfahren können. Denn seit Längerem will sie nichts mehr von seinen gewagten Auftritten wissen, um dadurch die Ängste zu vermeiden, die sie wegen ihm schon gehabt hat. Dafür, so sagt sie, sei sie nicht gemacht. Sie könne es so besser verdrängen, dass er noch immer Kopf und Kragen riskiere. Sie sei weder ein naives Dummchen noch eines dieser Groupies, die nach tollkühnen Typen lüstern. Deswegen haben sie vereinbart, dass er mit ihr nur noch über leichte Körpereinsätze spricht.

Er hat sich darauf eingestellt. Er sagt ihr nicht alles, wählt mit Bedacht aus. Dabei bagatellisiert er auch, wandelt gewagte Auftritte in einfache ab. Sie interessiert sich vor allem für die Kampfszenen in Actionfilmen, die wie wilde Prügeleien aussehen, aber einem genauen Plan folgen, einer Kampf-Choreografie, die für sie oft etwas Ballettmäßiges hat. Darauf kommen sie auch jetzt wieder zu sprechen.

»Hast du heute mit Ralf ein neues Karatetänzchen einstudiert?«, fragt sie.

»Nein. Heute nicht. Am Mittwoch trainieren wir wieder zusammen. Ralf zeigt mir dann eine neue Kombination«, antwortet er.

»Ich würde euch gern dabei zusehen. Ich mag die strenge Choreografie dahinter.«

»Sonst würde es schnell eine blutige Angelegenheit werden.«

»Ja, ich weiß, Kurt. Bei den Tanztagen in Wien habe ich wieder an manche Kampfsport-Szenen denken müssen. Wie sie fürs Ballett genutzt werden könnten.«

»Das ist ja schon eine alte Idee von dir.«

»Fast schon antik. Sie stammt wohl aus dem Umgang mit dir. Mal gefällt sie mir mehr, mal weniger. Jetzt wieder mehr. Zurzeit geschieht zu wenig im Ballett. Ich habe es gerade wieder in Wien erlebt. Vieles ist einfach zu pomadig. Es müsste mehr Härte, mehr Aggression in den Tanz gebracht werden.«

»Was hältst du eigentlich von indianischen Kriegstänzen? Sind die nichts fürs Ballett?«, fragt er und leert sein Glas. Sie lacht ihr melodisches Lachen, das zu ihrer erotischen Ausstrahlung gehört.

»Zu folkloristisch«, antwortet sie. »Damit könnte man nur bei den Karl-May-Festspielen in Bad Segeberg Erfolg haben.«

»Da bin ich auch schon aufgetreten. Als Bösewicht«, erinnert er sich.

»Ich weiß. Kurt, ich stelle mir manchmal wirklich einen Tanz vor, dem man deutlich ansieht, dass in ihn Bewegungselemente aus dem Kampfsport eingeflossen sind. Das könnte faszinierend sein. Vor allem die Schnelligkeit und Präzision dabei. Eine ganz besondere Körpersprache. Ein Tanz, der von Ritualen des Angreifens und Verteidigens geprägt wird. Dadurch etwas Festliches bekommt. Mit klaren Abgrenzungen aber auch fließenden Übergängen. Vielleicht manchmal ins Chaotische kippt. Dann wieder klare Strukturen bekommt. Fragt sich nur, wie das verwirklicht werden kann. Choreografisch braucht man dafür viel Fingerspitzengefühl.«

»Vielleicht greift Eric deine Idee auf.«

»Der bestimmt nicht. Darüber brauche ich mit ihm gar nicht erst zu reden. Für ihn soll der Tanz frei von Anleihen bleiben, am besten gar nichts ausdrücken, nur reiner Tanz sein. Eric gehört auch zu den Choreografen, die viel zu pomadig sind. Obwohl er bisexuell ist. Da muss ein ganz anderer als er kommen. Vielleicht, wenn es zu spät ist. Wenn ich es nicht mehr tanzen kann.«

»Das wird ja noch einige Zeit dauern.«

»Ich bin schon 26, Kurt. Nicht mehr lange, und ich werde nur noch als Funkenmariechen meine Beine in die Luft werfen können.« Ein Anflug von Traurigkeit überzieht mit einem Mal ihr Gesicht. Er weiß nicht, was er ihr sagen soll.

»Merkwürdig«, sagt sie schließlich, »irgendwie kommst du mir wieder jünger vor, als ich es bin. Ich weiß auch nicht, woran das liegt. Vielleicht, weil du noch mehr vor dir hast. Ich meine, was deinen Körper angeht. Du kannst mit ihm wohl noch lange so weitermachen wie bisher. Aber ich werde es nicht können. Ich darf nicht erwarten, dass ich mit 30 noch das leisten werde, was ich jetzt leiste. Für eine Balletttänzerin wird die Zeit schnell knapp. Damit muss man sich abfinden. Mein Körper lässt bereits nach. Ich merke es.«

»Das bildest du dir nur ein, Marion.«
»Schön wär's. Aber ich mache mir nichts vor.«
»Tanzt du jetzt etwa schlechter als sonst?«
»Ich glaube nicht. Aber es ist anstrengender für mich geworden, Kurt.«
»Du solltest etwas für deine Kondition tun.«
»Ich mache schon genug dafür. Mehr als sonst. Aber vielleicht mache ich doch etwas falsch, vielleicht brauche ich ein anderes Trainingsprogramm. Was meinst du?«
»Gut möglich. Ich helfe dir gerne dabei. Wir könnten ja auch wieder zusammen laufen.«
»Das wollte ich dir auch schon vorschlagen. Und ein paar Tipps von dir kann ich jetzt gut gebrauchen. In Trainingsmethoden bist du ja ziemlich bewandert. Hast es sogar studiert. Sporthochschule Köln. Unsere gute alte Zeit.« Sie lässt einige Gedenksekunden verstreichen. »Ob du nicht doch besser einen Abschluss gemacht hättest, Trainer, Physiotherapeut oder Sportlehrer geworden wärest? Manches wäre vielleicht ganz anders verlaufen. Und du würdest jetzt über ein regelmäßiges Einkommen verfügen.«
»Marion, das ist doch schon längst ad acta gelegt«, erwidert er und spürt, wie ihm ein Lächeln misslingt. »Ich kann nicht klagen, verdiene jetzt ziemlich gut. Lass uns besser überlegen, wie du dein Training umstellen könntest.«
»Nicht jetzt. Ich habe etwas anderes mit dir vor. Möchtest du noch ein Gläschen Sekt?«
Das Telefon läutet. Es ist Hermann. Sie überreicht ihm den Hörer.
»Was gibt's, Hermann?«, fragt er viel zu unfreundlich und ärgert sich sofort über sich selbst.
»Eigentlich nichts Besonderes«, antwortet Hermann nach einer kurzen Pause. »Ich hoffe, ich störe nicht. Ich habe mir schon gedacht, dass du bei Marion bist. Wollte dich nur fra-

gen, ob es dir heute besser geht. Gestern warst du ja ziemlich daneben.«

»Ich glaube schon, Hermann.«

»Kommst du heute noch?«

»Nein. Aber ab morgen werde ich mich für ein paar Tage bei dir einquartieren. Meine Wohnung kotzt mich an. Nicht mehr zum Aushalten diese Bude.«

»Das kann ich gut verstehen. Dann sehen wir uns also morgen.«

»Ja. Wann ich komme, weiß ich noch nicht.«

»Den Schlüssel hast du ja. Ach, Ingrid hat mich vorhin angerufen und nach dir gefragt. Sie wollte später noch einmal anrufen. Was soll ich ihr sagen?«

Wiegand überlegt angestrengt.

»Sag ihr«, antwortet er schließlich, »ich hätte lange im Body 2000 trainiert und würde noch mit Ralf und ein paar anderen dort zusammen sein und spät zurückkommen.«

»Gut. Das ist eine recht elegante Lösung. Wünsche dir noch was, Kurt.«

»Bis morgen, Hermann«, sagt er und legt den Hörer auf.

»Gibt's Komplikationen?«, fragt Marion und macht ein ironisches Gesicht.

»Nein, Marion«, antwortet er und denkt verschwommen an Ingrid.

»Warum auch. Sag mal, Kurt, hast du schon eine neue Wohnung in Aussicht?«

»Nein.«

»Das wird schwierig. Hier in München wirst du dich wohl mir einer Einzimmerwohnung begnügen müssen.«

»Höchstwahrscheinlich. Ich sehe darin aber kein Problem. Mit einer Wohnung, die in etwa so groß ist wie deine, wäre ich schon zufrieden. Und du hast mehr Möbel als ich«, sagt er, sich im Zimmer umsehend, das nur wenig freie Flächen besitzt, trotzdem nicht voll wirkt. Marion hat es geschickt mit leichten Möbeln eingerichtet, ziemlich sachlich, ohne femininen Kleinkram.

»Tja, Kurt, das liebe Geld«, sagt sie seufzend.

»Ich kann eigentlich nicht klagen, Marion. Habe in den beiden letzten Monaten mehr als sonst verdient.«

»Aber noch immer wenig, verglichen mit den ganz normalen deutschen Steuerzahlern, oder?«

»Ja, das schon. Trotzdem –«

»Hast du es etwa mit gefährlichen Stunts verdient?«, unterbricht sie ihn. »Erzähl mir nichts davon«, sagt sie dann schnell.

»Es war nichts Gefährliches dabei, Marion«, sagt Wiegand, der wieder Gedanken an seinen Sprung zu unterdrücken versucht.

»Reden wir lieber von etwas anderem. Was ich nicht weiß, macht mich nicht heiß. Von deiner Schauspielausbildung zum Beispiel. Wann beginnst du damit? Oder lässt du es doch bleiben?«

»Nein. Ich werde bald damit anfangen. Finde es irgendwie komisch. Aber Hermann hat mich überzeugt. Er kennt sich ja gut im Geschäft aus. Mit seinen Beziehungen könnte er mir dann auch leichter beim Fernsehen Rollen verschaffen. Da kommt es ja sowieso nicht auf Schauspielkunst an. Aber ohne eine gewisse Grundausbildung kommt man da wohl nicht weiter. Ein Intensivkurs, der nur wenige Wochen dauert, wäre mir am liebsten.«

»Ich würde mich freuen, wenn du mehr Schauspieler als Stuntman oder Double wärest.«

»Mal sehen, wie sich alles bei mir weiterentwickelt«, sagt Wiegand, der nicht mehr über sich reden möchte. Er muss schon genug über sich nachdenken. Am liebsten würde er sich eine Zeit lang vergessen.

»Für mich kommen ja Film und Fernsehen überhaupt nicht infrage.«
»Nein. Dafür bist du zu sehr Balletteuse. Das ist nicht zu übersehen. Schon dein Gang verrät dich. So geht nur eine Tänzerin. Du könntest aber gut eine spielen.«
»Meinst du? Vielleicht kann mir Hermann irgendwann einmal eine kleine Nebenrolle verschaffen, für die eine Tänzerin gebraucht wird. Oder auch du. Wäre womöglich eine ganz interessante Erfahrung für mich. Aber sonst eigne ich mich nicht für dieses Metier. Bin nicht der Typ dazu. Wenn ich schon diese dusseligen Weiber mit ihren schweren Silicontitten sehe, die sie als Blickfang einsetzen. Das Einzige, was sie wirklich können. Und nennen sich dann Schauspielerin.« Sie macht ein zorniges Gesicht mit zwei Kerben zwischen den Augenbrauen. Wiegand muss lachen.
»Mit denen kannst du dich bestimmt nicht vergleichen.«
»Nein. Zum Glück. Aber du magst große Brüste.«
»Ja. Auch. Je nachdem. Und deine mag ich ganz besonders.«
Sie steht schnell und graziös auf, setzt sich auf seinen Schoß und umarmt ihn.
»Obwohl sie ziemlich klein sind?«, fragt sie mit leiser Stimme nahe an seinem Ohr.
»Das weißt du doch. Ich könnte mir keine anderen bei dir vorstellen. Wirklich schön durchgeformt«, sagt er und lässt seine rechte Hand in ihren Bademantel zu ihren Brüsten gleiten, umkreist sie abwechselnd mit sanftem Druck und genießt wieder die vertraute Handvoll Gefühl. Brüste, die gleichmäßig gewölbt an ihrem Körper kuppeln, keinen BH brauchen, in letzter Zeit etwas größer geworden sind, aber nach immer sportlich geformt und sehr fest. Er kennt keine festeren. Brüste, die an ihrer Stelle bleiben werden, nicht ins Rutschen kommen und in traurige Hängeformen abgleiten. Sie trotzen der Erdanziehung, werden noch lange jung bleiben, die Form

weiter behalten, die sie haben. Er liebkost sie jetzt, streichelt sie zart mit beiden Händen, küsst sie.
Marion zieht ihren Bademantel aus, steht auf, stellt sich dicht vor ihn und legt ihre Hände auf seine Schultern. Er umfasst ihre muskulösen Oberschenkel, küsst erst einige Partien, zieht sie dann an sich, küsst sie auf ihren kurz geschnittenen blonden Busch, fährt mit seiner rechten Hand ihren Oberschenkel hoch und stimuliert sie. Eine Zeit lang wiegt sie ihren Körper hin und her, löst sich dann von ihm, scheint kurz zu überlegen, geht dann zu dem leergeräumten Esstisch in der Nähe. Seine Augen folgen dem Bewegungsspiel ihres nackten Körpers, diesem für sie so typischen Gang, der ihn jetzt wieder stark erregt. Eine erotische Wirkung, wie er sie bisher bei keiner anderen nackt gehenden Frau erfahren hat. Sie setzt sich, ihre Arme hinter sich stützend, auf den Tisch aus massivem Kiefernholz. Sie sieht ihn schweigend an. Ihr schmales, herb-schönes Gesicht zeigt wieder diesen gespannten Gesichtsausdruck, den es immer bekommt, wenn sie Lust auf ihn hat. Er steht auf, zieht sich aus wie jemand, der keine Zeit dabei verlieren will und geht, Glied voran, zu ihr. Sie nimmt sein Glied begrüßend in die Hand, drückt es mehrmals kräftig. Er beugt sich über sie, stützt seine Hände links und rechts neben sie auf den Tisch und küsst sie wild. Sie lässt ihren Oberkörper ganz auf den Tisch sinken, ihre Beine dabei weit abspreizend. Er hebt ihre Hüften etwas an und dringt in sie ein, genießt jetzt wieder diesen sogenannten Flaschenhalseffekt, der bei Marion einzigartig ist, an dem allein er sie mit verbundenen Augen sicher erkennen würde, wenn er sie bei einem Gruppensexspiel aus mehreren Frauen nur mit seinem Glied heraussuchen müsste, was er bei anderen Frauen nicht ohne Zweifel könnte. Ein unvergleichliches Eindringen und Willkommen-Geheißenwerden, ein für ihn köstlicher anatomischer Vorzug, auch ein Ergebnis von Marions jahrelangem

harten Körpertraining. Er fühlt sich wie von einer weichen und doch festen Faust umschlossen, ein innerer sinnbetörender Griff von ihr, erst enger, dann weiter, wie bei keiner anderen Frau. Eine überaus reizvolle Anziehung, die ihn an nichts anderes als an Sex denken, nach mehr verlangen lässt, weswegen er das Tempo jetzt erhöht. Marion bewegt sich mit, so gut, wie sie es auf dem Tisch kann, spreizt dabei ihre Beine entweder ab oder klammert sie eng um seine Hüften, mit ihrem starken Schenkeldruck, verlagert öfter ihren Oberkörper, richtet ihn auf oder lässt ihn wieder zurücksinken. So machen sie eine Zeit lang weiter, er vor und über dem Tisch, sie auf ihm liegend oder halb sitzend, bis ihnen das nicht mehr genügt, sie zum Bett überwechseln, wo sie, lustgetrieben, auf einer Fläche von 2 mal 2 Metern ihre Körper jetzt freier bewegen können, in wechselnden Lagen, aufeinander, hintereinander, nebeneinander. Es ist wieder ihr eingespieltes erotisches Varieté. Schon deswegen möchte er Marion nicht missen. Mit ihren durchtrainierten Körpern turnen und tanzen sie Sex auf ihre Art, so geschmeidig, geradezu artistisch ist keine andere Frau bisher beim Sex mit ihm gewesen. Keine andere fordert ihn dabei körperlich derart heraus, verlangt so viel Leistung von ihm wie Marion, die sexuelle Hausmannskost verabscheuend, immer eine Körperfeier will, sich dabei gibt, wie von einer unterschwelligen erotischen Choreografie geleitet. Ein köstliches Erlebnis für ihn, und doch ist sie nicht mehr die Nummer 1 im Bett, das ist jetzt Ingrid, die zwar bei Weitem nicht so agil in der Liebe ist, eher etwas träge, dafür aber sinnlicher. Allein schon wegen ihrer für ihn so ungemein verführerischen Körperformen, wobei ihre raffinierten Duftzonen noch ihre Wirkung verstärken. Und sie redet auch dabei, ziemlich ungeschminkt, was er mag, worauf er bei Marion ganz verzichten muss, die dabei schweigt, weil sie meint, dass nur der Körper beim Sex reden sollte, von Kopf bis Fuß alles ausdrückt, Worte überflüssig sind, nur stören würden. Vielleicht kommt auch der Unterschied zwischen jahrelanger Gewohnheit und noch jungen Lusterfahrungen hinzu, der Reiz des Neuen eben. Genau kann es sich Wiegand jedoch nicht erklären, warum Ingrid Marion vom ersten Platz verdrängt hat, was ihm soeben kurz in den Sinn gekommen ist und jetzt wieder verschwindet, während er sich mit Marion, die gerade einen geschickt gezügelten Galopp auf ihm geritten ist, zur Seite dreht, wobei sie beide gliedverbunden bleiben, Marion streckt ihr rechtes Bein fast rechtwinklig nach oben, verschafft ihm dadurch mehr Bewegungsspielraum, den er auch nutzt.

Nachdem er ihren Kitzler eine Weile intensiv gereizt hat, nimmt er, sich auf seine rechte Hand stützend, ihren stark gespannten Oberschenkel in seinen Arm und verlagert ihren Körper, der ihm zugewandt ist, mehr nach hinten und genießt die Freuden dieser Stellung, kräftige Stoßbewegungen oder knappe Kreisbewegungen mit seiner Hüfte ausführend. Marion richtet sich etwas auf, ihren Kopf stark nach unten beugend und sieht zu dem Brennpunkt des Geschehens, wirft den Kopf stöhnend nach hinten, sieht dann wieder hin, mit einem Gesichtsausdruck jetzt, als würde sie darüber staunen, was dort gerade passiert. Dann dreht sie sich ganz auf den Rücken und legt ihm auch das andere Bein an die Schulter, er verlangsamt das Tempo, führt die einzelnen Lustbewegungen länger aus, um dann das Tempo wieder anzuziehen, beugt sich dabei mehr über sie, während sie ihre Beine weit nach hinten nimmt, sodass er noch tiefer in sie eindringen kann, so tief er kommt. Sie mag's gerne tief, er sowieso, wenn sie sich ihrem gemeinsamen Finale zubewegen, es nicht mehr länger hinauszögern wollen.

Immer schneller bewegen sie sich jetzt darauf zu, kommen ins letzte Rasen, aufstöhnend erreicht er seinen Lustgipfel, ein lang gezogenes Ah, worin sich Marions hechelndes Jaohjaohja mischt, das in ein lang gezogenes Hm übergeht.

Befriedigt, jedoch alles andere als zufrieden, liegt Wiegand neben Marion, die schnell eingeschlafen ist. Er hört sie gleichmäßig atmen. Er sieht nicht zu ihr hin und denkt auch nicht an sie. Er hat seinen Blick nach oben zur Decke gerichtet, die er in der Dunkelheit des Zimmers nur schwach erkennen kann. Die Arme hinter dem Kopf verschränkt, die Beine angewinkelt, folgt er Gedanken, die ihn beunruhigen und weiterhin schlaflos bleiben lassen. Sie gehen von seinem Sprung aus, verlaufen in verschiedene Richtungen und kommen wieder zu ihm zurück.

Er fühlt sich zutiefst verunsichert, weiß nicht mehr, wie alles weitergehen soll, ob er noch so weiterleben kann wie bisher. Dieser eine Sprung scheint sein Leben verändert zu haben. Zwar ist er ihm geglückt, aber er hat ihn auch aus der Bahn geworfen. Hin und her pendeln seine Gedanken, ohne ihm Klarheit zu verschaffen. Er ist sich fraglich geworden. Was ihn gestern und heute schon belastet hat, das belastet ihn weiter und sogar noch stärker. Es lässt sich nicht mehr verdrängen, was er den ganzen Tag mit wechselndem Erfolg versucht hat. Er hat etwas erfahren, dem er sich nicht gewachsen fühlt. Er glaubt, dass er in seinem Leben noch nie so niedergeschlagen war wie heute. Er muss in eine schwere Krise gesprungen sein.

Ich habe wohl selbst einen Sprung bekommen, sagt er sich. Er bleibt noch lange schlaflos. Die Tatsache, dass Angst, Todesangst sogar, ihn überfallen hat, geht ihm nicht aus dem Kopf. Obwohl alles genau durchdacht und bis ins Detail durchgesprochen worden war, ereignete sich dabei doch für ihn etwas völlig Überraschendes, ja Ungeheuerliches. Es scheint ihm genau das passiert zu sein, was ihm auf gar keinen Fall passieren durfte. Er hat seine Beherrschung verloren, ganz plötzlich, jede Kontrolle über sich und seinen Körper. Eine Stärke von ihm ist dabei zu einer Schwäche geworden. Er kann sich jetzt nicht mehr trauen. Er fühlt sich von sich selbst gefährdet. Er muss damit rechnen, dass es wieder passiert. Vielleicht in einem entscheidenden Moment, der ihn während eines Stunts so sehr die Kontrolle verlieren lassen würde, dass er schwer verunglücken oder sogar sterben würde. Schließlich entscheiden bei manchen Stunts Sekundenbruchteile über Leben und Tod. Ein schwerer Fehler dabei, und es ist zugleich auch der letzte, den man gemacht hat. Gestern hat er trotz allem noch Glück gehabt. Der Sprung war ja im Grunde schon vorbei, technisch gelungen. Wäre es zu einem anderen Zeitpunkt geschehen, dann würde er jetzt, kein Zweifel, ganz woanders liegen.

Die Frage, ob er sich überhaupt noch gewagte Körpereinsätze zutrauen kann, er nicht besser die Finger davon lassen sollte, drängt sich ihm auf, und er gerät noch weiter ins Grübeln.

Was ist für ihn jetzt richtig, was falsch? Welches Leben soll er weiterhin führen? Hat er etwa falsch gelebt? Der Wert und der Sinn seines bisherigen Lebens werden ihm fraglich. Taugt es nicht viel weniger als er bisher angenommen hat? Vielleicht wäre er doch besser Trainer oder Sportlehrer oder sogar etwas ganz anderes geworden. Aber was? Und jetzt? Was kann er denn schon? Soll er etwa Vertreter für Fitnessgeräte werden? Oder Verkäufer in einem Bodyshop? Oder Schaustellergehilfe? Schöne Aussichten, die er da hat. Er überlegt, ob er sich nicht schon die ganze Zeit über etwas vorgegaukelt hat, er von Einbildungen genarrt worden ist. Vielleicht ist er bereits seit Längerem eine gescheiterte Existenz und merkt es erst jetzt. Ein Verdacht, den er nicht mehr los wird. Was hat er denn schon geleistet? Ist er nicht in Wirklichkeit von einer Verlegenheit in die andere getaumelt? Und hat geglaubt, es sei das Leben, das für ihn sinnvoll ist? Er vermutet, dass er zu sehr auf seinen Körper gesetzt hat. Dieses Spiel hat er jetzt verloren. Ein Spiel, das man ja sowieso immer verliert, früher oder später. Überhaupt, was kann er denn noch langfristig von seinem Körper erwarten? Von diesem Körper, den die Zeit immer mehr ruinieren wird. Das meint auch Marion. Warum eigentlich hat er so lange auf seinen Körper gesetzt, darin sein Glück gesucht, was ihn doch unvermeidlich ins Unglück stürzen wird? Er wird vom Verfall gezeichnet werden. Eine Zukunft, die ihm jetzt fürchterlicher als sonst erscheint. Er ist ratlos. Er fühlt sich gescheitert. Er kommt nicht mehr mit sich zurecht. Er glaubt, dass er sein Leben unbedingt ändern muss, aber er weiß nicht, wie. Seine Gedanken wiederholen und mischen sich, ein ergebnisloses Grübeln, bis ihn der Schlaf übermannt.

Unsere beste Zeit ist vorbei, und meine eigene vielleicht auch schon. Seit meinem Sprung, denkt Wiegand. Unausgeschlafen und bedrückt sitzt er mit Marion an dem Tisch, auf dem sie gestern Abend lag, und wo er beim Sex mit ihr all das vergessen konnte, was ihn jetzt wieder beschäftigt. Davon kann er sich nicht befreien. Er hat es versucht, doch seine Gedanken bleiben an dieser für ihn so befremdlichen Lage kleben, in die er durch seinen Sprung geraten ist, und die ihm immer unlösbarer zu werden scheint. Er bedauert, es nicht überspielen zu können, fühlt sich seltsam starr, unfähig, sich bei Marion anders zu verhalten. Es kommt ihm so vor, als hätte er sich von ihr schon längst verabschiedet, ohne aber gegangen zu sein. Er glaubt, dass sie sein Verhalten falsch deutet, er auf sie abwesend wirkt, was sie verärgern muss.

Die Sätze, zu denen er sich zwingt, um nicht ins Schweigen abzugleiten, empfindet er als nichtssagend. Seine Stimme klingt ihm fremd. Und in seinem Mienenspiel vermutet er eine bemühte Freundlichkeit, die Marion auffallen muss. Er kann es nicht ändern.

Marion, die den Tag mit sprühender Laune begonnen hat, dann aber immer stiller geworden ist, sitzt jetzt mit verschlossenem Gesicht ihm gegenüber und sieht ihn kaum an. Sie scheint ihm zeigen zu wollen, dass sie die Scheibe Brot, die sie gerade isst, mehr interessiert als er. Wiegand, der nur mit einer grünen Turnhose bekleidet ist, spürt, wie er unter den Achseln schwitzt. Heute Morgen ist es schon unangenehm warm in Marions schlecht isolierter Dachgeschosswohnung. Er fährt mit seiner linken Hand zur rechten Achsel, kratzt sich kurz, stützt sich dann wieder mit beiden Unterarmen auf die Tischplatte und lässt seinen Blick vom Tisch zu Marion und wieder zurück wandern.

Marion trägt einen schwarzen, spitzenbesetzten Unterrock, der ihren Körper gut zur Geltung bringt, auf dem sein Blick jetzt kurz verweilt. Sie schenkt sich Tee ein und nippt mehrmals an der Tasse, die sie in beiden Händen hält. Sie sieht ihn an. Ihr Blick wirkt hart und abweisend. Er spürt eine innere Verkrampfung. Er würde am liebsten gehen.

Sie stellt die Tasse ab, steht auf, schließt das weit geöffnete Fenster und zieht zu seiner Überraschung ihren Unterrock aus. Wie ferngesteuert steht er auf, schiebt den Stuhl zur Seite, will zu ihr hingehen, aber sie kommt schon mit energischen Schritten auf ihn zu. Sie umarmt ihn, küsst ihn auf den Mund, stellt dann den Stuhl weiter vom Tisch weg und sagt zu ihm im Befehlston: »Setz dich hier hin, Kurt«, was er auch befolgt. Sie hockt sich vor ihm nieder, zieht ihm die Turnhose aus, saugt an seinem Glied, bis es steif wird und setzt sich dann sofort darauf.

Freudig erregt überlässt er sich Marions Morgenritt, der ihn schnell von seinen Grübeleien wegbewegt, hin zu weitaus angenehmeren Gefilden. Eine Wende, die er dringend nötig hat. Er spürt, wie er wieder auflebt. Nichts Besseres scheint es für ihn jetzt zu geben.

Er kann es jedoch nicht lange uneingeschränkt genießen. Denn schon bald bemerkt er, wie unterkühlt sich Marion dabei verhält. Zwar verspürt er weiterhin Lust, aber er fühlt sich auch befremdet. Kein Kuss, nichts Zärtliches, ganz sachlich. Als würde sie einen Auftrag erledigen. Es ist ihm zu mechanisch. Während sie ihn mit eng anliegenden Beinen weiter reitet, presst sie ihren Oberkörper fest an seinen, wobei sie sich an der Rückenlehne des Stuhls festhält. Sie lässt ihm so fast keinen Bewegungsspielraum mehr, was sie jetzt wohl auch beabsichtigt. Sie zwingt ihm den Sex auf, den sie will. Sie thront auf seinem Schwanz. Er fühlt sich jetzt unterlegen. Er glaubt, dass sie einen sexuellen Sieg über ihn erringen will. So aggressiv hat er sie dabei noch nicht erlebt. Als würde sie gegen ihn ficken. Er versteht nicht, warum.

Er lässt es geschehen, in dumpfer Lust, seine Arme seitlich nach unten haltend, ganz passiv. Sie bestimmt das Tempo, das für ihn viel zu schnell ist, reitet ihn weiter in scharfem Galopp, gönnt ihm keine Pause, will es anscheinend schnell hinter sich bringen. Er fühlt sich von ihr besiegt. Es kommt ihm viel zu früh, ein kurzes Bedauern, doch dann ist er froh, dass es vorbei ist.

Danach gibt sich Marion so, als wäre nichts geschehen, als wäre es für sie ein ganz normaler Akt gewesen, mit dem sie jetzt zufrieden ist. Sie wirkt auf ihn entspannt, geradezu heiter, scheint mit ihm zu spielen.

Er redet nicht mit ihr darüber, glaubt, dass es besser ist, ihr sonderbares Verhalten nicht zum Thema zu machen. Sonst würde die Stimmung noch schlechter. Ein etwas gewolltes Intermezzo. Vielleicht hat sie es gebraucht. Aber warum, und was hat sie damit bezweckt? Es könnte eine Reaktion darauf gewesen sein, dass er sich bei ihr heute Morgen hat gehen lassen, ohne ersichtlichen Grund, eine Enttäuschung für sie nach dem, was gestern war. Eine Demonstration. Oder sogar

eine Warnung. Glaubte sie etwa, er sei mit seinen Gedanken bereits bei Ingrid gewesen? Gut möglich. Dieser verdammte Sprung, denkt er. Nur deswegen ist alles so gekommen. Nur deswegen bin ich so daneben. Was für ein Schlamassel!
Der gemeinsame Morgen verläuft zähflüssig. Wiegand gelingt es, sich zu beherrschen. Er versucht, bei Marion in einem anderen Licht zu erscheinen, will sie nicht weiter zu Fehleinschätzungen verleiten. Er verhält sich zugänglicher, aber er kann sie damit trotzdem nicht erreichen. Eine unüberbrückbare Kluft bleibt zwischen ihnen bestehen. Sie wirkt gelangweilt. Mehr kann er ihr heute nicht bieten. Es fällt ihm alles schon schwer genug. Er möchte nicht gehen, aber auch nicht bleiben. Er weiß nicht, wie er sich entscheiden soll, zögert es hinaus, bis er merkt, wie sie ungeduldig wird. Anscheinend wartet sie darauf, dass er geht. Unsicher lässt er die Finger seiner linken Hand einen ihm blödsinnig klingenden Rhythmus auf die Glasplatte des Tisches klöppeln, an dem sie sich gegenübersitzen, und steht auf.
»Ich muss mich jetzt auf die Beine machen«, sagt er. »Muss noch ein paar Dinge erledigen. Ich komme morgen wieder, spätestens übermorgen.«
»Ja«, erwidert sie. »Geh jetzt lieber. Heute ist wohl nicht dein Tag, Kurt. Leider. An mir dürfte es nicht liegen. Wünsche dir gute Besserung, Kurt.«
Er umarmt sie so lange, bis sie ihren Körper von seinem löst. Mit schweren Beinen trottet er aus ihrer Wohnung.
Ziellos fährt er durch München. Mit dem Tag kann er nichts anfangen. Am liebsten wäre es ihm, wenn er schon vorbei wäre. Er fühlt sich leer. Er weiß nicht, was er will. Es kommt ihm so vor, als wäre er von sich selbst abgeschnitten. Ein Parkplatz wird vor ihm frei, und er stellt seinen Wagen dort ab. Genauso gut hätte er es auch bleiben lassen und weiter kreuz und quer durch München fahren können. Alles ist ihm

egal. Er vergisst seinen Wagen abzuschließen. Einige Schritte später merkt er es, zögert einen Moment und geht weiter. Wer wird denn schon so einen Karren stehlen? Ein Risiko, das sich überhaupt nicht lohnt. Dann aber dreht er sich um. Ihm ist eingefallen, dass seine Sporttasche im Wagen auf dem Rücksitz liegt. Er eilt zurück, schließt missmutig ab und schlägt eine andere Richtung ein als zuvor. Dieses Stadtviertel kennt er gut.

Vor zwei Jahren hat er hier einige Monate in einem kleinen, für ihn zu teuren Appartement gewohnt, ganz in der Nähe von Hermann. Seine Gedanken streifen kurz diese Zeit. Damals ging es ihm bedeutend besser als heute. Kein Vergleich dazu. Obwohl er von der Hand in den Mund lebte. Er weiß nicht, wohin er gehen soll, was er hier eigentlich verloren hat. Er lässt sich einfach treiben. Ein sinnloses Sichvorwärtsbewegen, ohne Ziel, mit dem Gefühl, jetzt jemand zu sein, der einfach nur geht, um zu gehen. Seine Sinne filtern nur wenig aus dem heraus, was um ihn herum geschieht. Nichts kann hier sein Interesse wecken. Ein ganz normaler Mittag in München, voller Alltagsbrei. Er spürt, wie seine Beine müde werden. Dabei ist er noch gar nicht lange herumgelaufen. Oder doch? Wann er damit begonnen hat, weiß er sich nicht zu beantworten. Vielleicht ist sein Magen auch zu leer. Bei Marion hat er kaum etwas essen können. Nach einem kurzen Zögern lenkt er seine Schritte zu dem Bistro, das er in einer Seitenstraße erblickt hat. Eine für ihn verunglückte Mischung aus plüschigem Salon und chrom-moderner Kneipe. Er setzt sich an einen freien Tisch in der Nähe des mit schweren Wolkengardinen behangenen Fensters. Er bestellt eine Tasse Kaffee und ein Stück Käsekuchen. Mehr möchte er seinem Körper hier nicht zumuten. Dafür erscheint ihm das Bistro zu schlampig geführt. Er isst nur ungern in Lokalen, traut den meisten Küchen nicht, die für den Geschäftsumsatz kochen.

Was er über richtige Ernährung weiß, befolgt er rigoros. Denn er hat nur diesen einen Körper. Während er den überraschend gut schmeckenden Käsekuchen isst, überfliegt er die erste Seite der Tageszeitung, die jemand auf dem Nebentisch liegen gelassen hat. Eigentlich nichts Neues. Politischer Mord und Totschlag. Sorgen um Wirtschaftswachstum. Minister lächeln für die Kamera. Benzinpreise steigen wieder. Entwicklungsländer entwickeln sich nicht. Neue Rekordernte. Das schöne Wetter bleibt. Keine Sport-Schlagzeile. Er legt die Zeitung auf den Nebentisch zurück und lässt seinen Blick durchs Bistro schweifen. Er sieht nur Gesichter, Körper und Gegenstände, die ihn nicht interessieren. Er fühlt sich gelangweilt. Nachdem er gezahlt hat, bleibt er noch eine Zeit lang sitzen, dann verlässt er das Bistro.
Unschlüssig, ob er sich länger in diesem Stadtviertel aufhalten, schon zu Hermann oder woandershin fahren soll, schlendert er über den Bürgersteig, kommt an Geschäften vorbei, in deren Schaufensterscheiben er sich spiegelt. Sein Gefühl, viel langsamer zu gehen als sonst, stimmt. In den Schaufensterscheiben sieht er es. Er verändert sein Schritttempo nicht. Ein langsamer Körperrhythmus, den er bald als recht angenehm empfindet. Sein Verstand scheint sich dem anzupassen; träge Gedankenschritte ohne Richtung, unscharfe Wiederholungen von bereits Durchdachtem. Minutenlang trottet er so weiter, gleichgültig die üblichen Straßenszenen wahrnehmend. Seine Stimmungslage verbessert sich nicht, bleibt im tristen Grau. Eine Kinopassage auf der anderen Straßenseite zieht seinen Blick an. Fluchend spurtet er über die stark befahrene Straße, geht dann zu den Schaukästen der einzelnen Kinos. Er mustert die Plakate und Fotos. Diese Kinos erscheinen ihm mit einem Mal als Zufluchtsstätten. Er überlegt, für welchen Film er sich entscheiden soll. Einen Film kennt er bereits, einer ist offenbar ganz auf stumpfsinnigen Klamauk getrimmt, ein

anderer wird als nervenzerfetzender Thriller angepriesen, ein weiterer hat bei einem Filmfestival gewonnen, für den er sich dann auch entscheidet, vor allem wegen der Hauptdarstellerin, die er auf mehreren Hochglanzfotos begutachtet hat.

»Der Film hat aber schon angefangen. Läuft schon seit etwa einer Viertelstunde«, sagt die verschwitzte dicke Frau an der Kasse.

»Macht nichts«, erwidert er und legt vor ihr das Eintrittsgeld hin.

Im Kino verlieren sich nur wenige Menschen, was er begrüßt. In einer leeren Reihe setzt er sich in die Mitte. Auf dem, was er sieht, kann er sich keinen Reim machen. Zunächst versucht er es, dann lässt er es bleiben. Ihm fehlt dafür wohl die erste Viertelstunde. Und er will sich auch nicht länger den Kopf über die Handlung zerbrechen. Im Grunde ist es ihm völlig egal, was sich da vor ihm auf der Leinwand abspielt. Er will hier nur sitzen, abschalten, sich die Zeit vertreiben. Er sieht sich den Film an, ohne ihn zu verstehen. Manchmal döst er. Der Film zieht an ihm vorbei. Am besten gefallen ihm noch die Szenen, in denen die skandinavische Landschaft länger ins Bild kommt. Von der Hauptdarstellerin ist er enttäuscht. Auf den Fotos hat sie ihm mehr versprochen, als sie im Film hält. Doch nicht sein Typ. Zu breites Gesicht, zu klein. Sie schauspielert für seinen Geschmack auch zu fad. Als hätte sie einen Eisenmangel. Und ihre Brüste, die sie jetzt vor ihrem Verehrer wie ein kostbares Geschenk auspackt, sind ihm doch zu voluminös. Wenn Marion ein solches Kaliber hätte, wäre sie todunglücklich, denkt er. Vielleicht Silicon-Titten. Wer weiß. Er wäre besser in den Thriller gegangen. Der ganze Film ist ihm zu bierernst gemacht. Tonnenschwer scheint das Leid auf manchen Darstellern zu lasten. Was gehen ihn denn die Probleme an, die sie sich im Film gegenseitig aufhalsen. Dafür hat er jetzt keine Ader. Wie da wieder Ernsthaftigkeit geheuchelt wird. Was für bedeutungsschwere Posen. Und nachher feixen sie alle. Das hat er schon öfter bei Dreharbeiten miterlebt. Es ist eben alles nur gespielt. Sollte man beim Zusehen nicht vergessen.

Als die Hauptdarstellerin jähzornig ihren Vater eine hochherrschaftliche Treppe hinunterstößt, verfolgt er aufmerksam das Geschehen. Er sieht ganz genau hin. Denn ein Double stürzt sich sehr effektvoll, dabei am Holzgeländer und an der Wand anschlagend, die Treppe hinunter, deren Konstruktion für einen derartigen Stunt wie geschaffen ist. Er kommt schließlich mit einer verunglückt aussehenden Rolle rückwärts auf dem Dielenteppich wie jemand auf, der wohl zum letzten Mal sein Gleichgewicht verloren hat. Wirklich saubere Arbeit, urteilt er fachmännisch. Das Beste vom ganzen Film. Als die Tochter ihre Augen entsetzensweit aufreißt und dann Tränen vergießt, lacht er leise vor sich hin. Denn er denkt sofort, wie unecht diese Situation in Wirklichkeit ist. Während sie auf irgendeine Weise Tränen produziert, ist das Aufnahmeteam unsichtbar vor ihr versammelt. Möglicherweise schält jemand ganz in ihrer Nähe ein paar Zwiebeln, damit ihr ordentlich die Augen tränen. Ihm fällt schließlich auf, dass in diesem Film wenig gelacht wird. Umso mehr wird in ihm gelitten. Als die Hauptdarstellerin mit einem Begräbnisgesicht in ein Boot steigt und zügig in die Bucht hinausrudert, endet der Film, was ihn ein wenig überrascht. Er hat das Gefühl, als wäre der Film hier aus Zeitmangel abgedreht worden. Danach hätte noch etwas kommen müssen. Doch einige Augenblicke später glaubt er, dass es sich wiederum anbietet, den Film damit enden zu lassen, wie die zu Tode betrübte Hauptdarstellerin ihrem nassen Grab ebenso unaufhaltsam wie unrettbar entgegenrudert. Er verfolgt noch den Nachspann mit den einzelnen Rollenbesetzungen, bis zum u.v.a., dann steht er auf. Dazu gehöre ich auch oft. Einer von vielen anderen, sagt er sich, während er als Letzter zum Ausgang geht; u.v.a. Das große Heer der Nobodys. Noch nicht einmal zur Namensnennung reicht's dann. Weniger kann man in diesem komischen Geschäft nicht sein. Ein leicht zu ersetzender Komparse. Ohne Chancen für eine Rolle. Vielleicht bin ich schon am Ende angelangt. Abgetakelt. Unfähig, so weiterzumachen wie bisher. Sollte mich nicht wundern; u.v.a.

»Fühle dich hier wie zu Hause«, sagt Hermann und umarmt ihn freundschaftlich. »Bleibe, so lange du willst. Aber das brauche ich dir ja nicht zu sagen.«

»Schön, dass ich erst einmal hier bleiben kann, Hermann«, sagt Wiegand, während sie ins Wohnzimmer gehen. »Das wird mir guttun. Meine Bude widert mich nur noch an.« Er setzt sich in einen der anthrazitfarbenen Sessel.

»Kann ich verstehen«, erwidert Hermann, der sich links neben ihn auf das große Ledersofa setzt. »Wie konntest du auch in ein katholisches Kuhdorf 40 Kilometer außerhalb von München ziehen. Das war ein kapitaler Irrtum von dir.«

»Ja, das war es in der Tat.«

»Ich hatte dich ja gewarnt. Ich kenne dich, bist ein Städter. Aber du warst gar nicht mehr zu stoppen gewesen. Hattest dir einen dicken Floh ins Ohr gesetzt. Spottbillig und gesund wolltest du da leben. Und was ist dabei herausgekommen? Nach ein paar Tagen ist dir alles schon so gründlich auf die Nerven gefallen, dass du am liebsten sofort wieder ausgezogen wärest.«

»Das wäre wohl das Beste gewesen. Aber ich hab's ja überstanden. Hoffentlich finde ich bald etwas Passendes.«

»Mit deiner Wohnungssuche kannst du dir ruhig Zeit lassen. Greife jetzt nur nicht überstürzt zu. Vielleicht kann ich dir auch eine über den Sender besorgen. Sieht gar nicht so schlecht aus. Es bleibt doch dabei: Nicht außerhalb von München? Auch nicht in der näheren Umgebung?«

»Nein. Dafür habe ich zu lange zu weit außerhalb gewohnt. Vier Monate. Das reicht mir. Nie wieder. Ich will nur noch in der Stadt wohnen. Ich brauche das jetzt. Dringend. Ein Appartement genügt mir. Mehr kann ich mir sowieso nicht leisten.«

»Aber vielleicht schon bald.«

»Nichts dagegen.«

»Und sonst? Wie ist das Befinden denn heute?«, fragt Hermann und mustert ihn, seine Stirn dabei in Falten legend.

»Könnte besser sein. Ich glaube, ich stehe mir selbst im Weg. Lass dich davon nicht stören, Hermann. Ich werde versuchen, mich auf die Seite zu stellen.«

»Tu das«, ermuntert ihn Hermann lächelnd.

»Mein Sprung steckt mir noch zu sehr in den Knochen. Hätte ich nicht gedacht. Vielleicht war alles doch zu viel für mich. Die ganzen Vorbereitungen. Die Konzentration darauf. Und dann natürlich der Sprung selbst. Und dieser blödsinnige Vergnügungspark Eldorado. Der ist mir vorgestern ganz schön auf den Wecker gegangen«, deutet Wiegand an und macht gleichzeitig Ausflüchte. Was wirklich passiert ist, will er weiterhin verschweigen.

»Das habe ich gemerkt. Und Ingrid auch. Du hast alles andere als einen zufriedenen Eindruck gemacht. Obwohl dein Sprung fabelhaft war. Es war eben doch eine größere Belastung für dich als gedacht. Du kamst mir ziemlich verloren vor. Ich glaube, solche Auftritte als Sensationsdarsteller bekommen dir nicht besonders. Vergnügungsparks kannst du ja nicht ausstehen. Jetzt wohl noch weniger als früher. Dagegen gefallen dir die Dreharbeiten auch bei schnell heruntergedrehten Filmen besser, oder?«

»Ja. Weitaus besser. Eine ganz andere Atmosphäre.« Er schweigt einen Moment. »Sag mal, Hermann, hat Ingrid wieder angerufen?«

»Ja«, antwortet Hermann. »Ich habe ihr gesagt, was ich ihr sagen sollte. Ich bezweifle allerdings, ob sie die Geschichte mit Ralf geglaubt hat. Sie klang ziemlich ironisch. Du solltest sie wegen Marion nicht unnötig reizen. Wenn dir mehr als etwas an ihr liegt. Keine Frau, mit der man spielen kann, glaube ich. Dafür ist sie zu selbstbewusst.«
»Sie weiß doch über Marion Bescheid, Hermann. Ich spiele bei ihr mit offenen Karten. Sie schläft ja auch noch mit ihrem Mann. Ich sehe da keine Probleme. Warum sollte ich meine Beziehung zu Marion ändern? Sie gehört schon länger zu meinem Leben als Ingrid.«
»Ist sie für dich wichtiger als Ingrid?«
Wiegand zögert mit der Antwort. Er schlägt die Beine übereinander und verschränkt die Hände hinter dem Kopf, den er wie beim isometrischen Training gegen sie drückt, und blickt zu dem mit Kübelpflanzen begrünten Balkon. »Ich glaube ja«, sagt er unsicher. »Wir sind uns ähnlicher.«
»Was heißt das schon! Du und Marion, ihr dreht euch doch nur noch im Kreis.«
»Mir gefällt's. Meistens.«
»Ich halte jetzt schon mehr von Ingrid als von Marion.«
»Weil sie für dich alle Vorzüge einer reifen, attraktiven Frau besitzt. Dafür hast du ja eine Schwäche.«
»Stimmt. Dabei ist sie erst 31.«
»Alt genug.«
»Je nachdem, wie man's nimmt. Sie müsste mehr als eine flüchtige Episode für dich sein, Kurt. Ich glaube, sie ist eine Frau, die für dich noch wichtig wird. Sie könnte dich weiterbringen.«
»Wieso weiterbringen? Wohin denn? Ich hätte gar nichts dagegen, wenn alles bei mir erst einmal so weiterginge wie bisher. Ich habe kein Planziel bei mir zu erfüllen. Ingrid brauche ich nicht als Entwicklungshelferin«, erwidert er leicht gereizt.

»Du weißt genau, wie ich es meine, Kurt. Frauen können einen doch ganz wesentlich beeinflussen. Das musst du ja wohl zugeben. Du hast es schließlich selbst erfahren. Allein schon mit Marion. Oder?«

»Das will ich nicht bestreiten.«

»Auch wenn ich mich wiederhole, Kurt«, sagt Hermann nach einem kurzen Schweigen, »du tändelst einfach noch zu sehr mit deinem Leben, bist nicht entschlossen genug. Du könntest mehr aus dir machen.«

»Mag sein.«

»Vielleicht steht das Körperliche bei dir doch zu sehr im Mittelpunkt.«

»Das habe ich von dir ja noch nie gehört, Hermann. Wie kommst du denn darauf?«, fragt er erstaunt.

»Eine Vermutung, nichts weiter.«

»Hermann, mein Körper steht nicht zu sehr, sondern passenderweise bei mir im Mittelpunkt. Schon von klein auf. Und daran wird sich auch nichts ändern. So lange wie möglich will ich genießen, was er kann. Ich bin noch jung. Wie heißt es doch so schön: Be young before you get old. Sollte man nicht vergessen. Mein Körper gibt meinem Leben einen Sinn. Ich wüsste nicht, wo ich einen anderen finden könnte. Das Körperliche fasziniert mich. Ich habe meine körperlichen Fähigkeiten ausgebildet. Mein Körper leistet einiges. Nichts kann ich besser. Mein Körper ist mein größter Besitz. Ich körper, also bin ich«, sprudelt es aus ihm heraus.

»Kurt, wie er leibt und lebt«, sagt Hermann und lässt ein gutmütiges Lachen hören. »Gegen deine Körperkultur habe ich ja gar nichts einzuwenden«, fährt er schließlich fort. »Darum beneide ich dich sogar. Wenn ich deinen Körper hätte, würde ich daraus vielleicht auch so einen Kult wie du machen.«

»Kult?«

»Im positiven Sinne. Trotzdem, Kurt, du solltest mehr an deine Zukunft denken. Du bist zwar erst 28, aber auch schon. Bei dir liegt doch noch manches brach. Oder willst du etwa behaupten, dass du schon am Ende deiner Entwicklung angelangt bist? Du sagst ja selbst, dass du bildungsmäßig noch einen gewissen Nachholbedarf hast.«

»Ich geb's zu. Stimmt ja. Aber wer schöpft sich schon aus? Das alte Thema. Körper und Geist. In einem Bereich hapert's wohl immer. Davon einmal abgesehen, mit meinem bisherigen Leben kann ich eigentlich ganz zufrieden sein. Meinem Körper verdanke ich dabei am meisten«, sagt er. Bruchstückhaft kommt ihm jetzt sein Sprung wieder in den Sinn, und er spürt sofort ein Unbehagen.

»Klar. Aber wie stellst du dir denn konkret deine Zukunft vor?«

»Noch gar nicht«, antwortet er nach kurzem Schweigen. »Vielleicht lasse ich mich ja in ein paar Jahren zum Heilpraktiker ausbilden. Wenn mein Körper nachlässt, ich keine Stunts mehr machen kann. Das fände ich dann wohl ganz okay.«

»Ich weiß, Kurt. Nicht schlecht. Mit diesem Gedanken tändelst du ja schon länger. Aber jetzt, und die nächsten Jahre? Willst du etwa noch jahrelang dein Geld so verdienen wie bisher? Mal Sensationsdarsteller, mal Stuntman, dann wieder ein bisschen Schauspieler? Und dazu noch einige Nebenjobs? Wird das nicht langsam zu wenig für dich? Auch im finanziellen Sinne?«

»Wir sind wieder bei einem alten und schon ziemlich langweiligen Thema angelangt.«

»Das sind wir in der Tat.«

»Lass es uns wechseln«, schlägt Wiegand gereizt vor. »Spiel nicht weiter den Onkel Hermann. Gegen pädagogische Ermahnungen bin ich sowieso immun. Ich jedenfalls habe an meinem Lebensstil nichts auszusetzen.«

»Warum so mimosenhaft? Nichts gegen deinen Super-Sprung, Kurt. Der war wirklich große Klasse. Aber auch eine Ausnahme.«

»Ja, das war er«, erwidert er gedehnt. Er fühlt sich in die Ecke gedrängt.

»Kurt, du weißt doch selbst, wie sehr du noch in der Luft hängst. Das darf bei dir kein Dauerzustand werden.«

»Wird es schon nicht.«

»Du hast mit deinem Sprung 6000 Euro verdient, und er eignet sich auch prima zum Vorzeigen. Aber es ist jetzt für dich wichtig, deine Möglichkeiten gut zu nutzen. Auch wenn ich mich wiederhole: Du musst dazu bereit sein, dich auszubilden. Ohne großen Aufwand kannst du dann eine Menge erreichen, glaube mir. Viel mehr, als wenn du so weitermachst wie bisher. Du willst doch selbst nicht weiter eine Randfigur im Unterhaltungsgeschäft bleiben. Da ist für dich noch einiges zu holen. Boomt immer.«

»Hermann, ich habe dir doch schon mehrmals gesagt, dass ich Schauspielunterricht nehmen werde.«

»Ich hoffe nur, dass du es nicht noch länger aufschiebst. Und die Sprechausbildung ist genauso wichtig. Hast noch den Rheinländer auf der Zunge. Du weißt ja, dass du dann auch in der Synchronisation gutes Geld verdienen kannst.«

»Fände ich sogar ziemlich interessant.«

»Und es werden jetzt wieder mehr Actionfilme gedreht. Dadurch vergrößern sich deine Chancen. Ich bin da ganz optimistisch. Auch in der Sportredaktion eines Senders könntest du unterkommen. Wenn es mit der Schauspielerei nicht klappt. Würde mich aber wundern. Für Actionfilme bist du wie geschaffen.«

»Glänzende Zukunftsaussichten für mich.«

»Ohne Zweifel.«

»Auch dank deiner Beziehungen.«

»Das kommt noch hinzu. Wenn du mehr aus deinen Möglichkeiten machst, entschlossener wirst.«

»Werde es versuchen.«

»Sieh dir doch die ganzen Blender an, die sich im Film- und Fernsehgeschäft breitmachen. Verdienen glänzend. Wie viele es allein schon in den Sportredaktionen beim Fernsehen gibt. Die Blender vom Sender. Was können die denn schon? Die steckst du doch schon jetzt in die Tasche. Du bist im Sport zu Hause. Kennst dich dort bestens aus. Was man von den meisten Typen da nicht behaupten kann. Und wie tollpatschig sich manche vor der Kamera benehmen. Ich habe es ja bei einigen Sendungen selbst miterlebt. Musste aufpassen, dass ich nicht laut loslache und alles verwackel. Ich hatte dann das Gefühl, als würde ich die Kamera auf eine Witzfigur richten, die nichts davon merkt, wenn sie die Grenze zur Lächerlichkeit übertritt.«

»Du kommst wieder in Fahrt.«

»Ja. Wegen dir. Ich will ja nur erreichen, dass du mehr an deine Zukunft denkst und deinen Lebensstandard verbesserst. Das dürfte dir nicht schwerfallen.«

»Vielleicht überschätzt du mich.«

»Worin denn? Es liegt doch alles klar auf der Hand. Allein schon wie du aussiehst. Die Frauen sind hinter dir her. Und die Schwulen auch. Zuerst jedenfalls. Das reicht im Grunde schon, um vor allem in Sportredaktionen unterzukommen«, meint Hermann.

»Auch eine Möglichkeit.«

»Wie du siehst, Kurt, es ist alles ganz einfach. Du musst nur wollen. Dann ändert sich alles ziemlich schnell.«

»Warten wir's mal ab.«

»Du hast deine Chancen, Kurt. Du musst sie nur besser nutzen.« Er schweigt kurz. »Und eine große Chance für dich ist Ingrid.«

»Kann sein. Wir wissen aber noch nicht, was wir wirklich von uns halten sollen. Wir tasten uns noch ab.«

»Du untertreibst doch, Kurt. Mir kommt es nämlich so vor, als wolltet ihr beide noch nicht zugeben, dass ihr euch ineinander verliebt habt. Vor euch selbst nicht und erst recht nicht vor dem anderen.«

»So?«

»Ja. Aber vielleicht täusche ich mich auch. Kurt, du weißt dein Glück anscheinend gar nicht zu schätzen. Was wäre ich froh, wenn ich mit einer Frau wie Ingrid liiert wäre. Ingrid gehört zu den Frauen, bei denen ich von Natur aus keine Chancen habe. Klassefrauen bleiben unerreichbar für mich, leider. Ich muss mich mit der zweiten Wahl begnügen.«

»Woher weißt du das denn so genau? Rede dir das doch nicht immer wieder ein, Hermann.«

»Ich bin schließlich kein Träumer, Kurt. Nicht mehr. Ich stütze mich da auf Erfahrungen, die ich lieber nicht gemacht hätte. Denk doch zum Beispiel nur an Edith. Habe ich mir bei ihr nicht alle Mühe gegeben? Und was ist letztendlich dabei herausgekommen? Fast nichts.«

»Edith, das war doch die wandelnde Einbildung. Für sie zählte nur sie selbst. Wie sie sich schon gab. Spielte die verschlossene Klassefrau.«

»Ein Tresor.«

»Mit wenig drin.«

»Kann schon sein«, sagt Hermann und macht ein nachdenkliches Gesicht.

»Ingrid mag dich. Das weißt du.«

»Ja, aber das beruht vor allem darauf, dass ich dein Freund bin. Sonst würde sie mich gar nicht beachten.«

»Verdammt, Hermann! Was soll das? Ingrid meint zwar, dass du kein Beau bist —«, rutscht ihm heraus. Er unterbricht sich, es ist ihm peinlich.

»Dessen bin ich mir bewusst«, sagt Hermann mit unfrohem Lächeln.
»Dafür aber bist du für sie ein Mann, den sie wegen seiner Persönlichkeit sehr interessant findet«, sagt er schnell.
»Hat sie das wirklich gesagt?«, fragt Hermann erstaunt.
»Ja«, antwortet er. »Und dass du dich, was Frauen angeht, offensichtlich unterschätzt.«
»Könnte ein Kompliment sein.«
»Ist es auch.«
»Warum sagst du mir das erst jetzt? So etwas höre ich gerne über mich.«
»Weil sie es mir erst vor ein paar Tagen gesagt hat.«
»Balsam für mich«, sagt Hermann und blickt versonnen. »Was für eine Frau! Ebenso attraktiv wie reif. Du bist ein Glückspilz, Kurt. Lass sie doch heute Abend hierhin kommen. Ihr habt dann das Reich für euch alleine.«
»Du gehst weg?«, fragt Wiegand enttäuscht, der den Abend gerne mit Hermann verbracht hätte.
»Ja. Und komme bestimmt erst spät zurück. Vera und Frank haben mich heute Abend zum Essen eingeladen. Frank kocht ja ausgezeichnet. Freue mich schon darauf. Er will eine amerikanische Spezialität auftischen. Wir haben uns bald einen Monat nicht gesehen. Sie sind erst gestern aus den Staaten zurückgekommen. Haben sicherlich einiges zu erzählen.«
»Was die sich jetzt alles leisten können! Reisen wochenlang kreuz und quer mit einem Wohnmobil durch die USA. Würde ich auch gerne. Mit ihrer Produktionsgesellschaft haben sie schnell Geld gemacht.«
»Sie haben die richtige Produktionsgesellschaft zur genau richtigen Zeit gegründet. Sie haben ihre Chance genutzt. Sie sind dabei auch sehr clever gewesen. Eine entschlossene Chancenverwertung. Das ist und bleibt der Schlüssel zum Erfolg.«

»Wie im Sport«, fügt Wiegand hinzu.

»Ach!«, ruft Hermann aus und macht eine Geste wie jemand, dem gerade etwas eingefallen ist. »Eh ich's vergesse. Norbert hat mich gestern aus London angerufen. Er hat dich nicht erreichen können. Wollte wissen, ob alles wie geplant verlaufen ist. Ich habe ihm gesagt, dass dein Sprung perfekt war. Ich soll dir ausrichten, dass es ihn freue. Er habe aber auch nichts anderes erwartet.«

»Hat aber trotzdem anrufen müssen.«

»Hätte ich an seiner Stelle auch getan. Ein Rest Ungewissheit bleibt bei solchen Sprüngen ja immer bestehen.«

»Ja. So lange, bis es vorbei ist. Eine hundertprozentige Sicherheit gibt's eben nicht. Obwohl Norbert ja eine Art Sicherheitsgarantie ist. Er hat meinen Sprung bis ins Detail geplant. Technisch alles genau durchgespielt. Keinem kann ich in punkto Sicherheit mehr vertrauen als ihm«, sagt Wiegand. Aber ich habe dennoch große Angst bekommen, Todesangst sogar, denkt er sofort.

»Er will sich den Film ansehen, wenn er Ende der Woche zurückkommt. Dann ist er bestimmt fertig. Ein paar Einstellungen muss ich noch bearbeiten. Ich hoffe, dass er so eindrucksvoll wird, wie ich es mir vorgestellt habe. Mal sehen. Auf jeden Fall ist er ein wichtiges Dokument.«

»Wie lange dauert der Film?«, fragt Wiegand.

»Genau neun Minuten und achtunddreißig Sekunden«, antwortet er. »Wenn ich nichts herausschneide. Er beginnt damit, wie du zu an den Zuschauern vorbei zu dem Luftsack gehst, dich davor hinstellst und dann von diesem penetranten Mander als Sensationsdarsteller vorgestellt wirst. Der Film endet damit, wie dich Ingrid umarmt. Ich kann ihn auch gut für mich selbst gebrauchen. Ich werde ihn in mein Filmtagebuch montieren.«

»Den ganzen Film?«

»Ja. Er ist für mich auch ein persönlicher Film, zeigt einen Höhepunkt deines Lebens. Eine sportliche Spitzenleistung von dir. Es ist zwar dein Sprung, aber er gehört auch zu meinem Leben. Es war ein einmaliges Erlebnis für mich. Und es war auch ein schöner Sprung, Kurt. Ein Kunstsprung. Er hätte ruhig länger dauern können. Dann hätte ich noch mehr davon gehabt. Ein Genuss. Außergewöhnlich. Ich war dabei.«
»So einen Sprung werde ich wohl nie wieder machen, Hermann«, sagt Wiegand, seine Augenbrauen zusammenziehend. »Einmal, das reicht mir. Der Aufwand ist mir zu groß. Und dieses ganze Drumherum. Nichts für mich. Vergnügungsparks kotzen mich an. Vor allem dieser Eldorado. Der liegt mir noch immer im Magen. Ein alberner Rummelplatz.«
»Eine bessere Kirmes.«
»Wenn ich da öfter mein Geld verdienen müsste, würde ich mir bald wie ein Hanswurst vorkommen. Ich fand mich schon in diesem Show-Overall, den ich anziehen musste, lächerlich genug.«
»Stand dir doch ganz gut. Auf viele musst du wie ein großer Star gewirkt haben. Wie ein Sensationsdarsteller der Extraklasse.«
»Und wenn schon. Ich bin es aber nicht. Dar Robinson war einer. An ihn erinnert man sich heute noch. Unvergleichlich.«
»Du hast jedenfalls mit deinem Sprung 6000 Euro verdient und Aufsehen erregt. Ein Sprung nach vorn für dich. Und ich habe ihn in einem Kurzfilm festgehalten. Ich arbeite noch daran. Müsste morgen oder übermorgen fertig sein.«
»Ich bin wirklich sehr gespannt, Hermann, wie dein Film geworden ist. Ich werde ihn mir mehrmals ansehen. Auch in Zeitlupe«, sagt Wiegand und fragt sich, ob er dann vielleicht etwas bemerken würde, was ihm seinen plötzlichen Angstanfall erklären könnte, einen Hinweis darauf, woran er bisher noch gar nicht gedacht hat.

Den Abend verbringt er alleine in Hermanns Wohnung. Andere Menschen würden ihn jetzt nur stören. Auch Ingrid, die er deswegen nicht anruft. Er fühlt sich schon von sich selbst genug gestört. Er glaubt, dass sein Sprung in Wirklichkeit ein Sturz war, der ihn zu einem Fall gemacht hat. Mit einer Geschwindigkeit von 9,81 m/sec^2. So hat das Fallgesetz auf ihn noch nie eingewirkt. Er ist ein Problemfall geworden.
Je länger er darüber nach denkt, desto mehr scheint er sich von einer Lösung zu entfernen. Er fühlt sich in ein engmaschiges Gedankennetz verstrickt, das er sich selbst übergeworfen hat, und aus dem er sich nicht befreien kann. Er probiert Einstellungen und Beschlüsse aus, die ihn alle nicht weiterbringen. Mit seinem Sprung ist er in eine für ihn kritische Lage gestürzt, die er überstehen muss. Sein Leben hat die Balance verloren, die er gewohnt war, und die er genossen hatte. Dahin will er wieder zurückkommen, aber er weiß nicht, wie. Filmszenen mit Ratten erscheinen schließlich in seiner Vorstellung, die zu Versuchszwecken gerade in einen Käfig gesteckt worden sind, wo sie sich unablässig bemühen, wieder herauszufinden, dabei ihre Köpfe aufgeregt in alle Richtungen bewegend. Einige Minuten bleibt er noch in Seitenlage mit leicht angewinkelten Beinen auf dem Ledersofa liegen, dann steht er auf und geht wie aufgedreht in Hermanns Dreizimmerwohnung hin und her, durch weit geöffnete Türen, von Raum zu Raum, in wechselnder Reihenfolge, ohne Sinn, nur mit diesem Gehen beschäftigt, den Blick dabei unruhig durch die Räume schweifen lassend, als würde er etwas suchen. Schließlich bleibt er vor der Balkontür abrupt stehen, wartet einige Sekunden, öffnet sie dann und stellt sich auf den dicht bewachsenen Balkon. Er stützt seine Arme auf die Balkonbrüstung. Er spürt den leichten Abendwind in seinem Gesicht, hört die gedämpfte Monotonie der Straße. Sein Blick wandert die Rückseiten der gegenüberliegenden

Häuser entlang, verharrt vor einigen Fenstern, dringt in lampenhelle Räume ein, stößt aber auf nichts Besonderes.
Was wäre, wenn er jetzt Augenzeuge eines Mordes würde?, fragt er sich. Wie würde er darauf reagieren? Würde das sein Leben etwa beeinflussen? Seines sicherlich nicht. Wenn Täter und Opfer ihm fremd sind. Warum auch. Er hätte es nur zufällig aus einiger Entfernung mitbekommen und hätte tatenlos zusehen müssen. Vielleicht mit kurzem Entsetzen. Ein Mord mehr. Wie viele Menschen heute wohl schon ermordet worden sind, und wie viele wohl noch ermordet werden, die jetzt völlig ahnungslos sind? Schlimm, aber er kann es nicht ändern. Wo Menschen leben, da passieren eben auch Morde. Darüber macht man Filme. Ein sehr beliebter Stoff. Mit vielen Variationsmöglichkeiten. Und in solchen Filmen spielt er manchmal mit. Und stürzt sich dann auch, wenn es verlangt und bezahlt wird, von einem Balkon. Je tiefer er dabei fällt, desto höher wird die Gage.
Er blickt nach unten, drei Stockwerke tief. Einen Balkon-Stunt aus dieser Höhe würde er in seiner gegenwärtigen Verfassung nicht wagen. Dafür fühlt er sich zu verunsichert. Seinen Angstanfall hat er noch immer nicht verkraftet. Allem Anschein nach ein schwerer Schock, von dem er sich weiter erholen muss. Er darf jetzt nicht Trübsal blasen. Er muss dagegen angehen. Was bleibt ihm auch anderes übrig? Denn nächste Woche hat er zwei Engagements, die er nicht kurzfristig absagen kann. Das kann er sich nicht erlauben. In diesem Geschäft ist er noch zu leicht ersetzbar. Insgesamt 1200 Euro kann er nächste Woche verdienen.
Am Mittwoch spielt er eine völlig belanglose Minirolle in einem Film fürs Vorabendprogramm, wirkt als Gast bei einer Geburtstagsfeier mit, ist einer unter vielen und wird wohl auch kaum in Erscheinung treten. Und am Freitag doubelt er für ein Honorar von 900 Euro Frank Grüter, ein steifer Schau-

spieler, der sich zwar einen Namen gemacht hat, aber für Action-Szenen nicht zu gebrauchen ist. Bei diesem Double-Einsatz wird er keine Höchstschwierigkeiten zu bewältigen haben. Aber er muss auch dafür in guter Form sein. Kampf- und Fluchtszenen auf einem heruntergekommenen Fabrikgelände. Dauer: Drei bis vier Minuten. So lange muss er mit seinem Körper das leisten, was man von ihm erwartet. In dieser Szene übernimmt er die Rolle des Polizeispitzels, der gekidnappt werden soll, deswegen gnadenlos gejagt wird. Zwei zu den freischaffenden All-round-Kriminellen zählende Männer sind seine Gegner. Am Drehort haben sie bereits mehrmals geprobt, Varianten durchgespielt, manches wieder verworfen. Der Regisseur, einer der Mittelklasse, konnte sich nicht entscheiden. Aber am Freitag soll die gesamte Actionszene abgedreht sein. Mehr Zeit, und das heißt Geld, will man dafür nicht investieren. Ob die Szene noch weiter verbessert werden kann, ist ihm jetzt egal. Hauptsache, er schafft seinen Part. Zur allgemeinen Zufriedenheit.

Er muss schnell wieder zu seiner alten Form zurückfinden. Aber wie? Weniger nachdenken, mehr trainieren? Vielleicht braucht es nur seine Zeit und verschwindet dann von selbst. Ähnlich wie seine Trauer nach dem Tod seines Großvaters. Bis Freitag liegen noch vier Tage vor ihm. Hoffentlich Zeit genug, um sich wieder in den Griff zu bekommen. Tief und bewusst atmet er die frische Abendluft ein.

Er geht ins Wohnzimmer zurück, lässt die Balkontür offenstehen. Mit dem Rücken lehnt er sich an die linke Seitenwand und steckt seine Hände tief in die Hosentaschen. Seine Augenbrauen ziehen sich zusammen, eine senkrechte Falte bildet sich auf seiner Stirn.

Entweder er schafft es, oder er schafft es nicht. Er darf sich jetzt nicht damit verrückt machen. Er muss sein inneres Gleichgewicht wiedergewinnen. Doch was wäre, wenn er bei seinem Doubleauftritt tatsächlich wieder Angst bekommt? Ganz plötzlich? Auf einem der Fabrikdächer oder auf der Treppe? Dann hätte er wohl das letzte Mal als Stuntman gearbeitet. Es wäre ein Alarmzeichen für ihn. Dann muss er annehmen, dass er die Angst nicht mehr los wird, dann kann er seinem Körper nichts mehr zumuten, dann kann er nicht mehr so weitermachen wie bisher, dann muss er sein Leben gründlich ändern. Dieser Körpereinsatz wird ein wichtiger Test für ihn sein. Eine möglicherweise entscheidende Probe. Er ist in eine schwierige Situation gesprungen, zweifellos. Erst am Freitag weiß er mehr. So, wie die Szene geplant ist, müsste er sie mit seinem Können problemlos bewältigen. Mit seinem Sprung nicht zu vergleichen. Der war ja auch nah an seiner Leistungsgrenze. Er darf seinen Double-Einsatz jedoch nicht unterschätzen. Darauf muss er gut vorbereitet sein. Körperlich und seelisch. Ein gewisses Risiko wird er, wie so oft, am Freitag eingehen müssen. Ihm kann etwas passieren. Ein schlechtes Timing, ein Konzentrationsmangel oder eine plötzliche Verunsicherung könnte ihn verunglücken lassen, vielleicht schwer. Und wenn er auf dem Dach in 17 Metern Höhe die Kontrolle über seinen Körper verliert, dann kann er sogar sterben. Selbst wenn alle Sicherheitsvorkehrungen halten, was sie versprechen, kann ein erneuter Angstanfall sein Leben ruinieren.

Wiegand fühlt sich jetzt seinen eigenen Gedanken nicht mehr gewachsen. Er ist ratlos, glaubt, dass sein inneres Durcheinander wieder größer geworden ist. Langsam geht er zu dem deckenhohen Bücherregal aus dunkelbraunem Nussbaum und sucht es danach ab, womit er sich beschäftigen und ablenken könnte. Schließlich wählt er mehrere Film- und Sportbücher aus und legt sie auf den ovalen Glastisch, der vor dem Ledersessel steht, in den er sich jetzt setzt. Er beginnt in einem Buch über die Geschichte des Dokumentarfilms zu lesen, legt es nach wenigen Minuten wieder beiseite. Er steht auf, geht zu dem Großbild-Fernseher, stellt ihn an, nimmt die Fernbedienung vom daneben stehenden Videorekorder und legt sie zu den Büchern. Mehr blätternd als lesend und von Programm zu Programm springend, vertreibt er sich die Zeit bis kurz vor Mitternacht. Dann schaltet er auf einen Spielfilm um, der im Agentenmilieu angesiedelt ist, und den er von Anfang an mitverfolgen will. Einen der Darsteller schätzt er besonders, ein italienisch aussehender Engländer, der bis vor wenigen Jahren noch Vertreter war, heute sich seine Rollen aussuchen kann. Seine lässig-souveräne Spielweise ist ebenso wirkungsvoll wie erfolgreich. Vielleicht sollte er versuchen, sich manches von ihm anzueignen. Diese knappen Gesten und dieses energische Mienenspiel müsste er doch ziemlich schnell imitieren und abwandeln können. Wenn er demnächst mehr als Schauspieler arbeiten sollte. Ein Vorbild für ihn. Doch schon bald erlahmt sein Interesse an diesem Darsteller und an der Handlung des Films. Er bleibt aber vor dem Fernseher sitzen. Auf den Film achtet er immer weniger. Er fühlt sich müde, jedoch nicht müde genug für den Schlaf. Er gerät wieder ins Grübeln.

Artist hätte er werden sollen. Das wäre wohl der geeignetste Beruf für ihn gewesen. Wo nur das Können des Körpers zählt, das ganze Leben daraufhin ausgerichtet ist. Artist in einem großen Zirkus, in dem er dann zu Hause gefühlt hätte. Spitzenleistungen seines Körpers zeigend, herrlich ungebunden und doch abgesichert, mit einem Einkommen, das mindestens so hoch wäre wie jetzt. Zusammen mit Männern und Frauen, die entweder mit Körperkunststücken brillieren oder mit anderen publikumswirksamen Fähigkeiten. Unter Gleichgesinnten. Menschen, die nicht mehr anders leben können und wollen, im normalen Alltag jämmerlich eingehen würden. Lieber Körperkunststücke unter einer Zirkuskuppel aufführen als in einem Vergnügungspark, denkt Wiegand und träumt noch eine Zeit lang von seinem nicht geführten Zirkusleben. Dann aber sagt er sich, dass es unsinnig ist, sich länger in solche Träumereien hineinzuspinnen, die ihn immer weiter von seinem wirklichen Leben entfernen. Ein Artist hätte er ja auch gar nicht werden können, jedenfalls kein guter. Dann hätte er ganz anders aufwachsen müssen, am besten in einer Artistenfamilie, hätte schon als Kind in eine Artistenschule gehen müssen. Er hätte wohl auch einen anderen Charakter dafür gebraucht. Ein Nomadenleben passt gar nicht zu ihm. Er zieht die sesshafte Lebensweise vor. Er braucht die Großstadt. Und München ist der richtige Standort für ihn. Warum sollte er auch bedauern, nicht Artist geworden zu sein? Er hat ja bisher ein Leben nach seiner Fasson führen können. Das Leben, wozu er gemacht ist. Er hat es genossen, bis zu seinem Sprung. Der war Gift für ihn. Seitdem ist er nicht mehr derselbe. Diese ungeheure Todesangst. Er hätte sterben können, kein Zweifel. Aber er hat seinen Sprung überlebt, unverletzt, ohne eine Schramme. Ihn gibt's noch auf der Erde. Im Gegensatz zu seinem Großvater. Der liegt schon unter der Erde. Nur noch ein eingesargter Körper. Seine letzten Monate waren brutal. Ein zerstörter Mensch.

Wiegand merkt, dass sich seine Stimmungslage weiter verschlechtert. Er versucht, seine Gedanken in eine für ihn angenehmere Richtung zu lenken, aber es gelingt ihm nicht. Erinnerungen an seinen Großvater überdecken alles andere. Schmerzlich berührt folgt er ihnen. Er muss vor allem an die Zeit denken, in der sein Großvater körperlich und geistig verfiel. Heute Nacht scheint es ihm, als hätte er sein Ende erst vor Kurzem miterlebt.

Im Juli vorigen Jahres sagte es ihm seine Mutter am Telefon. Was passiert war, konnte er zuerst nicht fassen. Sein Großvater, nicht mehr im Krankenhaus, sondern in einer Anstalt für Geisteskranke. Dort eingeliefert, nachdem er mit einer Schere auf eine Krankenschwester losgegangen war und sie schwer verletzt hatte. Rasend vor Wut. Er musste in eine Zwangsjacke gesteckt werden. Wiegand war entsetzt. Noch am selben Tag fuhr er mit dem Nachtzug von München nach Köln.

Als Wiegand zum ersten Mal das westlich von Köln gelegene Anstaltsgelände betrat, fühlte er sich wie jemand, der kurz vor einer Prüfung daran zweifelt, ob er sie besteht. Eine Beklemmung, die er vergeblich mit Atemübungen aufzulösen versuchte. Den schönen, parkähnlichen Garten und die anheimelnden Backsteinfassaden hatte er nicht erwartet. Das stand für ihn in einem seltsamen Kontrast zu dem hier herrsehenden menschlichen Elend. Schon nach wenigen Schritten kam er auf dem bekiesten Weg an einer Gruppe Männer, unverkennbar Geisteskranke, vorbei, die mit ungelenken Bewegungen im Garten arbeiteten. Als sie ihn in einem schaurig-schrägen Chor begrüßten, fuhr er zusammen, grüßte dann leise mit einer Stimme zurück, die ihm nicht zu gehören schien. Der bullige Pfleger in ihrer Nähe grinste ihn an. Wiegand spürte kurz den Impuls, sich umzudrehen und wieder zu gehen, gab ihm aber nicht nach und schritt weiter auf die wuchtige Holztür des Hauptgebäudes zu, die mit schmiedeeisernen Beschlägen verziert und verstärkt war. Er klingelte, sah dabei zu der schräg über ihm angebrachten Überwachungskamera. Wenig später wurde er von einem weiß gekleideten Pfleger begrüßt. Menschenleere Treppen und Gänge führten zu der verschlossenen Glastür, hinter der die Abteilung begann, in der sein Großvater untergebracht war. Der Pfleger öffnete die Tür. Angespannt, mit einem Gefühl, jetzt an einem nicht ungefährlichen Ort zu sein, betrat Wiegand diesen Anstaltsbereich. Es schien ihm, als würde er in eine riesige Lagerhalle kommen, die in verglaste Räume unterteilt war. Die Stille dort überraschte ihn. Er hatte Schreie und Tumult erwartet, närrische Ausbrüche verstörten Geistes. Aber er sah sofort, wo er sich befand. Männer, deren Gesichtsausdruck, Haltung oder Gang eine ins Auge springende Andersartigkeit besaß. Er gewann Eindrücke, die ihm wie skurrile Schnappschüsse vorkamen. Auf den letzten Metern zu dem halb verglasten, gut einsehbaren Raum, in dem sein Großvater untergebracht war, merkte er, wie er sich zu distanzieren begann, innere Kälte eine Schutzschicht bildete.

Mit leerem Gesicht und stumpfsinnig blickenden Augen lag vor ihm ein Mann regungslos auf dem Rücken, der mit seinem Großvater nicht mehr viel gemeinsam zu haben schien. Als wäre das Persönliche bereits abgestorben. Nur kurz zeigte sich ein mattes Erkennen in seinem Gesicht. Aber er schien ihn nur wie durch einen Nebel wahrzunehmen. Was Wiegand zu ihm sagte, erreichte ihn nicht. Seine wirren Worte, stark verlangsamt gesprochen, hörten sich an, als würden sie aus einer großen inneren Ferne kommen. Wiegand wusste nicht, wie er sich weiter verhalten sollte, fühlte sich immer mehr befremdet. Er war froh, als der Psychiater ihm sagte, dass er jetzt besser gehen solle. Sein Großvater brauche viel Ruhe, sei von allem noch zu aufgewühlt. Man habe ihm starke Beruhigungsmittel geben müssen. Als Wiegand ihn nach dem Zustand seines Großvaters fragte, antwortete er ausweichend. Eine genaue Diagnose könne man noch nicht stellen. Es handle sich vermutlich um hirnorganische Abbauprozesse.

Wiegand fiel es anfangs schwer, sich damit abzufinden, dass sein Großvater jetzt zu den Geisteskranken gehören sollte. Vor zwei Wochen, bei seinem letzten Krankenhausbesuch, war er noch ein geistig völlig normaler Mensch gewesen, der wegen Durchblutungsstörungen in beiden Beinen behandelt wurde. Von heute auf morgen kam es dann zu schweren geistigen Ausfallserscheinungen. Wie denn so etwas möglich sei, fragte er am nächsten Tag den Psychiater. Das hänge oft eng miteinander zusammen, antwortete er. Wir seien immer so alt wie unsere Adern. Wer Durchblutungsstörungen in den Beinen habe, der habe sie meistens auch schon im Kopf. Eine Zeit lang brauche es dafür keine klaren Symptome zu geben. Für einen Laien leicht zu übersehen. Dann aber äußere es sich in einer oft dramatischen Weise. Sein Großvater hätte sich viel eher in ärztliche Behandlung begeben müssen. Unverständlich, warum er das so lange hinausgezögert habe, obwohl er ja schon längere Zeit Schmerzen in den Beinen gehabt habe. Das hätte nicht zu passieren brauchen. Die Sklerose sei wohl schon recht weit fortgeschritten. Eine Heilungschance sehe er bei seinem Großvater nicht mehr. Bedauerlicherweise. Aber mit 78 sei man eben nicht mehr so neu, meinte er noch, lächelte schmal und verabschiedete sich.

Ein Schreiben vom Amtsgericht besiegelte alles in strengem Paragrafenton, sicherte die zwangsweise Einweisung seines Großvaters in eine Heil- und Pflegeanstalt als rechtmäßig ab, weil er sich und andere akut gefährde und erklärte ihn, da nicht mehr zurechnungsfähig, für entmündigt. Als Wiegand das las, kam es ihm wie eine Verurteilung vor.

Wenn sein Großvater seine Schmerzen nicht so lange vor allen verheimlicht hätte, er nicht diese große Abneigung gegen Ärzte gehabt hätte, wenn sein Hausarzt, der ihn nur selten zu Gesicht bekam, die Schmerzen anfangs nicht als Rheuma fehldiagnostiziert hätte und ihm nicht starke Schmerzmittel, sondern sofort durchblutungsfördernde Mittel verschrieben hätte, dann würde er jetzt nicht in einer Anstalt für Geisteskranke untergebracht sein. Davon waren Wiegand und alle in seiner Familie damals überzeugt. Nie ernsthaft krank gewesen, lange mit einer Bärenkonstitution ausgestattet, geistig rege bis vor Kurzem noch, und jetzt das? So etwas hatte noch keiner in ihrer Familie gehabt. Das, vermuteten sie, könnten nur höchst unglückliche Umstände verursacht haben. Eine plötzliche Kreislaufschwäche, möglicherweise, fehlende Vitamine oder eine schwere, bislang unbemerkt gebliebene Krankheit. Wiegand glaubte daran, und er merkte, wie es ihm half, zu akzeptieren, dass sein Großvater geisteskrank geworden war. Es fiel ihm schwer. Es war die bislang negativste Erfahrung in seinem Leben.

Wenn er seinen Großvater in der Anstalt besuchte, gelang es ihm meistens seine wahren Gefühle hinter einer Maske der Gelassenheit zu verbergen. Von seinem Großvater, den er bis vor Kurzem noch menschlich unverändert erlebt hatte, war bloß eine Ruine übrig geblieben. Kümmerliche Reste jenes Mannes, der ein gesundes Selbstbewusstsein besaß, respektiert werden wollte und das zu Recht auch wurde, der zwar provozierend herrisch sein konnte, was aber seine Güte milderte, der großzügig war, ohne dafür Gegenleistungen zu erwarten, ein ausgeprägtes Qualitätsbewusstsein auch gegenüber Menschen hatte und keinen Murks vertragen konnte. Innerhalb kürzester Zeit war er, für Wiegand schwer zu begreifen, ein sklerotischer Greis geworden. Geistig verwirrt, unfähig, länger als wenige Minuten auf den Beinen zu sein, sich nur noch langsam und unsicher bewegend, er, der lange vor Gesundheit strotzte, um Jahre jünger wirkte, stolz auf sein großes handwerkliches Geschick war, als Schreinermeister einen guten Ruf genoss, bis zuletzt kleinere Möbelstücke gekonnt schreinerte und ebenso direkt wie ehrlich war. Warum musste ausgerechnet sein Großvater ein derart grausames Schicksal erleiden?, fragte sich Wiegand. Wie gemein das Leben zuschlagen konnte! Der Mensch war ruiniert, der ihm in seiner Familie am nächsten stand, dem er in Körperbau und Gesichtsschnitt ähnelte, von dem er auch die sportliche Begabung geerbt hatte, der früher selbst ein guter Turner und Schwimmer gewesen war. Verschwunden der Mensch, der

ihn behandelte wie einen eigenen Sohn, an ihn glaubte wie kein anderer in seiner Familie, der sich für sein körperbetontes Leben begeistern konnte, ihn aber auch manchmal polternd kritisierte und dazu neigte, ihn zu überschätzen.
»Wissen die Leute, wo ich bin?«, fragte ihn sein Großvater manchmal. Vielleicht gab es, vermutete Wiegand, noch einen persönlichen Rest in ihm, der ihn dann seine Situation verschwommen erkennen ließ. Er empfand es wohl als eine große Blamage. Die Meinung der Leute war ihm immer wichtig gewesen. Aber vielleicht empfand er es auch ganz anders. Wiegand konnte nur darüber rätseln, was im Kopf seines Großvaters wirklich vor sich ging. Selbst normale Sätze von ihm schienen irgendwie verfremdet zu sein. Er sprach viel langsamer als sonst, seltsam verwaschen. Oft hörte er sich wie jemand an, der mitten in einem Traum geweckt worden war. Wiegand wusste, dass starke Psychopharmaka ihn dämpften, wodurch sich seine Geisteskrankheit nur noch gelegentlich in heftigen Wutausbrüchen äußerte. Die geschahen immer nur abends, weil dann das Gehirn am schlechtesten durchblutet sei, wie ihm die Pfleger erklärten. Sie erzählten ihm wohl nicht alles, aber mehr wollte er auch nicht über das krankhafte Verhalten seines Großvaters wissen. Was er darüber bisher gehört hatte, war für ihn schon schlimm genug. Der reinste Horror.
Einmal erzählten sie ihm, dass er am Abend zuvor nach einem Telefon gefragt hätte. Er wollte sich ein Taxi bestellen. Es sollte ihn nach Hause bringen. Das konnten wir natürlich nicht zulassen, sagten sie. Aber ihr Großvater ist ja ein Dickkopf, wollte unbedingt nach Hause. Und zwar sofort. Er fing an zu toben. Ehe wir uns versahen, warf er schon einen Stuhl durch den Raum und feuerte das Nachtschränkchen direkt hinterher. Wir hatten Mühe, ihn zu bändigen. Der hat vielleicht noch Kräfte. Dann warf er wütend sein Gebiss nach uns.

Ging leider kaputt. Es tut uns wirklich leid um ihn. Ihr Großvater ist eigentlich noch immer ein netter Kerl. Wir haben hier ganz andere Typen. Die sind echt gefährlich. Mit ihrem Großvater sind wir bisher leicht fertig geworden. Wiegand gab jedem der beiden Pfleger einen Fünfzigeuro-Schein. Zum zweiten Mal. Er hatte gemerkt, wie gut es bei ihnen angekommen war. Er hoffte, dass er wenigstens auf diese Weise seinem Großvater helfen konnte, ihn die Pfleger deswegen besser behandelten. Aus dem gleichen Grund unterhielt er sich länger und offener mit ihnen, als er es eigentlich wollte. Er versuchte, so ein persönlicheres Klima zu schaffen, was ihm allem Anschein nach auch gelang. Sie interessierten sich für ihn, besonders für seine Arbeit als Stuntman. Sie fragt ihn neugierig aus, und er erzählte ihnen ausführlich von seinen Stunts, übertrieb dabei, um in einem noch günstigeren Licht zu erscheinen, wovon vielleicht auch sein Großvater etwas hätte. Er kam gut mit ihnen zurecht, merkte, dass sie sich gern mit ihm unterhielten. Sie halfen ihm dabei, leichter mit der Geisteskrankheit seines Großvaters umzugehen, gaben ihm Tipps, wie er sich bei seinen Besuchen verhalten sollte. Es war für ihn eine andere Wirklichkeit, die er bald als das akzeptierte, was sie war, nämlich verrückt.
Er schaffte es, seinem Großvater mit einer gewissen Gleichgültigkeit zuzuhören, wenn er Bizarres ausspann, Wahnvorstellungen wie Tatsachen beschrieb und scheinbar Normales erwähnte, was zwar ziemlich vernünftig klang, aber oft gar nicht stimmte. Von dem, was sein Großvater sagte, glaubte er schließlich fast nichts mehr.
Mehrmals bezichtigte sein Großvater einen anderes Anstaltsinsassen, ein eklatant geistesgestörter Lehrer, ihm Geld gestohlen zu haben und spielte sich dabei als Augenzeuge auf. Er wollte eine Psychiaterin, von der er schwärmte, adoptieren und sein Testament zu ihren Gunsten abändern. Er behaupte-

te, dass man ihm hier beide Beine abnehmen wolle, weil sie vom Rheuma total vereist seien. Deswegen habe er auch diese schrecklichen Schmerzen in seinen Beinen. Hier würden oft Beine und Arme abgenommen. Auch Füße. Erst gestern Nacht habe man in seinem Zimmer dem Lehrer beide Füße abgeschnitten. Er erzählte von einem Western, den er sich am Vormittag ganz alleine in einem Kölner Kino angesehen habe. Danach sei er am Rhein lange spaziergegangen.

Jedes Mal, wenn Wiegand ihn besuchte, sagte er sich, dass er diesen kranken Mann mit ganz anderen Augen sehen müsse. Mit einem größeren inneren Abstand. Er war ja eigentlich nicht mehr sein Großvater. Den hatte er doch schon längst verloren. Was war denn von ihm übrig geblieben? Er war nur noch ein bedauernswertes menschliches Wrack. Entmündigt. Endstation Klapsmühle. Unberechenbar geworden, gemeingefährlich. Körperlich und geistig zusammengebrochen, weil arteriosklerotisch. Mit der Pillenkeule in Schach gehalten. Inmitten von Geisteskranken aller Schattierungen. Er würde nie wieder aus der Anstalt herauskommen. Erst als Leiche. Brutal, aber wahr. Es zu beschönigen, wäre kindisch gewesen. Wiegand wollte sich nichts vormachen. Er musste sich damit abfinden.

Als er seinen Großvater Mitte September das letzte Mal in der Anstalt besuchte, brachte er ihm ein neues Radio mit. Das alte war ihm angeblich aus der Hand gefallen. Er bedankte sich überschwänglich, klatschte kindlich entzückt in die Hände. Wiegand erklärte ihm den leicht zu bedienenden Apparat, obwohl er merkte, dass es keinen Zweck hatte.

»Hab's kapiert«, sagte sein Großvater schließlich. »Leg mal eine andere CD da rein. Aber nimm was Zünftiges. Die da.« Er wies gebieterisch mit dem Zeigefinger auf die CD mit Volksliedern. Als die Musik erklang, ging ein seliges Lächeln über sein Gesicht. Kurze Zeit später stand er vom Stuhl auf,

nahm das Radio vom Tisch und legte sich umständlich ins Bett. In Rückenlage, den Apparat in beiden Händen haltend, hörte er schweigend zu, bis das erste Lied verklungen war.
»Das war gut gesungen. Die können was«, sagte sein Großvater. Er hielt den Apparat hoch, sah ihn freudestrahlend an. »So was Schönes. Und ganz leicht. Richtig handlich. So was Schönes hab ich noch nie gehabt.«
Er ließ seine Arme wieder hinuntersinken, stützte den Apparat auf das Oberbett, hielt ihn mit beiden Händen fest umschlossen. Sie schwiegen, während die Musik weiter erklang. Wiegand betrachtete ihn, dachte daran, was ihm vorhin die Pfleger gesagt hatten. Sein Herz mache ihnen Sorgen. Man wolle morgen ein neues EKG von ihm machen, müsse seine Medikamentierung höchstwahrscheinlich ganz umstellen. Das sei ziemlich schwierig, müsse gut ausgependelt werden. Einerseits brauche er dämpfende Mittel, andererseits wegen seiner Herzschwäche gefäßerweiternde Mittel.
Sein Großvater richtete sich abrupt auf, warf ihm einen gequälten Blick zu, stellte das Radio auf das Nachtschränkchen, legte sich wieder auf den Rücken und zog das Oberbett bis weit über seinen Kopf, seine Füße dadurch frei deckend. Wiegand wunderte sich zuerst, dann merkte er, dass sein Großvater weinte. Er überlegte, wie er sich jetzt verhalten sollte. Als ein neues Lied erklang, schlug sein Großvater das Oberbett mit übertriebenem Kraftaufwand zurück, stemmte sich hoch, verharrte gebeugt.
»Stell das Ding sofort ab«, sagte er weinerlich-schroff. »Ich will keine Musik mehr hören.« Er wischte sich mit einer Hand fahrig die Augen.
Wiegand schaltete den Apparat aus, vermied es, seinen Großvater anzusehen, der sich auf den Bettrand gesetzt hatte. Er öffnete die Tüte Haselnussplätzchen, die er mitgebracht hatte, und legte mehrere auf einen Teller. »Möchtest du eins, Hein-

rich?«, fragte er, den Teller in die Nähe seines Großvaters stellend, der ihn misstrauisch ansah. Er schien noch zu zögern, dann nickte er.
»Ja. Danke, Kurt.« Er aß ein Plätzchen, sah ihn dann scharf an. »Die Leute wissen doch wirklich nicht, wo ich bin, oder?«
»Nein. Da kannst du ganz beruhigt sein. Ich sage immer, dass du in Bonn im Krankenhaus liegst, weil du dort besser behandelt werden kannst.«
»Du sagst doch wegen Rheuma, oder?«
»Ja. Was denn sonst?«
»Gut, Kurt. Von den Nachbarn soll mich keiner besuchen kommen. Ich bin nicht verrückt. Du auch nicht, Kurt. Aber die anderen hier. Nein. Nicht alle. Ich habe nur schlimmes Rheuma. Und ein bisschen Durchblutungsstörungen. Deswegen muss ich hier bleiben. Noch vierzehn Tage.«
»Wenn du alles machst, was dir die Ärzte sagen, wirst du bestimmt in vierzehn Tagen entlassen.«
»Klar. Aber das Rheuma tut noch immer scheußlich weh. Jetzt spüre ich's auch in den Händen. Hoffentlich schneiden sie mir nicht –»
Sein Großvater unterbrach sich, blickt im Raum fahrig umher. »Ist schon eine dumme Sache, wenn man krank ist«, fuhr er fort. »Man wird eben alt. Gut, dass ich hier bin. Hier sind alle viel netter zu mir als im Krankenhaus. Es dauert noch was. Aber bald bin ich wieder gesund.«
»Das glaube ich auch, Heinrich. Du siehst schon viel besser aus,« schwindelte Wiegand weiter, dem Rat der Pfleger folgend.
»Ja? Schön. Weil ich hier bin. Im Krankenhaus haben sie mich schlecht behandelt. Alle. Am schlimmsten war die fette Krankenschwester. So ein gemeines Aas. Die hat mich vielleicht gequält. Und wollte mich nicht nach Hause lassen.«
»Das war wirklich gemein.«

»Ja. Teuflisch. Diese fette Kuh hat mir auch unheimlich oft Spritzen gegeben. Ich hab mir das nicht mehr gefallen lassen. Ist sie tot?«
»Nein, Heinrich.«
»Habe ich sie schwer verletzt?«
»Nur leicht. Sie ist schon wieder okay.«
»So? Hoffentlich habe ich ihr wenigstens einen ordentlichen Denkzettel verpasst. Ich hasse sie. Ich will sie nie wieder sehen. Hier sind alle viel lieber. Behandeln mich ganz anders. Das ist ein gutes Sanatorium.«
»Ja. Es hat einen erstklassigen Ruf.«
»Ich weiß. Rate mal, Kurt, wer mich gestern Abend besucht hat?«, fragte er und sah ihn gespannt an.
»Keine Ahnung. Wer denn?«, fragte Wiegand.
»Meine Mutter«, antwortete sein Großvater und lächelte zufrieden.
»Deine Mutter?«, rief Wiegand verblüfft aus. Die ist doch schon längst tot, hätte er beinahe gesagt, besann sich aber rechtzeitig. »Und wie geht's ihr?«, fragte er.
»Ganz gut. Wenn sie bloß nicht diese Magenkrämpfe hätte. Aber die kann sie gut aushalten. Sie hat hier auf meinem Bett gesessen und mir den Kopf gestreichelt und mir vom Schinderhannes erzählt. Meine Mutter erzählt mir oft Geschichten. Das weißt du ja, Kurt. Ich soll dich von ihr grüßen«, sagte er strahlend.
»Danke.«
»Sie hat mir auch die Hände gestreichelt, als sie wieder weh taten. Ganz lange. Das war vielleicht schön. Wunderschön.«
»Das ist lieb von ihr. Deine Hände haben dir dann bestimmt nicht mehr weh getan. Oder doch?«
»Nur noch ein bisschen. So eine gute Mutter gibt's nicht noch mal. Sie hat ganz schrumpelige Hände. Schade. Ihre Haut sieht da aus wie bei einer Schildkröte. Das finde ich gar nicht

schön. Sie kann nichts dafür. Meine Mutter ist schon ganz alt.«

»Aber noch immer rüstig.«

»Ja. Wie macht sie das bloß?«, fragte er und blickte einige Sekunden fahrig zur Decke. Dann nahm er ein Haselnussplätzchen und aß es behaglich schmatzend. »Meine Mutter hat mir wieder Eier mitgebracht. Unsere Hühner legen immer wunderschöne braune Eier. Und schmecken tun die. Einfach toll. Bessere Eier gibt's nicht, oder?«

»Nein. Die esse ich auch am liebsten. Wie viele Eier hat sie dir denn gestern mitgebracht?«, fragte Wiegand, der sich über seinen Großvater wunderte. Er redete heute mehr als in den Tagen zuvor und weniger abgehackt. Zwar verrückt, aber milder. Vielleicht hatten die Ärzte bereits die Dosierung der Medikamente verändert. Er wirkte weniger gedämpft.

»So ungefähr ein Dutzend«, antwortete sein Großvater, nach dem er ziemlich lange überlegt hatte. »Ich habe sie dem Arzt gegeben. Er hat sie in den Kühlschrank getan. Ich esse jetzt jeden Tag ein Ei. Wenn du morgen kommst, kriegst du auch eins.«

»Schön«, antwortete Wiegand, der die Unterhaltung mit seinem Großvater jetzt als anstrengend empfand. Er brauchte eine Pause. »Sollen wir uns ein bisschen die Beine vertreten?«

»Was? Ach so. Nein, ich habe keine Lust dazu. Und ich bin zu müde.«

»Soll ich jetzt gehen, Heinrich? Willst du schlafen?«

»Nein. Noch nicht. Ich muss dir erst noch was erzählen. Man glaubt es nicht. Weißt du, was der Doktor Schröder liest?«, fragte er.

»Nee. Was denn?«

»Mickymaushefte«, behauptete er. Sein Gesicht nahm einen spöttischen Ausdruck an. »Wie kann man in dem Alter noch Mickymaushefte lesen?«, fragte er und tippte mehrmals mit seinem Zeigefinger an seine Schläfe. »Das ist doch doof. Aber sonst ist er in Ordnung.«

»Das finde ich auch. Wenn er Mickymaushefte liest, dann macht er das nur zur Entspannung. Er hat ja einen harten Beruf. Du kannst keinen besseren Arzt haben. Er behandelt dich nach den neuesten Erkenntnissen. Du kannst ihm vertrauen. Weißt du, dass er dich sehr nett findet? Netter als alle anderen Patienten.«

»Ja?« Er lächelte geschmeichelt. »Ich finde ihn auch nett«. Er schweigt kurz, zieht die Augenbrauen zusammen. »Der hat verdammt viel Kraft.«

»Das sieht man ihm an. Ein Kerl wie ein Baum.«

»Du hast auch viel Kraft. Die Kraft hast du von mir. Keiner hat so viel Kraft wie du«, sagte er stolz.

»Das glaube ich auch.«

»Hast du wieder eine neue Hauptrolle bekommen?«

»Ja. In einem Mafia-Film. Mit viel Action.«

»Toll. Ich freue mich auf den Film. Wie viel kriegst du für die Hauptrolle?«

»Hunderttausend.«

»Mehr nicht?«, fragte er enttäuscht.

»Nein. Dafür bin ich dieses Mal mit zehn Prozent an den Einspielergebnissen beteiligt«, antwortete Wiegand, ein Auflachen gerade noch unterdrückend.

»Das will ich aber auch gemeint haben. Lass dich nicht mit ein paar lumpigen Kröten abspeisen, Junge. Die wollen dich immer übers Ohr hauen. Pass auf. Die Menschen sind alle wilde Tiere.«

»Ich glaube, nicht alle, Heinrich. Es gibt —«

»Alle«, unterbrach ihn sein Großvater schroff. »Keine Widerworte, Kurt. Ich kenne die Menschen. Alle sind wilde Tiere, sage ich. Und damit basta!«

»Du hast recht, Heinrich. Alle.«

»Kalt hier.« Sein Großvater legte sich auf den Rücken, deckte sich bis zu den Schultern zu, schloss die Augen. »Ich bin müde.«

»Soll ich jetzt gehen?«

»Ja. Gleich. Schäl mir erst zwei Äpfel. Schneide sie in kleine Stücke.«

Wiegand schälte die Äpfel mit einem stumpfen Plastikmesser. Er merkte, dass ihm sein Großvater spöttisch von der Seite zusah. Als er sie in kleine Stücke schnitt, seufzte sein Großvater ungeduldig auf.

»Ich kann das viel schneller als du«, sagte er.

Wiegand nickte bestätigend, stellte den Teller mit den Apfelstücken auf das Nachtschränkchen. Er spürte, wie er langsam nervös wurde.

»Stell auch das Radio da hin. Mit einer anderen CD. Irgendwas. Aber keine Lieder.«

Wiegand legte eine CD mit einfacher Big-Band-Musik ein und stellte das neue Radio, das sein Großvater sicherlich nicht würde bedienen können, neben den Teller.

»So, ich gehe jetzt. Du willst ja schlafen. Soll ich dir etwas mitbringen, wenn ich dich wieder besuchen komme? Hast du einen besonderen Wunsch?«

»Ja.« Sein Großvater schien zu zögern.

»Und was möchtest du?«

»Ich kann mich noch nicht entscheiden. Entweder einen kleinen Fernseher oder ein Fahrrad. Ich überleg's mir noch. Ich rufe dich dann an.« Er sprach langsamer und undeutlicher. Es kam Wiegand so vor, als würde sein Großvater jetzt innerlich wieder von einem starken Nebel zugedeckt werden.

»Also tschüss, Heinrich«, sagte er, tätschelte kurz seine Schulter, gab ihm dann die Hand.

»Ja, Kurt. Tschüss. Geh jetzt ruhig«, sagte sein Großvater, ihm schlaff die Hand drückend.

Als Wiegand zur verglasten Tür ging, blieb er noch einmal stehen, drehte sich um. Sein Großvater blickte in seine Richtung. Wiegand hob kurz seine rechte Hand. Sein Großvater lächelte müde, winkte kindlich.

Eine Woche später starb er wenige Tage vor seinem 79. Geburtstag an einem Herzinfarkt.

Die gymnastischen Übungen, die Wiegand heute Morgen vor der weit geöffneten Balkontür mit großer Bewegungslust ausführt, dienen ihm nicht nur zur Muskel- und Gelenkpflege, die sein auf Höchstleistungen eingestellter Körper regelmäßig braucht, sondern auch als Hilfsmittel, um sich selbst wieder zu festigen. Denn er weiß, Erkenntnisse aus der Trainingslehre und eigene Erfahrungen bestätigen es ihm, dass die Bewegungsrhythmen einer ausgefeilten Gymnastik auch Spannungen abbauen, die innere Harmonie fördern können. Grübeleien hat er sich sofort beim Aufstehen verboten. Sie haben ihn schon genug verstimmt und gehemmt. Ihnen will er auf keinen Fall mehr nachgeben. Sie bieten sowieso keine Lösung, fixieren ihn nur auf sein Problem. Er glaubt, dass es ihm bisher ähnlich wie den Sportlern gegangen ist, die eine schwere Niederlage nicht verkraften können. Eine Niederlage, die man einfach nicht aus dem Kopf bekommt, mit der man sich immer wieder von Neuem martert. Doch dagegen will er jetzt verstärkt angehen. Er verordnet sich Optimismus. Zweifel hemmen nur, eine alte Trainerweisheit. Er will seine Krise schnellstmöglich überwinden. Sportliche Gesichtspunkte sollen ihn dabei leiten. Selbstregulatorische Kräfte muss er mobilisieren, anerkannte Entspannungstechniken anwenden. In der Trainingslehre kennt er sich ja ganz gut aus. Ihre Ergebnisse gelten auch für ihn. Sie müssten ihm zu einem inneren Umschwung verhelfen. Wo er vor seinem Sprung war, dahin will er wieder zurück. Nichts ist für ihn wichtiger. Er ist erst 28 und alles andere als verbraucht. Er wird sich schon

wieder ausbalancieren. Er hat nur dieses eine Leben. Und damit muss er weiter gut umgehen.
Im Augenblick turnt Wiegand die Standwaage. Auf einem Bein stehend, spreizt er das andere zurück, senkt gleichzeitig seinen Oberkörper ab, streckt seine Arme seitlich aus. Sekundenlang verharrt sein Spielbein in einer waagerechten Position. Bei der darauf folgenden schwierigeren Variante, der Standwaage rücklings, führt er den Bewegungsablauf etwas langsamer aus, verlagert dabei zur Sicherung des Gleichgewichts die Hüfte mehr nach vorn über das Standbein. Anschließend turnt er den Standspagat, bei dem er seinen Oberkörper dicht an das Standbein bringt und mit seinen Händen die Fußknöchel umfasst. Mit vier Kniewaagen beendet er diesen Übungsteil, mehrmals aus einer Kauerstellung den Körper öffnend, zuerst den linken Arm und das rechte Bein parallel zum Boden streckend, dann den rechten Arm und das linke Bein. Er lockert sich, indem er leicht schwingend auf der Stelle läuft. Liegestütze verschiedener Art sind jetzt an der Reihe. Er beginnt mit Knieliegestützen, geht dann zu Ellbogenliegestützen über, wechselt zu Seitliegestützen und führt schließlich noch fünfmal den anspruchsvollen Delta-Liegestütz aus, bei dem eine starke Bogenspannung des Körpers beibehalten werden den muss, während er abgesenkt wird.
Seine Gymnastik beendet er mit einer Kombination aus vier leichteren Übungen. Aus dem beidbeinigen Kniestand, bei dem seine Knie mehr als schulterbreit geöffnet sind, streckt er die Arme und die Rücken nach vorne und hält den Oberkörper freischwebend. Das wiederholt er dreimal. Danach nimmt er den Drehsitz ein, eine Yogaposition, bei der er Kopf und Rumpf drehend, erst das linke Bein über das rechte schlägt, dann das rechte über das linke. Jetzt kniet er sich auf den Boden, streckt die Arme so weit es geht von sich und hebt

mehrmals abwechselnd den linken und rechten Arm bis zur Waagerechten hoch. Anschließend führt er noch mehrere Rumpfdreher im Stand aus, wobei er die Hände gefaltet in den Nacken legt, die Ellbogen nach hinten drückt und den Rumpf in einer gleichmäßig beschleunigten Bewegung so weit dreht, bis sein Körper sich dagegen sperrt. In der Totenstellung, eine Sawasana genannte Yogaposition, entspannt er sich von seiner etwa halbstündigen Gymnastik.

»Du liegst da, als brauchtest du einen Notarzt«, sagt Hermann, der am Türrahmen lehnt, ihm bei seinen letzten Übungen zugesehen hat.

»Sawasana«, sagt Wiegand und bleibt weiter regungslos liegen.

»Ich weiß. Eine wirklich bequeme Stellung. Sawasana ist wohl auch was fürs Nirvana. Nachdenkliche Inder haben ja ein hochwirksames Lethargie-Training entwickelt. Wollten sich auf Erden nicht abrackern. Eigentlich ganz sympathisch. Indisch wie du, kann ich auch liegen. Aber bei den meisten anderen Übungen würde ich mir was brechen. Nix für mich.«

Wiegand lacht, steht auf.

»Hermann, die Übungen sind leichter als sie aussehen. Wenn du die Aufbaugymnastik, die ich dir zusammengestellt habe, regelmäßig machst, könntest du einige Übungen auch bald ausführen.«

»Fragt sich nur, wie. Gegen ein bisschen Gymnastik habe ich ja nichts. Habe schon damit begonnen. Aber ich will es nicht übertreiben.«

»Davon bist du noch weit entfernt. Du hast gerade erst damit angefangen, deinen Körper mehr zu bewegen als sonst.«

»Hoffentlich bekommt's mir. Einen schweren Muskelkater habe ich ja schon gehabt. Konnte kaum die Kamera bewegen. Ich liebe den Sport, bin aber alles andere als ein sportlicher Mensch. Leider nicht zu ändern.«

»Dein Körper wird dir jedes Training danken.«

»Bin gespannt, wie«, sagt Hermann, verschränkt seine Arme, legt seine Stirn in Falten. »Kurt, du triffst Ingrid doch heute, oder?«

»Ja. Heute Nachmittag.«

»Kommt sie hierhin?«

»Nein. Wir treffen uns bei mir. Ich habe wenig Lust, in meine Wohnung zurückzufahren. Aber ich brauche noch ein paar Sachen zum Anziehen und Trainingsgeräte.«

»Bringst du dann auch deine Kraftmaschine mit? An der ich mich dann abquälen muss?«, fragt Hermann mit gespieltem Entsetzen.

»Keine Bange, Hermann. Ich hole nur zwei Hanteln und den Expander. Mehr brauche ich zurzeit nicht für mein Training.«

»Ich brauche etwas ganz anderes, Kurt.«

»Was denn?«

»Nicht mehr und nicht weniger als eine Frau.«

»Sollte kein Problem für dich sein.«

»Ist es aber. Keine läppische Sex-Mieze auf die Schnelle. So etwas ödet mich nur noch an. Die Frau sollte schon eine gewisse Qualität mitbringen. Alles andere als einfach. Seitdem ich mich mit Agnes verkracht habe, gehöre ich nicht mehr zur fickenden Mehrheit. Schon seit fast zwei Monaten.«

»Das musst du aber schleunigst ändern.«

»Ja, schleunigst. Sonst werde ich noch launisch wie eine alte Juffer.«

»Verschone uns beide damit.«

»Werd's versuchen. Kurt, was ich dich noch fragen wollte,« beginnt Hermann, schweigt dann aber. Irgendetwas scheint ihn zu hemmen. Er seufzt grübelschwer, starrt vor sich hin.

»Spuck's aus. Kau nicht weiter darauf herum«, sagt Wiegand.

»Es ist mir zwar ein bisschen unangenehm, aber trotzdem. Was hältst du davon, Kurt: Könntest du nicht einmal bei Ingrid nachfragen? Ob sie nicht eine Freundin oder gute Bekannte hat, die dringend einen Mann sucht. Eine Frau, die wie ich in Sexualnot geraten ist.«

»Gute Idee, Hermann. Ingrid hat ja viele Freundinnen. Warum sollte nicht eine darunter sein, die froh ist, es mit dir treiben zu können. Ist gut möglich.«

»Rede mit ihr noch heute darüber. Sag, es sei dringend.«

»Werde ich machen, Hermann.«

Wiegand leert seinen Briefkasten. Ein Sportmagazin, ein Supermarkt-Prospekt, zwei für ihn zurzeit leicht bezahlbare Rechnungen, wieder ein Schulheftblatt mit aufgedrücktem roten Mund und etwas ungelenk gemalten Herzchen ringsum, schon zum vierten oder fünften Mal. Dann noch eine triviale Ansichtskarte von seinen Eltern aus dem trotz aller Streitereien wieder gemeinsamen, vielleicht auch letzten Italienurlaub, und ein Brief von einem gewissen Walter Kersting, jemand, den er nicht kennt.

Er legt das Schulheftblatt auf den Tisch. Er freut sich darüber, lächelt, schürzt die Lippen. Eine kleine Verehrerin von mir. Noch kindliches Schwärmen. Hat schon einen guten Geschmack, die Kleine. Er nimmt das Sportmagazin in die Hand, blättert es durch und hebt sich mehrere Artikel für später auf. Unwillig öffnet er den Brief. Bestimmt einer dieser Kerle, die einem etwas andrehen wollen. Er liest:

Sehr geehrter Herr Wiegand,

ganz spontan schreibe ich Ihnen. Vor wenigen Stunden habe ich im Vergnügungspark »Eldorado« Ihren Sprung aus 55 Metern Höhe miterlebt, und ich kann Ihnen nur sagen: Riesig! Super!! Unglaublich spektakulär!!! So etwas habe ich noch nie zuvor gesehen. Das werde ich nicht vergessen. Gratulation, Herr Wiegand! Auch meine Frau und meine beiden Kinder waren hingerissen.

»Ein Wahnsinnssprung! Dieser Mann muss Nerven wie Drahtseile haben«, sagte meine Frau mit glänzenden Augen.
»Affengeil!«, jubelte meine Tochter (12 Jahre). Das größte Lob, das sie zu vergeben hat. Und mein Sohn (7 Jahre) klatschte zuerst wie wild, sah mich dann kritisch an und bemerkte trocken: »Das kannst du aber nicht, Papi.« Überflüssig zu erwähnen, dass er damit recht hatte. So einen fabelhaften Doppelsalto schaffen ja nur ganz wenige.
Auch an den Reaktionen der Leute in meiner Nähe konnte ich sehen, dass sie begeistert. waren. Und ich bin mir sicher, dass es jeder von den vielen Zuschauern war. Faszinierend!!! Sensationell!! Unvergesslich!!!
So ein Sprung kann niemanden kalt lassen. Das wäre schon nicht mehr normal.
Sie werden sich jetzt wohl fragen, Herr Wiegand, warum ich Ihnen eigentlich schreibe. Dafür gibt es eine sehr einfache Erklärung: Ich bin Werbefachmann. Ich habe sofort erkannt, wie gut sich solch ein Sprung für Werbezwecke eignet. Den in einem Werbespot, das müsste glänzend bei den Leuten ankommen.
Ich arbeite in leitender Position in der Ihnen vielleicht bekannten Münchner Werbeagentur »Delta«. Zu unseren deutschen Geschäftspartnern gehört auch ein renommiertes Versicherungsunternehmen, für das wir zurzeit eine groß angelegte Werbekampagne erarbeiten. Sie soll informativ und spektakulär zugleich sein.
Ihr Sprung hat mich auf einige gute Gedanken gebracht, die ich aber noch sortieren muss. Sie sind ja noch ganz frisch. So viel weiß ich aber schon jetzt:
Einen Sprung, wie Sie ihn vorgeführt haben oder einen ähnlich spektakulären, möchte ich unbedingt in diese Werbekampagne einbauen. Dadurch wird sie sehr effektvoll. Das sagt mir mein Feeling. Werbung braucht Sensationen.

Wie Sie sehen, Herr Wiegand, beziehe ich Sie bereits in meine Planungen ein. Sie haben doch nichts dagegen? Wir von »Delta« brauchen Sie. Was halten Sie von meiner Idee? Sind Sie dazu bereit, für uns – gegen ein großzügiges Honorar natürlich – einen weiteren Super-Sprung zu riskieren?
Rufen sie mich bitte in den nächsten Tagen an, entweder in der Agentur oder auch privat.
Ich möchte Ihnen nochmals zu Ihrem Sprung gratulieren und hoffe, dass Sie daran interessiert sind, mit »Delta« zusammenzuarbeiten. Ein spektakulärer Sprung für uns müsste für Sie auch eine gute Eigenwerbung sein.
Mit freundlichen Grüßen
Walter Kersting

Das darf doch nicht wahr sein! ruft er aus. Das gibt's doch nicht! Mit einer knappen Armbewegung wirft er den Brief auf den Tisch, nimmt ihn aber wenig später wieder in die Hand. Kopfschüttelnd steht er auf, geht im Zimmer umher. Er weiß nicht, was er von diesem Brief halten soll. Er bleibt stehen und liest die letzten Zeilen noch einmal durch. Nein, sagt er sich, unmöglich. Es wäre besser gewesen, wenn er den Brief ungeöffnet in den Mülleimer geworfen hätte. Er fühlt sich jetzt verstimmt. Das könnte ihm den Tag verdorben haben, der für ihn bisher recht angenehm verlaufen ist. Den Kerl soll doch der Teufel holen. Dieser Werbearsch. Sensationsgeil wie alle, flucht er und setzt sich wieder. Er nimmt das Sportmagazin vom Tisch, versucht, darin zu lesen, legt es aber schon bald neben sich auf das Sofa. Der Brief geht ihm nicht aus dem Kopf.
Riecht eigentlich nach Geld, denkt er. Nach einer Menge Geld sogar. Werde es mir aber nicht verdienen können. Bin jetzt überhaupt nicht dazu in der Lage. Vielleicht auch später nicht. Es wäre genau der eine Sprung zu viel. Wahrscheinlich end-

gültig mein letzter. Werde es nicht machen. Muss mich noch weiter davon erholen, was mir dieser verdammte Doppelsalto eingebrockt hat. Werde in den nächsten Wochen keinen derartigen Sprung wagen. Egal, wie's am Freitag läuft. Zu dumm. Wie viel würden sie mir wohl zahlen? Bestimmt ein paar Tausender. So viel, wie ich für meinen Doppelsalto kassiert habe? Und wenn schon. Kann das Angebot sowieso nicht annehmen. Wäre jetzt viel zu gefährlich. Bin ja nicht lebensmüde. Ich mach's nicht und damit basta. Der Wisch sollte mich kalt lassen. Verdammt schade.

Für einen Moment verspürt er den starken Impuls, den Brief zu zerreißen, will ihn aber dann doch aufheben und legt ihn, man kann ja nie wissen, in eine Schublade seines geräumigen Oma-Küchenschranks, zu dem Durcheinander von Rechnungen, Quittungen, Gagenbelegen und anderen Schriftstücken.

Gewichtsmanschetten für Arme und Beine, zwei Hanteln, ein Sprungseil und einen Hightech-Expander wählt Wiegand jetzt aus den unteren Fächern seines Stahlblechregals aus. Mehr benötigt er nicht für sein Training in den nächsten Tagen, das er auf sein mittleres Leistungsvermögen beschränken wird. Ein abwechslungsreiches, wohldosiertes Training mit längeren Pausen als sonst. Er glaubt, dass ihm das in seiner gegenwärtigen Situation am meisten nutzt. Bis Freitag muss er sich besonders gut behandeln, muss weiterhin vorsichtig sein. Er hat es noch nicht überwunden. Ob es nur ein einmaliger Angstanfall gewesen ist, wird er erst nach seinem Stunt wissen.

Aus dem Schlafzimmerschrank holt er die Kleidungsstücke, die er noch braucht und verstaut sie in einem Koffer. Er trägt ihn zu der Wohnzimmerecke, wo die Trainingsgeräte liegen. Er geht zu dem grünen, abgenutzten Sofa, setzt sich und verzieht das Gesicht, als er spürt, wie tief er in der zu weichen Polsterung versinkt. Es gehört auf den Sperrmüll. Wie das meiste seiner Einrichtung. Das meint auch Ingrid. So sollte er nicht länger hausen. Er wird sich demnächst neue Möbel zulegen. Wenn alles gut verläuft. Er schenkt sich ein Glas Mineralwasser ein. Interessiert beobachtet er, wie Kohlensäure in schnell perlenden Blasenketten nach oben steigt, dabei die Erdanziehung auf eine ihm unerklärliche Weise überwindet. Als würden die Blasen von einer anderen Kraft nach oben gezogen. Das verfolgt er noch so lange, bis er das Glas Mineralwasser in die Hand nimmt und austrinkt.

Er sieht auf seine Uhr. Sieben Minuten vor drei. Ingrid müsste gleich kommen. Wohl wieder pünktlich eine Viertelstunde zu spät. Während er auf sie wartet, muss er an Hermanns Sexdefizit denken. Er ist darüber besorgt, überlegt, wie es möglichst schnell behoben werden könnte und hofft auf Ingrids Hilfe. Vielleicht gelingt es ihr ja schnell, eine ihrer Freundinnen in Hermanns Bett zu locken. Er hat es dringend nötig. Davon muss er Ingrid überzeugen. Wenn Hermann ein paar Wochen frauenlos ist, dann gibt er sich seinen Launen hin und pflegt sie. Er ist dann schnell gereizt, neigt zu langen Tiraden über den Narzissmus der Frauen und den Irrsinn der Welt. Sexmangelerscheinungen zeigen sich bei ihm auch darin, dass er sich ausgebrannt fühlt, ihm sein Leben wie ein fader Eintopf vorkommt.

Wo Lust, kein Frust, denkt Wiegand jetzt. Ein Satz, der ihn schon lange begleitet. Als er noch an der Sporthochschule Köln studierte, übernahm er ihn von einer Studentin der Sexualwissenschaft. Schmunzelnd folgt er seiner Erinnerung.

Heike Zohren, eine damals zwanzigjährige Frau, hübsch, aber weniger als sie glaubte, mit einem alles überragenden Interesse am Geschlechtsleben, woraus sie ihren Berufswunsch ableitete. Freude am eigenen Sex und Neugier auf den der anderen, diese beiden wichtigen Voraussetzungen für eine erfolgreiche Arbeit als Sexualforscherin, erfüllte sie vielversprechend. Treue und Eifersucht gehörten für sie in die Rumpelkammer menschlichen Fehlverhaltens. Sie wusste, was sie wollte, zeigte es und tendierte zum Aufgesetzt-Frechen. Sie hatte vorher in Wien gelebt. »Ich habe mich kreuz und quer durch Wien gevögelt. So habe ich die Stadt am besten kennengelernt«, brüstete sie sich. Wien war für sie eine Art Vorstudium gewesen. Von der Universität Köln erhoffte sie sich dann die beste sexualwissenschaftliche Ausbildung. Anfangs war er von ihr begeistert. Bei ihr konnte er noch etwas über Sex lernen, weniger auf körperlicher als auf theoretischer Ebene. Ein Wissenszuwachs, den er als nützlich empfand. Neue Worte, die sich ihm sofort einprägten.

Als er sie das erste Mal vom Flaschenhalseffekt reden hörte, bei einem Gespräch über das weibliche Zentrum, war er zunächst verblüfft. Er wusste nicht, was sie meinte. Sie demonstrierte es ihm in ihrem Körper, und er stieß auf das sobenannte Gefühl, das im Gegensatz zum Wort schon längst nicht mehr neu für ihn war. Rutenschwellkörper lautete ein anderes, von ihm zuvor noch nie gehörtes Wort, das Heike zum ersten Mal beim gemeinsamen Duschen gebrauchte. Was es bedeutete, begriff er sofort. Er bekam beinahe einen Lachkrampf.

Heike war eine neue Erfahrung für ihn, die ihren Reiz jedoch schon bald verlor. Denn sie entpuppte sich als akademisch nüchterne Frau, was ihn besonders beim Sex störte. Er merkte, wie die Erotik auf der Strecke blieb. Er fühlte sich manchmal als Versuchskaninchen, was noch dadurch verstärkt wurde, dass sie ihr Schlafzimmer Labor nannte. Wenn sie es miteinander trieben, trotz ihres Wissens war sie dabei nur Durchschnitt, schien sie zu experimentieren. Stellungen wurden für sie zu Versuchsanordnungen. Als sie mit einer Stoppuhr seine Erektionszeiten zu messen begann, amüsierte es ihn zunächst, doch dann reichte es ihm eines Morgens. Wütend sagte er ihr im Bett, dass es aus sei, er nicht mehr mitmache, sie an einem anderen Schwanz weiterstudieren solle. Danach erlosch sein sexualwissenschaftliches Interesse. Er war nur ein kurzes Zwischenspiel gewesen. Mehr Kenntnisse brauchte er sich nicht darüber zu verschaffen, was er gefühlsmäßig nicht nur zur eigenen Zufriedenheit beherrschte.

Wiegands Gedanken wechseln wieder zu Ingrid über und verzweigen sich in verschiedene Richtungen, wobei er sich an das hält, was er von ihr weiß.

Erdrülpser nennt Wiegand die wellige Hügelgruppe, die sich wenige Autominuten von seiner Wohnung entfernt in einem südwestlich verlaufenden Bogen hinzieht und die sonst flache Landschaft höht.

»Es sieht wirklich so aus, als hätte die Erde da hinten mehrmals kurz hintereinander aufgestoßen«, sagt Ingrid zu ihm, während sie über einen Feldweg schlendern. »Was für eine langweilige Gegend. Nichts fürs Auge. Von den Alpen ist überhaupt nichts zu sehen. Sogar bei diesem Wetter nicht«, sagt sie und macht eine abfällige Handbewegung.

»Ob wir heute Föhn haben?«, fragt Wiegand und mustert den mit Wolkenschlieren durchzogenen fahlblauen Himmel.

»Ich glaube nicht«, antwortet sie. »Denn bei Föhn bin ich immer ganz kribbelig.« Sie zeigefingert zu den Hügeln. »Diese Erdrülpser erinnern mich jetzt an meinen Mann.«

»Hat der sich so verändert?«

Sie lacht kurz, macht dann ein ernstes Gesicht.

»Sie erinnern mich an die Maulwurfshügel in unserem Garten und damit an ihn.«

»Ach!«

»Ja. Denn wegen der Maulwurfshügel hat er mich vorgestern so aufgeregt, dass es zu einem großen Krach gekommen ist. Der war längst überfällig. Dieser Kretin jammerte mir dauernd was wegen der Maulwurfshügel vor. Der schöne Rasen.

Was machen wir nur dagegen? Ich konnte es nicht mehr hören. Scheint kein Innenleben zu haben. Wie könnte ich nur so eine menschliche Sparausgabe heiraten? Die Maulwurfshügel und die deutsche Zinsentwicklung interessieren ihn zur Zeit am meisten. Sind seine größte Sorge.«

»Was für eine komischer Typ!«

»Ich kann dir sagen. Also, ich bin explodiert. Habe ihn angeschrien, er soll sich auf die Lauer legen und sie abschießen. Und dass es am besten wäre, wenn er im Garten zelten würde. Dann wäre ich ihn wenigstens los.«

»Das war ja noch ziemlich gesittet. Was hat er denn darauf geantwortet?«

»Eine Menge Schrott. Zeigte sein wahres Gesicht. Spielte den Staatsanwalt. Wollte mich demütigen. Das hat er natürlich nicht geschafft, dieser Scheißkerl. Ist dann beleidigt zu seiner Mutter gefahren. Ich habe ihm noch ein paar passende Worte mit auf den Weg gegeben. Ich kann ihn einfach nicht mehr ausstehen. Er scheint noch gar nicht zu merken, dass unsere Ehe nicht mehr zu retten ist. Würde mich nicht wundern, wenn er mir eine Eheberatung vorschlägt. Aber da ist gar nichts mehr zu kitten. Wir werden uns nicht bei einem Eheberater einigen, sondern vor dem Amtsgericht. Aus dem Bett habe ich ihn schon vor ein paar Tagen geworfen. Aus dem Haus kann ich ihn leider nicht werfen. Gehört jedem zur Hälfte.«

»Und jetzt?«

»Ich ziehe aus. Bis Anfang nächster Woche will ich alles vorbereitet haben. Das ist vorerst die einfachste und schnellste Lösung.«

»So entschlossen bist du?«

»Ja. Ich habe zu lange gezögert. Wie so viele Frauen. Habe mir zwar meinen Freiheiten genommen, aber es war mir immer zu wenig. Jetzt will ich mehr. Bis ich eine passende Wohnung gefunden habe, werde ich ein wenig improvisieren. Bei meiner Schwester wohnen, bei Freundinnen und –« Sie unterbricht sich, bleibt stehen, umarmt ihn, küsst ihn auf den Mund. »Und bei dir, mein lieber Kurt. Du hast doch wohl nichts dagegen, oder?« Sie sieht ihn erwartungsvoll an.

»Was für eine Frage! Wie könnte ich! Aber meine Bude ist ja nicht gerade einladend. Ich fühle mich darin selbst nicht mehr wohl«, sagt er.

»Aber mit mir zusammen wirst du dich darin sehr wohl fühlen. Palazzo Wiegando. Ich habe darin schon viel Schönes erlebt. Das Beste vom ganzen Jahr. Bisher. Kurt, ich werde mich herrlich frei fühlen. Fühle mich eigentlich schon jetzt so. Ich will mich jetzt erst einmal austoben. Ich habe einiges aufzuholen.«

»Ich helfe dir gerne dabei.«

»Das erwarte ich auch von dir. Zum ersten Oktober hast du deine Wohnung gekündigt, nicht wahr?«

»Ja.«

»Bis dahin könnte ich schon eine Wohnung gefunden haben, wie sie mir vorschwebt. Drei Zimmer, großer Balkon, bevorzugte Lage, Stadtrand von München oder nähere Umgebung.«

»Das dürfte für dich nicht schwer sein. Um mir so eine Wohnung leisten zu können, müsste ich eine ganze Serie von Super-Sprüngen hinlegen.«

»Besser nicht, Kurt. Tja, jetzt suchen wir beide eine Wohnung«, sagt sie und sieht ihn prüfend an. Sie zieht die Stirn hoch, schürzt die Lippen, lächelt dann versonnen. »Aber davon sollten wir uns nicht stören lassen.«

»Warum auch? Vorübergehend könnten wir ja auch bei Hermann wohnen. Er hat Platz genug. Was hältst du davon?«

»Auch eine Möglichkeit. Gefällt mir. Gute Idee. Hast du Hermann schon gefragt?«

»Nein. Aber seine Antwort kenne ich schon. Er wird sich darüber freuen, wenn wir beide uns bei ihm einquartieren. Er schwärmt von dir. Du bist für ihn eine Frau, mit der er gerne liiert wäre.«

Eine leichte Röte überzieht ihr Gesicht. Sie wendet erst ihren Kopf zur Seite, dann wieder zu ihm hin, ohne ihn anzusehen. Sie knabbert an ihrer vollen Unterlippe.

»Ich weiß«, sagt sie schließlich, »dass er mich mag. Ich bin ja nicht blind. Er zeigt es mir ganz offen. Hat es nicht nötig, es zu verbergen. Und das gefällt mir. Nicht nur das. Ein sehr feinsinniger Mann. Das ist selten. Und ehrlich. Auch eine Seltenheit. Vielleicht zu ehrlich. Und deswegen manchmal melancholisch. Ich kenne ihn noch zu wenig. Aber ich kann ihn schon jetzt gut leiden. Ich glaube, ich werde mich mit ihm prima verstehen, wenn wir beide eine Zeit lang bei ihm wohnen.«

»Bestimmt«, erwidert Wiegand. Sofort kommt ihm ein Gedanke, die ihn im ersten Moment verblüfft, dann aber begeistert. Die beste Lösung, sagt er sich. Hermann und Ingrid. Dass es mir nicht eher eingefallen ist. Natürlich. Sie mögen sich ja beide.

Während sie schweigend Seite an Seite weitergehen, denkt Wiegand über seinen Einfall nach. Er vermutet, dass Hermann sich trotz seines Sexdefizits zuerst zieren und darüber mit ihm diskutieren wird. Dann aber müsste er hocherfreut seinen Vorschlag annehmen. Er hat schon öfter bemerkt, wie Hermann seine Augen bewundernd über Ingrids Körper gleiten lässt. Es wird allein auf Ingrid ankommen. Wie wird sie reagieren? Zuerst die Empörte spielen?

Er sieht zu ihr hin. Sie erwidert seinen Blick, schenkt ihm ein vertrautes Lächeln, wobei sie ihren hoch schwingenden, für ihn ungemein sinnlichen Mund etwas öffnet und ihren Schritt verlangsamt.

Sie ist auf ihren Körper stolz, denkt er. Ein Naturkunstwerk. So ein Körper prägt. Macht selbstsicher. Sie bringt ihn gern ins Spiel. Kann gar nicht anders. Ist lebenslustig. Hat sich aber zurückgehalten. Jetzt will sie mehr von ihrem Leben haben. Hat Bilanz gezogen. Ehegeschädigt. Jetzt will sie sich erst einmal austoben. Hat es vorhin selbst gesagt. Dabei kann ihr Hermann Hilfestellung leisten. Helfen sich dann beide. Schläft nicht mehr mit dem alten Bock. Wie wütend sie auf ihn war. Hat aber trotz allem bis vor Kurzem noch mit ihm geschlafen. Werde ihr sagen, dass wenn sie so lange mit ihrem beknackten Alten geschlafen hat, sie erst recht mit Hermann schlafen kann, der mein bester Freund ist. Sie würde mir damit einen Gefallen tun. Und Hermann beglücken. Dürfte sich nicht zu schade dafür sein. So kann ich es ihr aber nicht sagen. Fragt sich nur, wie.

»Wenn ich jetzt hier alleine herumlaufen würde, hätte ich bestimmt große Angst. Wie gut, dass du bei mir bist. Ein Mann, der mich im Notfall glänzend verteidigen könnte. Welche Frau hat schon so einen tollen Leibwächter wie ich«, sagt sie, macht einen großen Schritt zur Seite und nimmt, die Hände wie zu Handkantenschlägen erhoben, eine Körperstellung ein, die nach Karate aussehen soll.

Wiegand geht in Deckung, sie lacht auf, presst dann ihren Körper eng an seinen.

»Geht's mir gut«, sagt sie.

»Freut mich«, erwidert er und muss wieder an seinen Angstanfall denken.

»Sag mal, Ingrid, wann hast du eigentlich das letzte Mal Angst gehabt?«

»Vor und bei deinem Sprung«, antwortet sie sofort. »Ich hatte wirklich Angst um dich.«

»Ich meine Angst, dass dir selbst etwas passieren könnte«, sagt er.

»Im Flugzeug. Als ich vorigen Monat mit meinem Vater nach Hamburg flog. Wenn ich fliege, habe ich zuerst immer Angst. Fliege aber trotzdem. Es hält sich in Grenzen. Ist wohl ziemlich normal«, sagt sie.

»Und sonst?«, fragt er.

»Wieso fragst du?«

»Nur so.«

Ingrid überlegt kurz.

»Vor zwei Wochen etwa. Spätabends in einer Tiefgarage. Ich hatte gerade eine Freundin besucht. Als ich zu meinem Wagen ging, merkte ich, dass mir ein Mann folgte, den ich zuerst gar nicht gesehen hatte. Ging einige Meter hinter mir her, ziemlich schnell. Sonst war niemand in der Tiefgarage. Ich ging schneller, rannte dann die letzten Meter voller Angst zu meinem Wagen, stieg ein so schnell ich konnte, verrammelte die Tür und startete den Motor,« sagt sie und lässt einige Sekunden schweigend verstreichen.

»Mach es nicht so spannend, Ingrid. Passiert kann dir ja nichts sein. Sonst wüsste ich es. Und dann?«

»Es war nur jemand, der seinen Wagen ganz in der Nähe von meinem abgestellt hatte. Ich kam mir vielleicht blöd vor, als ich ihn seinen Wagen aufschließen sah.«

»Hat er etwas gesagt?«

»Nein. Er grinste mich nur an. Es schien ihm Spaß gemacht zu haben.«

»Das war bestimmt beabsichtigt. So ein Mistkerl.«

»Ja. Was geht nur in so einem Typen vor? Was hat er denn davon, einer Frau Angst einzujagen?«

»Geilt sich vielleicht daran auf.«

»Kann sein. War aber noch einer von der harmloseren Sorte.«

»Glücklicherweise. Perverse und Verbrecher gibt es ja überall. Auch hier. Und gar nicht so wenige davon. Schwere Verbrechen sind keine Seltenheit und Körperverletzungen alltäglich.

In und um Wirtshäuser dreschen die Leute hier besonders gern auf sich ein. Volksfeste werden oft zu Prügel-Festivals.«
»Übertreibe nicht.«
»Du brauchst nur in der Zeitung den Lokalteil zu lesen, Ingrid. Ziemlich spannend. Hier passiert so einiges. Auch Mord und Totschlag. Vergewaltigungen kommen erschreckend oft vor. Missbrauchte Messdiener gibt's auch. Und all die anderen Landspezialitäten. Oft genügt ein so blödsinniger Anlass wie Eifersucht, um hier jemanden ausrasten zu lassen. Männer wie Frauen. Vor Kurzem hat ein gehörnter Ehemann den Liebhaber seiner Frau abgeschlachtet und die Einzelteile in eine Jauchengrube geworfen. Danach hat er sich aufgehängt.«
»Schrecklich.«
Sie schlendern an einem frisch gepflügten Acker vorbei, den die einsetzende Dämmerung zu schwerem Erdocker tönt. Die hektarweiten Maisfelder wirken jetzt exotisch, Büsche und Baumgruppen weichen dunkelnd zurück, nehmen einfache Scherenschnittformen an, Viehweiden bekommen einen graugrün schimmernden Anstrich. Vieles entzieht sich bereits seinem Blick, bleibt nur noch als unscharfe Kontur übrig, die sich zusehends auflöst. Dieses ländliche Wenigerwerden und Verschwinden der Dinge in der Dämmerung übt seit seiner Kindheit einen eigenartigen Reiz auf ihn aus.
»Ich sehe es dir an, du magst solche Abende, nicht wahr?«, fragt sie ihn, als sie auf dem abknickenden Feldweg um raschelndes Gebüsch biegen.
»Ja«, antwortet er nur.
»Die Gegend sieht jetzt schöner aus als sie ist. Wie so vieles abends. Eine Täuschung.«
»Und wenn schon. Täuschungen haben auch ihren Reiz.«
»Du bist also ein Freund der Dämmerung. Ein heimlicher Romantiker.«
»Nein.«

»Was denn?«
»Eine Art Hure. Ich prostituiere meinen Körper.«
Ingrid schweigt einige Schritte lang.
»Das sagst du mir nicht zum ersten Mal. Ich werde es noch glauben«, sagt sie schließlich.
»Tu das.«
»Schlecht gelaunt?«
»Überhaupt nicht, Ingrid.«
»Igittigitt«, ruft sie theatralisch aus. »Ist das nicht scheußlich?« Sie weist auf das wenige Meter von ihnen entfernte Holzkreuz, das zwischen zwei Birken am Wegrand steht und auf das ein albernes Schindel-Satteldach gezimmert worden ist.
»Einfach abstoßend«, erwidert er. »Nicht zu übersehen. Eine Unverschämtheit gegenüber denen, die so etwas nicht sehen wollen. Massenhaft hat man hier gekreuzte Holzbalken samt genageltem Leidensmann in den Boden gerammt. Erinnern einen an Marterpfähle.«
»Oder Totempfähle.«
»Auch.«
Breitbeinig bleibt er davor stehen, mustert es abfällig. Ein für ihn brutales Machwerk, das eigentlich Kinder verstören und jeden Erwachsenen abstoßen müsste. Eine stümperhaft geschnitzte männliche Holzfigur hat man in Spannhaltung an ein Kreuz aus Fichtenholz genagelt, halb nackt und klapperdürr, den dornenbekränzten Kopf zur Erde hin abgesenkt, fatal ergeben. Die Figur ähnelt in der Körperhaltung einem Turner, der an den Ringen in äußerst schlechter Haltung einen Kreuzhandstand ausführt. Sehr lasch. Er bekäme eine Tiefstwertung, wenn er so an den Ringen hinge.
»Könnte eine prima Vogelscheuche sein«, meint Ingrid.
»Dann wäre es wenigstens zu etwas nützlich. Ich wollte es ja anfangs nicht glauben. Aber der religiöse Stumpfsinn ist hier

noch eine Macht. Wer etwas gegen die Religion sagt, wird sofort ausgegrenzt. Kann dann nur noch seine Sachen packen.«
»Liebet eure Feinde.«
»Von wegen. Das sind hier noch waschechte Katholen. Engstirnig. Den Kopf voller Gemüse. Landbevölkerung eben.«
»Die ändern sich nicht mehr. Was soll's. Puuh, das Holz riecht stark nach Chemie. Ist vermutlich vor Kurzem gestrichen und mit einem Holzschutzmittel imprägniert worden.«
»Ich rieche nichts davon. Was du für eine sensible Nase hast! Ist wohl nicht immer schön.«
»Nein. Kann nerven. Komm, gehen wir weiter.«
»Jetzt verschwindet hier immer mehr«, sagt er und lässt seinen Blick schweifen.
»Ja. In spätestens einer Stunde sieht man nichts mehr von dieser langweiligen Gegend. Wir sind lang genug hier herumgelaufen. Gut, dass wir es nicht mehr weit zum Wagen haben. In deiner Wohnung beginnt dann der schönste Teil des Tages, nicht wahr, Kurt?«
»Klar.«
Wiegand kann den Bauernhof vor ihm, der von frisch gepflügten, mit Kunstdünger wohl hemmungslos verseuchten Äckern umrahmt wird, kaum noch erkennen. Er hat jetzt die gleiche erddunkle Farbe wie die Äcker angenommen und hebt sich von ihnen nur noch schwach ab. Die beiden langen, als Windschutz dienende Baumreihen davor, sehen wie zwei dunkle, parallel zueinander stehende Mauern eines Korridors aus.
An einem in den Weg hineinwachsenden Zweig eines Johannisbeerstrauchs erblickt er ein einzelnes Blatt, das an einem Spinnwebfaden hängt und sich in dem leichten Abendwind dreht. Er verlangsamt seinen Schritt und sieht zu, wie dieses Blatt eine Pirouette in der Luft ausführt.

Ich habe mich ganz frei über der Erde bewegt, denkt er. Mit einem Doppelsalto. Neun Komma acht eins Meter pro Sekunde zum Quadrat. Einige Schritte weiter denkt er nicht mehr an seinen Sprung.
Schnüffelnd drückt Ingrid jetzt ihre Nase an seinen Hals. »Wie gut du wieder riechst. Gefällt dir das Eau de Toilette, das ich dir geschenkt habe?«
»Seitdem kann ich mich viel besser riechen.«
»Ich dich auch.«
Er lässt seine Hand von ihrer Schulter zu ihrer Hüfte hinuntergleiten. Sie gehen weiter. Die Schafe auf der von einem Stacheldrahtzaun umgrenzten Weide schräg gegenüber, stehen dicht gedrängt in einer Ecke, nur noch als blasse Schemen erkennbar. Reste ihrer Wolle hängen wie zusammengeballte Blütenpollen in den einzelnen stachelbesetzten Drähten, vor denen sich ein breiter Fressstreifen Gras entlangzieht.
»Ganz fein«, sagt Ingrid zu ihm hin lächelnd, während sie mit Daumen und Zeigefinger über eines der schafweißen Wollgebilde reibt. Ihr halbgebückter Körper erinnert ihn dabei an eine klassische Liebesstellung. Er bekommt Lust auf sie. Er sieht sich um. Hier wächst genug, was ihnen Deckung bieten kann. Warum nicht, denkt er. Keine Menschenseele zu sehen. Sie richtet sich wieder auf, streicht ihren Rock aus changierender Seide glatt. Von den Wiesen, die sich bis zu einem kleinen, im Dämmerlicht versinkenden Mischwald hinziehen, kommt ein ununterbrochenes, alle anderen Geräusche überdeckendes Sirren. Heuschrecken oder Grillen, denkt er. Es hört sich für ihn so an, als wäre die ganze Gegend elektrisch geladen.
»Die Wiesen flüstern schon«, sagt sie leise und legt ihre Hände um seinen Nacken. Sie tauschen Blicke aus. Sie sind sich einig. Er legt seine Hände auf die beiden festen Halbkugeln ihres Pos, zieht sie an sich, küsst sie. Sofort kreist ihre Zunge

in seinem Mund. Kurze Zeit später haben sie zwischen Schafweide, mannshohem Mais und dichtem Gebüsch einen geeigneten Platz für ihren Open-Air-Akt gefunden. Ihr Seidenrock und seine Baumwollhose liegen übereinander auf Gräsern, ihre Slips hängen nebeneinander wie zum Trocknen an einer Maisstaude. Alles andere haben sie anbehalten. Ihre Arme umschlingen seinen Rücken, ihre Beine umklammern seine Hüften, sein Schwanz steckt in ihr. Sie reitet auf ihm im Lotussitz, ein wilder, lustvoller Galopp. Er hat Mühe, das Gleichgewicht zu halten. Mit zurückgebeugtem Oberkörper und eingeknickten Knien steht er auf dem Ackerboden, wie der unterste Mann einer Kraftsportgruppe, auf dem die anderen Mitglieder ihre Kunststücke turnen. Er versucht Ingrid zu bremsen, sanfte Regieanweisungen befolgt sie jedoch genauso wenig wie den Druck seiner Hände auf ihrem schon bald schweißnassen, wippenden Hintern. Sie zügelt sich immer nur kurz, fährt sich dann aufstöhnend durchs Haar, küsst ihn züngelnd und beschleunigt wieder. Sie scheint in Ekstase zu geraten, ist kaum noch zu halten. Es passiert, was passieren musste.

Plötzlich verliert er das Gleichgewicht, keine Ausgleichsbewegung hilft mehr, die Schwerkraft der Erde wirkt auf ihn ein, und sie kommen zu Fall. Er kann sie noch fest an sich pressen und sich so drehen, dass er mit dem Rücken in die Maisstauden hinter ihm fällt, die sich biegen, knicken, brechen, ihren gemeinsamen Sturz abpuffern. Er kommt gut auf, spürt das Gewicht ihres Körpers, der etwas seitlich verrutscht an ihn geschmiegt ist.

Sie lachen, umarmen sich im Mais, fragen »Hast du dir weh getan?«, antworten »Nein.« Sie merken nichts von ihrem Sturz, haben noch nicht einmal Hautabschürfungen. Sie stehen auf, streifen mit ihren Händen Erdkrümel und kleine Pflanzenteile von sich ab.

»Es ist immer gut, einen Mann unter sich zu haben«, sagt sie strahlend. »Das war mein bisher schönster Sturz. Werde ich nie vergessen. Auch unser Match nicht.«
»Ist doch noch nicht zu Ende«, sagt er mit steifwilliger Zentrale. »Mal etwas anderes. Oder hast du keine Lust mehr?«
»Doch. Und wie. Ich war gerade so schön in Fahrt gekommen.«
»Da capo, a tergo?«, schlägt er vor.
»Da capo, a tergo«, willigt sie schmunzelnd ein. Sie dreht sich um, bückt sich tief hinunter, umfasst ihre Knie und präsentiert ihm ihre Mitte.
Er stellt sich hinter sie, die schlanke Birnenform ihres Rumpfes erst mit den Augen, dann mit den Händen umfahrend, richtet sein Glied zielgenau, das Sesam-öffne-dich folgt sofort, er dringt in sie ein, tanzt einen langsamen Twist auf der Stelle.
»Ist das gut. Sollten wir öfter machen, Kurt. Ist noch Sommer. Ahhh! Ein Fick im Freien. Macht frei. Herrlich frei. 'n bisschen schneller, Kurt. Jaaahhh! Weiter so. Kann gar nicht genug von dir bekommen. Will dich jetzt jeden Tag. Versprochen? Jeden Tag. Was machst du nur mit mir? Werde noch süchtig. Gib mir mehr davon.«
Mit leichten Standproblemen auf dem unebenen Ackerboden bedient er sie weiter, in wiegendem Rhythmus, angefeuert von ihrem sich mitbewegenden Körper und ihren gestöhnten Sätzen. Seine Hände umfassen fest ihre Hüften, schränken manchmal zu wilde Hüftschwünge ein.
»Du fickst ja wie gedopt, Ingrid.«
»Ein Dopingmittel namens Kurt«, japst sie. »Köstlich. Könnte aber jetzt eine Pause gebrauchen. Wir vögeln bei dir weiter. Ja, Kurt? Ist schöner. Könnten auch hier wieder umkippen. So heiß, wie ich heute bin. Verrückt. Halt. Nein. Bleib in mir. Noch ein paar Stöße für unterwegs. Dann geht's bei dir weiter. Sofort. Wieder ein langes Match. Ja?«

Einige Stöße später hört er auf, und ihre Lustpause beginnt. Sie lässt ihren schwarzen Slip an der Maisstaude hängen, der jetzt wie eine vertrocknete Frucht aussieht.
»Ich habe genug davon«, sagt sie, während sie den Reißverschluss ihres Rocks zuzieht. »Irgendwie gefällt es mir, wenn mein Slip hier zurückbleibt.«
»Für die Tiere bestimmt eine betörende Duftmarke. Die werden heute Abend davor Schlange stehen«, sagt er, sich mit beiden Händen das Haar kämmend.
Sie lacht kurz durch die Nase. Mit knappen Handbewegungen säubert sie ihre Bluse, Krümel von Ackererde fallen neben sie. Über die Maisstauden streicht der Abendwind. Knisternd reiben sich die Blätter aneinander.
Während sie zum Wagen zurückgehen, versinkt Bayernland mehr und mehr im Dunkel. Von den Wiesen kommt ein lang anhaltendes Sirren. Als würden die Wiesen flüstern, denkt er.
Zu fickerig, wie sie sagt, um selbst zu fahren, sitzt sie neben ihm in ihrem standesgemäßen Imponier-Zweisitzer, den er über von Ackererde und Kuhfladen bedreckte Straßen steuert, auf denen die Landjugend vor allem an Wochenenden verunglückt und ihren Beitrag zu den Tragödien des Alltags liefert. Er durchfährt die kurvenreiche und unfallträchtige Strecke mit der ihm notwendig erscheinenden Vorsicht. Die Tachometernadel pendelt unterhalb der erlaubten Höchstgeschwindigkeit.
Hier muss er immer mit bierblöden Treckerfahrern, blutigen Anfängern und gemeingefährlichen PS-Djangos rechnen, die stumpfsinnig Gas geben und sich hinter dem Lenkrad abreagieren, wie er es schon mehrmals erfahren hat. Die Strecke ist gefährlicher, als es mein Sprung war. Hier kann mir mehr passieren.
Während er vor einer der seltenen Ampeln hält, blickt er zu Ingrid. Ihr Gesichtsausdruck wirkt angespannt, ihre Augenli-

der flattern, ihre Hände liegen übereinander auf ihrem unbeslipten Schoß, ihre Beine wippen nervös.
Coitus interruptus. Hätten doch besser weitergemacht. Jetzt fehlt's ihr. Hat noch einen großen Nachholbedarf. Ehegeschädigt. Sie will es jetzt wissen. Spürt eine Lebenslust wie noch nie. Ist auch gut für mich.
Sie erwidert seinen Blick mit einem etwas verrutschten Lächeln.
»Hoffentlich sind wir gleich da, Kurt. Ich fühle mich wie aufgedreht. Was machst du nur mit mir? Ich habe natürlich nichts dagegen. Du kannst ruhig so weitermachen«, sagt sie und streichelt sein Gesicht.
Er fährt wieder los, spürt Vorfreude auf die Nacht mit Ingrid. Wir werden heute von der Matratze nicht mehr hochkommen, denkt er. Ganz gut so. Muss dann auch weniger an meinen Sprung denken. Wir werden uns noch »Die Braut trug Schwarz« ansehen. Merkwürdiger Titel. Warum? Trauerfall am Hochzeitstag. Vielleicht sogar der eigene Mann. Frisch verheiratet und schon Witwe? Ingrid kennt den Film auch noch nicht. Soll sich lohnen.
Zaunpfähle flitzen vorbei, Baumstämme mit weißen Leitringen, Stall- und angrenzende Hauswände schälen sich für kurze Zeit aus zusammenfließenden Flächen mit dunklen Strukturen, Licht von Autoscheinwerfern erhellt das Wageninnere und verschwindet wieder. Mit einem demonstrativen Seufzer schaltet Ingrid das Radio ein, dreht ungeduldig nach Sendern. Ein Chaos aus Musiktrümmern und Wortbrei dringt an sein Ohr, verstummt mit einem Klicken. Sie legt ihre Hände ausgestreckt auf ihre Oberschenkel, sieht aus dem Seitenfenster. Von hinten kommendes Aufblendlicht grellt ärgerlich lange im Wagen. Es erinnert ihn an schlechte Studioaufnahmen, wenn eine starre Beleuchtung daran klebt, was die Kamera filmt. Mit einem Mal hat er den Eindruck, als würde er

in einem Film mit Ingrid als Partnerin eine gänzlich unbedeutende Rolle spielen, die sich in einer kurzen Szene erschöpft. Gemeinsame Autofahrt, abends, schweigend. Eine Szene, die ohne Weiteres geschnitten werden könnte. Er spürt, wie sich in ihm plötzlich eine Sperre bildet, die ihn von sich selbst und Ingrid trennt.

Auf den letzten Kilometern der Rückfahrt scheinen zwei Menschen im Wagen zu sitzen, mit denen ihn nichts verbindet. Leere breitet sich in ihm aus, bleibt und verschwindet erst, als sie zusammen unter die Dusche gehen.

Ich muss aufpassen, denkt er. Mit mir ist irgendetwas passiert. Das hängt nur mit meinem Sprung zusammen. Zerbreche mir schon die ganze Zeit den Kopf darüber. Aber ich bekomme es einfach nicht in den Griff. Gut, dass sie jetzt bei mir ist.

Nachdem sie beide geduscht und sich dabei neckend und kosend wieder stimuliert haben, liegen sie jetzt auf seinem vier Quadratmeter großen, mit zwei erstklassigen Matratzen bestückten, japanisch flachen Bett. Sextrunken bewegen sich ihre Körper im und gegen den Uhrzeigersinn über mehrere Stationen, bei denen sie ihre jeweilige Stellung entweder beibehalten oder wechseln, von einer anfänglichen Ost-West-Lage zu einer etwas schrägen Nord-Süd-Lage, in der sie dann längere Zeit bleiben. Jetzt kniet er sich hinter sie und stößt sie in einem mittelschnellen Rhythmus, was sie mit sinnlich trägen Rumpfschwüngen beantwortet, so lange, bis sie sich langsam auf ihre linke Körperseite kippen lässt, um von ihm seitlich von hinten weiterbedient zu werden. Köstlich duftend, wenig bewegt, aber für ihn ungemein erregend, liegt ihr Körper vor ihm, den er mit seiner rechten Hand im schön gekurvten Bereich von Rumpf und Hüfte umfährt. In ihr bleibt er mit seinen Gedanken bei ihr. Er verspürt eine starke Zuneigung. Er möchte jetzt ihr Gesicht sehen. Seinen Kopf anhebend, kann er von seiner Position aus ihr Gesicht, das tief in das Kissen gedrückt ist, nur im Profil erblicken. Er möchte es aus der Nähe betrachten. Er löst sich von ihr, worauf sie ihren Kopf mit fragendem Blick zu ihm hindreht. Schnell bettet er sich seitlich vor sie, legt eine Hand an ihr Gesicht und sieht sie schweigend an. Auch sie sagt nichts, erwidert ruhig und offen seinen Blick. Seine Hand gleitet von ihrem Gesicht zu ihren schwer übereinanderliegenden Brüsten und streichelt sie zärtlich. Sie schließt ihre Augen, öffnet ihren Mund. Mit seiner Zunge folgt er erst den Formschwüngen ihrer Lippen, dann küsst er sie, und ihre Zungen spielen wild. Er stützt seinen Körper auf seinen angewinkelten Arm, nimmt sein Glied in die Hand und führt es mehrmals durch ihre nasse Furche und über ihren strammen Kitzler. Sie legt ihr linkes Bein um seine Hüfte, rückt etwas vor und langsam, die Strecke auskostend, dringt er wieder in sie ein. Den Blick auf ihren Körper gerichtet, genießt er sie mit noch dosierten Stößen, zu denen sie sich lustvoll windet. Ihr linkes Bein hält sie weiter um seine Hüfte geschlungen, mit dem sie ihn immer wieder eng an sich drückt. In gutem Timing bewegen sie sich auf ihr Ziel zu, weiterhin seitlich zueinander liegend, stöhnend und stammelnd, bis sie beide alles wollen, zum Lustgipfel sich antreiben. Mit ihren Armen ihn umklammernd, dreht sie sich auf den Rücken, er stützt seinen Oberkörper hoch, aber sie zieht ihn sofort eng an sich, ihr Rhythmus wird immer schneller, ihre Körper jagen, seine Gefühle jubeln, und er wird von einem berauschenden Glücksgefühl übermannt.

»Die Braut trug Schwarz« gefällt ihnen. Vom Bett aus verfolgen sie den Film bis zum Ende, geben dabei ihre Kommentare, scherzen, streicheln und küssen sich. Eine ihm angenehme Trägheit durchzieht seinen Körper. Er fühlt sich befriedigt und zufrieden wie seit Tagen nicht mehr. Er glaubt, dass er noch stundenlang so weiter liegen bleiben könnte wie jetzt, lang ausgestreckt, den Kopf auf zwei Kissen in Fernsehposition, einen Arm abgespreizt, in dem anderen Ingrid. Ihr Kopf liegt auf seiner Brust, ein Bein winklig über seinen Oberschenkeln. Manchmal spaziert eine Hand von ihr langsam über seinen Körper als wollte sie sich so daran erinnern, was sie gerade erlebt hat.

»Der Film hat sich wirklich gelohnt«, sagt sie, als sie den Fernseher, der auf einem Stuhl steht, ausschaltet. »Du wolltest doch auch nichts mehr sehen, oder?«

»Nein. War nur zu faul, aufzustehen.«

»Ob Hermann sich den Film auch angesehen hat?«, fragt sie und schmiegt sich wieder an ihn.

»Gut möglich. Der hat ihn bisher schon fünfmal gesehen. Truffaut gehört zu seinen Film-Göttern.«

»Fünfmal? Dann würde mir der Film aber zu langweilig.«

»Mir auch. Hermann sieht einen Film ja mit anderen Augen als wir.«

»Das ist klar.«

»Es gibt Filme, die sieht er sich nur wegen einiger Kameraeinstellungen mehrmals an.«

»Studienhalber?«

»Könnte man so sagen. Er will sich immer weiter verbessern.«

»Wenn er könnte, wie er wollte, würde er wohl nur an seinem Filmtagebuch arbeiten, nicht wahr, Kurt?«

»Ja. Und Dokumentarfilme drehen. Er redete gestern wieder davon. Hat ein paar gute Ideen. Fragt sich nur, wann er sie verwirklichen kann«, antwortet Wiegand, schläfrig geworden, mit geschlossenen Augen.

»Ich mag ihn. So ein Mann ist selten. Ich glaube, ich werde mit ihm bestimmt gut zurechtkommen, wenn wir beide vorübergehend bei ihm wohnen.«

»Glaube ich auch«, erwidert er. Sekunden später fällt ihm Hermanns Sexfrust ein. Er öffnet die Augen, sieht Ingrid. Ich liege hier prima befriedigt, und er hungert nach Sex, denkt er. Sucht sich noch eine schnelle Nummer, von der er dann doch nichts hat. Sein Blick wandert über Ingrids Körper. Sie liegt auf dem Rücken, die Beine ausgestreckt und geöffnet, ihre Arme hinter dem Kopf verschränkt, träumerisch zur Decke sehend. Dieser Körper, der ihm so viel gibt, verführt ihn jetzt zu einem ungehemmten Gedankengang, der Hermann und Ingrid paart. Sie mögen sich ja beide, sagt er sich noch, dann richtet er sich auf, ohne länger zu überlegen, mitgerissen von seiner Wunschvorstellung.

»Ingrid, ich muss mit dir etwas besprechen«, beginnt er in einem Tonfall, der ihm viel zu steif klingt. Er hat es lässiger sagen wollen.

Sie dreht sich zu ihm hin, ihren Kopf auf eine Hand stützend und sieht ihn ernst an.

»Ist es etwas Unangenehmes? Scheint mir so«, sagt sie.

»Eigentlich nicht. Aber es fällt mir nicht gerade leicht, dich deswegen zu fragen. Die Entscheidung liegt ganz bei dir. Es ist eher eine Bitte.« Sein Herz beginnt schneller zu schlagen. Er versucht ruhiger und tiefer zu atmen.

»Dann bin ich ja beruhigt. Ich habe schon mit nichts Gutem gerechnet. Worum möchtest du mich bitten? Sag's mir ruhig. Warum so zögerlich?«, fragt sie.

»Es ist wegen Hermanns Liebesleben, das es zurzeit ja nicht gibt«, antwortet er.

»Ach, wenn es weiter nichts ist», sagt sie und gibt ihm einen Kuss auf die Stirn. Sie wirkt erleichtert. »Wir haben doch bereits darüber gesprochen, Kurt. Von heute auf morgen kann ich nicht eine Freundin oder gute Bekannte für Hermann aktivieren. Es könnte klappen. Versprechen kann ich nichts. Aber ich werde mich schnell darum kümmern. Du hast es mir ja erst heute Mittag gesagt. Ich habe schon kurz darüber nachgedacht.«

»Hermann beginnt schon wieder mehr zu essen. Und seine Laune kann sich mit jedem weiteren frauenlosen Tag rapide verschlechtern. Noch beherrscht er sich.«

»Leidet Hermann denn so sehr darunter?«

»Ja. Sehr. Sex ist für ihn fast genauso wichtig wie für mich. Askese foltert ihn. Er muss noch zu oft unfreiwillige Sexpausen einlegen, wenn bei ihm eine Beziehung in die Brüche geht und von einer neuen nicht abgelöst wird. Er hat auch das Talent, sich in die falsche Frau zu verlieben. Fast zwei Monate ist er nicht zum Zuge gekommen. Er fühlt sich schon ganz schwanzlos, als Mann lahmgelegt«, übertreibt er, um sie so auf seinen Wunsch einzustimmen.

»Mal sehen, ob ich das beheben kann«, sagt sie und schweigt kurz. »Iris oder Susanne. Von mir aus auch beide. Das sind zwei Freundinnen von mir, Kurt, die den gleichen Fehler wie ich gemacht haben, nämlich den falschen Mann zu heiraten. Beide sind schon geübt im Seitensprung. Und sie werden weiter springen. Ich sehe da Chancen für Hermann. Und auch Nadja könnte noch –«

»Ingrid«, unterbricht er sie, »darum geht es nicht.«

»Sondern?«

»Es fällt mir nicht leicht, dich darum zu bitten, Ingrid. Vielleicht mache ich jetzt einen großen Fehler. Aber ich wage es trotzdem. Hermann ist mein bester Freund, das weißt du, Ingrid. Kannst du ihm nicht helfen, dich selbst um ihn kümmern, ich meine –«

Ihr hartes »Oh verdammt« unterbricht ihn. Zornrot im Gesicht richtet sie sich auf, schlägt mehrmals kurz hintereinander mit der flachen Hand heftig auf die Matratze ein, lässt sich dann auf den Rücken zurückfallen und zieht das Oberbett über ihren Körper bis zum Kinn. Ein wütender Blick trifft ihn.

»Beinahe hätte ich dir eine gescheuert«, sagt sie.

Wiegand nimmt eine Bauchlage ein, bettet seinen Kopf auf seinen rechten Arm. Er sieht sie an, ratlos, weiß nicht, was er ihr jetzt sagen soll.
»Das habt ihr beide euch aber fein ausgedacht«, höhnt sie.
»Hermann weiß nichts davon«, sagt er kleinlaut.
»Interessant. Es ist also ganz auf deinem eigenen Mist gewachsen. Und wie hat der Herr es sich denn so vorgestellt? Wollte er die leckere Frau direkt in das Bett seines Freundes tragen, der sie dort schwanzwedelnd erwartet? Verdammt! Du wolltest mich also verkuppeln! Ja, zum Teufel, was bildest du dir denn eigentlich ein, Kurt?«, schimpft sie.
»Überhaupt nichts.«
»Du willst mich also mit Hermann verkuppeln?«
Er sagt nichts darauf, schimpft sich einen Trottel.
»Hermann soll sich bei mir gepflegt ausficken. Am liebsten hättest du es wohl, wenn ich sofort zu ihm fahre und ihn auf den Rücken lege, oder? Antworte mir«, sagt sie in einem unangenehmen Befehlston, den er von ihr nicht kennt.
»Drück es doch so aus, wie du willst, Ingrid. Was nützt es jetzt noch, wenn ich es dir näher zu erklären versuche. Auf eine Art verstehe ich dich ja. Aber dass du so sauer reagierst, überrascht mich schon.«
»So?«
»Ja. Ingrid, ich habe doch nur versucht, dich –«
»Und das«, fällt sie ihm ins Wort, »ist schiefgegangen, mein Lieber. Gründlich.«
Sie schlägt das Oberbett zurück und steht auf. Sie geht zum Kleiderschrank, rappelt mehrmals an der im Schloss klemmenden Tür, bis sie sich öffnet.
»Das verdammte Ding gehört auf den Sperrmüll. Und noch so einiges hier«, giftet sie.
»Stimmt«, bestätigt er und sieht ihr zu, wie sie ein braunes T-Shirt von ihm hervorholt und überzieht. Es reicht ihr bis über

die Oberschenkel, schiebt sich in ihre Pofalte, als sie mit starrer Miene aus dem Schlafzimmer geht.

Es ist wohl aus, denkt er. Ich hab's vermasselt. Er hört sie in der Küche den Kühlschrank öffnen und dann zuwerfen. Die darauf folgenden Geräusche sagen ihm, dass sie im Wohnzimmer etwas trinkt. Er möchte zu ihr gehen, lässt es aber. Er nimmt an, dass sie jetzt für sich sein will, er alles nur noch verschlimmern würde. Er möchte sie nicht verlieren, glaubt jedoch, dass sie bereits einen Schlussstrich gezogen hat. Bestimmt hat er bei ihr eine Grenze überschritten. Erst jetzt merkt er, dass sie ihm näher ist, als er bislang glaubte.

Trübsinnige Gedanken gewinnen bei ihm die Oberhand. Er sieht sich am Boden. Schwere starrt seinen Körper. Regungslos bleibt er liegen. Erst sein Sprung, jetzt das hier. Er hört sie einige Schritte gehen. Kurze Zeit später fetzt Jazz-Rock durch die Wohnung. Klänge, die er kennt, in denen er sich erst wiegt, die dann aber an ihm vorbeirauschen. In kurzen Ausschnitten erinnert er sich an die letzten Tage. Sein Leben wird ihm wieder zum Problem.

Mit einem müde wirkenden Gesicht kommt Ingrid ins Schlafzimmer zurück. Er befürchtet, dass sie mit ihm bricht.

»Das war wohl nicht so gut«, sagt sie und setzt sich ihm gegenüber aufs Bett, das T-Shirt dabei an den Schultern zurechtzupfend.

»Nein. Ich bin ein Trottel«, bekennt er.

»Eher ein verrückter Körperfanatiker.«

»Wenn du meinst.«

»Kurt, das war von uns beiden eine schlechte Vorstellung.«

Er ist zu verblüfft, um etwas sagen zu können.

»Es war schon ein starkes Stück von dir, dass du mich in Hermanns Bett lotsen wolltest. Aber ich habe auch überzogen reagiert. Das ist mir vorhin klar geworden. Ich war wohl zu überrascht. Hermann ist ja dein bester Freund und sein zurzeit nicht vorhandenes Liebesleben macht dir Sorgen. Wie du sagst, fühlt er sich schon ganz schwanzlos. Das ist in der Tat übel für einen Mann«, sagt sie und lächelt knapp.

»Eine andere Form des Invalidität.«

»Auch wenn noch alles dran ist und funktioniert, Kurt? Na ja. Jedenfalls bin ich keine Frau, die sich zu einem sexuellen Spekulationsobjekt machen lässt.«

»Das war auch nicht beabsichtigt, Ingrid.«

»Aber drauf läuft es doch hinaus, Kurt. Ich verleihe meinen Körper nicht. Sex mache ich nur nach meinem eigenen Gusto. Einen Mann suche nur ich selbst mir aus.«

»Schon gut. Ich hab's ja begriffen. Und jetzt?«

»Was heißt: Und jetzt? Jetzt werde ich erst einmal alles weiter verdauen. Wütend bin ich aber nicht mehr auf dich. Zurzeit nicht. Vielleicht werde ich es wieder sein. Kommt darauf an. Warum bittest du eigentlich nicht Marion, Hermanns Sexmangel zu beseitigen? Oder hast du es schon versucht?«

»Daran habe ich überhaupt noch nicht gedacht«, antwortet er.

»Und wieso nicht?«

»Hermann und Marion mögen sich nicht besonders. Ihr geht jetzt schon miteinander vertrauter um.«

»Tatsächlich?«

»Ja. Du sagst ja selbst, dass du ihn magst. Und Hermann schwärmt von dir. Du zählst für ihn zu der Sorte Frauen, nach der er sich sehnt.«

»Und zu welcher Frauensorte, um es einmal so zu nennen, gehöre ich für ihn?«

»Zur ersten Garnitur. Das weißt du doch.«

»Ja. Aber ich höre es auch gern.«

»Hermann meint, er müsse sich mit der zweiten Garnitur begnügen.«

»Unfug. Warum unterschätzt er sich eigentlich so? Aber das gehört jetzt nicht zur Sache. Du hast also in mir die geeignete

Frau gesehen, die Hermann in seiner Notlage verarzten könnte?«

»Ehrlich gesagt, ja. Du wärest sicherlich eine nicht zu übertreffende Ärztin gewesen. Hättest sein Selbstvertrauen Frauen gegenüber gestärkt.«

»Fühle mich geschmeichelt, Kurt.«

»Ich habe mir auch gesagt, dass du schließlich bis vor Kurzem noch mit deinem Mann geschlafen hast.«

»Na und?«, fragt sie herausfordernd.

»Mir hat es ja nichts ausgemacht. Du wirst schon deine Gründe gehabt haben«, beeilt er sich zu sagen.

»Pure Bequemlichkeit, Kurt. Damit ist es jetzt vorbei. Endlich weiß ich, was ich will. Ich bin entschiedener geworden. So viel Kraft habe ich lange nicht mehr in mir gespürt. Aber lass uns jetzt nicht abschweifen. Wir haben noch etwas zu bereinigen.«

»Ja. Weißt du, dass es unser erster größerer Zwischenfall ist.«

»Stimmt. Und ein recht eigenartiger dazu.«

»Ich wollte dir vorhin noch etwas sagen. Es hängt mit deinem dich nicht mehr begattenden Gatten zusammen, diesem gut situierten Blödian, der es irgendwie geschafft hat, dich zu heiraten. Nicht zu fassen.«

»Das verstehe ich selbst immer weniger. Aber warum schmierst du mir jetzt meinen Mann aufs Butterbrot? Ich habe dir doch gesagt, dass er für mich nur noch Schrottwert hat.«

»Ich bin schon etwas verwundert. Hermann ist alles andere als eine menschliche Sparausgabe. Dein Mann ist eine. Hast es selbst gesagt.«

»Ja. Aber was soll das jetzt?«

»Wenn du es bei dem alten Bock, der dir schon seit einiger Zeit auf die Nerven geht, bis vor Kurzem im Bett ausgehalten hast, dann dürfte dir die Vorstellung, mit Hermann zu schlafen, gar nicht so aufstoßen.«

»Was du nicht sagst!«, höhnt sie.
»Ingrid, du magst ihn doch«, versucht er sie zu beschwichtigen. »Warum solltet ihr euch nicht auch körperlich näherkommen? Es spricht mehr dafür als dagegen. Für dich wäre es auch eine reizvolle neue Erfahrung. Du hast mir doch schon öfter gesagt, dass du dich ausleben willst.«
Sie macht ein pikiertes Gesicht, streicht dann mit einer Hand mehrmals über ihren rechten Unterschenkel.
»Ich muss schon sagen, eine geradezu zwingende sexuelle Logik«, sagt sie schließlich. »Und ich hätte Hermann als sexuellen Ausgleich dafür, dass du mit Marion lustig weiter vögelst. Damit hättest du freie Bahn. Das hast du dir wirklich fein ausgedacht.«
»Vergiss es, Ingrid. Lass uns jetzt damit aufhören. Es war ein Fehler, dich zu fragen. Bedauerlich zwar, aber ich konnte nicht anders handeln. Ich wollte Hermann helfen, verhindern, dass er sich weiter sexuell frustriert fühlt. Es sollte eine unvergessliche erotischen Kur für ihn werden. Er hätte so etwas verdient gehabt«, sagt er enttäuscht.
»Erotische Kur. So kann man es auch ausdrücken«, sagt sie mit einem spöttischen Lächeln. Sie schürzt die Lippen, sieht ihn forschend an. »Du musst Hermann ziemlich gern haben.«
»Habe ich.«
»Und ich spiele in deinem Leben vermutlich nur eine untergeordnete Rolle. Enttäuscht bin ich schon, Kurt. Ich glaubte nämlich dummerweise, dass ich mehr als ein Amüsement für dich bin. Weil ich dir ja ziemlich gleichgültig bin, hätte es dir auch gar nichts ausgemacht, wenn ich in Hermanns Bett gelandet wäre, nicht wahr, Kurt? Als ein erotisches Geschenk an deinen lieben Freund. Da, nimm, Hermann«, sagt sie und macht eine Übergabegeste mit ihrem linken Arm.
»Ingrid, steigere dich nicht in etwas hinein. Ich war zu naiv. Tut mir leid. Sei jetzt bitte nicht beleidigt.«

»Bin ich aber. Ich bin dir gleichgültig. Sonst hättest du mich nicht an Hermann ausleihen wollen.«
»Das hat nichts mit Gleichgültigkeit zu tun. Überhaupt nichts«, sagt er.
»Glaube ich aber wohl. Im Grunde ist es für dich unwichtig, was aus uns wird«, behauptet sie und sieht ihn prüfend an.
»Sag doch nicht so etwas, Ingrid«, erwidert er und streicht mehrmals mit einer Hand über ihre Schulter. »Dass du mir alles andere als gleichgültig bist, das habe ich gemerkt, als du im Wohnzimmer gewesen bist. Du warst sauer. Ich habe befürchtet, dich zu verlieren. Ich würde dich vermissen, Ingrid.«
»Wirklich?«
»Ja. Wirklich.«
Ihr Blick wird zärtlich, um ihren Mund spielt ein Lächeln. Sie scheint noch kurz zu überlegen, dann zieht sie das T-Shirt aus und legt sich nah vor ihm hin.
»Jetzt nimm mich doch endlich in die Arme, du verrückter Körperfanatiker.«
Fließend, schnell und kraftvoll müssen die Bewegungen ausgeführt werden. Dann stimmt die Technik beim Kampfsport. Alles andere ist falsch. Ralf Huber hält sich kompromisslos daran, vor allem beim Karate. Abweichungen von der Idealtechnik lässt er nur in einem kleinen Bereich gelten, grobe Nachlässigkeiten können ihn auf die Palme bringen. Wiegand hat damit schon seine Erfahrungen gemacht. Ralf empfindet es als persönliche Beleidigung, wenn man nicht ganz bei der Sache ist und die Zügel schleifen lässt. Wer mit Ralf trainiert, lernt dazu, ist aber manchmal froh, wenn es vorbei ist.
In einem weiß gestrichenen Nebenraum von »Body 2000«, der mit zwei Spiegelwänden ausgestattet ist und hauptsächlich für Aerobic und Gymnastik benutzt wird, absolvieren Wiegand und Huber heute Morgen ihr gemeinsames Karatetraining. Nach schwachem Beginn steigert sich Wiegand.

Manchmal bleibt jemand stehen und sieht ihnen eine Weile zu, geht aber dann weiter, um das mit seinem Körper zu machen, wofür er gekommen ist. Ein Body-Builder, der in seinem Muskelwachstum weit fortgeschritten ist, wird unangenehm neugierig, hält nicht mehr den nötigen Abstand ein, muss auch unbedingt etwas sagen und wird barsch von Ralf zurechtgewiesen, die Klappe zu halten und ihnen nicht in die Quere zu kommen. Er macht ein paar alberne Beschwichtigungsgesten und verlässt mit steifen Schritten den Raum.
Sie können ungestört weitertrainieren. Wiegand hat stark begonnen und kann auch jetzt noch gut mithalten, ist schnell auf den Beinen, kontrolliert seinen Körper mühelos auch bei den anspruchsvolleren Techniken. Ralf ist zufrieden mit ihm, fühlt sich aber anscheinend herausgefordert. Er beginnt Karate zu zelebrieren, kämpft jetzt, wie er es nennt, eine Etage höher. Schnelle Kombinationen, glänzend ausgeführt, die Wiegand von ihm kennt, und die sie beide vorher durchgesprochen haben. Trotzdem bereitet es ihm immer größere Schwierigkeiten, auf Ralfs Feuerwerk angemessen zu reagieren. Ralf zeigt ihm jetzt die neue Kombination, bei der aus einer bekannten Verteidigungsstellung der Körper nicht im Uhrzeigersinn zum Angreifer dreht, der das auch normalerweise erwartet, sondern gegen den Uhrzeigersinn seitlich wegdreht. Diesen Überraschungseffekt gilt es dann auszunutzen, und man macht sofort einen Seitwärtstritt zur Körpermitte des Angreifers und lässt noch zusätzlich einen gedrehten Rückwärtstritt mit dem rechten Fuß folgen. Das wiederholen sie mehrmals. Diese Kombination bestätigt wieder die alte Regel, dass die beste Verteidigung darin besteht, schneller als der Angreifer zu sein. Ralfs Timing ist glänzend wie immer, und sein Gefühl für den richtigen Abstand traumhaft sicher. Er schlägt und tritt mit großer Präzision an ihm vorbei. Wenn er angreift, kontert Ralf mit einer Entschiedenheit, die ihn

schnell in die Defensive drängt. Jetzt ist Ralf gerade einem Angriff von ihm ausgewichen, springt dann auf ihn zu, führt wie abgesprochen einen Halbkreisfußtritt zum Kopf aus, den Wiegand rechtzeitig mit einem großen Toreroschritt seitlich ausweicht, seinen Körper dabei nur mit Mühe in der Balance haltend. Konditionell ist Wiegand nicht mehr auf der Höhe. Er fühlt sich auch von Ralf überfordert und sagt es ihm schließlich.

»Ich habe gemerkt, dass du langsam schlapp machst, Kurt. Wollte auch gleich aufhören. Eigentlich warst du ganz gut. Aus dir hätte im Karate noch was werden können«, sagt er grinsend und öffnet seinen Gürtel.

»Danke für die Blumen«, sagt Wiegand erfreut. Ein Lob von Ralf fällt immer so aus.

»Wir sollten öfter zusammen trainieren. Ich habe nämlich auch etwas davon. Muss manchmal richtig Gas geben. Deine Schläge sind zwar noch ein bisschen eckig, aber deine Körperbeherrschung und deine Sprungkraft sind einfach Spitze. Man merkt noch immer den Kunstturner.«

»Das bleibt auch in meinem Körper drin. Hoffentlich«, sagt Wiegand und tänzelt kurz, um sich zu lockern.

»Glaube ich auch. Ist dir in Fleisch und Blut übergegangen. Selbst wenn du am Stock gehst, bleibt davon noch etwas übrig. Deine Kondition war ja heute nicht gerade berauschend, Kurt. Ich dachte, du wärest austrainiert. Oder hast du nur zu viel gevögelt? Würde mich nicht wundern. Komm, gehen wir erst einmal duschen.«

Reste ihres Vollwertessens liegen auf den Tellern vor ihnen, Körner verschiedener Art, matschig gewordene Salatblättchen, trocknende Schlieren der Joghurtsoße. Sie stapeln jetzt ihre Teller übereinander.

»War gut«, meint Wiegand und kehrt mit seiner Zunge kurz seine Zahnreihe links oben.

»Konnte man wirklich essen«, bestätigt Huber und signalisiert in Richtung Theke.
Kurze Zeit später kommt Ines, die neue Bedienung in der Fitness-Bar, mit einem von unverbrauchter Jugend kündenden Gesicht und bringt Huber frisch gepressten Pampelmusensaft, Wiegand seinen Spezialmix.
»Ihr Affencocktail«, sagt sie zu ihm, und sie lächeln sich wissend an.
Sie räumt die Teller ab. Er sieht ihr hinterher.
»Wieso Affencocktail?«, fragt Huber.
Wiegand erklärt es ihm. Dann reden sie über Helmut Strobl, den Huber am vorigen Samstag auf dem Theresienmarkt getroffen hat.
»Ich habe ihn lange nicht gesehen«, sagt Wiegand.
»Wirklich schade um ihn. Hat lieber Karriere als guter deutscher Familienvater gemacht. Der muss sich wohl die nächsten Jahrzehnte als kleiner Angestellter abrackern".
»Sagt aber, dass er mit seinem Job zufrieden ist.«
»Ach was! Das redet er sich doch nur ein. Um nicht zu versauern. An Helmut ist ein brillanter Stuntman verloren gegangen. Was hätte er mit seiner Begabung noch alles machen können. Wie geschaffen für haarige Szenen. War einer der Besten. Ließ aber dann alles sausen.«
»Wegen seiner Familie. Das hat er ja mehrmals gesagt. Er wollte seine Gesundheit nicht mehr länger riskieren.«
»Aber erst als er Vater wurde. Das hemmte ihn wohl so stark, dass es mit ihm immer mehr bergab ging, er kaum noch etwas wagte.«
»Schätze, seine Frau hat ihm die Hölle heiß gemacht.«
»Vielleicht hat Helmut aber auch Angst vor Stunts bekommen. Vielleicht war das für ihn sogar entscheidend,«vermutet Huber.
»Wie kommst du denn darauf?«, fragt ihn Wiegand erstaunt.

»Ist doch gut möglich, Kurt. Er hat einfach Angst davor bekommen, dass ihm etwas passieren könnte und dadurch seine Familie ins Unglück gestürzt würde. Die Angst hat ihn schließlich so fertiggemacht, dass er aufhören musste.«

»Da kannst du recht haben, Ralf. Daran habe ich noch gar nicht gedacht«, sagt Wiegand, der sich unbehaglich zu fühlen beginnt.

»Die Angst könnte ihn total gehemmt haben. So wie der sich zuletzt benahm. Alles war ihm zu riskant«, meint Huber.

»Der wäre kein Treppengeländer mehr heruntergerutscht«, vermutet Wiegand.

»Sieht ganz so aus. Mit der Familie kam die Angst. Helmut ist dann die richtige Einstellung flöten gegangen. Man muss es machen wollen. Das ist das Wichtigste. Sagst du ja selber.«

»Ja. Entweder man ist zu einem Stunt bereit, oder man lässt es«, sagt Wiegand, der schlucken muss.

»Und wenn man trotz Angst stuntet, dann kann's schnell lebensgefährlich werden, nicht wahr, Kurt?«

»Ja, aber auch, wenn man zu viel wagt und das Risiko unterschätzt.« Wiegand merkt, dass er sich wieder fängt.

»Wie dieser total übergeschnappte Bert Kramer. Wollte ja auch mit allen Mitteln auf sich aufmerksam machen. Faselte dauernd von dem Super-Stunt, den er plante. Sollte ihn weltbekannt machen. Sagte aber nie, was es war. Wollte uns alle damit überraschen. Das ist ihm ja auch gelungen. Nur nicht so, wie er es sich vorgestellt hatte.«

»Nee, Ralf. Ganz und gar nicht. Bert war zwar gut, aber er hatte das richtige Maß verloren. Springt in Lissabon von der Tejo-Brücke und taucht prompt nicht mehr auf. Verrückter Kerl. Ist vielleicht in Richtung USA getrieben worden«, sagt Wiegand.

»Wollte ja auch unbedingt nach Hollywood. Sein großer Traum. Jetzt liegt er im Atlantischen Ozean.«

»Näher vor Hollywood. Ich habe ihn nicht gemocht. Dachte, er wäre der Größte. War auch ein großer Hektiker. Hätte Baldrian gebraucht.«
»Dann wäre er vielleicht nicht gesprungen. Ich habe ihn auch nicht gemocht. Der war völlig übertourt. Früher oder später musste es ja passieren. Hat niemanden überrascht.«
Danach reden sie noch über Ralfs früheren Verein, den EV Landshut, dem sie für diese Saison keine Meisterschaftschancen einräumen und über den neuen Shootingstar im Eishockey, Peter Koberling, der nach Ralfs Meinung ein begnadeter Stürmer ist, technisch brillant und auch hart genug, aber noch mit konditionellen Schwächen, die er schleunigst wegtrainieren sollte.
Wiegand glaubt, dass er den ganzen Tag hier sitzen und sich so weiter treiben lassen könnte. Er hat den Eindruck, als würde er sich immer mehr zurückgewinnen.
»Sieh mal, wer da kommt«, unterbricht sich Ralf, der gerade über seine geplante Reise durch Südamerika gesprochen hat.
»Schon gesehen. Hat der nicht einen tollen Gang?«, fragt Wiegand und verfolgt, wie geschmeidig Harald Schlesinger vom Eingang aus seinen Körper auf sie zubewegt.
»Ja. Sieht ein bisschen nach Tier aus«, meint Ralf und streckt schon eine Hand begrüßend aus, die Schlesinger einige Schritte später ergreift.
»Grüß dich, Ralf«, sagt er.
»Du dich auch, Harald.«
»Hallo Kurt.«
»Hallo Harald.«
Sie schütteln sich die Hand. Wie immer empfindet Wiegand Schlesingers Händedruck als zu kräftig. Dabei hat er es doch gar nicht nötig, denkt er.
»Ihr solltet euch schämen. Lungert hier herum und schiebt wohl schon stundenlang eine ruhige Kugel, während das

Volk schuften muss. So gut wir ihr möchte ich es auch mal haben«, sagt er grinsend und setzt sich.
»Hast es ja schon«, sagt Wiegand.
»Ich habe heute meinen freien Tag.«
»Wir auch«, sagt Huber.
»Und haben trotzdem gearbeitet«, sagt Wiegand.
»Wir wollen schließlich in Form bleiben«, sagt Huber.
»Deswegen bin ich ja auch hier«, sagt Schlesinger.
»Für euch beide ist es noch wichtiger als für mich. Ist ja euer Job«, meint Huber.
»Genau«, sagt Schlesinger. »Als Eishockey-Pensionär könntest du es dir eigentlich langsam bequem machen.«
»Lasse es aber trotzdem nicht schleifen. Bin es nicht gewohnt.«
»Je älter Ralf wird, desto besser wird er anscheinend. Vorhin hat er mir mal wieder gezeigt, wie es geht. Du hättest ihn dabei sehen sollen. Karate der Extraklasse.«
»Ralf, du kannst kein Mensch sein. Schon 33 und baust noch immer nicht ab«, sagt Schlesinger.
»Der hat noch eine Kondition wie ein Ochse.«
»Solange ich's mit euch jungen Burschen noch aufnehmen kann, bin ich zufrieden.«
Schlesinger gibt Wiegand einen Klaps auf die Schulter. »Meinen Glückwunsch, Kurt. Dein Sprung muss ja allererste Sahne gewesen sein. Hätte ihn mir gerne angesehen. Aber wir haben noch bis vorgestern in Stuttgart gastiert. Schade. Hast mit deinem Sprung was Tolles geschafft. Der Höhepunkt der Jubiläumsfeier.«
»Kann schon sein. Und woher weißt du so genau darüber Bescheid?«
»Aus den Nachrichten.«
»Schön wär's.«
»Sascha Holzknecht hat mir gestern Abend davon erzählt.«

»Ach der.«

»Deinen Sprung hält er für deinen bisher besten Stunt. Er hat es anscheinend gut weggesteckt, dass man dir den Vorzug gegeben hat. War kein bisschen neidisch. Obwohl er zu gern selbst engagiert worden wäre. Ging ja um einen großen Batzen Geld. Er meinte, dass es absolute Maßarbeit war«, sagt Schlesinger.

»Musste es auch sein«, sagt Huber.

»So besonders war es auch wieder nicht«, meint Wiegand. Er weiß nicht, wie er sich weiter verhalten soll.

»Ich hätte diesen Sprung nicht riskiert«, bekennt Schlesinger.

»Aus Angst?«, fragt Huber. Seine Augen schlitzen sich prüfend.

»Nein. Aus Prinzip. Höher als die Zirkuskuppel gehe ich nicht mehr. Das wisst ihr doch.«

»Ja. Deswegen verzichtest du jetzt auf Stunts aus größeren Höhen. Obwohl du doch damit noch nie Probleme hattest und wohl auch nicht bekommen würdest. Auch meinen Sprung hättest du geschafft. Doppelsaltos beherrschst du doch aus dem Effeff.«

»Technisch ja. Aber nur bis unter die Zirkuskuppel. 55 Meter sind mir einfach zu hoch. Die habe ich nicht gut genug im Gefühl. Es wäre für mich ein zu großes Risiko. Ich bin, was die Höhen anbelangt, vorsichtiger geworden. Das hängt auch mit meinen Gewohnheiten am Trapez und auf dem Hochseil zusammen. Überlasse es lieber dir, aus großen Höhen zu springen. Du scheinst es ja im Blut zu haben.«

»Wenn Norbert nicht für meine Sicherheit gesorgt hätte, dann hätte ich es nicht gemacht.«

»Trotzdem. Auch mit ihm hätte ich es nicht gewagt. Ich traue Luftsäcken sowieso nicht. Am wohlsten fühle ich mich, wenn ich ein Netz unter mir habe.«

»Er hat alles genau durchgetestet«, sagt Wiegand.

»Klar. Auf den kannst du dich hundertprozentig verlassen. Ist dein Schutzengel. Er hat einen Narren an dir gefressen. Das meine nicht nur ich. Bedauert zutiefst, dass du nicht auch schwul bist. Hofft noch.«

»Red nicht so über ihn, Harald«, sagt Wiegand schroff.

»Schon gut.«

»Sag mal, Harald, hast du es eigentlich schon bereut, in einem kleineren Zirkus zu arbeiten?«, fragt Huber.

»Überhaupt nicht. Es muss wirklich nicht immer Zirkus Krone oder Sarrasani sein. Ich habe mich jedenfalls noch nie so wohl gefühlt wie beim alten Burkart. Auch wenn ich da weniger verdiene. Wir bilden alle so etwas wie eine große Familie. Ich glaube, ich bin sogar besser geworden.«

»Könntest du anders leben?«, fragt Wiegand.

»Um Himmels willen, Kurt. Ich wüsste nicht, wie. Warum sollte ich. Eine sinnlose Frage für mich. Ich bin Artist und will nichts anderes sein. Ich bin erst 27, bin gut am Trapez und auf dem Hochseil. Ich kann noch aus dem Vollen schöpfen,« antwortet Schlesinger.

Sie schweigen eine Zeit lang, verändern ihre Sitzhaltung, lassen ihre Blicke wandern, Wiegand und Huber trinken aus ihren Gläsern, Schlesinger bestellt bei Ines einen Kräutertee.

»Was war eigentlich dein bisher bester Stunt, Harald?«, fragt Huber.

Schlesinger überlegt einige Sekunden in Denkerpose. »Mein Katapultstunt, schätze ich. Hat alles gepasst. Danach war ich richtig stolz.«

»Der war großartig«, urteilt Wiegand fachmännisch.

»Ja, das war er«, bestätigt Huber. »Ich erinnere mich noch gut daran, wie du an einem Seil hingst, sich eine Verankerung nach der anderen löste, du vor der Felswand hin und her schwangst und dann wie ein Affe auf das Hoteldach geschnellt bist.«

»Ohne das Spezialseil hätte ich es nicht machen können. Dadurch bekam ich einen ordentlichen Schwung. Sonst wäre ich wohl gegen den Felsen geprallt. Habe dafür nur lumpige 1000 Euro bekommen.«

»Vor zwei Jahren mussten wir es noch billiger machen als heute«, erinnert sich Wiegand.

»Ja. Unsere Gagen waren und sind noch immer eine einzige Sauerei«, schimpft Schlesinger.

»Ausbeutung«, bekräftigt Huber. »Das war ein ziemlich haariger Stunt von dir Harald. Vielleicht sogar dein riskantester, oder?«

»Kann sein.«

»Hast du vorher Angst gehabt?«, fragt Huber, Wiegand einen kumpelhaften Blick zuwerfend.

»Ein bisschen mulmig war mir schon. Aber Angst habe ich nicht gehabt. Sonst hätte ich es auch nicht gemacht. Wäre idiotisch. Angst ist doch das reinste Gift für einen Stuntman«, sagt Schlesinger.

»Stimmt«, sagt Wiegand, der kurz an seine eigene Angst denken muss.

»Und wann hattest du das letzte Mal Angst, Harald?«, fragt Huber. Seine Augen schlitzen sich prüfend. Schlesinger scheint die Frage unangenehm zu sein.

»Was für eine Frage«, sagt er und lehnt sich zurück, die Beine übereinanderschlagend.

»Auch eine Antwort«, meint Wiegand.

»Du hast wohl nie Angst«, sagt Huber, eine spöttische Miene aufsetzend.

»Doch«, erwidert Schlesinger nach einem kurzen Schweigen. »Wenn ich's mir recht überlege, dann habe ich eigentlich immer Angst.«

»Wieso das denn?«, ruft Huber verblüfft aus.

»Doch nicht immer, Harald«, sagt Wiegand ungläubig.

»Immer. Entweder habe ich Angst, dass mir der Himmel auf den Kopf fällt oder das Zirkuszelt.«
Sie lachen anhaltend und reden danach von etwas anderem. Huber beginnt über den politischen Krampf in Russland zu schimpfen. Das könne einfach nicht gut gehen. Die seien da doch noch immer ganz anders geeicht. Irgendwie sei es schizophren, was dort geschehe. Da werde sich wohl noch einiges zusammenbrauen, befürchtet Schlesinger und erwähnt Ereignisse, die seit Tagen von den Medien bespiegelt werden.
»Ich sehe da gar nicht so schwarz«, meint Wiegand. »Vorher ging's da wie im Wilden Westen zu. Was man jetzt erlebt, sind doch nur ein paar Verteilungskämpfe von Bonzen.«
»Abwarten. In einer derart undurchsichtigen politischen Situation muss man mit gefährlichen Überraschungen rechnen«, raunt Huber.
»Genau«, bekräftigt Schlesinger mit einer heftigen Geste. »Ich verspreche mir vom neuen Russland nicht viel. Und für mich selbst sehe ich nur Nachteile. Ich brauche nur an die russischen Artisten zu denken. Ich fürchte, die werden den internationalen Zirkusmarkt gehörig umkrempeln. Der ganze Moskauer Staatszirkus wird demnächst in den Westen übergesiedelt sein. Zurück bleibt dann nur die zweite Wahl. Die Russen werden uns noch die Gagen kaputt machen. Sind billiger und genauso gut oder auch besser. Da wird's noch harte Konkurrenzkämpfe geben. Besonders bei den Trapezern.«
»Abwarten und weiter trapezen, Harald«, sagt Wiegand.
»Du brauchst aus Russland ja nichts zu befürchten, Kurt«, meint Huber.
»Wieso?«, fragt Wiegand.
»Gute Stuntleute gibt's da doch nicht«, antwortet Huber. »Nur so ein paar Haudrauf-Typen, die man vor allem für dusselige Kriegsfilme braucht. Für richtige Actionfilme gibt's da noch

immer keinen Markt. Die waren ja bei den Kommunisten damals offiziell verpönt. Vor allem in Moskau. Die Parteibonzen sahen sich aber heimlich Actionfilme an.«

»Stimmt das wirklich?«, fragt Schlesinger mit einem Gesicht voller Zweifel.

»Und ob das stimmt, Harald. Ging doch durch die Presse«, sagt Wiegand. »Die waren ganz wild auf Actionfilme. Eintritt frei nur für verdiente Parteigenossen. Zogen sich alles rein, was sie kriegen konnten. Die russische KP war auch ein Hollywood-Filmklub.«

»Schätze, die haben Actionfilme bitter nötig gehabt, weil ihnen ihr Job so auf den Geist ging. Man konnte doch schon ihren verkniffenen Gesichtern ansehen, dass sie total unzufrieden waren«, meint Huber.

»Ach, all diese Ex-Kommunisten und Neu-Kapitalisten sollen mir doch gestohlen bleiben«, sagt Schlesinger.

»Mir auch«, schließt sich Huber an.

»Gibt Interessanteres«, sagt Wiegand und sieht zu Ines hoch, die gerade Schlesinger den Kräutertee gebracht hat. »Setzen Sie sich doch ein bisschen zu uns. Zurzeit ist ja wenig los an der Fitness-Bar. Und was sagt Ihr Herr und Gebieter dazu?«

Huber nickt ihr die Erlaubnis des Chefs zu, rückt wortlos zur Seite und schiebt einen Stuhl zwischen sich und Wiegand, bietet ihn Ines mit einer galanten Handbewegung an. Sie setzt sich, fährt sich mehrmals kämmend durchs Haar, um ihre unverkennbare Unsicherheit zu überspielen. Huber stellt ihr Schlesinger vor, von dem sie wenig später zwei Freikarten geschenkt bekommt.

»Das letzte Mal war ich vor etwa vier Jahren im Zirkus«, sagt sie ziemlich leise.

»Dann haben Sie aber eine Menge versäumt«, sagt Schlesinger.

»Vor allem ihn«, sagt Huber.

»Keiner wirbelt so durch die Luft wie er«, übertreibt Wiegand.
»Das werde ich mir am Sonntag ansehen«, sagt sie.
»Wie lange gastiert ihr noch in München, Harald?«, fragt Wiegand.
»Bis zum ersten September. Danach zieht unserer Karawane weiter nach Ingolstadt«, antwortet er. »Von Ingolstadt geht's nach Augsburg und von dort weiter nach Bamberg. Ende Oktober kommen wir wieder nach München zurück und werden da unser Winterquartier aufschlagen.«
»Bamberg ist eine schöne Stadt«, sagt sie.
Sie reden über schöne deutsche Städte. Wiegand merkt, wie sie dabei selbstsicherer wird.
»Ralf sagte mir, dass Sie vorher bei einem Reiseunternehmen gearbeitet haben.«
»Ja. Bei Marco Polo. Ist aber leider pleitegegangen. Der Job hat mir ganz gut gefallen. Ziemlich abwechslungsreich.«
»Haben Sie nicht einen guten Reisetipp für mich?«, fragt Wiegand. »Am besten etwas Exotisches und Preiswertes.«
»Wie wär's denn mit Altötting?«, schlägt Huber ihm vor.
Sie lachen, machen ihre Witze über diesen noch immer viel bepilgerten urbayerischen Wallfahrtsort.
Ines bietet Wiegand Zypern an. Ihre Sätze werden dabei propagandahaft. Wenig später steht sie auf, um an der Fitness-Theke zu bedienen.
»Sie erinnert mich ein bisschen an Elke. Auch so eine leicht unterkühlte Blonde«, meint Schlesinger.
»Ist aber bestimmt nicht so aggressiv«, sagt Wiegand.
»Verglichen mit Elke wohl eher ein Lamm«, vermutet Schlesinger. »Elke braucht einen Dompteur. Sie sehnt sich vielleicht insgeheim danach. Jürgen ist viel zu schwach für sie. Er gibt zu früh nach. Ich glaube, dass sie mit Jürgen eine Hassliebe verbindet.«

»Elke alias Liane, die Schlangenfrau«, sagt Huber und bekommt einen versonnenen Gesichtsausdruck. Er nippt an seinem Tee.

»Dass sie noch immer mit Jürgen zusammen ist«, wundert sich Wiegand.

»Reinste Hassliebe, Kurt. Gut, dass Jürgen kein Sensibelchen ist, sonst könnte er seinen Artistenberuf an den Nagel hängen«, meint Schlesinger.

»Sollte besser die Frau an den Nagel hängen«, meint Wiegand.

»Das wäre das Beste für Jürgen. In letzter Zeit kracht es wieder ganz schön bei ihnen«, sagt Schlesinger.

»Ihre Affäre mit dem Zahnarzt war ja auch alles andere als Harmonie fördernd«, sagt Wiegand.

»Gewiss nicht«, sagt Schlesinger.

»Hat dem Zahnarzt sexuell den Kopf verdreht«, vermutet Huber.

»Glaube ich auch. Und er ihren mit seinem Geld«, meint Wiegand.

»Elke ist aber nach einem Monat reumütig zurückgekehrt. Sie hat sich nur kurz vom gutbürgerlichen Leben blenden lassen. Sie wollte noch einmal probieren, ob sie anders leben kann. Jetzt weiß sie wenigstens, dass sie es nicht kann. Ihr liegt auch der Zirkus im Blut. Sie braucht ihn. Und auch Jürgen. Ich glaube, dass die sich beide nötig haben. Feiern noch Silberhochzeit zusammen. In Hassliebe verbunden.«

»Der Zahnarzt hat von ihr bestimmt mehr gehabt, als sie von ihm«, glaubt Huber.

»Zweifellos«, sagt Schlesinger.

»Finde es einfach geil, was Elke mit ihrem Körper macht. So eine Frau muss im Bett traumhaft sein«, sagt Huber.

»Elke wirkt auf mich gar nicht so erotisch. Wenn ich ihr zusehe, denke ich mehr daran, wie sie es schafft, ihren Körper so

zu verbiegen. Als würden ihr einige Knochen fehlen«, sagt Wiegand. Er muss kurz an Ingrid denken, an ihren Körper, dieses Natur-Kunstwerk, das er bewundert.
»Ist aber noch ganz komplett«, weiß Schlesinger.
»Bei ihr kann man sich manchmal wirklich fragen, wo vorne und hinten ist«, meint Huber.
»Vielleicht schafft sie es noch, mit ihrem Körper einen Knoten zu machen«, sagt Wiegand.
»Dann würde sie aber wohl einen Orthopäden brauchen, der sie wieder aufknotet«, meint Schlesinger.
»Muss ja ein tolles Weib sein«, sagt Ines kichernd und setzt sich wieder zu ihnen. »Liane, die Schlangenfrau.« Zwei Lachgrübchen, die Wiegand jetzt zum ersten Mal bemerkt, erscheinen in ihrem Gesicht.
»Haben wir so laut gesprochen?«, fragt Huber leicht verlegen.
»Ging so. Ich habe jedenfalls fast alles mitbekommen. War ganz interessant. Werde ich Liane am Sonntag auch bewundern können?«, fragt sie Schlesinger.
»Ja. Sie ist in unserem Zirkus eine feste Größe«, antwortet er. »Solange sie nicht rumstreunt.«
»Die wird jetzt bestimmt ganz häuslich«, glaubt Huber.
»Das bezweifle ich«, sagt Schlesinger.
»Sie muss extrem gelenkig sein«, vermutet Ines.
»Sie hat einen Gummikörper«, sagt Wiegand.
»Und wie bekommt man ihn?«, fragt sie.
»Durch eisernes Training«, antwortet Schlesinger.
»Eisern trainiert, Gummikörper bekommen«, folgert sie.
»Genau«, bestätigt Schlesinger lächelnd und bleibt mit seinen Blicken bei ihr. Sie scheint ihm immer besser zu gefallen.
»Natürlich darf man nicht steif geboren sein«, meint Wiegand.
»Eine gewisse Veranlagung muss man schon mitbringen«, schließt sich Huber an.
»Klar«, sagt Schlesinger. »Und kerngesund sein.«

»Tagchen, darf man sich hierzu setzen«, hört Wiegand jetzt die Stimme von Volker Meier ironisch-höflich fragen. Er blickt zu ihm hoch.
»Nein. Setz dich aber trotzdem, Volker«, sagt Huber mit einer knappen Kopfbewegung.
Meier stellt seine Sporttasche auf den Boden und setzt sich zu ihnen. Sie tauschen Begrüßungsfloskeln aus. Wiegand kennt ihn nur flüchtig. Ein Freund von Huber. Bis vor einem Jahr Bundesliga-Handballer, versucht sich jetzt im Triathlon; arbeitet als Sportreporter. Ein Zweimetermann, scharf geschnittenes Gesicht, von einem Nasenbeinbruch geprägt, schöne Zähne, erstaunlich helle Stimme.
»Ich bekomme ein Glas Stutenmilch«, bestellt er bei Ines, deren Gesicht sofort einen abweisenden Zug bekommt.
»Haben wir nicht«, sagt sie.
»Was soll das, Volker?«, fragt Huber und wirft ihm einen ärgerlichen Blick zu.
»Gibt's wirklich«, antwortet Schlesinger und nickt bestätigend mit dem Kopf. »Muss der neueste Hit bei Gesundheitsfreaks sein. Gestern habe ich auf einem Schild im Fenster eines Reformhauses gelesen: Stutenmilch hier erhältlich.«
»Bei mir nicht.«
»Dachte es mir, Ralf. Ich wollte dich nur darauf aufmerksam machen. Ich würde sie ganz gerne mal probieren. Hat vielleicht mehr Nährwerte als Kuhmilch. Überleg dir doch mal, ob du sie hier anbietest. Könnte vielleicht eine Marktlücke sein.«
»Besten Dank für den Tipp, Volker. Man kann bei mir preisgekrönte Kuhmilch aus dem Allgäu trinken, und wenn es hier einige verlangen sollten, werde ich auch ein paar Kannen Ziegenmilch vorrätig haben. Aber Stutenmilch kommt mir hier nicht rein. Finde den Gedanken daran schon eklig. Man kann es auch übertreiben.«

»Pfui Deibel. Eher trinke ich ein Glas Korn. Ein Schluck Stutenmilch, und ich würde kotzen«, sagt Schlesinger.
»Ich auch«, sagt Ines.
»Ich werde sie probieren. Schmeckt vielleicht gar nicht so schlecht«, glaubt Meier.
»Stutenmilch wird mir nicht auf die Zunge kommen. Egal, wie viele Nährwerte sie enthalten mag. Ich brauche keine Stutenmilch. Ralf hat recht. Man kann es auch übertreiben«, meint Wiegand.
»Manche Gesundheitsapostel trinken sogar ihren eigenen Urin«, sagt Huber.
»Wohl bekomm's«, sagt Ines.
»Die haben doch einen Knall«, urteilt Schlesinger und schnaubt verächtlich durch die Nase.
Sie reden über gesunde Ernährung, streifen kurz aktuellen Sport, wechseln dann zu lohnenden Reisezielen über. Schlesinger plant eine längere Reise nach Norwegen, wo ein alter Artistenfreund von ihm schon seit zwei Jahren ganz zurückgezogen lebt. Jetzt nur noch in der Gesellschaft seines Hundes. Ziemlich verbittert. Seine Frau sei vor einem halben Jahr gestorben. Der nächste Nachbar wohne vier Kilometer entfernt. Während der Zirkuswinterpause wolle er dort zwei Monate verbringen. Um einmal richtig Strom abzulassen. Er stehe ja oft unter Hochspannung. Ines beginnt von Australien zu schwärmen, besonders von Sydney, wo sie gern leben würde. Sie habe da schon zweimal Urlaub gemacht, kenne keine schönere Stadt, die Menschen seien viel offener als hier und was für Strände. Das Wellenreiten finde sie faszinierend. Sie würde auch gern wellenreiten, das sei aber in Deutschland nirgends möglich. Zu Australien fällt Huber der Bumerang ein. Die australischen Ureinwohner hätten ihn erfunden. Es solle eine ganze Zeit dauern, bis man den Bogen raushabe. Das sei fast in jeder Sportart der Fall, meint Wiegand und

erzählt einen Fakirwitz, mit dem er einen Lacherfolg erntet. Huber spendiert allen einen Vitamindrink und einen Energieriegel.
Noch zwei Tage, denkt Wiegand, während er zu Hermanns Wohnung fährt. Er glaubt, dass er sich in einer entscheidenden Lebensphase befindet. Nur wenn er seinen Stunt am Freitag ohne Probleme schafft, kann er so weitermachen wie bisher. Und so lange wird ihm sein Sprung, der auch eine Art Sturz war, nicht aus dem Kopf gehen.
Wiegand packt seine Sporttasche und seinen Koffer aus, räumt die Sachen in den Schrank ein, den Hermann bis auf den unteren, mit Filmmaterialien gefüllten Teil für ihn freigemacht hat. Expander, Hanteln und Sprungseil legt er unter die dicke, auf Holzbeinen ruhende Arbeitsplatte, die sich neben dem Schrank die gesamte Wand hinzieht und beinahe ganz von hochwertiger Filmtechnik bedeckt wird. In der gegenüberliegenden Ecke steht ein schmaler Stahlblech-Schrank, in dem Hermann die vielen Spulen seines Filmtagebuchs chronologisch geordnet lagert. Das Regal daneben füllen mehrere Meter Bücher und Aktenordner, einige Zeitschriftenstapel, verschiedene Kleingeräte wie Kopfhörer und Mikrofone sowie eine Sammlung längst veralteter Filmkameras und Objektive, auf die Wiegand einen kurzen Blick wirft, als er zu dem Sofa vor der rechten Seitenwand geht. Es wird von einer großblättrigen Pflanze und einem niedrigen Schubladenschrank flankiert. In der linken Ecke stehen zwei Studio-Scheinwerfer. Gerahmte Filmplakate und eine muschelförmige Lampenschale hängen an der Wand hinter dem Sofa.
Wiegand setzt sich, seine Augen auf die gelbe Rose richtend, die aus der kleinen Vase auf dem Glastisch vor ihm hochstielt. Er legt seine Hände neben sich auf das ausziehbare Sofa und denkt flüchtig daran, dass es ihm und Ingrid in den nächsten Tagen auch als Bett dienen wird. Obwohl das Zimmer mehr

ein Studio als ein Wohnraum ist, fühlt er sich darin wohler als in seinen eigenen vier Wänden. Eine bessere Übergangslösung, als sich so lange bei Hermann einzuquartieren, bis er eine neue Wohnung gefunden hat, gibt es für ihn nicht. Und Ingrid müsste sich mit ihm auch hier wohlfühlen.

Ingrid wird erst morgen kommen, denkt er. Für ein paar Tage, hat sie gesagt, nur mit zwei Koffern, alles andere werde sich dann ergeben. Er fragt sich, ob vielleicht doch noch größere Reste von ihrem Zwist in ihr weiterarbeiten, sie ihm seine sexuelle Anmaßung, wie sie es nannte, in den nächsten Tagen wieder vorwerfen könnte, glaubt aber dann, dass zwischen ihnen alles bereinigt ist. So, wie sie sich heute Morgen verhalten hat, kann er eigentlich nichts anderes vermuten.

Sie wirkte gelöst, war überraschend zärtlich, kein bisschen reserviert, sprach davon, wie gut es ihr gehe, sie sich so lebendig wie selten fühle. Sie scherzte sogar über seinen fehlgeschlagenen Versuch, sie in Hermanns frauenloses Bett zu locken und meinte, dass Hermanns männliche Zwangspause gar nicht so dramatisch sei, sie sich aber darum kümmern werde, das sei ziemlich einfach und schnell zu beheben. Vielleicht mit Hilfe von Nadja oder Ute, mit deren Männern verglichen, Hermann das reinste Prachtexemplar sei, auch wenn sie an ihren eigenen Mann denke, diesen Langweiler. Ihre Scheidung sei längst überfällig, kaum noch der Rede wert. Von dem, was jetzt vor ihr liege, erwarte sie einiges. Sie habe weiterhin einen großen Nachholbedarf, wolle ihr Leben nicht mehr einschränken, sei jetzt auf dem richtigen Weg.

Das wurde auch Zeit, denkt Wiegand und erinnert sich noch kurz daran, wie sie sich in seiner Wohnung verabschiedeten, sie ihn dabei ansah, als wolle sie ihn begutachten und lächelnd sagte, dass sie gespannt sei, wie sich bei ihnen alles weiterentwickeln werde, worauf ihm als Antwort nichts anderes als »Ich auch« einfiel. Er streckt sich, macht sich dabei

so lang, wie es sein Bewegungsapparat zulässt, steht dann auf und geht in die Küche, um nachzusehen, ob er noch etwas einkaufen muss.
Heute Morgen entschließt sich Wiegand, bei der Werbeagentur »Delta« anzurufen. Er fühlt sich zwar weiterhin verunsichert, rätselt, ob er noch dazu fähig ist, einen spektakulären Sprung auszuführen, glaubt aber, dass es falsch wäre, nichts von sich hören zu lassen. Vor vier Tagen hat er den Brief bekommen. Er sollte es nicht länger hinausschieben. Es ist eine Chance für ihn, die er jetzt nicht verspielen sollte. Er könnte es sonst bereuen. Schon am Freitag. Wenn ihm sein Stunt geglückt ist, und er endlich diesen Schwebezustand überwunden hat. Einen Rückzieher kann er ja noch immer machen. Falls er am Freitag versagt. Aus Angst oder auch aus Nervosität. Er muss abwarten. Entweder er schafft es, oder er schafft es nicht.
Herr Kersting sei leider nicht im Hause, er habe einen Geschäftstermin und sei voraussichtlich erst morgen hier wieder zu erreichen, ob man ihm etwas ausrichten könne, fragt ihn die sachliche Frauenstimme am Telefon, worauf er antwortet, man möge doch bitte Herrn Kersting ausrichten, dass er angerufen habe, Wiegand sei sein Name, er sei Stuntman. Es handle sich um eine Werbekampagne, für die man ihn engagieren wolle, er sei an einer Zusammenarbeit mit »Delta« interessiert.
Kurze Zeit später ruft er im Vergnügungspark »Eldorado« an und erinnert Mander an die 1000 Euro Gagenerhöhung, die er ihm nach seinem Sprung versprochen hat.
»Schon erledigt, Herr Wiegand. Ich bleibe nicht gern etwas schuldig. Versprochen ist versprochen. Ich habe Ihnen bereits gestern einen Verrechnungsscheck über 1000 Euro zugeschickt«, bestätigt ihm jetzt Mander mit einer aufgesetzt freundlich klingenden Stimme.

»Gut. Ich wollte nur noch einmal nachfragen. Dann kann ich's ja abhaken«, sagt er kühl.
»Sind Sie etwa noch immer sauer auf mich? Dazu haben Sie doch, weiß Gott, keine Veranlassung mehr. Ihr Sprung war wirklich Spitze, aber die insgesamt 6000 Euro Honorar sind's auch. Nun gut. Vielleicht kreuzen sich ja unsere Wege demnächst wieder. Ich halte es sogar für sehr wahrscheinlich.«
»Das kommt ganz darauf an. Alles wird ja teurer. Auch ich.«
Er hört Mander lachen, ein unangenehmes Lachmeckern.
»Ich glaube«, sagt Mander, »dass wir uns auch beim nächsten Mal ohne große Schwierigkeiten einigen werden, Herr Wiegand. Wir werden uns schon nicht fressen. Sitzen wir nicht beide in demselben Boot? Einer braucht doch den anderen. Das wissen Sie genauso gut wie ich. Also bis zum nächsten Mal. Kommen Sie weiterhin gut runter. Wiederhören, Herr Wiegand.«
»Wiederhören, Herr Mander.«
Die 1000 Euro sind mir also auch sicher, denkt Wiegand. Insgesamt 6000 Euro. Meine bisher höchste Gage. Wie viel werden sie mir wohl von »Delta« zahlen, wenn ich für sie springe? Etwa mehr? Kommt ganz auf den Sprung an. Werde mich dann gut verkaufen. Brauche Rücklagen. Wäre der zweite große Zahltag in diesem Jahr. Kein Vergleich zu heute. Verdiene nur 300. Dusselige Partyszenen. Füller. Kurt Wiegand Komparse. Wieder einmal. Ein kleines Licht. Hab's eigentlich satt. Wie ein Gelegenheitsarbeiter. Hermann hat recht. Ich muss versuchen, besser ins Geschäft zu kommen.
Auf seinem Weg zu dem am Stadtrand von München gelegenen Drehort, wo er in einer Serienproduktion mitwirken wird, fährt Wiegand zu der Autovermietung, bei der Marion halbtags arbeitet. Er möchte sie sehen, mit ihr reden, auch wenn es nur an ihrem Arbeitsplatz ist. Sie sind zwar für Donnerstag verabredet, doch so lange will er nicht mehr warten. Ein Ge-

fühl der Unsicherheit lässt ihn zu ihr fahren. Seit gestern Abend hat er sich mehrmals gefragt, ob sie ihm sein Verhalten noch immer ankreiden könnte. Empfindlich, wie sie ist. Beim Frühstück muss er für sie eine Zumutung gewesen sein. Sie hat sich wohl beleidigt gefühlt. Sonst hätte sie sich nicht so aggressiv benommen. Für sie scheint es ein Sex-Duell gewesen zu sein, dass sie unbedingt gewinnen wollte. Und sie hat es ja auch gewonnen. Ein Denkzettel, den sie ihm verpassen wollte. Am Telefon gestern Abend verlor sie kein Wort über diesen merkwürdigen Morgen. Und er auch nicht. Sie klang wie sonst, redete, als wäre nichts geschehen. Danach wurde ihm wieder bewusst, wie sehr er noch an ihr hängt. Die einzige Frau, mit der ihn eine lange und tiefe Freundschaft verbindet. Ohne Marion, das weiß er genau, würde er sich ärmer fühlen. Er möchte nicht auf sie verzichten. Dann schon eher auf Ingrid. Oder doch nicht? Wer ist jetzt wichtiger für ihn? Diese Frage kann er sich nicht beantworten. Er lässt es offen. Er braucht sich ja nicht zu entscheiden.

Marion sieht ihn zunächst erstaunt an, als er das Büro der Autovermietung betritt, dann zeigt ihm ihr Gesicht, dass sie sich darüber freut, ihn zu sehen.

»Sie wünschen?«, fragt sie scheinbar geschäftsmäßig, während er auf den thekenähnlichen Raumteiler zugeht, hinter dem sie zusammen mit einer Kollegin sitzt, die gerade telefoniert.

»Sie«, antwortet er und beugt sich zu ihr hinüber. Schmunzelnd steht sie auf, legt ihre rechte Hand um seinen Nacken, zieht ihn an sich und küsst ihn kurz auf den Mund.

»Augenblick, Kurt«, sagt sie und notiert noch schnell etwas im Stehen, auch dabei eine graziöse Körperhaltung einnehmend. Dann geht sie um den Raumteiler herum, stellt sich dicht vor ihn, sieht ihn offen an, umfasst das Revers seiner Sommerjacke.

»Komm«, sagt sie, »gehen wir besser nach da vorne. Eine kurze Pause kann ich mir jetzt erlauben.«
Sie setzen sich in die beiden Klubsessel, die vor der verglasten Straßenseite des Büros stehen.
»Nicht gerade der passende Ort für uns beide«, sagt sie leise.
»Nein, Marion. Ich wollte nur einmal kurz vorbeikommen.«
»Einfach so?«
»Ja. Einfach so.«
»Finde ich schön.«
»Du siehst blass aus, Marion.«
»Ich fühle mich auch so.«
»Kein Wunder.«
»Nein.«
»Wird es nicht doch zu viel für dich? Bis mittags hier, dann abends Ballett?«, fragt er.
»Noch nicht, Kurt«, antwortet sie nach kurzem Schweigen. »Natürlich kann ich mir etwas Besseres vorstellen. Aber zurzeit habe ich keine andere Wahl. Sag mal, Kurt, du musst doch heute Mittag, ach –« unterbricht sie sich. »Da kommt der Typ ja schon«, sagt sie und sieht zu der Tür, die wenig später von einem unscheinbaren, gut angezogenen Mann geöffnet wird.
Wiegand sieht ihr zu, wie sie zu einem Ablagefach geht, Autoschlüssel und Papiere herausholt und dann dem schüchtern wirkenden Mann auf der Stadtkarte von München eine Straße zeigt. In ihrer Uniform, sie trägt eine beigefarbene Bluse mit groß aufgedrucktem Firmennamen und einen dunkelblauen Rock mit Logo, kommt sie ihm gedemütigt und dressiert vor.
Kleiderzwang. Ist doch eine Unverschämtheit. Als würde sie der Firma gehören. Was für ein stumpfsinniger Job! Könnte es nicht ertragen, hier zu arbeiten. Eher würde ich Leibwächter. Oder Dressman. Sie fühlt sich hier wie eine Art Äffchen. Hat

es schon mehrmals gesagt. Es ist eine Schande. Sie tanzt gut, ihre Ballettgruppe ist gut, aber sie kann nicht davon leben. Wie sie sich bewegt, wie sie ihren Körper hält! Immer graziös. Wie angeboren. Ihre Körpersprache. Herrlich! Egal, wo sie ist. Sogar in diesem Laden hier.
Es berührt ihn unangenehm, ihr bei dieser Arbeit zuzusehen. Sie kommt ihm verloren vor. Er möchte ihr helfen, aber er weiß nicht, wie.
»War ich nicht gut?«, fragt sie ihn, als sie sich wieder zu ihm setzt, ihre Beine übereinanderschlagend, ihren Rücken durchdrückend.
»Ich sehe dir lieber auf der Bühne zu«, antwortet er. »Du musst hier raus.«
»So schlecht ist der Job auch wieder nicht, Kurt«, sagt sie leise, und er weiß, dass es nicht stimmt.
Sie schweigen einige Sekunden.
»Und du musst gleich auch Geld verdienen?«, fragt sie schließlich. »Um eins musst du doch am Drehort sein, oder?«
»Ja. Ich muss gleich los«, antwortet er und sieht auf seine Uhr.
»Kein Stunt?«
»Nein. Es geht nur um eine läppische Szene. Ein Füller für das Vorabendprogramm. Eher etwas für die Cutterin.«
»Das wird dir ja egal sein.«
»Und wie.«
»Was meinst du Kurt? Sollen wir am Donnerstag noch einmal zu dir in die Walachei fahren und von deiner Wohnung Abschied nehmen?«
»Wenn du magst, Marion.«
»Mal sehen. Je nach Lust und Laune. Auf jeden Fall möchte ich noch einmal mit dir dorthin fahren.«
»Werden wir. Ich freue mich auf Donnerstag, Marion.«
»Ich mich auch.«
»Dann bin ich ja beruhigt«, sagt er.

Sie wirft ihm einen fragenden Blick zu, scheint dann zu verstehen. Ein feines Lächeln spielt in ihrem Gesicht. Er steht auf.
»Ich muss jetzt gehen, Marion.«
»Dann bis Donnerstag, Kurt«, sagt sie, steht auch auf und legt ihre Hände auf seine Schultern. Sie küssen sich in einem gesitteten Rahmen.
Man beachtet ihn kaum. Er ist nur eine Randfigur, wie schon so oft. Dreharbeiten, bei denen er noch nicht einmal eine kleine Rolle spielt. Er wird nur zum Ausfüllen von belanglosen Szenen gebraucht, die seiner Ansicht nach ganz geschnitten werden könnten. Er verkörpert nicht mehr als die Komparsen, die heute als menschliche Kulisse dienen; u. v. a. Bedeutungslos, nicht erwähnenswert. Eine Art Tagelöhner. Und wenn schon, sagt er sich, während er weiter auf seinen Kurzauftritt wartet. Leicht verdientes Geld. Marion muss sich mehr überwinden. Ich brauche fast nichts dafür zu tun. Ohne Aufwand, ohne Risiko.
Er langweilt sich zwar, seit etwa drei Stunden hält er sich schon am Drehort auf, findet sich auch zu schade für dieses Mini-Engagement, aber es verstimmt ihn nicht. Es zählt zu den Gelegenheitsarbeiten, die er bereits gewohnt ist und dazu beitragen, so viel Geld zu verdienen, wie er für sich benötigt. Ohne seinen Sprung, wäre sein Verdienst in diesem Monat nicht über die 1800 Euro Grenze gestiegen und damit deutlich unter den 2300 Euro vom letzten Monat geblieben. Wie viel er im nächsten Monat einnehmen wird, vermag er noch nicht genau abzuschätzen. Möglicherweise werden ihm seine Gagen wieder einmal weniger als 2000 Euro einbringen. Dank seines Sprungs jedoch werden seine Einnahmen in diesem Jahr mit Sicherheit eine persönliche Rekordmarke erreichen. Im nächsten Jahr könnte es wieder ganz anders aussehen.
Wiegand sitzt auf augustwarmem Zierrasen, die Beine übereinandergelegt, seinen Oberkörper mit seinen Armen stüt-

zend, inmitten von sitzenden, hockenden und stehenden Komparsen, die wie er für Kurzszenen gebraucht werden. Er kennt niemanden. Man wartet und langweilt sich. Es wird wenig gesprochen und viel gedöst. Mit dem angegrauten, unverkennbar auf die Vierzig zugehenden Mann, der mit teilnahmslosem Gesicht links neben ihm sitzt, hat er vorhin ein Gespräch begonnen, das aber nach wenigen Sätzen eingeschlafen ist.

Wiegand fängt jetzt einen Blick von der Frau auf, mit der er eine läppische Dialogszene spielen wird, die sie beide schon vor mehr als zwei Stunden mit der Aufnahmeleiterin im Schnelldurchgang eingeübt haben. Sie atmet demonstrativ aus, zieht ihre Stirn in Falten, verzieht ihren Mund, will ihm damit sagen, wie sehr sie hier alles anödet. Mit einem müden Lächeln, kurzem Faltenwurf auf seiner Stirn und knappem, mehrmaligem Nicken in ihre Richtung mimt er ein Mir-geht's-genauso. Sie steht mit mehreren Komparsen zusammen, wenige Meter von ihm entfernt, scheint noch unschlüssig, ob sie da bleiben oder sich zu ihm setzen soll, bleibt dann, wo sie ist. Wiegands Augen gleiten noch einmal über ihre Figur und ihr Gesicht und bestätigen erneut seine Ansicht, dass sie als Schauspielerin im Filmgeschäft scheitern, wie so viele hier in München ihre Träume begraben wird, früher oder später.

Von ihr hat er bereits erfahren, dass sie eine arbeitslose Schauspielerin ist, die versucht, sich weiter durchzuschlagen. Sie wirkt auf ihn ziemlich hölzern, aber ihre Stimme hat ihm gefallen. Voller Klang. Saubere Aussprache, vielleicht nach gutem Zungentraining. Hat nichts Besseres zu bieten. Sollte es als Synchronsprecherin oder beim Rundfunk versuchen, da hat sie eher eine Chance.

Die Worte, die er gleich inmitten von anderen Statisten mit ihr wechseln wird, sind Gesprächssplitter auf der großen Geburtstagsparty, um die sich jetzt alles dreht. Das Aufnahmeteam arbeitet unter Zeitdruck. Man will, wie er gerade gehört hat, bei den Einstellungen keine Zeit mehr verschwenden. Das Wetter könne gar nicht besser sein. Das müsse man voll ausnutzen. Man wolle heute die ganze Party zügig abdrehen. Im Garten und auch im Haus.

Man filmt hier für eine Vorabendserie, die Wiegand genauso wenig kennt wie deren Darsteller. Zweifellos fade Fernsehkost, die zwischen die einzelnen Werbeblöcke gequetscht wird, zu den Sendungen gehörend, die er sich nie ansieht, aber bei denen er manchmal sein Geld verdient. Als einer der Gäste wird Wiegand gleich von der Kamera eingefangen werden. Er gehört zu den Jüngsten, die meisten sind in den Dreißigern, nur wenige scheinen die Vierzig bereits überschritten zu haben. Eingeladen hat ein mildes Glück ausstrahlendes Film-Ehepaar Mitte 30, das es zu etwas gebracht hat, maßvoll modern und allseits beliebt. Es herrscht ein Klima von Wohlhabenheit und guten Manieren. Aus vielen Gesichtern trieft Partyfreundlichkeit. Die Bekannten aus dem Tennisklub, die jetzt bemüht talken, sollen für eine sportlich-saloppe Note sorgen. Es werden die üblichen Häppchen und Getränke angeboten.

Alles wirkt auf ihn steif und gestelzt. Abgedroschene Handlungen mit wenig Tempo und noch weniger Action. Eine der üblichen Partys, die im Sommer in besseren Wohnvierteln gegeben werden. So viel hat er von den Dreharbeiten bisher mitbekommen. Worum es sonst in dieser Serie geht, weiß er nicht. Es ist ihm völlig gleichgültig. Für seinen Auftritt braucht er ja nicht mehr zu wissen, als dass er heute bei einer Geburtstagsparty einen der Gäste spielen soll und an einer kurzen Dialogszene mit drei Sätzen beteiligt ist.

Ja, das habe ich auch schon gehört. Wolfgang ist ein Glückspilz. Er hat bestimmt selbst nicht damit gerechnet, wiederholt er sich jetzt noch einmal die Sätze, die er gleich als Antwort auf genauso läppische Sätze von sich geben soll, den Kopf zur wesentlich kleineren Dialogpartnerin gesenkt, in gepflegtem Freizeitlook, mit einem Glas Bowle in der rechten Hand, die linke in der Hosentasche, eine geübte Plaudermiene aufsetzend. Verdiene damit locker 300 Euro. Gar nicht so schlecht, denkt er.

Man hält sich nicht lange mit der Szene auf. Sie wird ohne Wiederholungen abgedreht. Man hat nichts zu bemängeln. Das Mikrofon wird in eine andere Richtung geschwenkt, wohin jetzt auch die Kamera zielt. Das Aufnahmeteam geht zu den anderen Einstellungen über, deren Reihenfolge erst kurz zuvor festgelegt worden ist. Wiegand spielt weiter den Gast inmitten von Komparsen, die das gleiche wie er machen sollen. Sie werden noch bei einigen Kameraschwenks als menschlicher Hintergrund gebraucht. Sie stehen zusammen, reden, was im Film nicht zu hören sein wird, bewegen sich verhalten und vermeiden weiterhin in die Kamera zu sehen, worauf sie alle vorhin noch einmal ausdrücklich hingewiesen worden sind.

Man filmt nun einige Meter von ihm entfernt wichtigere Darsteller, die auf Gartenstühlen um einen Tisch gruppiert sind und sich unterhalten. Jemand zeigt zum Swimmingpool. Alle Köpfe wenden sich dorthin, die Kamera folgt den Blicken. Wiegand sieht dem Streit zwischen zwei Männern zu und kann sich ein Lächeln nicht verkneifen, als er bemerkt, wie stümperhaft sie darum bemüht sind, sich noch mehr in die Haare zu bekommen. Das spielt sich ganz in der Nähe des Swimmingpools ab. Und prompt geschieht auch, was in solchen Szenen immer wieder geschieht: Wutentbrannt stößt der eine den anderen ins Nasse, von dem auch Unbeteiligte etwas abbekommen. Aufregung, die bald abflaut. Eine aufgekratzte Stimmungskanone nutzt die Situation, Gelächter brandet auf, man amüsiert sich wieder, die Party ist nicht verdorben. Die

Pool-Szene sollte anscheinend der Höhepunkt bei den Aufnahmen im Garten sein. Man filmt weiter. Für Wiegand unverkennbar Routinearbeiten. Alles bleibt im gewohnten Rahmen. Partyszenen im Garten, wie sie für solche Produktionen typisch sind.
Wiegand hat gehofft, nach den Außenaufnahmen gehen zu können, man braucht ihn aber noch für Einstellungen, die später im Haus abgedreht werden. Er soll sich dabei wieder mit seiner Partnerin unter die Gäste mischen und sich so benehmen, wie man sich eben auf einer Party benimmt, reden, trinken, lachen und so weiter. Das sagt ihm die überfordert wirkende Aufnahmeleiterin im Flur, die dann sofort, als hätte sie keine Sekunde zu verlieren, ins Wohnzimmer wieselt und sich vor denen aufbaut, die an der nächsten Szene beteiligt sind. Sie sieht erst auf ihren Notizblick, gestikuliert dann heftig, sagt etwas zu dem Regisseur, der zu dem Kameramann geht und mit ihm redet, der dann mit dem Finger auf eine Schauspielerin zeigt und mit der anderen Hand nach links zeigt, sofort platziert sie sich dorthin. Zufrieden nickt die Aufnahmeleiterin in Richtung Regisseur.
Wiegand sieht den Drehvorbereitungen noch eine Weile zu, findet den ganzen Aufwand lächerlich, der für eine Dutzendszene gemacht wird. Unterhaltung im kleinen Kreis, etwas abseits vom allgemeinen Partygedränge. Der Filmmann legt jetzt seinen rechten Arm um seine Filmfrau, die heute ihren 34. Geburtstag feiert. Man beginnt zu drehen. Alle scheinen ihr Soll zu erfüllen. Wie sie reden und spielen, stuft er als höchst mittelmäßig ein. Es bestätigt ihm erneut, dass man als Schauspieler bei Film und Fernsehen schon mit bescheidenen Mitteln gut zurechtkommt. Das würde ich auch schon bringen, glaubt er, wendet sich ab und wartet im Flur, sich mit dem Rücken an eine Wand lehnend, auf seinen zweiten Komparsenauftritt.

Verdrossen lässt er seinen Blick wandern. Er fühlt sich hier fehl am Platze. Solche Arbeiten passen einfach nicht zu ihm, sind doch unter seinem Niveau. Ein durchschnittlicher Stunt wäre ihm jetzt weitaus lieber. Und er könnte damit leicht Abwechslung ins langweilige Partygeplänkel bringen. Natürlich gegen Aufpreis. Er könnte den Angetrunkenen spielen, der die Treppe herunterfällt oder vor der Haustür von einem Auto angefahren wird. Doch Stunts werden bei dieser Serie wohl kaum im Drehbuch stehen. Was man hier filmt, hält er eindeutig für Schrott. Er ist jedoch auf solche Gelegenheitsarbeiten noch angewiesen. Er muss nehmen, was man ihm gibt. Unter ferner liefen. Was für ein Schwachsinn! Was für ein Gehabe! Wie lieb und nett sich alle hier geben!
Aber er vermutet, dass es in dieser Serie gewiss nicht immer so fein und gesittet zugeht wie heute. Die gängigen Verwicklungen und Ehekrisen stehen wohl bereits im Drehbuch. Und dann und wann wird man zahmen Vorabend-Sex einstreuen. Alles in der richtigen Dosis, versteht sich. Vielleicht wird gerade an einer Ehebruchs-Episode gebastelt, die für den nötigen Pfeffer sorgen soll. Frisch aus dem Leben gegriffen. Dafür gibt es ja eine ganze Reihe von Möglichkeiten. Eine Szene, die man hier verwenden könnte, fällt ihm jetzt ein. Um sich die Wartezeit damit zu verkürzen, malt er sie sich aus.
Die Frau kommt früher nach Hause zurück, weil ihr Volkshochschulkurs ausgefallen ist. Sie geht durch den Vorgarten, trägt einen kleinen Karton Wein. Ihr Gesicht ist voller Vorfreude. Ein schöner Abend zu zweit scheint ihr vorzuschweben. Mit Wohlgefallen mustert sie kurz den gepflegten Rasenteppich und die unkrautlosen Beete. Vor der Haustür stellt sie den Karton ab, öffnet erst einen, dann noch einen weiteren Blusenknopf, verschmitzt lächelnd. Doch ach! Die Ärmste! Kaum hat sie die Diele betreten, schon muss sie mit ansehen, wie hinter der großen, verglasten Wohnzimmertür

Ehebrüchiges geschieht. Mit schockstarren Augen verfolgt sie, wie ihr Mann sich von einer Nachbarin verwöhnen lässt. Beide sind so geil, dass sie die Frau nicht bemerken. Gesoftetter Sex im gestylten Wohnzimmer. Er paschat im Sessel, sie spielt bei ihm Schwanzflöte. Die Frau wird hysterisch. Großes Tralala. Mittendrin ist Schluss für heute. Fortsetzung folgt morgen. Um dieselbe Zeit. Schalten Sie wieder ein.
Wiegand spielt schließlich noch einmal den Gast unter vielen anderen Gästen, wird dabei umso ungeduldiger, je länger sich die Dreharbeiten hinziehen. Er versucht aber, sich nichts anmerken zu lassen, weil er nicht unangenehm auffallen möchte. Vielleicht kann er heute Sympathiepunkte sammeln. Man kann nie wissen. Manchmal ergeben sich die merkwürdigsten Zufälle. Schauspielerkarrieren zeugen davon. Er mimt weiter Partyverhalten, bis er nicht mehr gebraucht wird.
Er ist froh, dass die Dreharbeiten für ihn vorbei sind. Sie haben länger gedauert als erwartet. Zehn vor acht. Er verlässt sofort den Drehort. Er hat es eilig. Sie werden schon auf ihn warten. Er steigt in seinen Wagen und fährt zu dem Lokal »Beim Rübezahl«. Dort ist er mit Werner Schellhorn, Martin Mettler und Jakob Kovac verabredet, Kollegen, die an der Actionszene mitwirken, die für ihn am Freitag so entscheidend ist.
Werner Schellhorn: Stuntkoordinator. Viele Actionszenen in deutschen Filmen tragen seine Handschrift. Er steckt voller Ideen, plant spannende, tempogeladene Handlungsabläufe bis ins Detail und achtet auf die genaue Durchführung. Seit etwa drei Jahren kann er davon leben.
32 Jahre alt, verheiratet, zwei Kinder, kleines Reihenhaus, Hypothekenschulden.
Wiegand ist mit ihm befreundet. Was er sagt, hat Hand und Fuß, er ist ehrlich bis über die Beleidigungsgrenze, besitzt unerschütterliche Standpunkte, strotzt vor Vitalität. Körper-

lich nicht gerade top, aber in so guter Form, dass es für die Stunts, die er noch immer macht, genügt. Sie sind seltener geworden, seitdem er sich als Stuntkoordinator durchgesetzt hat. Manchmal gelingt es ihm, beides miteinander zu verbinden, Actionszenen so zu gestalten, dass er sich selbst gut dabei einbauen kann. Auto-und Motorradstunts, Sprünge durch Glasscheiben und Abseilen in verschiedenen Situationen, seine Spezialität, gehören noch immer zu seinem Repertoire. Wer bei ihm Action bestellt, kann sicher sein, dass er nichts Besseres auf diesem Gebiet in Deutschland bekommt. Schellhorn hat eine große Auswahl an Szenen mit den dazu passenden Variationsmöglichkeiten anzubieten. Er weiß genau, wer von den Stuntleuten was wie kann. Darüber hat er aufschlussreiches Material gesammelt. Zur Zeit sind bei ihm 16 Stuntleute, darunter 4 Frauen, registriert. Eine gewisse Rangordnung hat sich dabei wie von selbst ergeben.

Er bemängelt, dass Stuntmen in Deutschland nur eine lose zusammenhängende Gruppe bilden. Es sei ein großer Fehler, dass sie nicht organisiert seien. Ihm schwebt eine Vereinigung vor, in der alle, die im Stuntgeschäft arbeiten, zusammengeschlossen sind. Er sieht sich dabei als Manager und für Wiegand gibt es keinen, der dafür besser geeignet ist. Der Name steht bereits fest: Action-Team. Hollywood ist für ihn das große Vorbild, wo es sogar eine Stuntmen-Gewerkschaft gibt. Je besser sie sich organisieren könnten, desto mehr Einfluss könnten sie auch gewinnen, meint er. Sie würden dann bei den Gagenverhandlungen nicht mehr so über den Tisch gezogen wie bisher, würden auch leichter an größere Rollen kommen und sich sozial besser absichern können, Krankheiten und Unfälle wären dann weniger folgenschwer für sie. Gut organisiert würden sie in Deutschland eine Monopolstellung haben. Sie könnten Druck ausüben, und wenn es nicht anders ginge, würden sie auch streiken. Dann würde man zu spüren bekommen, wie wichtig sie sind. Ohne sie würde in deutschen Filmen, wo Action im Drehbuch steht, überhaupt nichts mehr laufen. Schon heute nicht.

Er war mehrere Jahre Rallyefahrer in einem Werksteam, fährt heute keine Rennen mehr, weil ihm die Zeit zum Training fehlt. Seine Erfahrungen nutzt er für Auto-Stunts, die er jedoch weniger gern ausarbeitet als abwechslungsreiche Kampfszenen. Er liest am liebsten amerikanische Kriminalromane, schwärmt vom Kino der Fünfziger Jahre und sieht sich fast jeden Actionfilm an, um, wie er sagt, einen guten Überblick zu gewinnen. Für ihn gibt es im Filmgeschäft nur einen Maßstab, und das ist Hollywood. Geradezu unterentwickelt sei im Vergleich dazu die Münchner Filmlandschaft, bedauerlicherweise.

Martin Mettler: Hat so viel Gefühl wie ein Amboss. Wiegand lehnt ihn als Mensch ab. Ein 26-jähriger roher Bursche, der nur nach seinem Vorteil giert, sich anscheinend entschlossen hat, gemein zu sein und seinen Charakter ganz offensichtlich genießt. Manche Allüren hat er sicherlich aus Gangsterfilmen übernommen. Auf Wiegand wirkt er wie ein kleiner Ganove, aus dem noch ein großer werden kann. Er scheint immer mit einem Bein im Gefängnis zu stehen.

Zweimal vorbestraft wegen Körperverletzung und Einbruchdiebstahls, woraus er keinen Hehl macht. Über einen gutgläubigen Sozialarbeiter, ein Bekannter von Schellhorn, ist er zu den Stuntleuten in München gestoßen.

Als Stuntman, das muss Wiegand ihm lassen, zählt er zu den Besten. Er arbeitet präzise, will seine Sache immer gut machen, holt aus manchen Stunts mehr heraus als man vorher vermutete. Aber er hat einen Fehler, den er möglicherweise noch einmal bereuen wird: Er ist viel zu ehrgeizig. Deswegen überzieht er manche Stunts. Zwar geht es meistens gut, aber er hat sich dabei auch schon das Schlüsselbein und den Fuß gebrochen und eine schwere Gehirnerschütterung zugezogen. Er war lange bei der Bundeswehr. Davon profitiert er heute als Stuntman. Spezialität: Strickleiter-Stunts in verschiedenen Situationen. Dabei steigt er beispielsweise von einem Eisenbahnwaggon auf einen Hubschrauber um oder auch von einem Hubschrauber auf ein Schiff. Er hat eine gute Nahkampfausbildung während seiner Militärzeit genossen, wirkt aber vom Bewegungsablauf her bei manchen Kampfszenen ziemlich steif.

Tageweise arbeitet er in einschlägigen Lokalen als Kellner, wo man mit ihm gleichzeitig einen guten Rausschmeißer zur Verfügung hat. Seine Beziehungen zum Milieu sind bekannt. Er spricht aber nur in vagen Andeutungen davon, gibt sich dabei undurchsichtig.

Als Komparse und auch in kleinen Nebenrollen tritt er öfter als Soldat, Polizist oder Krimineller auf. Er ist als Typ nicht festgelegt. Sein nichtssagendes Gesicht macht ihn vielseitig einsetzbar. Er kann einen Priester genauso gut verkörpern wie einen Politiker oder Eisenbahnschaffner.

Er ist derjenige, der von allen Stuntmen am meisten wagt, vermutlich, weil ihm sein Leben nicht so viel wert ist. Wiegand würde sich nicht wundern, wenn er eines Tages in der Fremdenlegion untertauchen würde.

Jakob Kovac: Ehemaliger Zehnkämpfer, zweifacher deutscher Jugendmeister. Probleme im rechten Knie warfen ihn zurück, er verlor den Anschluss an die Spitze. Wenn er sich gequält hätte, wäre er wohl wieder ganz nach oben gekommen. Das hätte er jedoch nicht gewollt, wie er seinen Abschied vom Zehnkampf-Leistungssport erklärt. Er verbesserte sich danach in seiner Paradedisziplin Stabhochsprung und erzielte recht gute Ergebnisse. Ein vierter Platz bei den Deutschen Leichtathletik-Meisterschaften war sein größter Erfolg. Er hat den Leistungssport aufgegeben. Zehnkämpfe bestreitet er zwar

noch immer, aber dann mehr als Freizeit-Spaß zusammen mit anderen Sportlern.
29 Jahre alt, 1,92 Meter groß, gut aussehend; Körperbau, wie man ihn als Zehnkämpfer haben muss.
Wiegand hat sich schon öfter über ihre Sportvergangenheit unterhalten. Das sind ihre bisher besten Gespräche gewesen. Sie schätzen sich, wissen, dass sie als Stuntmen gleichwertig sind. Eine gewisse Fremdheit zwischen ihnen lässt sich nicht auflösen. Wiegand vermutet, dass es auch mit ihrer Rivalität zusammenhängt, die nicht zu vermeiden ist. Bei der Rollenbesetzung für Actionszenen überschneiden sich manchmal ihre Interessen und Schellhorn muss dann zwischen ihnen taktisch klug vermitteln.
Kovac hat früher davon geträumt, König der Athleten zu werden. Das müsse ein wunderbares Gefühl sein. Auch wenn es auf Deutschland beschränkt sei. Sein Meniskus habe das verhindert. Deutscher Meister sei er nur bei den Jugendmeisterschaften geworden, das sei mit dem Titel bei den Männern nicht zu vergleichen. Er bedauert noch immer, dass er im Zehnkampf nie einen Deutschen Rekord aufgestellt hat. Als eine Art Ersatz dafür will er als Stuntman einen Rekord schaffen, der über einen längeren Zeitraum bestehen bleibt. Das brauche er einfach für sich. Er arbeitet noch daran. Von einem Hubschrauber aus will er einen Hechtsprung aus einer Rekordhöhe wagen, der dann auf einem Luftsack enden wird. Wiegand traut es ihm zu.
Nach dem Abitur ließ Kovac sich zum Bankkaufmann ausbilden, übte diesen Beruf jedoch nie aus. Er probierte verschiedene Berufe, keiner passte ihm. Er hält es nirgendwo länger aus. Am liebsten wäre er nur Stuntman. Seit Kurzem arbeitet er als Teilzeitkraft bei einer Wach- und Schließgesellschaft. Objektschutz ist ihm lieber als Personenschutz. Leibwächter könnte er nicht sein. Das wäre ihm zu aufreibend.

Kovac hat ein klares Ziel vor Augen, und das heißt Spanien. Das einzige Land, in dem er sich wohlfühlt. Wie geschaffen für ihn. Sobald er es sich erlauben kann, will er dorthin übersiedeln. Wenn er verreist, dann nur nach Spanien. Er lernt entschlossen Spanisch, auch in Drehpausen. Stierkämpfe lehnte er zuerst ab, jetzt aber begeistert er sich dafür. Von einem Freund in Sevilla lässt er sich immer die besten Stierkämpfe auf CDs schicken. Wenn es um Spanien geht, dann ist er Patriot. Alten Blues hört er am liebsten. Einige Songs kann er auswendig.

Über seinem Badezimmerspiegel hängt ein Spruch, den Wiegand auch beherzigt: Sei dein bester Freund.

Mal sehen, was es gleich Neues gibt, denkt Wiegand. Werner wird unsere Actionszene wohl noch bis Freitag verbessern. Nichts dagegen. Ich bin froh, wenn ich gleich im Rübezahl bin. War das heute ein Krampf!

Er fühlt sich unausgefüllt, während er weiter zu dem in einem Münchner Randbezirk gelegenen Lokal fährt. Er ist doch nichts anderes als ein alberner Kasper gewesen. Er müsste sich eigentlich deswegen schämen. Dass er so etwas überhaupt nötig hat. Er muss besser ins Geschäft kommen. Er beschließt, der Werbefirma »Delta« einen Supersprung anzubieten. Einen spektakulären, ja sensationellen, von ihm noch nie zuvor gezeigten Sprung. Eine Ausnahmeleistung. Oder doch nur den gleichen Sprung noch einmal. Das müsste auch reichen. Zwei Fliegen mit einer Klappe würde er dann schlagen. Er würde ein hohes Honorar bekommen, und es wäre eine gute Selbstbestätigung. Ein Beweis dafür, dass er weiter solche Sprünge meistern kann. Aber zuerst muss er ja seinen Stunt am Freitag schaffen. Davon hängt alles Weitere ab. Muss er denn nicht noch immer befürchten, dabei erneut einem Angstanfall ausgeliefert zu sein, einer ihn gänzlich überwältigenden Todesangst? Vielleicht ist er als Stuntman sogar schon gescheitert und merkt es nur noch nicht. Erst am Freitag würde er es dann zu spüren bekommen. Er könnte zum ersten Mal bei einem Stunt verunglücken. Möglicherweise schwer. Bloß wegen der Angst, die ihn dann die Kontrolle über seinen Körper verlieren lässt. Das kann er nicht ausschließen.

Er steigt aus seinem Wagen, den er vor einem An- und Verkaufgeschäft geparkt hat, das auf derselben Straße wie das Lokal »Zum Rübezahl« liegt. Eine breite Straße, die das Stadtviertel beinahe schnurgerade durchschneidet. Keine gute Adresse. Laut wegen des starken Verkehrs und der vorbeihämmernden S-Bahn, mit tristen Gebäuden, die jetzt im Abendlicht freundlicher wirken, kleine Geschäfte und Handwerksbetriebe kümmern vor sich hin, auf jeder Straßenseite gibt es eine schmuddelige Imbissbude, die einzige Bar hat schon seit Monaten geschlossen, in einer Baulücke wuchert unansehnlicher Wildwuchs. Schräg gegenüber dieser Baulücke liegt auf der anderen Straßenseite das Lokal, dem sich Wiegand, die Hände in den Hosentaschen vergraben, den Kopf nachdenklich zum grauen Pflaster gesenkt, mit langsamen Schritten nähert.

Er sagt sich jetzt, dass er bis Freitag in diesem Schwebezustand bleiben wird, sich davon nicht verrückt machen lassen sollte. Er muss gelassener werden. Entweder er schafft es, oder er schafft es nicht. Er wird mental so stark wie möglich sein und sein Bestes geben.

Das Lokal liegt zwar nicht in einem bevorzugten Wohnviertel, aber für Stuntmen und Stuntwomen gehört es zu den Top-Adressen. »Zum Rübezahl« ist ihr Stammlokal. Von außen betrachtet sieht es wie eine typisch bayrische Wirtschaft aus, die in diesen Mauern auch bis vor drei Jahren unter dem Namen »Beim dicken Max« betrieben wurde. Dann übernahm Ludwig Diefenbach, ein zweitklassiger Stuntman, das Lokal.

An der Fassade änderte er nichts, ließ nur den neuen Namen mit schmiedeeisernen Buchstaben über der Eingangstür anbringen. Innen jedoch bekam es ein ganz anderes Aussehen. Größtenteils in gekonnter Schwarzarbeit entstand ein in drei Räume unterteilter Innenbereich, deren mittlerer von einer außergewöhnlich langen Theke aus dicken Massivholzplatten bestimmt wird. Eine Messingstange umläuft den gesamten oberen Thekenrand. Links und rechts der Theke schließen sich die beiden anderen, türlosen Räume an. Von den Decken leuchten mehrere Reihen Punktstrahler die drei Räume gleichmäßig aus. Im rechten Raum wird die hintere Wand, die knapp einen Meter von dem Tisch entfernt ist, an den sich Wiegand zu Schellhorn, Mettler und Kovac gesetzt hat, fast vollständig von Rübezahl-Darstellungen bedeckt.
Diefenbach hat sie im Laufe der Zeit gesammelt. Rübezahl ist seine Lieblings-Sagengestalt. Wenn er zu viel getrunken hat, erzählt er Rübezahlgeschichten mit oft wüsten Abwandlungen. In der Mitte hängt eine große Reproduktion von dem Rübezahlgemälde, das Moritz von Schwind gemalt hat. Um dieses Bild sind kleinere und ganz unterschiedliche Darstellungen des sagenhaften Riesen aus dem Erzgebirge angeordnet. Für ein Bild gibt es mehrere Kaufinteressenten. Ein Regisseur hat dafür bereits 2500 Euro geboten. Diefenbach wartet noch ab. Das sehr realistisch gemalte Bild zeigt einen nackten Rübezahl in einem deutschen Bilderbuchwald, der seinen Bodybuilder-Körper lässig auf eine große Keule stützt, mit einem Gesicht wie ein uriger Wurzelsepp, derbe Sinnlichkeit ausstrahlend. Sein Blick ist auf vier elfenhafte, nackte Zwerginnen gerichtet, die ihn ausgelassen umtanzen. An den anderen Wänden hängen gerahmte Fotos von Stuntmen, Actionstars und spektakulären Filmszenen. Errol Flynn, der sich den Weg freisäbelt, fehlt genauso wenig wie der an Schiffstakelagen turnende junge Burt Lancaster, es gibt ein Foto von

Yakima Canutt bei seinem legendären Postkutschenstunt, Harry Piel ist zu sehen, wie er auf dem Motorrad ein Treppengeländer herunterfährt, Armin Dahl mit einem Handstand in schwindelnder Wolkenkratzer-Höhe, und auf einem großen Foto mit Autogramm kann man Dar Robinson bei seinem Supersprung aus 340 Metern Höhe vom CN-Tower in Toronto bewundern. Auch mehrere deutsche Stuntmen von heute sind auf Fotos abgebildet. Wiegand ist in dem Moment festgehalten, in dem er mit einem Aktenkoffer in der Hand von einem Zug in ein Sportwagen-Cabriolet umsteigt.
Ludwig Diefenbach hat vorher als Taxifahrer, Koch und Catcher, Künstlername: Ludwig von Neuwahnstein, gearbeitet. Mittlerweile hat er sich daran gewöhnt, dass er als Stuntman nur zur zweiten Wahl gehört. Er wird meistens für Prügelszenen, Treppenstürze und als Beifahrer für Auto-Stunts eingesetzt. Er freut sich noch immer über jedes Engagement, und sei es noch so dürftig.
Jeder Stunt mache ihm, wie er sagt, unheimlich viel Spaß. Schon als Kind habe er Stuntman werden wollen. Seine Frau, unscheinbare Tochter eines Gastwirts, hatte vor drei Jahren die Idee, das Lokal zu übernehmen, das schlecht ging und zu günstigen Konditionen zu haben war. Was anfangs gewagt erschien, entpuppte sich als gastronomischer Volltreffer. Das Lokal begann schon bald zu florieren. Außer montags, dann ist geschlossen, sind Diefenbach und seine Frau jeden Tag dort. Wen sie persönlich begrüßen, der kann sich im »Rübezahl« wie ein Vereinsmitglied fühlen. Sie haben beide eine gewinnende Art. Er ist kumpelhafter, sie schlagfertiger.
Stuntmen, Schauspieler und andere bei Film und Fernsehen Beschäftigte, darunter auch Toningenieure und Senderbürokraten, zählen zum Publikum. Ein stellenweise enges Beziehungsgeflecht verbindet sie. Leute vom Hörfunk, die fast immer im großen Rübezahl-Zimmer sitzen, bilden eine kleine,

manchmal isoliert wirkende Gruppe. Freischaffende, Schicke und Möchtegerne verkehren hier ebenso wie im bürgerlichen Leben Gescheiterte, die nicht mehr wissen, wohin sie gehören und meistens vereinzelt an der Theke stehen.

»Zum Rübezahl« ist Wiegands Lieblingslokal, wo seine Tageskurve oft ansteigt und sich dann weiter dem abschließenden nächtlichen Höhepunkt zubewegt.

Die Actionszene, die am Freitag für Wiegand entscheidend sein wird, ist umgeschrieben worden. Von der Produktion hat man Schellhorns Verbesserungsvorschläge abgesegnet, was er heute Abend mit Wiegand, Kovac und Mettler als einen Sieg über das deutsche Schema F feiert. Eine anfangs durchschnittliche und ziemlich schleppende Version hat er in eine raffiniert zusammengesetzte Actionszene voller Tempo und Spannung umgewandelt. Ein größeres Risiko muss deswegen keiner von ihnen bei dieser Szene eingehen. Aber an das körperliche Können und an die Konzentrationsfähigkeit werden größere Anforderungen gestellt. Trotzdem sind die Gagen nicht erhöht worden, wogegen Schellhorn vergeblich protestiert hat.

»Immer das Gleiche«, sagt Schellhorn jetzt und macht die für ihn so typische wegwerfende Handbewegung, bei der er seinen Arm weit von sich streckt. »Wir sind eben nur registriert, nicht organisiert.«

»Du sagst es«, pflichtet ihm Kovac bei, mit nachdenklicher Miene seinen Kopf wiegend.

»Wir können ja am Freitag streiken«, schlägt Mettler vor und blickt unternehmungslustig in die Runde.

»Dann hätte es sich bei uns schnell ausgestuntet. Wir wären erledigt«, meint Wiegand.

»Wir kämen sofort auf die schwarze Liste. So etwas hat in diesem Scheiß Land ja Tradition«, sagt Schellhorn.

»Wo nicht? Sogar in Spanien«, weiß Kovac.

»Und auch in Hollywood«, fügt Wiegand hinzu.
»Traurig, aber wahr«, bestätigt Schellhorn.
»Dann streiken wir besser nicht«, sagt Mettler.
»Natürlich nicht. Ehrlich gesagt, für dasselbe Geld mache ich lieber mehr für einen guten Stunt als weniger für einen schlechteren«, sagt Kovac.
»Ich auch«, sagt Wiegand.
»Da ist schon was Wahres dran«, glaubt Mettler.
»Ich bin ganz eurer Meinung. Aber sag mal Martin, bist du wirklich sicher, dass deine Hand am Freitag wieder in Ordnung ist? Scheint noch ziemlich geschwollen zu sein«, sagt Schellhorn.
Mettler legt sofort seine linke Hand demonstrativ auf den Tisch und drückt mit dem Zeigefinger fest auf die verfärbte, geschwollene Handkante.
»Ich spüre nicht mehr viel davon, Werner. Sieht schlimmer aus, als es ist. Ich kann mit der Hand wieder genauso zugreifen wie vorher.«
»Das muss auch so sein. Wenn du auf der Treppe mit Kurt kämpfst, musst du dich mit jeder Hand gut am Geländer festhalten können«, sagt Schellhorn.
»Kein Problem. Auch wenn ich Schmerzen bekommen sollte. Kurt schickt mich ja bald mit einer hübschen Geraden nach unten«, sagt er und grinst.
»Wo dich dein Liebchen auf dem Luftsack erwartet«, scherzt Kovac.
»Das wär was«, meint Mettler.
»Du wirst also keine Schwierigkeiten mit deiner Hand bekommen, Martin?«, fragt Schellhorn und blickt skeptisch auf Mettlers Linke.
»Nein«, antwortet er. »Der Arzt sagte, dass es nur ein harmloser Bluterguss ist. Werde sie weiter mehrmals täglich mit Blutegelsalbe einreiben.«

»Blutegelsalbe ist wirklich das Beste«, meint Wiegand.
»Ja. Ich nehme sie schon seit meinen Zehnkampfzeiten. Ist für Blutergüsse und Zerrungen gleich gut«, sagt Kovac.
»Hättest du dich nicht ein bisschen zurückhalten können, Martin?«, fragt Schellhorn.
»Habe ich doch schon«, antwortet Mettler.
»Wer's glaubt, wird selig«, meint Kovac.
»Stimmt aber. Habe natürlich den beiden wehgetan. Musste ich ja auch. Was hätte ich denn anderes machen sollen? Die waren doch zu zweit. Und ich lasse mich nicht ungestraft anspucken.«
»Wenn er dich nicht angespuckt hätte, wäre es wohl nicht so weit gekommen, oder Martin?«, fragt Schellhorn.
»Das war, glaube ich, gar nicht zu vermeiden. Die beiden waren schon heiß, als sie kamen. Wollten Dampf ablassen. Und vor ihren Tussis die große Show abziehen. Benahmen sich von Anfang an daneben. Redeten laut, lachten bescheuert. Störten die anderen Gäste. Ich habe noch etwas gewartet. Als sie aber Anne an der Theke anpöbelten, habe ich mich sofort eingeschaltet.«
»Und hast sie mit schlagenden Argumenten zurechtgewiesen«, sagt Schellhorn.
»Später erst. Ich habe sie noch ziemlich höflich aufgefordert, Alfreds Bar zu verlassen. Die wollten aber die Rechnung nicht bezahlen. Fingen an mich zu provozieren. Der eine spuckte mir voll ins Gesicht. Dann bin ich mit ihnen vor die Tür gegangen.«
»Da war's ja auch diskreter«, sagt Wiegand.
»Genau. Schlägereien im Lokal vertreiben bloß die Gäste. Ich sage euch, zwei von diesen Cevapcicis, die ihre Finger im Hütchen-Spiel und in Schutzgeldsachen haben. Das habe ich später von Alfred gehört, der auch schon mal Ärger mit den beiden gehabt hat.«

»Tatsächlich? Na dann hast du ja die Richtigen vermöbelt«, meint Kovac, ihn mit süffisantem Lächeln ansehend.
»Und ob. Vor allem den Spucker. Der andere hat dann leider gekniffen. Wollte nicht mehr. Wusste genau, was ihm sonst geblüht hätte. Sein Kollege war noch eine ganze Zeit groggy. Habe ihm ordentlich eins auf die Backe gegeben.«
»Hatte der wirklich ein Messer in seiner Jacke?«, fragt Wiegand.
»Was soll die Frage, Kurt? Glaubst du mir nicht?«, fragte er mit lauerndem Blick.
»Na gut, ich will's dir mal glauben«, antwortet Wiegand, ihn abschätzig musternd.
»Erzähl weiter, Martin«, fordert ihn Schellhorn auf.
»Also, es war ein richtiges Profimesser. Hab's ihm nachher abgenommen. Als er mit der Hand in die Jacke griff und der andere ihm was auf Balkanesisch zurief, wusste ich, dass ich sofort einen höheren Gang einlegen musste. Bei so was fackel ich nicht lange. Sonst wäre ich ja der Gelackmeierte.«
»Hätte es mir gerne angesehen«, sagt Kovac.
»Beim nächsten Mal schicke ich dir vorher eine Karte«, sagt Mettler grinsend.
»Irgendwann gerätst du an den Falschen«, sagt Schellhorn und macht ein nachdenkliches Gesicht.
»An wen denn?«, fragt Mettler und lacht kehlig.
»An so einen wie Ralf zum Beispiel«, sagt Wiegand.
»Oh je. Prost Mahlzeit«, meint Kovac.
»Unser aller Wotan«, sagt Schellhorn lächelnd.
»An so einen werde ich wohl kaum geraten. Davon gibt's ja nicht so viele. Der ist sowieso außer Konkurrenz. Würde auch niemals einen zuerst angreifen. Übrigens, der Ralf scheint in letzter Zeit nicht mehr ganz richtig zu ticken.«
»Wieso das denn?«, fragt Wiegand, die Augenbrauen zusammenziehend.

»Quatsch, Martin. Der hat sein Oberstübchen noch prima in Ordnung«, sagt Kovac.
»Und wie«, bekräftigt Schellhorn.
»Als ich ihn das letzte Mal im »Body 2000« traf, hatte er wieder so komische Sprüche drauf. Der liest wohl zu viel die Japaner«, meint Mettler.
»Es sind nicht die Japaner, sondern die alten Chinesen, mit denen er sich schon seit einiger Zeit beschäftigt«, verbessert ihn Wiegand.
»Von mir aus. Ist ja sowieso das Gleiche. Alles Hirngespinste«, urteilt Mettler.
»Du musst es ja wissen«, sagt Wiegand, der sich wieder über Mettler zu ärgern beginnt. Er arbeitet zwar gerne mit ihm zusammen, schätzt seine Präzision dabei, aber sonst meidet er ihn, wo er es kann. Das scheint Mettler zu merken und ihm auch anzukreiden.
»Du weißt, Martin, dass du dir nicht mehr viel erlauben kannst«, sagt Schellhorn. »Diese Schlägerei am Samstag hast du zwar nicht angefangen, aber –«
»Ach komm mir jetzt nicht so«, unterbricht ihn Mettler unwillig.
»Dein Vorstrafen-Register sollte nicht länger werden«, meint Wiegand.
»Scher dich nicht drum, Kurt. Was geht das dich an? Arbeitest du jetzt etwa bei der Caritas?«, fragt ihn Mettler mit eisiger Stimme.
»Bleib cool, Martin. Kein Grund, dich aufzuregen«, sagt Kovac und schüttelt den Kopf.
»Der soll doch machen, was er will. Bin nicht sein Sozialarbeiter. Und heiraten will ich ihn auch nicht mehr«, sagt Wiegand ärgerlich.
»Schade«, sagt Mettler, sein Gesicht verziehend.
»Schlechte Laune, Martin?«, fragt Schellhorn.

»Könnte sie noch bekommen, wenn ihr weiter auf mir herumhackt.«
»Tun wir doch gar nicht. Wir wollen nur nicht, dass du im Knast landest«, sagt Kovac.
»Lieb von euch«, sagt Mettler.
»Anfang des Jahres warst du kurz davor, Martin. Wenn ich bei der Produktion nicht ein gutes Wort für dich eingelegt hätte, hätten sie dich angezeigt. Immerhin hast du vier teure Objektive mitgehen lassen«, sagt Schellhorn.
»Danke nochmals.«
»Gern geschehen. Du bist ein klasse Stuntman, Martin. Ich hätte es nicht so gern, wenn du sitzen würdest.«
Mettler schweigt, lächelt geschmeichelt.
»Martin wohl auch nicht«, sagt Wiegand.
»Wer weiß«, sagt Kovac bissig.
»Zugegeben, ich bin vorbestraft. Na und? Das waren sowieso nur kleinere Ausrutscher. Habe ich etwa jemandem damit groß geschadet? Das könnt ihr mir nicht vorwerfen. Denkt doch nur daran, was sonst alles verbrochen wird. Dagegen bin ich doch der reinste Messdiener«, sagt Mettler.
»Da hast du zweifellos recht«, sagt Schellhorn, lacht und schlägt Mettler kräftig auf die Schulter.
»Martin wird schon wissen, was er zu tun und zu lassen hat. Ist ja alt genug«, sagt Kovac.
»Genau«, sagt Mettler.
»Bleib wenigstens bis Freitag auf freien Füßen«, sagt Schellhorn.
»Werde mich bemühen«, sagt Mettler.
»Na dann, Prost! Auf Freitag!« Sie trinken aus ihren Biergläsern.
»Freitag müsste eigentlich alles reibungslos über die Bühne gehen«, sagt Kovac.
»Das wird es«, sagt Wiegand.

»Warum auch nicht«, sagt Schellhorn.
»Wir werden alle in Topform sein«, sagt Mettler.
»Hoffentlich. Wenn uns die Szene so gut gelingt, wie ich sie mir vorstelle, dann haben wir wieder einiges gewonnen. Sie werden merken, wie wichtig wir sind. Scheinen es ja langsam zu begreifen. Was vorher im Drehbuch stand, ist doch nur eine schlappe Balgerei gewesen. Dazu kam noch ein bisschen Nachlaufen, bescheuertes Geschrei und zahmes Gasgeben«, sagt Schellhorn und macht wieder seine wegwerfende Handbewegung.
»Aber jetzt ist's wirklich eine Actionszene«, sagt Mettler.
»Das Beste vom ganzen Film«, sagt Kovac.
»Klar«, bestätigt Wiegand.
»Ich finde es gut, Werner, dass wir uns am Donnerstag noch einmal am Drehort treffen. Einiges ist mir nämlich noch immer unklar. Zum Beispiel, wann ich aus der Lagerhalle herauslaufen soll, und vor allem, ob ich noch immer zwei oder jetzt besser vier Trippelschritte mache, bevor ich von der Treppe stürze«, sagt Mettler und wischt sich mit seiner Rechten frottierend über die Lippen.
»Das wird sich erst am Donnerstag zeigen, wenn wir an Ort und Stelle durchproben, was verändert worden ist und den endgültigen Ablauf der Szene festlegen. Für kleinere Verbesserungen haben wir auch noch am Freitag Zeit. Je besser wir die Szene im Griff haben, desto weniger kann uns dann noch jemand etwas dabei vermasseln. Sie muss ausgefeilt sein«, sagt Schellhorn.
»Reinreden will doch immer jemand. Den eigenen Senf dazugeben, auch wenn man keine Ahnung hat«, sagt Wiegand.
»Das wird auch wieder unser Herr Regisseur versuchen«, sagt Kovac.
»Der Weineck bläht sich jedes Mal auf«, sagt Schellhorn.
»Platzt noch deswegen«, sagt Mettler.

»Es gibt wirklich bessere Leute. Ziegler zum Beispiel. Man merkt, saß er Actionszenen gerne dreht. Kann es aus dem Effeff. Der Weineck hat nur wenig Gespür für Tempo und Spannung. Kann sich auch schlecht entscheiden«, urteilt Schellhorn kopfschüttelnd.
»Der denkt wohl zu viel«, vermutet Mettler.
»Oder zu falsch«, erwidert Schellhorn und macht wieder seine wegwerfende Handbewegung.
»Schade, dass der Ziegler nicht den Film dreht. Der kann's wirklich. Bei dem stimmt das Timing. Lässt sich auch immer etwas Neues einfallen. Die beiden letzten Filme, die er gemacht hat, sind ja gut angekommen«, sagt Wiegand.
»Vielleicht arbeiten wir bald wieder mit ihm zusammen«, sagt Kovac.
»Das nehme ich doch sehr an«, sagt Schellhorn.
»Wir brauchen langsam Nachschub«, sagt Mettler und hebt sein leeres Bierglas hoch über seinen Kopf.
»Ich gebe einen aus«, sagt Wiegand.
»Wer hat, der gibt«, sagt Kovac mit gespieltem Pathos.
»Weiter so, Kurt«, ruft Mettler aus.
»Nach deinem 6000-Euro-Sprung musst du heute schon etwas springen lassen«, meint Schellhorn und lächelt verschmitzt.
»Nichts dagegen«, sagt Wiegand. Er dreht seinen Oberkörper in Richtung Theke, wo Diefenbach, riesig und kahlköpfig, sich von allen anderen abhebt und wie im Akkord Bier zapft. Ihre Blicke treffen sich, vier Finger hochhebend bestellt er bei ihm.
Es stört ihn nicht, dass man ihn im weiteren Verlauf des Abends wiederholt auf seinen Sprung anspricht. Er beantwortet, ohne Widerwillen zu verspüren, Fragen, bleibt entspannt, spendiert Bier, genießt es, wenn er kurz im Mittelpunkt steht. Wer ihn kennt, gratuliert ihm. Worte wie Batman, Stuka, Acapulco, Falke und Engel fallen im Zusammenhang mit seinem Sprung.

Über ein Kompliment freut er sich besonders: Dar Robinson hätte bestimmt auch geklatscht. Thomas Hellwig hat ihm dieses Kompliment gemacht, der ihm jetzt schräg gegenübersitzt.
Als Schauspieler gilt Hellwig als der typische Allrounder, der zwar viele Rollen verkörpern kann, aber in keiner brilliert. Manche werfen ihm vor, er spiele in Filmen meistens wie auf der Bühne. Aus Neid, vermutet Wiegand. Hellwig, 31 Jahre alt, hat eine klassische Schauspielausbildung genossen. Er hasst die bayerische Mundart, besonders das bayerische R, das er sich nur mit Mühe abgewöhnen konnte. Bayerisch, so meint er, sei für jemand, der damit aufgewachsen sei und Schauspieler werden wolle, ein Fluch. Es klinge für ihn heute nur noch wie eine andere Art von Grunzen. Er spricht ein akzentfreies Hochdeutsch, kann aber auch, wie in manchen Rollen gefordert, den beliebten Schwabingsound liefern. Vier Jahre spielte er auf Provinzbühnen, zog sich dann aber vom Theater zurück, weil er sich nicht für talentiert genug hielt. Von Film und Fernsehen versprach er sich damals mehr. Der Durchbruch ist ihm noch nicht gelungen. In mehreren Nebenrollen hat er bisher überzeugt, eine Hauptrolle hat man ihm aber noch nicht angeboten. Im vorigen Jahr hat er kurz mit Drogen experimentiert und ist dabei zu keinem Ergebnis gekommen. Wiegand hält Hellwig für einen Schauspieler, der eine starke Ausstrahlung besitzt und vielen seiner schon erfolgreichen Kollegen überlegen ist. Dazu verfügt er über solide körperliche Fähigkeiten, was viele Schauspieler nicht von sich behaupten können. Er hat sich so ausgebildet, dass er sich auch für Rollen eignet, die ein gewisses Maß an körperlichem Können verlangen. Er kann fechten, boxen, reiten und tanzen. Burt Lancaster ist sein großes Vorbild.
Hellwig ist nie mit sich zufrieden. Als Schauspieler will er immer besser werden.

Neben Thomas Hellwig sitzt Vera Wulff, 25 Jahre alt, groß gewachsen, wie eine Französin aussehend und das kultivierend, feingliedrig, etwas kleinbrüstig. Sie spricht drei Sprachen fließend. Einen festen Beruf übt sie nicht aus. Zeitweise arbeitet sie als Fotomodell, auf Messen und auch als Übersetzerin. Sie und Hellwig sind seit mehreren Wochen miteinander liiert und werden es wohl, so glaubt Wiegand, nicht mehr lange bleiben. Sie führt ein in Rübezahlkreisen sehr bekanntes Liebesleben. Sie kann sich nicht für ein Geschlecht entscheiden, wie sie offen bekennt. Dabei sei sie wahrscheinlich gar nicht bisexuell, sie ziehe es sogar vor, eingleisig zu fahren. Sie könne es aber nicht lange durchhalten. Sie fühle einfach noch zu wechselhaft. Entweder Mann oder Frau, jedoch nicht sowohl als auch. Sie könne sich aber nicht entscheiden. Das sei wohl eine Charakterschwäche von ihr. Es komme bei ihr leider vor, dass sie ganz überzeugt mit einem Mann ins Bett gehe, sich aber schon am nächsten Tag nach einer Frau sehne und den Mann dann links liegen lasse. Und umgekehrt.
Kovac hat entsprechende Erfahrungen mit ihr schon machen müssen und sich darüber mit Wiegand einmal länger unterhalten, der ihm lediglich raten konnte, ihre Gewohnheiten zu akzeptieren, wenn er mit ihr befreundet bleiben wolle. Wiegand kann mit ihr nicht viel anfangen. Sie ist ihm zu nervös, wirkt wie eine Frau, die vor sich selbst flieht. Er glaubt, dass sie auch weiterhin zweigleisig fahren wird, ohne sich entscheiden zu können.
»Kurt, du doubelst doch am Freitag diese Trantüte von Grüter«, sagt Vera Wulff jetzt.
»Ja. Ich werde ihm kurz meinen Körper ausleihen«, antwortet Wiegand.
»Wie hat der das bloß wieder geschafft? Ich habe nämlich gehört, dass dem Vollmer zuerst die Rolle versprochen worden war«, wundert sie sich.

»Den hätte ich genauso doubeln müssen. Wenn der schnell laufen muss, fällt der doch schon nach ein paar Metern auf die Nase.«

»Stimmt, Kurt«, sagt Schellhorn und lacht.

»Ich hätte mich gefreut, wenn der Vollmer die Rolle bekommen hätte. Ein wirklich guter Schauspieler. Den Grüter kann ich einfach nicht ausstehen. Ich finde es schon merkwürdig, dass er immer wieder solche Rollen bekommt«, sagt Hellwig.

»Vitamin B«, sagt Kovac.

»Zum Kotzen«, sagt Mettler.

»Grüter ist ja dick mit unserem Herrn Regisseur befreundet. Der hat ihm wohl die Nebenrolle zugeschustert«, vermutet Schellhorn.

»Ist doch egal, wie er an die Rolle gekommen ist. Er hat sie jetzt und wird sie behalten«, sagt Wiegand.

»Was soll's. Nicht unser Bier«, fügt Kovac hinzu.

»Schauspielerisch bist du ihm doch klar überlegen«, sagt Wulff zu Hellwig, der gerade eine Tomatensuppe isst.

»Das ist ihm dein Schatz wirklich«, sagt Schellhorn.

»Darauf kann ich mir nichts einbilden. Das Einzige, was der Grüter zu bieten hat, das ist doch sein Name«, sagt Hellwig und mimt Geringschätzung.

»Den hat er auch nur bekommen, weil ihn mehrere gepusht haben«, fügt Schellhorn hinzu.

»Ich suche noch jemanden, der mich pusht«, sagt Mettler und sieht spähend um sich.

»Gib doch mal ein Inserat auf, Martin«, schlägt ihm Kovac vor.

»Weißt du, was ich nicht verstehe, Kurt? Warum lassen sie dich den Grüter doubeln, anstatt dir gleich die ganze Rolle zu geben?«, fragt Hellwig.

»Das verstehe, wer will«, antwortet Wiegand und seufzt fatalistisch.

»Sonst knausern sie. Aber dabei zahlen sie drauf, ohne mit der Wimper zu zucken. Sie könnten es billiger und besser haben, wenn sie Kurt die Nebenrolle gegeben hätten. Der Grüter wirkt doch überhaupt nicht in solchen Filmen. Ist eine krasse Fehlbesetzung«, urteilt Schellhorn.

»Wohin man auch blickt, Fehlbesetzungen allerorten«, sagt Hellwig.

»Was wären solche Typen ohne uns?«, fragt Kovac und blickt in die Runde.

»Aufgeschmissen wären die ohne uns«, antwortet Mettler mit zornigem Gesichtsausdruck.

»Die könnten keine Rolle übernehmen, wo ein Actionauftritt vorkommt«, sagt Schellhorn und macht wieder seine wegwerfende Handbewegung.

»Auf keinen Fall«, bestätigt Wiegand.

»Die würden auf der Leinwand nicht mehr zeigen als was sie in Wirklichkeit können. Das wäre ehrlicher. Täuschen doch nur was vor«, sagt Kovac.

»Genau. Ist eigentlich Betrug«, meint Mettler.

»Viele Schauspieler sind sowieso nur Vortäuscher«, sagt Hellwig, worauf Wulff heftig nickt.

»Ich würde gerne wissen, Kurt, was in dem Grüter vorgeht, wenn er dir dabei zusieht, wie du ihn doubelst. Zeig's ihm und natürlich auch den anderen«, sagt Schellhorn.

»Ja, zeig's diesem steifen Grüter und dieser ganzen verdammten Bagage, Kurt, wie man eine Actionszene spielt«, schließt sich Hellwig mit anfeuernder Gebärde an.

»Irgendetwas muss der Grüter aber doch haben. Sonst hätte er es ja kaum so weit gebracht«, vermutet Wiegand.

»Ich sage dir, Kurt, schauspielerisch ist er eine lackierte Null. Nichts anderes. Er hat nur gute Beziehungen«, sagt Hellwig.

»Und auch als Mann ist mit ihm nicht viel los«, sagt Wulff mit spöttischem Gesicht.

»Woher weißt du das denn, Vera? Hast du etwa mit ihm auch schon etwas gehabt?«, fragt Schellhorn und sieht sie erstaunt an.
»Bewahre, Werner. Erika hat es mir erzählt. Sie hatte im vergangenen Winter eine müde Wochenendliebelei mit ihm. Sie weiß selbst nicht, warum sie mit ihm ins Bett gegangen ist. Vielleicht, um besser einschlafen zu können. Sie meint, dass Grüter als Mann nicht gerade gut bestückt ist.«
»Ach!«, ruft Schellhorn aus.
»Schicksal. Er kann's nicht mehr ändern«, sagt Hellwig.
»Für Nacktszenen also auch eine Niete. Man müsste ihn auch dabei doubeln«, meint Kovac.
»Allein schon wegen seines Körpers. Viel zu teigig. Aber sein Gesicht gefällt mir«, sagt Wiegand.
»Geht so. Ich kenne schönere Männer«, sagt Wulff und gibt Hellwig einen Kuss, der dankbar lächelt.
»Jedenfalls hat er sich schon einen Namen gemacht«, sagt Kovac.
»Das scheint dir ja mächtig zu imponieren«, sagt Wulff ziemlich gereizt.
»Was der Grüter verdient, das hat er wirklich nicht verdient«, sagt Schellhorn mit wegwerfender Handbewegung.
»Nee. Kann doch nix«, bestätigt Mettler.
»Wenn der Grüter uns hier hören könnte«, sagt Kovac und macht ein ahnungsvolles Gesicht.
»Das wäre nicht gut für ihn«, glaubt Wiegand.
»Für mich ist der Grüter jemand, bei dem man alles, aber auch wirklich alles doubeln müsste«, sagt Wulff.
Sie lachen chorig.
Kurze Zeit später verabschiedet sich Mettler. Wiegand sieht ihm hinterher, wie er mit übertrieben großen Schritten zur Tür geht. Ihm fällt dabei der Mann an der Theke auf, den er schon öfter dort gesehen hat. Er interessiert ihn, ohne dass er

weiß, warum. Vielleicht ist es sein Gesicht, das ihn anspricht. Ein schmales, gleichmäßig geschnittenes Oval mit wachen Augen. Es strahlt für ihn eine gewisse Würde aus. Der Mann ist nur mittelgroß, ziemlich drahtig und immer zurückhaltend gekleidet. Er steht jetzt eingekeilt an der dicht umlagerten Theke und trinkt mit angelegtem Arm aus seinem Bierglas. Er wirkt etwas gehemmt, nicht wie jemand, der sich an der Theke Platz verschafft. Wiegand nimmt an, dass er jedes Mal alleine kommt und alleine wieder geht. Er stuft ihn als Einzelgänger ein, der hier gern unter Menschen ist. Wiegand taxiert sein Alter auf Ende dreißig. Was für ein Leben führt er wohl?, fragt er sich. Eins, das ihn zurzeit frieren lässt? Könnte sein. Vielleicht auf der Suche. Angst vor dem Alter? Sieht auch ziemlich schwerblütig aus. Zu wenig Lebensfreude. Vielleicht fehlt ihm nur ein starkes Erlebnis. Etwas, wovon er sich angefeuert fühlt. Braucht wohl einen guten Privatstunt. Kann Wunder wirken. Hat vielleicht auch Sehnsucht nach einem ganz anderen Leben. Wie so viele. Warten darauf und verkümmern dabei. Ungelebtes Leben. Nicht mein Problem. Ist ja sowieso egal, was er für ein Mensch ist. Ich habe nichts mit dem zu tun.

»Gibt's da vorne etwas Besonderes zu sehen, Kurt?«, fragt ihn jetzt Schellhorn, zur Theke blickend.

»Eigentlich nicht, Werner«, antwortet Wiegand, dreht seinen Kopf wieder zum Tisch und stützt seine Arme auf. Er sieht zu Hellwig, der gerade einen für seine krachledernen Auftritte bekannten Politiker imitieret. Gekonnt macht er ihn zur Witzfigur. Gelächter erfüllt den Raum. Vom Nebentisch ruft jemand laut Zugabe.

Ihre Runde vergrößert sich auf acht Personen. Zu ihnen setzen sich noch: Conny Westebbe, Ex-Artistin, Deutschlands beste Stuntfrau, aufstrebendes Filmsternchen, erstaunlich klug, ohne feste Bindung; Nicole Vollmer, ihre Freundin,

Boutiquebesitzerin, in Scheidung lebend, etwas bieder, seit einigen Wochen öfter im »Rübezahl«, um Kovac bemüht, der noch zögert; Ludwig Diefenbach, vom Zapfhahn zu ihnen übergewechselt, froh, wie er sagte, endlich wieder unter normalen Menschen zu sein.
Wiegand fühlt sich jetzt frei von allem, was ihn in den letzten Tagen bedrückt hat, bestimmt von seinem gewohnten Lebensrhythmus. Er redet und lacht viel, freut sich über freundschaftliche Nähe, Neuigkeiten und Bekanntes mischen sich unterhaltsam, eine lebhafte Runde, fünf Männer und drei Frauen, ein stellenweise enges, dann wieder loses Beziehungsgeflecht bildend, ein Abend ganz nach seinem Geschmack.

»2700?«
»2700. So viel hat mir der Rödel heute Abend dafür geboten. Scheint's unbedingt haben zu wollen. Ich warte noch ein bisschen. Für 3000 Euro verkaufe ich es.«
»Für mich ist und bleibt es ein Schinken, Ludwig. Würde dafür noch nicht einmal 500 Euro ausgeben. Die Zeichnung darunter gefällt mir viel besser.«
»Du brauchst das Bild ja auch nicht zu kaufen, Werner.«
»Mir gefällt's und dem Rödel erst recht. Ist ihm immerhin 2700 Euro wert. Bislang. Er sagt, dass es gekonnt gemalt ist und witzig mit deutschem Sagengut spielt.«
»Soso. Es bleibt trotzdem für mich ein Schinken.«
»Ich dachte, du hängst an dem Bild, Ludwig?«
»Nicht mehr besonders, Conny.«
»Ludwig hängt schließlich auch am Geld.«
»Du hast es erfasst, Werner. Für 3000 gebe ich's gerne her.«
»Du hast ja noch genug andere Rübezahls an der Wand.«
»Vielleicht bietet dir der Hillmann sofort 3000, wenn er hört, dass ihn jetzt jemand überboten hat.«

»Dann kann er es sofort mitnehmen. Er ist genauso dahinter her wie der Rödel.«

»Der Rödel, das ist doch der mit der Pepita-Jacke, oder?«

»Ja, Nicole.«

»Hat eine schöne Stirn.«

»Und den Doktor.«

»Immerhin. Den hat keiner von uns.«

»Brauchen wir auch nicht.«

»Der ist doch beim Hörspiel, Ludwig, oder?«

»Ja. Und sogar der Häuptling davon. Verdient bestimmt first class. Ich finde ihn in Ordnung. Gibt auch immer ein ordentliches Trinkgeld.«

»Der begnadete Künstler ist hier doch schon lange nicht mehr aufgetaucht, Ludwig. Oder hat er sich wieder blicken lassen?«

»Nein, Werner. Fast ein Jahr nicht mehr. War schon eine Type, der Horst. Ziemlich überkandidelt, aber ich mochte ihn. Habe gehört, er soll jetzt in Costa Rica leben. Würde mich nicht wundern. Der hat früher schon davon geschwärmt.«

»Was macht er denn da?«

»Fahr hin und frag ihn, Jakob. Handelt vielleicht mit Bananen und Kaffee.«

»Von seiner Kunst wird er dort wohl nicht leben können. Schaffte es hier schon nicht.«

»Nee, Kurt. Der war ja damals heilfroh, dass er mir ein Rübezahlgemälde für 800 Euro malen konnte. Hat sofort Ja gesagt, als ich ihn fragte.«

»Und durfte dann auch noch einen Monat jeden Abend hier umsonst essen.«

»Ja. Der arme Kerl lebte von der Hand in den Mund. Tat mir irgendwie leid, der Horst. Was hat der hier gegessen! Der war ja nur ein Knisperl, aß aber glatt für zwei. Fastete bestimmt tagsüber und aß sich hier abends satt. Konnte so einen Monat gut sparen.«

»Der Horst hat hier mit seiner Kunst mehr verdient als woanders. Er hat es ja selbst gesagt. Wie viele Portraitzeichnungen er wohl gemacht hat?«
»Genau 47. Er war ganz stolz deswegen.«
»100 Euro für jedes Portrait. Das läppert sich dann so zusammen. Ich habe auch eins von ihm.«
»Ich auch, Vera.«
»Das ging verdammt fix bei ihm. Der konnte wirklich gut zeichnen.«
»Und malen, Werner. Horst war ja auch ein Meisterschüler.«

»Irgendetwas brütet der Martin aus. Er wirkte heute Abend so geladen, schien mit seinen Gedanken oft ganz woanders zu sein.«
»Hab's auch gemerkt, Jakob. Ehrlich gesagt, ich glaube nicht, dass Martin noch lange sauber bleibt. Ein kleiner Ganove, der das Zeug dazu hat, ein großer zu werden. Würde mich nicht wundern, wenn der eines Tages in der Fremdenlegion untertauchen würde.«
»Wer weiß, Kurt. Martin würde dann so gedrillt, dass ihm Hören und Sehen vergeht. Wie alle anderen. Sonst wären die ganzen schrägen Vögel da wohl nicht zu bändigen. Aber ob's Martin lange in der Fremdenlegion aushalten würde?«
»Warum denn nicht? Da ist ja für seinen Geschmack immer was los. Beim Bund kam er doch auch gut zurecht. Hatte sogar einen Stammplatz in einer Spezialeinheit. Spricht darüber so, als wäre er in einem Sportverein gewesen.«
»Hatte da viel Action. Einer von der knallharten Sorte. Als Legionär könnte Martin dann wieder schön im Gleichschritt marschieren. Das soll ja den Korpsgeist fördern. Würde dann bei allen Betriebsausflügen exakt 88 Schritte pro Minute machen. Der übliche Legionärsrhythmus.«
»Woher weißt du das denn, Kurt?«

»Hermann hat's mir erzählt, Conny. Ein Kollege von ihm hat einen Film über einen Ex-Fremdenlegionär gedreht.«

»Kann interessant sein.«

»Eigentlich finde ich Martin gar nicht so übel. Komme ganz gut mit ihm zurecht. Man sollte ihn einfach so nehmen, wie er ist. Er spürt wohl, dass er nicht gerade beliebt ist.«

»Das ist er doch selber schuld, Werner. Man weiß ja nie, woran man bei ihm ist.«

»Ich habe nichts gegen ihn, bin aber auch kein Fan von ihm.«

»Und mir fällt er immer mehr auf den Wecker. Schon wie er sich verabschiedet hat. Als könnten wir ihm alle gestohlen bleiben.«

»Als Stuntman ist er jedenfalls erstklassig.«

»Ich bin besser, Werner.«

»Natürlich, Conny. Du bist die Allerbeste.«

»Stuntfrau.«

»Ich mache auch euch Männern noch was vor.«

»Fragt sich nur, worin, Conny.«

»Sag, wie gut ich bin, Kurt.«

»Also, du bist die mit Abstand beste und dazu noch schönste Stuntfrau, die in Deutschland arbeitet.«

»Nett. Aber das reicht mir nicht. Ich bin nämlich mindestens so gut wie du und Jakob.«

»Unsere Hochachtung.«

»Denkt doch nur einmal an meinen Achterbahn-Stunt.«

»Den hätte ich auch gern gemacht.«

»Der war in der Tat großartig, Conny. Wie du in dem Achterbahngestänge herumgeklettert bist, das war atemberaubend. Und als du dich von der einen Verstrebung auf die andere geschwungen hast, das war die Krönung. Artistisch.«

»Bin ja auch bis 18 Artistin gewesen. Und mein letzter Stunt? War der etwa nur deswegen Spitze, weil ihn eine Frau gemacht hat?«

»Keineswegs, Conny. Damit wärst du auch ein Spitzenmann.«
»Das können wirklich nur wenige: Von einem Motorboot auf einen Hubschrauber umsteigen und dabei noch an der Strickleiter herumturnen.«
»Na also.«
»Ich finde es viel wichtiger, Conny, dass du dich jetzt als Schauspielerin zu profilieren beginnst. Natürlich hat dir bei manchen Rollen geholfen, dass du eine fabelhafte Stuntfrau bist. Aber das solltest du nicht überschätzen. Du willst ja als Schauspielerin weiterkommen, weniger als Stuntfrau. Damit hast du eigentlich genug erreicht.«
»Da hast du eigentlich recht, Thomas.«
»Du kannst mit dir wirklich zufrieden sein, Conny.«
»Wenn ich du wäre, würde ich mich auf der Stelle heiraten.«
»Conny, wir sind alle stolz auf dich.«
»Danke für die Blumen. Weiter so.«
»Auf Conny, die schon für Furore gesorgt hat und weiter für Furore sorgen wird.«

»Wer so etwas einem Kind antut, kann nicht mehr normal sein. Das ist doch entsetzlich, was diesem Mädchen passiert ist.«
»Wenn jemand meine Tochter missbrauchen würde, ich glaube, ich würde glatt ausrasten.«
»Ich wohl auch, Werner.«
»Ich würde aus so einem Kerl Mus machen.«
»Meinen Segen hättest du, Ludwig.«
»Was treibt jemanden bloß dazu?«
»Schweinische Geilheit.«
»Nur das, Nicole.«
»Kindesmissbrauch kommt in allen Gesellschaftsschichten vor. Die engsten Familienangehörigen benehmen sich dabei am schlimmsten. Auf jede nur denkbare Weise.«

»Opa geil auf Enkelin. Nur ein Beispiel. Passiert wohl gar nicht so selten.«
»Glaube ich auch, Thomas.«
»Wer ein Kind missbraucht, gehört schwer bestraft. Der kann eigentlich nicht mehr verteidigt werden.«
»Wie kommen Kinder bloß darüber hinweg?«
»Vielleicht nie, Vera. Eine schwere seelische Wunde, die nie verheilt.«
»Hört endlich damit auf. Sonst werde ich noch traurig.«
»Conny hat recht. Reden wir lieber von etwas anderem. So ein Thema verdirbt einem nur die Laune.«

»Kurt, sagst du bitte, Ingrid, dass sie die Röcke schon morgen abholen kann.«
»Was denn für Röcke, Nicole?«
»Was für eine Frage, Kurt. Natürlich die beiden Röcke, die sie bei mir gekauft hat. Sie standen ihr ganz entzückend, waren nur ein bisschen zu weit an der Hüfte. Leichtes Satin, glatter Schnitt. Der eine in Anthrazit, der andere in Bordeauxrot.«
»Schön. Ich werde es ihr sagen.«
»Ingrid ist gestern fast den ganzen Nachmittag bei mir in der Boutique geblieben. Hat die Frau ein Temperament. Köstlich. Wir haben uns prima unterhalten. Und natürlich über unsere Männer hergezogen. Das Einzige, wozu sie noch taugen. Ingrid will sich ja auch scheiden lassen. Das Beste, was sie machen kann, Kurt, nach allem, was ich von ihr so gehört habe. Sie scheint es ziemlich eilig damit zu haben.«
»Ja. Sie will es nicht länger hinausschieben. Ärgert sich jetzt, dass sie ihrem Alten nicht eher den Laufpass gegeben hat.«
»Wieder eine Scheidung mehr.«
»Um das Standesamt sollte man einen großen Bogen machen. Ist nur eine Falle.«
»Du sagst es, Vera.«

»Wie kann man nur heiraten?«

»Man könnte mit einem Stunt Millionär werden. Mehrfacher sogar.«
»Man muss ihn nur schaffen. Das ist wohl der einzige Haken dabei.«
»Der einzige, Jakob.«
»Wohl ein lebensgefährlicher.«
»Das muss ja ein Super-Stunt sein, Thomas. Und ist kaum machbar. Sonst wäre er ja nicht so viel wert.«
»Angeblich hat ihn schon jemand geschafft, aber dafür gibt's keine Beweise. Das wäre wirklich eine ganz unglaubliche Leistung. Kaum zu überbieten.«
»Wer würde ihn denn finanzieren? Was ist das für ein Stunt? Muss man dabei etwa auf einem Hochspannungsseil balancieren?«
»Das nicht, Conny. Aber ich glaube, man muss schon ein Naturtalent sein. Dann könnte man ihn schaffen. Ich will's auch mal probieren.«
»Du, Thomas? Du bist doch überhaupt kein Stuntman.«
»Trotzdem probiere ich es, Conny.«
»Du willst also einen Super-Stunt wagen, der Millionen wert ist. Lebensmüde?«
»Keinesfalls, Kurt.«
»Mach's nicht so spannend. Was ist das für ein Stunt?«
»Wahrlich, wahrlich, ich sage euch, wem dieser Stunt gelingt, der ist des Reichtums sicher.«
»Thomas hat einen sitzen.«
»Habe ich nicht, Vera. Morgen fahre ich zum Starnberger See trainieren. Vielleicht bin ich ja ein Naturtalent und schaffe es auf Anhieb. Damit würde mir eine Weltsensation gelingen. Ich wäre ein Übermensch, würde eine Sekte gründen und schnell steinreich werden.«

»Der spinnt.«
»Man höre und staune. Dieser Mann hier will also partout das Schicksal herausfordern. Mach doch keine Dummheiten, Thomas.«
»Ich werde es versuchen. Davon lass ich mich nicht mehr abbringen.«
»Männer zieht's eben ins Grab.«
»Glatt größenwahnsinnig geworden.«
»Wenn du uns nicht sofort sagst, Thomas, was das für ein Stunt ist, bekommst du Lokalverbot.«
»Los sag's uns.«
»Es ist der Genezareth-Stunt.«
»Oh verdammich! Der Genezareth-Stunt! Das muss ich mir merken.«
»Der Witz des Tages.«
»Millionen für den, der es schafft, übers Wasser zu gehen.«
»Das war wirklich gut, Thomas. Dafür gebe ich dir einen aus.«
»Bestell am besten einen Krug Wasser, Jakob. Thomas verwandelt es uns dann sofort zu Wein.«
»Pst! Lästert nicht so laut. Er könnte euch hören.«
»Nehmt doch Rücksicht auf Ludwig. Der ist ja noch immer katholisch.«
»Macht ruhig weiter. Ich bin es nur noch ein bisschen.«
»Ludwig, du gehst doch noch immer zu den katholischen Spitzenzeiten ins Klubhaus, oder?«
»Ja, aber nur dann, Kurt. Vor allem zu Weihnachten. Ich höre auch gern die Kirchenorgel spielen. Schon seit meiner Kindheit klang sie für mich irgendwie märchenhaft. In der Kirche muss ich heute immer an meine Kindheit zurückdenken. Sie war sehr schön.«
»Darum beneide ich dich, Ludwig.«
»Ich hatte auch eine schöne Kindheit.«

»Wenn ich's mir recht überlege, dann steckt die Bibel doch voller Stunts und Action.«
»Im alten Testament ist noch mehr los, Werner. Mehr als in vielen Krimis. Man sollte es verfilmen. Das wäre für Stuntmen und Stuntwomen eine gute Verdienstquelle.«
»Könnte Spaß machen, dabei mitzuarbeiten, Werner.«
»Ich lese gern im alten Testament. Wahrheiten stehen da drin, ich sage ich euch, die geben einem was fürs Leben.«
»Ludwig, da muss ich leider passen.«
»Ob Altes oder Neues Testament, das ist mir schnurzegal. Ich erbe sowieso nichts.«
»Uff.«
»Die Stunts darin sind jedenfalls einsame Spitze. Einfach nicht zu übertreffen.«

»War das nicht Norberts neuer Freund?«
»Ja.«
»Hätte sich ruhig zu uns setzen können.«
»Sieht verdammt gut aus. Designer?«
»Nein. Ist Toningenieur, Conny.«
»Kommt Norbert noch diese Woche aus London zurück?«
»Ja. Am Samstag.«
»Man hat ihn doch für einen Science-Fiction-Film engagiert, oder?«
»Ja, Thomas. Eine englisch-deutsche Koproduktion, in die viel Geld gepumpt worden ist. Norbert sorgt für die Spezialeffekte. Es ist ein Milchstraßenreißer.«
»Mit Science-Fiction-Filmen kann ich nichts mehr anfangen. Sie langweilen mich nur noch.«
»Geht mir genauso, Werner.«
»Mir fällt gerade ein, wie Norbert mit Anton hier saß. Ist jetzt beinahe zwei Jahre her. War ein toller Abend. Wir haben viel Spaß bekommen. Norbert hat Anton sofort ein Bier und einen

Korn bestellt. Und Dagmar hat mit ihm eine heiße Liebesszene aufgeführt. Die war ganz schön blau. Unser guter alter Anton.«

»Ich erinnere mich noch gut daran, Ludwig. Wir kamen gerade von schwierigen Probearbeiten für einen Eisenbahn-Stunt. Norbert wollte Anton nicht im Wagen sitzen lassen. Hatte Angst, dass er gekidnappt würde.«

»Warf ihn kurzerhand über die Schulter und kam so mit ihm hier rein. Wie John Wayne.«

»Genau, Jakob. Schade, dass es davon kein Foto gibt. Norbert mit Anton über den Schultern.«

»Wer ist dieser Anton? Vielleicht kenne ich ihn. Wie heißt er denn mit Nachnamen? Warum lacht ihr?«

»Nicole, Anton, das ist Norberts Dummy.«

»Jetzt verstehe ich überhaupt nichts mehr. Dummy?«

»Anton ist ein Dummy und ein Dummy ist aus Kunststoff. Eine spezielle Puppe, die man vor allem bei Crash-Tests benutzt.«

»Ach so. Kenne ich aus dem Fernsehen. Sieht so ähnlich wie eine Schaufensterpuppe aus. Wofür braucht Norbert diesen Dummy, beziehungsweise Anton?«

»Anton hat jetzt ausgedient, Nicole. Norbert brauchte ihn für Tests, die Stunts sicherer machen. Seitdem er mit einem Computer der neuen Generation arbeitet, ist Anton überflüssig geworden.«

»Der liegt jetzt wohl auf irgendeiner Müllkippe.«

»Doch nicht unser Anton. Das wäre herzlos. Anton hat heute einen Ehrenplatz in Norberts Wohnung. Er sitzt in seiner Diele auf einem Starfighter-Schleudersitz.«

»Das muss ja irre aussehen.«

»Sieht's auch, Nicole. Aber sonst ist Norbert ganz normal eingerichtet.«

»Wie ist denn Norbert an den Schleudersitz gekommen?«

»Der war billig zu haben. Stammt aus Restbeständen der Bundeswehr.«

»Erst Olympiasieger, dann Tarzan und am Ende meschugge.«
»So kann's einem gehen. Der arme Johnny Weissmüller.«
»Wieso denn arm, Werner? Nur weil eine Anstalt die Endstation war? Der hat sonst doch zehnmal besser gelebt als ein Normalsterblicher. Schön hollywoodig. Ein Leben als Star. So, wie er es wollte.«
»Genau, Thomas. Ein Olympiasieg würde mir schon reichen.«
»Mir auch, Jakob. Manchen läuft das Glück eben nach.«
»Heute würde Johnny Weissmüller bei den Olympischen Spielen jeder Frau hinterherschwimmen.«
»Frauen werden eben immer bessere Männer, Conny.«
»Frechheit.«
»Johnny Weissmüller soll ein ganz ausgeglichener Mensch gewesen sein.«
»Lebte ja auch auf der Sonnenseite des Lebens, Ludwig.«
»Nur am Ende auf der Nachtseite. Das glaubt man zuerst gar nicht, wenn man hört, wie er sich in der Anstalt aufgeführt haben soll.«
»Ist aber bei aller Verrücktheit verständlich, Werner. Geistig umnachtet spielte Johnny Weissmüller eben wieder Tarzan. Seine Lieblingsrolle. Er wähnte sich wohl im Urwald. Er soll in der Anstalt oft Tarzanschreie ausgestoßen haben. Vor einem ganz anderen Publikum. Live.«
»Da muss sich ja einiges abgespielt haben. Wirklich verrückte Szenen. Ob die Pfleger Witze über ihn gemacht haben?«
»So etwas bleibt dann doch nicht aus, Kurt.«
»Nee.«
»Armer Kerl.«
»Schicksal.«
»Ist doch irgendwie pervers von unserer lieben Natur.«

»Johnny Weissmüller hat jedenfalls ein Superleben geführt und vielen Menschen Freude bereitet. Das können die wenigsten von sich behaupten. Ist schon traurig, dass einer wie er verrückt wurde.«
»Ich finde es eher komisch, wie er es war.«
»Vielleicht ist es beides, Thomas.«
»Und mir ist's völlig egal.«

»Ein schönes Gelb.«
»Senfgelb würde ich sagen.«
»Aber mittelscharf, Nicole.«
»Wenn du meinst, Kurt.«
»Sieht nach Seide aus.«
»Ist es auch.«
»Aus Spanien, Jakob?«
»Nein. Ich habe es auf der Leopoldstraße gekauft.«
»Jakob besitzt zig Einstecktücher.«
»Wie viel zig, Jakob?«
»So an die fünfzig.«
»Jakob hat zweifellos einen Einstecktuch-Tick.«
»In meinen Augen ist das kein Tick, Conny.«
»In meinen Augen auch nicht. Ich weiß ja, warum er so viele hat.«
»Und warum hat er so viele Einstecktücher, Werner?«
»Lass es dir von ihm selbst erklären.«
»Also, warum, Jakob?«
»Weil ich zu wenig Jacken habe.«
»Den Witz verstehe ich nicht.«
»Ich auch nicht.«
»Es hängt wirklich damit zusammen, dass ich zu wenig Jacken habe. Ich kann leider nicht viel Geld für Klamotten ausgeben, Nicole. Jacken sind mir wichtiger als Hosen. Am liebsten würde ich jeden Tag eine andere Jacke anziehen.

Zurzeit habe ich aber nur zwölf Jacken. Für alle Jahreszeiten. Ich kann also nur wenig variieren. Mit meinen Einstecktüchern gleiche ich das ein wenig aus. Sie bringen auf jeden Fall mehr Abwechslung in meine Kleidung.«

»Ach so. Das klingt einleuchtend.«

»Und wenn jemand die gleiche Jacke trägt wie ich, dann sorgt mein Einstecktuch für den Unterschied.«

»Du wirst wohl kaum jemandem begegnen, der die gleiche Jacke und das gleiche Einstecktuch wie du trägt.«

»Sehr unwahrscheinlich, Nicole. Wenn, dann würde ich ihn sofort kennenlernen wollen.«

»Jakobs Einstecktücher sind sozusagen die wechselnden Akzente seiner Jacken.«

»Hört sich gut an, Vera. Werd's mir merken.«

»Deine Jacke muss was gekostet haben, Jakob. Super Schnitt. Beste Qualität. Das fühle ich.«

»Stimmt. Du bist ja auch vom Fach, Nicole. Die Jacke habe ich aus dem Ausverkauf. Sonst hätte ich sie mir nicht leisten können. War aber noch immer teuer genug. Man sieht sofort, dass es keine Nullachtfünfzehn-Jacke ist. Ich hasse Massenware.«

»Jakob trägt nur exklusive Jacken.«

»Mit Einstecktüchern.«

»Jakob hätte bestimmt lieber mehr Jacken und weniger Einstecktücher.«

»Schon, Conny. Ein Einstecktuch würde ich aber auch dann jedes Mal in meiner Jacke haben. Erst durch das Einstecktuch wird eine Jacke zu meiner Jacke.«

»Das Einstecktuch ist Jakobs persönliche Note.«

»Ich werde mir auch ein paar Einstecktücher zulegen.«

»Ein Onkel von mir. Das muss ein seltener Mensch gewesen sein. Meine Mutter redet noch heute oft von ihm. Er war der Bruder ihres Großvaters.«

»War er damals ein Star?«
»Das nicht, Jakob. Aber auf dem besten Wege, einer zu werden. Er hatte sich beim Varieté bereits einen Namen gemacht. Verdiente relativ gut. Es war ja auch die Blütezeit des Variétés.«
»Die Zeit des Variétés ist endgültig vorbei.«
»Meine ich auch, Werner. Was heute Varieté sein will, ist doch nur ein schwacher Abklatsch. Und wirkt ziemlich peinlich. Jedenfalls das, was ich bisher zu sehen bekommen habe. Auch in Berlin.«
»Wohl um Klassen schlechter als früher.«
»Bestimmt, Ludwig.«
»Mein Onkel sehnte sich immer nach dem alten Berlin zurück. Er soll oft feuchte Augen bekommen haben, wenn er davon erzählte. Seine glücklichste Zeit. Fühlte sich um sein Leben betrogen. Gefragt war damals der Virtuose, und er war einer. Blender hatten in Berlin keine Chance. Besonders beliebt war die Mischung aus Akrobatik, Humor und Exzentrik. Die soll er glänzend beherrscht haben.«
»Und warum musste er emigrieren?«
»Er war Edelkommunist und sehr stolz darauf. Dummerweise hing er das viel zu lange an die große Glocke. Er musste dann schleunigst seine Koffer packen, weil ein Möchtegern-Künstler seinen Größenwahn immer erfolgreicher befriedigte.«
»Ist ja auch weltberühmt geworden.«
»Die Welt hätte gerne auf dieses Monster verzichtet, Jakob. Hitler war ein Prachtexemplar im rein männlichen Kabinett des Grauens.«
»Du sagst es, Vera.«
»Wenn der einhodige Mann aus Braunau damals nicht so gut gesponsert worden wäre, dann wäre er vielleicht nur Präsident des Bauernverbandes geworden.«

»War der wirklich nur eineiig, Werner?«

»Norbert hat es mir erzählt. Und der hat's von einem Historiker. Könnte wirklich stimmen.«

»Fangt doch jetzt nicht an, deutsche Geschichte auszukramen. Kennen wir ja bis zum Erbrechen. Der Onkel von Thomas ist viel interessanter.«

»Du hast recht, Kurt.«

»Mein Onkel hätte beinahe zu lange gezögert. Eine Woche später, dann hätte er vielleicht als Rohmaterial für Lampenschirme gedient. Bis kurz vor seiner Flucht hatte der tatsächlich geglaubt, dass alles nur ein Spuk wäre, der bald vorbei sein würde. Er hatte es noch so gerade geschafft. Seine Varieté-Karriere war damit zwangsläufig beendet. Er schlug sich in den USA durch. Soll verdammt hart für ihn gewesen sein. Auch als Edelkommunist. Er musste alles Mögliche machen, um seine Brötchen zu verdienen.«

»Dann erging es ihm dort so wie vielen anderen, die aus Deutschland geflohen waren.«

»Ja. Aber er hatte wenigstens überlebt. Und das war das Wichtigste. Womit mein Onkel in Berlin sein Geld verdient hatte, das war den Amerikanern keinen Dollar wert. Er versuchte, sich darauf einzustellen, arbeitete auf Rummelplätzen, zeigte dort grobe Artistik. Mehr wollte man von ihm nicht sehen. Aber es gab eine kurze Zeit, von der er gerne erzählt haben soll. Drei Monate dauerte sie etwa. So lange boxte er gegen Bären und Kängurus.«

»Wahnsinn.«

»Stimmt das wirklich, Thomas?«

»Ja, ist die reine Wahrheit. Schon ziemlich krass.«

»So etwas würde ich gern einmal sehen.«

»Ich auch, Ludwig. Das wäre sogar heute eine Riesenattraktion.«

»Wäre was für Vergnügungsparks.«

»Bestimmt. Mein Onkel soll auch viel Show dabei gemacht haben. So, wie es die Amerikaner lieben. Mit akrobatischen Einlagen zusätzlich gewürzt. Die Leute waren hingerissen, jubelten ihm zu, feuerten aber auch die Tiere an.«

»Es wundert mich nicht, dass die Amis dabei aus dem Häuschen gerieten.«

»Mich auch nicht, Ludwig.«

»Jesse Owens musste, um über die Runden zu kommen, gegen Pferde laufen. Vielleicht zur gleichen Zeit wie dein Onkel gegen Bären und Kängurus boxte.«

»Das ist durchaus möglich, Jakob. Mein Onkel boxte öfter und auch lieber gegen Bären als gegen Kängurus. Bären waren für ihn leichter auszurechnen und wirkten vom Bewegungsablauf her viel eleganter als diese herumkeckernden Kängurus. Das Show-Boxen mit Bären sah deswegen besser und echter aus. Aber die Leute sollen auch einen Riesenspaß gehabt haben, wenn er mit einem Känguru im Ring war.«

»Du sagtest, Thomas, dass dein Onkel das nur drei Monate gemacht hatte. Warum nicht länger? Er hatte doch Erfolg damit. Wurde er etwa zu oft ausgeknockt?«

»Nie richtig. Wenn, dann hatte er es den Leuten nur vorgegaukelt. Er hätte sich gewiss noch eine ganze Weile so weiter durchgeboxt, aber die amerikanischen Tierschützer kamen ihm in die Quere. Sie protestierten dagegen, störten die Veranstaltungen, die schließlich verboten wurden.«

»Und was machte er danach?«

»Danach tingelte er wieder durch New Yorker Nachtklubs. Man zahlte ihm immer nur Hungerlöhne. Er nahm deswegen alle möglichen Gelegenheitsjobs an. Er überlebte zwar im Exil, aber das hatte ihm auch das Leben verkürzt. Als er wieder nach Deutschland zurückkehrte, war er mit 43 Jahren schon ziemlich ausgebrannt. Er war oft krank, hatte Depressionen und starb mit 64.«

»Wohl an Deutschland. Kein Einzelfall.«
»Nur einer von vielen.«
»Wenn meine Mutter über meinen Onkel und den ganzen deutschen Schlamassel redet, dann flammt auch prompt ihr altes linkes Feuer wieder auf. Ihr müsst sie mal dabei erleben. Sie hat dann ihren ganz besonderen Auftritt. Wirkt um Jahre jünger. Redet beinahe so wie ein Revoluzzer. In ihr steckt noch immer eine gewisse Wut. Für sie gibt es sowieso nirgendwo mehr potenzielle Faschisten als in Deutschland.«

»Wie oft zeigt ihr denn euere Stunt-Show noch? Und wo?«
»In diesem Jahr nur noch sechsmal auf dem glorreichen Bavaria-Filmgelände, Vera. Ende Oktober ist Feierabend. Danach treten wir erst wieder im April nächsten Jahres auf. In der Zwischenzeit werden wir unsere Stunt-Show umgestalten. Sie wird größer, besser, sensationeller. Geht gar nicht anders. Die Leute werden ja immer verwöhnter. Wir werden ihnen ein Stunt-Feuerwerk wie noch nie bieten. Etwas in Deutschland Einmaliges.«
»Genau, Werner. Ein Super-Programm. Die Leute werden aus dem Staunen nicht mehr herauskommen.«
»Hoffentlich.«
»Und wie wird eure neue Stunt-Show aussehen? Mehr hollywoodig?«
»Auf jeden Fall, Thomas. Ist aber noch alles in der Planung. Ich will mehr Showelemente als sonst einbauen. Es kommt auf die richtige Mischung an. Unsere amerikanischen Kollegen sind uns darin ein Vorbild. Die haben ihre Stunt-Shows perfektioniert. Sind einsame Spitze.«
»Wir werden auch immer besser.«
»Und teurer. Ende der Bescheidenheit.«
»Genau. Ohne uns wäre es doch sturzlangweilige Shows. Wir werden den Leuten ein atemberaubendes Programm bieten.«

»Das bietet ihr schon jetzt, Werner. Bekommt man in eurer neuen Show etwa heiße Tanzeinlagen mit Go-go-Girls zu sehen, Werner?«
»Warum denn nicht, Nicole? Das ist bereits eingeplant. Go-go-Girls passen gut dazu.«
»Stimmt. Das kommt bei den Leuten ja immer gut an, wenn eine Riege knackiger Frauen mit viel Pep tanzt.«
»Das rundet unsere Stunt-Show ab.«
»Ein prima Pausenfüller. Wenn wir nicht stunten, tanzen sie.«
»Ist, finde ich, eine gute Idee. Sag mal, Conny, bist du nächstes Jahr auch wieder dabei?«
»Natürlich, Thomas. Was glaubst du denn? Stunt-Shows lasse ich mir doch nicht entgehen. Die brauche ich einfach. Geben mir immer einen tollen Schub.«
»Conny ist und bleibt ein Zirkusweib.«
»Das glaube ich auch, Nicole.«
»Bei den Genen kein Wunder, oder?«
»Nee, Conny.«
»Wenn man aus so einer Sippe stammt wie du, dann kann man eigentlich gar nichts anderes werden.«
»Das sage ich mir ja auch.«
»Was wird aus euren Sprung-Stunts? Lasst ihr sie so, wie sie sind, oder riskiert ihr in eurer neuen Stunt-Show mehr?«
»Wir werden dabei nicht mehr riskieren, Vera. Aber unsere Sprung-Stunts werden für die Zuschauer gefährlicher aussehen. Wir werden ihnen mehr Nervenkitzel bieten.«
»Hochspannung. Gute Unterhaltung.«
»Conny, Kurt und Jakob werden Sprung-Stunts der besonderen Art vorführen.«
»Du sagst es, Werner. Mit mehr Artistik und Show als dieses Jahr.«
»Und Martin wird wieder seine atemberaubenden Todesstürze von Dächern und Balkonen zeigen.«

»Die kann er auch am besten, Werner.«
»Springt ihr nächstes Jahr aus größeren Höhen?«
»Ja. Und wir werden wohl mit vereisten Haaren runterkommen.«
»Jakob, übertreib nicht.«
»Was ist schon normal?«
»Ihr riskiert immer mehr. Irgendwann bricht sich einer von euch dabei die Ohren.«
»Unsinn, Vera. Wir gehen doch immer auf Nummer sicher. Wir leben einfach zu gerne.«
»Es gibt nichts Schöneres.«
»Eher passiert mir was bei einem Seitensprung.«
»Ich dachte, den beherrschst du schon hundertprozentig, Conny.«
»Noch nicht ganz, Thomas. Kann manchmal verdammt heikel sein.«
»Sogar tödlich. Wenn jemand aus Eifersucht ausrastet. Kommt gar nicht so selten vor.«
»Mal nicht den Teufel an die Wand, Kurt.«
»In unseren Stunt-Shows ist noch nie etwas passiert.«
»Glücklicherweise.«
»Spielt ihr nächstes Jahr auch wieder Szenen aus Action-Filmen nach?«
»Natürlich, Nicole. Die sind aus unserer Show gar nicht mehr wegzudenken. Sind und bleiben der Hauptteil. Wir stunten uns dabei durch die Filmwelt, zeigen, was wir alles können.«
»Unsere Action-Szenen sind schon in diesem Jahr gut beim Publikum angekommen.«
»Ja. In unserer neuen Stunt-Show wird's dabei aber noch rasanter und spannender zugehen. Und ich kann mehr Leute als dieses Jahr einsetzen. Ich habe auch darum gekämpft. Die Gagen sind dafür bereits bewilligt worden.«
»Ein Segen.«

»Ich kann dann endlich wieder mitmachen. Dieses Jahr ging's ja leider nicht. Danke nochmals, Werner, dass du mich in die Auto-Stunts und Kampfszenen eingebaut hast.«

»Nichts zu danken, Ludwig. Du wirst dabei ein paar starke Auftritte haben.«

»Freut mich riesig, Werner.«

»Ludwig ist leidenschaftlich gern Stuntman.«

»Ich würde sogar umsonst bei den Stunt-Shows mitmachen.«

»Sag das nicht zu laut, Ludwig.«

»Ich habe die Gagen doch gar nicht nötig, Thomas. Der »Rübezahl« wirft genug ab. Ihr wisst, dass ich lieber Stuntman als Wirt bin.«

»Seitdem du Wirt geworden bist, Ludwig.«

»Ludwig freut sich über jeden Stunt, den er machen kann.«

»Stimmt, Jakob. Kommt nur nicht so oft vor. Ich bin leider nicht so gut wie du.«

»Kann's nicht ändern.«

»Ludwig, du hast auch deine Stärken.«

»Danke, Thomas.«

»Ich glaube, für einen Stunt würde Ludwig sogar mit einem Gorilla catchen.«

»Kommt drauf an, Conny. Wenn der Gorilla richtig dressiert ist. Wäre mal einen Versuch wert. Wenn's klappt, eine Riesenattraktion. Bringt mir einen, und ich catche mit ihm.«

»Der Gorilla hätte keine Chance gegen Ludwig.«

»Das arme Tierchen würde schon bald Reißaus nehmen. Völlig geschockt.«

»Ein Gorilla-Catch wäre mehr eine Zirkusnummer als ein Stunt. So was will ich in unserer Stunt-Show nicht haben.«

»Und damit basta!«

»Unser großer Häuptling hat mal wieder gesprochen. Was er sagt, ist Gesetz.«

»Schön, dass ihr so viel Respekt vor mir habt.«

»Wir wagen keine Kritik, Werner. Sind bei dir nur Ja-Sager.«
»Und das soll ich dir glauben, Conny?«
»Natürlich nicht.«

»Habt ihr auch von dem Fallschirmspringer heute in der Zeitung gelesen?«
»Von was für einem Fallschirmspringer?«
»Nicole meint den, der seinen Weltrekordversuch nicht überlebt hat.«
»Genau den meine ich, Jakob. Ich weiß nicht mehr, aus welcher Höhe er abgesprungen ist. Vielleicht waren es drei- oder viertausend Meter. Sein Fallschirm hat sich nicht geöffnet. Wie kann so etwas bloß passieren?«
»Das wird wohl ein Materialfehler gewesen sein.«
»Schätze ich auch, Kurt.«
»Oder er war vom freien Fall aus einer Weltrekordhöhe so berauscht wie noch nie. Vergaß deswegen den Fallschirm zu öffnen. Oder zog zu spät die Reißleine. Weil's einfach zu schön war. Einen Höhenrausch erleben Fallschirmspringer ja öfter.«
»Und manche überleben ihn dann nicht.«
»Vielleicht wollte er auch nicht mehr. Er hat sich lebensmüde fallen lassen. Direkt dem Tod in die Arme. War aber noch so eitel, sich mit einer Weltrekordhöhe zu verabschieden.«
»Es gibt ja die komischsten Typen, Conny.«
»Ganze Heerscharen davon, Vera.«
»Ich werde nie einen Fallschirmsprung machen.«
»Warum nicht, Jakob?«
»Interessiert mich nicht, Nicole. Und ich traue Fallschirmen nicht.«
»Jakob würde sich eher aus 100 Metern Höhe von einem Hubschrauber aus auf einen Luftsack fallen lassen.«
»Klar, Werner.«

»Unsere Sprünge sind doch viel spektakulärer als Fallschirmsprünge.«
»Und schwieriger, Conny.«
»Ja, Kurt. Das können nicht so viele.«
»Ich glaube, dass euere Stunt-Show im nächsten Jahr ein Erfolg wird.«
»Es müsste schon mit dem Teufel zugehen, wenn nicht, Nicole. Dann bieten wir nämlich den Leuten beste Unterhaltung, noch bessere als jetzt.«
»Tolle Stunts.«
»Eine geballte Ladung Action.«
»Die Leute werden in Scharen zu unseren Stunt-Shows strömen.«
»Hoffentlich, Ludwig. Die Gunst des Publikums ist ja unberechenbar.«
»Du sagst es Thomas.«
»Die meisten Deutschen gehen doch lieber auf eine Kirmes als zu einer Stunt-Show. Oder auf ein Volksfest.«
»Weil's für sie dort gemütlicher zugeht, und sie dann auch ihre heiß geliebte Rummelplatz-Musik hören können.«
»Kann schon sein, Thomas.«
»In den USA hätten wir es leichter.«
»Wir passen besser dahin als hierhin, Werner.«
»Nirgendwo kann man als Stuntman besser leben.«
»Wandert mir bloß nicht in die USA aus. Wäre jammerschade.«
»Keine Bange, Vera. Das werden wir dir nicht antun. Wir würden sowieso schon an der Einwanderungshürde scheitern.«
»Selbst wenn ich es könnte, würde ich nie in die USA auswandern.«
»Ich auch nicht, Jakob.«
»Bleibt im Lande und nährt euch redlich.«

»Ich glaube, dass wir hier bald fettere Gagen bekommen. Bei Film und Fernsehen werden jetzt mehr und aufwendigere Stunts eingeplant. Die Produzenten schielen immer stärker nach Hollywood. Das sind schon richtige kleine Amerikaner.«
»Sieht ganz so aus, Werner. Die haben endlich begriffen, wie wichtig Action ist.«
»Wir kommen immer besser ins Geschäft.«
»So etwas höre ich gern.«
»Und ich gebe jetzt noch einen aus.«
»Das ist edel, Kurt. So einen Sprung muss man ja auch feiern. Spring weiter.«

Nächtliche Straßenszenen ziehen in Fahrgeschwindigkeit an Wiegand vorbei, zeigen nichts, was ihm sehenswert erscheint. Aus dem Türfenster des Taxis betrachtet, wirkt München auf ihn jetzt so fade wie eine Filmkulisse. Die Menschen auf den Bürgersteigen könnten in ihrem Verhalten Statisten sein, die in einer typischen nächtlichen Großstadtszene auftreten. Eine kleine Gruppe modisch gekleideter Männer und Frauen gibt sich jetzt so, als würden Nachtschwärmer in Bombenstimmung gemimt. Vor ihnen ein Mann mit klassischem Schlägergang, der wenige Schritte später in einer Eckkneipe verschwindet. Eine Frau zeigt einem Mann mit mehreren Fingerstichen etwas in einem Schaufenster. Das G einer Neonreklame zuckt in Wattkrämpfen. Ein heruntergekommener Mann wühlt in einem Abfallbehälter. Zwei Frauen schlendern Arm in Arm. Vor einem U-Bahn-Schacht liegen mehrere Zeitungsseiten.
Wiegand wendet seinen Blick ab, sieht kurz zu dem Taxifahrer, der ihn im Profil wieder an den Neandertaler erinnert. Scheint eine dumme Nuss zu sein, denkt er und starrt durch die Windschutzscheibe auf die Straße. Stumpfes Gesicht. Brutal. Wie geschaffen für eine Gangster-Minirolle. Aber wer

weiß. Könnte einer dieser arbeitslosen Akademiker sein, die mit Taxifahren ihre Brötchen verdienen. Gesichter täuschen einen ja leicht. Was für ein Job! Stundenlang kreuz und quer durch München zu kutschieren. Ich würde davon krank. Eher würde ich Kellner oder Nachtwächter. Quatsch. Brauche mir solche Gedanken gar nicht zu machen. Werde am Freitag meinen Stunt schaffen. Ohne Angst. Und wenn nicht? Wie geht es dann weiter?

Er starrt aus dem Seitenfenster, nimmt nur wenig von dem wahr, was von München bei Nacht zu sehen ist. Er spielt mit dem Gedanken, sich für einen Intensivkurs in einer Schauspielschule anzumelden, der ihn in ein paar Monaten im Schauspieler-Handwerk ausbildet. Ohne allzu großen Aufwand. Nur was er für seine Rollen braucht. Für Actionfilme wird ja schauspielerisch nicht viel verlangt. Die Stunts sind wichtiger.

Aber vielleicht, so sagt er sich, muss er allein schon deswegen ein besserer Schauspieler werden, weil er sich bei Stunts nur noch wenig zutrauen kann, er bei der Besetzung für Actionszenen nur noch als zweite Wahl gehandelt wird. Wenn er am Freitag aus Angst versagt. Oder auch zu gehemmt ist. Danach würde er es nicht mehr anspruchsvolle Stunts wagen. Es wäre ein Bruch in seinem körperbetonten Leben. Keine spektakulären Sprünge mehr. Keine Körpereinsätze, die mit einem gewissen Risiko verbunden sind und ihn seine Leistungsgrenze erfahren lassen. Nichts Außergewöhnliches mehr. Er wäre nur noch schales Mittelmaß. Oder es hätte sich sogar ausgestuntet. Wegen der Angst würde er nichts mehr wagen. Er würde daran leiden, zweifellos. Am Freitag wird er es wissen. Erst dann entscheidet es sich. Und so lange wird er die ganze Sache nicht aus seinem Kopf bekommen. Es bleibt weiterhin offen. Er bedauert, diese Zeit der Unsicherheit nicht verkürzen zu können. Am besten wäre jetzt ein Zeitsprung.

Das Taxi nähert sich dem Stadtviertel, in dem Hermann wohnt. Wiegand hat das Gefühl, als würde er nach Hause zurückkommen. Er ist froh, die nächsten Wochen dort verbringen zu können. Zweifellos die beste Zwischenlösung für ihn.

Sein Blick fällt auf den Taxameter. Er sieht zu, wie der Fahrpreis im Zähltakt beziffert wird, die Fahrt sich für ihn verteuert. 24,30 liest er jetzt ab.

Ganz schön happig. Dabei sind's vom »Rübezahl« zu Hermann nur ein paar Minuten. Wie überall. Jeder schlägt drauf, wie er kann. Nicht zu ändern. War ein prima Abend. Und das Beste kommt noch. Mit Ingrid ist's immer der Höhepunkt.

Etwas scheint zwischen ihnen vorgefallen zu sein. Hermann und Ingrid wirken irgendwie verändert. Wiegand merkt deutlich, wie angestrengt sich beide benehmen.

Hermann versucht, seine Befangenheit mit einem schon komisch wirkenden Redegeplänkel zu überspielen. Ingrid zappelt in einer überzogenen Heiterkeit, ein Verhalten, mit dem sie ihn an einen aufgedrehten Backfisch erinnert, der beschwipst ist.

»Ludwig, das ist schon so eine Type. Wie kam der eigentlich zu seinem Künstlernamen? Ludwig von Neuwahnstein. Finde ich wirklich gut. Ein toller Catchername«, sagt Ingrid und lacht albern.

»Ludwig hat ihn sich selbst gegeben, Ingrid«, antwortet Wiegand. »Bayerns berühmtester Verrückter, der Schlösser-Luggi, brachte ihn darauf.«

»Das habe ich mir fast gedacht«, sagt sie kichernd.

»Ludwig der Zweite war ein Psychopath. Mit seinen fixen Ideen ruinierte er den Staatshaushalt«, sagt Hermann mit lehrerhaftem Tonfall und sieht an Wiegand vorbei zur Hi-Fi-Anlage, scheint eine neue CD auflegen zu wollen, lässt es aber.

»Man hätte diesen Traumtänzer frühzeitig aus dem Verkehr ziehen sollen«, meint Wiegand.
»Der war wirklich plemplem«, sagt Ingrid. »Und Wagner hat ihm den Kopf noch mehr vernebelt, als er es ohnehin schon war. Dessen Musik war reinstes Gift für ihn. In seinem Kopf spielte sich am Ende nur noch eine wirre Oper ab. Dem schwante so allerhand.«
Affektiert prostet sie ihnen zu, leert dann ihr Weinglas mit einem großen Schluck.
»Er wollte wohl nur noch Lohengrin sein«, vermutet Hermann. Er weicht Wiegands forschendem Blick aus.
»Mir egal«, sagt Wiegand. Er kann sich keinen Reim auf ihr Verhalten machen. Er schenkt sich ein Glas Bier ein. »Ingrid«, sagt er nach einem kurzen Schweigen, »ich soll dir von Nicole bestellen, dass deine Röcke schon fertig sind.«
»Prima. Zwei todschicke Röcke. Figurschnitt. Ich habe mich mit Nicole vergangenen Freitag lange in ihrer Boutique unterhalten. Es war wirklich amüsant. Männer sind eben das Lieblingsthema von Frauen. Unerschöpflich.«
»Und umgekehrt«, meint Wiegand.
»Das glaube ich auch«, schließt sich Hermann mit leiser Stimme an. Er scheint sich an seinem Weinglas festhalten zu wollen.
»Hast du die ganze Zeit im »Rübezahl« verbracht, Kurt?«
»Ja. Warum fragst du, Ingrid?«
»Ach, nur so. Du scheinst dich dort gut unterhalten zu haben. Sonst wärest du ja nicht so lange geblieben.«
»Stimmt. Ich habe mich sogar blendend unterhalten. Und ihr?«, fragt er.
»Wir haben uns auch blendend unterhalten, nicht wahr, Hermann?«
»Gewiss«, antwortet Hermann, unsicher lächelnd.
»Freut mich zu hören«, sagt Wiegand.

»Du kannst dich noch weiter freuen, Kurt. Denn Hermann dürfte sein Sexproblem, das dir ja so am Herzen lag, los sein«, sagt Ingrid, komplizenhaft zu Hermann blickend.
»Tatsächlich? So Schnell? Ein Glück. Das wurde auch Zeit. Du hast also eine deiner Freundinnen für Hermann bereits angeworben. Wer ist's denn? Nadja?«, fragt Wiegand erfreut.
»Sag du's ihm«, sagt Hermann schnell zu Ingrid.
»Es ist keine meiner Freundinnen«, sagt sie und knabbert kurz an ihrer Oberlippe. »Kurt, ich habe einfach Lust dazu gehabt, Hermanns Sexualleben selbst wieder auf Vordermann zu bringen. Und danach habe ich heute Abend gehandelt.«
»Ach!«, ruft Wiegand verblüfft aus. Verschiedene Gedanken wirbeln bruchstückhaft durch seinen Kopf, ergeben keinen sinnvollen Zusammenhang.
»So überrascht, Kurt?«, fragt Ingrid.
»Das kann man wohl sagen«, antwortet Wiegand. Es kommt ihm so vor, als würde er beide mit einem Mal ganz anders sehen. Als hätte bei ihnen eine plötzliche Verwandlung stattgefunden, die er noch nicht richtig begreifen kann. Er trinkt einen Schluck Bier, ohne es zu schmecken.
»Verärgert?«, fragt Hermann und fährt nervös mit seinem Zeigefinger über sein Kinn hin und her.
»Nein. Nur überrascht. Ist doch super. Ehrlich gesagt, ich habe nicht mehr damit gerechnet, dass Ingrid mit eigenem Körpereinsatz deine Sexpause beendet. Ich dachte, eine ihrer Freundinnen würde dich wieder einvögeln.«
»Das hatte ich anfangs auch gedacht«, sagt Ingrid schmunzelnd. »Es war eine ganz spontane Entscheidung von mir. Ich war selbst von mir überrascht. Aber ich hatte dann Lust dazu.«
»Wie bist du eigentlich auf die Idee gekommen, Ingrid für mich zu engagieren?«, fragt Hermann stockend.
»Engagieren ist gut«, sagt Ingrid und lacht.

»Das hat sich einfach so ergeben, Hermann. Ihr mögt euch ja beide.«
»Genau. Es war Kurts Idee und meine Entscheidung. Ich habe Hermann die Vorgeschichte erzählt, ihm gesagt, dass es ganz in deinem Sinne sei, wenn ich mit ihm ins Bett gehe. Hermann wollte es anfangs nicht glauben. Hat der Mann sich angestellt. Als wäre ich für ihn ein Tabu.«
»Du warst auch eins für mich. Es kam mir so vor, als würde ich gegen ein Gesetz verstoßen. Kurt ist schließlich mein bester Freund. Und ich fühle mich noch immer nicht wohl in meiner Haut. Ich muss es erst verdauen. Alles kommt mir irgendwie unwirklich vor.«
»Wieso das denn? Bin ich jetzt unwirklich für dich, Hermann? War ich es etwa im Bett?«, fragt Ingrid, ihre Beine übereinanderschlagend. Ihren hochgerutschten Rock zieht sie nicht herunter. Wiegand genießt den Anblick ihrer Oberschenkel.
»Nein. Das nicht, Ingrid. Aber –«
»Kein Aber mehr«, unterbricht sie ihn. »Zier dich doch nicht länger, Hermann. Ab heute herrscht hier die reine Lebenslust. Einengende Moralkostüme sind sofort an der Garderobe abzugeben. Meines hängt schon da. Wo Lust, kein Frust.«
In Wiegands Lachen stimmt zuerst Ingrid, dann Hermann ein.
»In was für eine Gesellschaft bin ich hier bloß geraten«, sagt Hermann schließlich kopfschüttelnd. Er wirkt jetzt ziemlich aufgeräumt.
»In die für dich allerbeste«, sagt Ingrid.
»Zweifellos«, bestätigt Wiegand.
»Kurt, ich musste wirklich alle Verführungskünste aufbieten, um mit ihm zu sexen.«
»Denen konnte ich einfach nicht länger widerstehen«, sagt Hermann zu Wiegand blickend.
»Wenn Ingrid mit dir sexen will, Hermann, dann gibt es doch keinen Grund, Nein zu sagen.«

»Hermann benahm sich anfangs so, als wäre der scheinheilige Antonius sein Vorbild.«
»Jetzt übertreib aber mal nicht, Ingrid«, sagt Hermann und lässt ein gedämpftes Lachen folgen.
»Es hat mir mit Hermann direkt beim ersten Mal großen Spaß gemacht. Trotz dieses etwas lästigen Vorgeplänkels. Er ist ein hoch talentierter Liebhaber«, sagt sie Hermanns Oberschenkel tätschelnd.
Eine jähe Röte überzieht sein Gesicht.
»Meinen allermännlichsten Dank, Ingrid«, sagt er mit belegt klingender Stimme. Er fährt sich schnell mit der Hand über die Stirn, scheint irritiert zu sein.
»Jetzt habe ich also einen neuen Geliebten«, sagt sie und sieht Wiegand offen an.
»Und ich weiß jetzt, mit wem du mich betrügst.«
Sie lachen, prosten sich zu.
»Hermann, es war wirklich verheißungsvoll. Lass uns so weitermachen«, sagt Ingrid.
»Gern, so lange, wie du willst, Ingrid«, sagt Hermann und sieht sie bezirzt an.
»Hermann und ich sind jetzt Partner«, sagt Wiegand.
»Ja. Bis zu einem gewissen Grade. Du spielst bei mir selbstverständlich weiterhin die Hauptrolle, Kurt«, sagt sie, zärtlich sein Gesicht streichelnd.
»Mit meiner Nebenrolle bin ich mehr als zufrieden. Dass ich mit dir überhaupt ins Bett gehen kann, ist für mich schon sensationell genug.«
»Ich fühle mich geschmeichelt, Hermann.«
»Durch Ingrid werde ich noch zum Erotomanen.«
»Hoffentlich. Ich brauche jetzt nämlich viel Sex. Viel Action. Ich habe noch einiges nachzuholen. Das ist die heißeste Phase meines Lebens. Je öfter ihr mich vögelt, desto besser für mich.«

»Danach richten wir uns gern, nicht wahr, Hermann?«
»Und ob.«
»Dann sind wir uns ja einig.«
»Hundertprozentig.«
»Es muss an euch liegen. Denn so versext war ich noch nie. Wir drei werden hier eine tolle Zeit erleben. Eine äußerst lustvolle«, sagt Ingrid.
Sie hat lauter und schneller gesprochen, atmet jetzt schwerer, scheint erregt zu sein. Am liebsten würde sie es jetzt wohl sofort mit mir oder Hermann treiben, denkt Wiegand.
»Sex ist ein Lebenselixier«, sagt Hermann. »Ich fühle mich wie neugeboren. Bleibt hier, solange ihr wollt.«
»Das werden wir, Hermann. Zurzeit möchte ich nirgendwo anders wohnen. Und du, Kurt?«
»Es geht mit genauso, Ingrid.«
»Ausgezeichnet. Wie gut für mich. Was für ein Tag!«, sagt Hermann und verdreht schwärmerisch die Augen. Er schweigt einige Sekunden, wirkt unschlüssig, sieht dann auf seine Uhr. »Schon nach zwei. Ich werde morgen wohl nur schwer aus den Federn kommen. Spätestens um neun muss ich im Studio sein. Ich lass euch jetzt alleine. Fühlt euch wie zu Hause.«
Er steht auf, schwankt etwas, scheint zu viel getrunken zu haben.
»Schon?«, fragt Ingrid mit lang gezogenem O. »Bist du denn so müde? Du siehst aber noch ziemlich wach aus.«
»Ich bin eigentlich ziemlich müde.«
»Hermann, wir waren doch gerade beim Thema Nummer 1 und sollten auch dabei bleiben. Komm, setz dich wieder zu uns«, lockt sie. Sofort setzt sich Hermann wieder neben sie.
»Ich habe heute sowieso nur banalen Kram zu filmen. Dafür brauche ich nicht ausgeschlafen zu sein. Einfache Aufnahmetechnik ist angesagt.«

»Und wofür, Hermann?«
»Für Schrott. Eine Show. Randvoll mit albernem Glamour. Kameraarbeit fürs biedere Auge. Mal wieder bieder.«
»Wenn ich schon sehe, wie sie alle in diesen Shows eine Superstimmung heucheln. Und dieser ganze Kulissenplunder. Zum Kotzen«, meint Wiegand.
»Tja. Ist nun mal so, Kurt. Fernsehalltag. Schrott ist eben beliebt. Rege mich darüber nicht mehr auf. Hauptsache, ich verdiene einigermaßen bequem mein Geld.«
»Am liebsten arbeitest du an deinem Filmtagebuch, oder?«
»Ja, Ingrid. Noch lieber als an Dokumentarfilmen. Und besonders gerne werde ich in den nächsten Tagen einiges von uns mit der Kamera aufnehmen.«
»Schon genaue Vorstellungen, Hermann?«, fragt Ingrid und küsst ihn auf die Wange.
»Nun, das hängt ganz von uns ab. Es bieten sich für mich jetzt mehr Möglichkeiten als gestern«, antwortet er, charmant lächelnd.
»Gewiss, Hermann. In welchen Szenen werden wir drei wohl demnächst in deinem Filmtagebuch zu sehen sein? Ich bin gespannt. Aber nicht nur darauf«, sagt sie und macht ein vielsagendes Gesicht.
Sie legt ihren linken Arm auf Hermanns Schulter, ihren rechten auf Wiegands.
»In eurer Mitte geht's mir blendend.«
»Es wäre auch verwunderlich, wenn nicht«, meint Wiegand, eine Hand hoch auf ihren Oberschenkel legend, der sich warm und verlockend anfühlt.
»Und es wird mir gleich noch besser gehen. Da bin ich mir ganz sicher. Ich hoffe, du bist nicht müde, Kurt«, sagt sie und schmiegt sich eng an ihn.
»Kein bisschen«, sagt Wiegand sexgestimmt. Sein Blick gleitet zu ihren barocken Brüsten, die sich behafrei unter ihrer Bluse

wölben. Er möchte sie anfassen, lässt es dann aber. Mit seiner Hand massiert er leicht ihren Oberschenkel.

»Das wird eine lange Nacht«, sagt sie, kurz ihre Augen schließend.

»Eine lange und heiße Nacht«, bekräftigt Wiegand voller Vorfreude.

Ingrid sieht ihn mit seitlich geneigtem Kopf an, lächelt, ziemlich ironisch, wie ihm scheint, küsst ihn auf den Mund, steht dann auf und stellt sich vor sie hin, breitbeinig, ihre Hände in ihre Hüfte stützend. Ihre herausfordernde Körperhaltung verunsichert Wiegand.

»Ich habe jetzt eine Überraschung für euch beide. Etwas ganz Besonderes. Ihr werdet es genießen. Das weiß ich«, sagt sie mit singendem Tonfall.

»Was denn, Ingrid?«, fragt Hermann, seinen Blick von ihren Beinen zu ihrem Gesicht hochziehend.

»Jetzt bin ich aber gespannt«, sagt Wiegand.

»Etwas wirklich Einmaliges habe ich für euch«, sagt sie und beginnt zu Wiegands Überraschung ihre Bluse aufzuknöpfen. »Mich nämlich. Ich habe jetzt große Lust auf euch beide. Zieht euch aus. Ihr wollt mich doch, oder? Macht schon. Keine falschen Hemmungen. Na also. Ich wusste es. Ihr seid genauso versext wie ich. Unser erstes gemeinsames Trio. Mit viel Action. Na kommt schon.«

Wiegand streckt sich, macht seinen Körper mit behaglichem Aufstöhnen so lang, wie es ihm auf dem Stuhl möglich ist, verharrt einige Sekunden in dieser Haltung, stützt dann seine Unterarme wieder auf den Esstisch. Er sieht zu Ingrid, die links neben ihm sitzt und gerade eine Tomate auf ihr Brot schneidet.

»Noch müde, Kurt?«, fragt sie.

»Ziemlich. Ich müsste aber gleich wieder auf Trab kommen«, antwortet er, ihr und sich Kaffee einschenkend.

»Ich bin auch noch müde. Habe kaum geschlafen Dafür bin ich aber total befriedigt«, sagt sie versonnen lächelnd. Sie verdünnt ihren Kaffee mit einem Schuss Milch.
»Besser so als umgekehrt.«
»Auf jeden Fall. Wir hätten doch länger im Bett liegen bleiben sollen, Kurt.«
»Noch länger? Für mich war's lang genug. Der Morgen ist schon fast vorbei.«
»Macht doch nichts. Du hast ja heute einen deiner nicht seltenen freien Tage.«
»Ja. Und du auch.«
»Glücklicherweise«, sagt sie und lacht kurz auf. Sie trinkt, die Tasse mit beiden Händen haltend, einen Schluck Kaffee, stützt dann ihr Kinn leicht auf ihren Handrücken und sieht ohne Wimpernschlag schweigend vor sich hin. Sie scheint mehr zu träumen als nachzudenken. Wiegand mischt Schnipsel von getrockneten Früchten, garantiert ungeschwefelt, unter sein Mehrkornmüsli und gießt dann mit kreisender Hand Allgäuer Qualitätsmilch darüber.
»Genau genommen habe ich heute keinen freien Tag, Ingrid«, sagt er.
»Wieso, Kurt?«, fragt sie.
»Ich muss mich heute noch mit ein paar Trainingseinheiten auf die Actionszene am Freitag vorbereiten. Die ist ziemlich schwierig«, antwortet er.
»Ach so. Dass du nach solch einer Nacht überhaupt noch dazu fähig bist. Enorm. Es geht doch nichts über Profis.«
»Das kann ich nur bestätigen, Ingrid.«
»Mit deinem Training hast du es doch nicht so eilig, oder?«
»Ich werde erst am Nachmittag damit beginnen.«
»Dann habe ich nichts dagegen. Sag mal, Kurt, geht's dir genauso gut wie mir?«
»Wenn's dir genauso gut geht wie mir.«

»Immerhin habe ich zwei Männer zu meiner freien Verfügung gehabt, und du nur eine Frau.«
»Aber diese eine Frau hat mich köstlich befriedigt.«
»Mehr als sonst?«, fragt sie.
»Nein. Das nicht. Anders. Es war etwas Neues dabei, Ingrid«, antwortet er.
»Und dieses Etwas war Hermann.«
»Genau. Dass er dich einmal vor meinen eigenen Augen vögeln würde, das konnte ich vorher nicht ahnen.«
»Bist du jetzt eifersüchtig, Kurt?«, fragt sie und sieht ihn forschend an.
»Nein.«
»Nicht ein bisschen?«
»Nein. Warum sollte ich es denn sein?«
»Nun, es hätte ja sein können. Schade.«
»Ist das dein Ernst?« fragt er zweifelnd.
»Nein«, antwortet sie. »Ich finde es natürlich besser so. Obwohl –«, sie unterbricht sich.
»Obwohl?«
»Ach nichts, Kurt.« Sie schneidet zwei Scheiben Brot ab, legt eine auf ihren, die andere auf seinen Teller. Er bestreicht sie erst dünn mit Butter, dann dick mit Magerquark.
»Hermann hat doch Talent, oder?«, fragt er.
»Mehr als ich dachte. Er versteht's, erfreulicherweise. Auch wenn er wegen seines Sexmangels ein bisschen gierig gewesen ist. Bei unserem Trio schon weniger als mit mir allein. Ein paar Trainingseinheiten braucht er noch mit mir. Schätze, er kommt ziemlich schnell in Topform«, sagt sie und lacht leise vor sich hin.
»Bestimmt, Ingrid. Ist dann in der Form seines Lebens«, sagt Wiegand schmunzelnd. Er schenkt ihr eine Tasse Kaffee ein.
»Es wird nicht unser einziges Trio gewesen sein«, sagt sie.
»Nein. Fortsetzung folgt. Je nach Lust und Laune.«

»Einverstanden, Kurt. Weißt du, was mir am besten gefallen hat, als wir es zu dritt trieben?«
»Noch nicht.«
»Als du mich von hinten ficktest, und ich Hermann dabei einen blies. Und am allerschönsten fand ich es natürlich, als Hermann schlafen ging und wir allein weitermachten. Was für ein Finale! Ich dachte, ich würde verrückt. Habe ich geschrien, Kurt?«
»Nein. Hörte sich mehr nach Oper an.«
»Es war ein ganz wunderbarer Fick.«
»Wirklich fabelhaft.«
»Bin ich wirklich die Nummer 1 für dich im Bett?»
»Das bist du zweifellos, Ingrid.«
»Nicht Marion?«
»Nein.«
»Bin ich auch sonst die Nummer 1 für dich?«
»Als Frau stehst du bei mir klar an erster Stelle.«
»Nicht Marion?«
»Nein«, antwortet er nach kurzem Zögern.
»Aber sie ist dir noch nah.«
»Das schon. Wir haben aber unsere Grenzen.«
»Na gut. Unsere Grenzen kennen wir ja noch nicht.«
»Nein. Erfreulicherweise.«
»Ja, erfreulicherweise.« Sie lehnt sich zurück, verschränkt ihre Arme und mustert ihn mit seitlich geneigtem Kopf.
Er sieht kurz in ihr angespannt wirkendes Gesicht, dreht dann seinen Kopf zu seiner Tasse. Nippend trinkt er den heißen Kaffee.
»Ich glaube, ich kann mich daran gewöhnen, dass du mit Marion noch eine so enge Beziehung hast. Das ist gar nicht so einfach.«
»Ich dachte, du hättest dich schon daran gewöhnt«, sagt Wiegand erstaunt.

»Ich auch. Ach Kurt, ich weiß es selbst nicht. Mir geht noch so manches im Kopf herum. Jetzt auch wegen Hermann.«

»Wieso?«

»Ich möchte nicht, dass er sich auf mich fixiert. Ein außergewöhnlicher Mann, aber er ist nur eine Art Liaison für mich.«

»Hermann wird schon das richtige Maß finden. Er ist kein Naivling. Du hast ihm ja schon klipp und klar gesagt, dass er dein Zweitmann ist.«

»Ja. Nicht mehr, nicht weniger. Probleme sollten daraus nicht entstehen.«

»Das wäre schade.«

»Müsste aber leicht zu vermeiden sein. Hermann ist eine ganz neue Erfahrung für mich. Wirklich reizvoll. Ich möchte das auskosten. Er soll nur nicht überbewerten, dass wir miteinander vögeln. Kein Mann, in den ich mich verlieben könnte. Aber das ist jetzt nebensächlich. Hermann ist bereits ein guter Freund für mich.«

»Finde ich super.«

»Was hat der Mann für Augen! Beim Sex sind sie noch schöner als sonst. Und er hat auch einen großen Schwanz, ist schon ziemlich gut im Bett, wird bald besser, und er ist intelligent. Was will ich mehr. Als Zweitmann.«

»Betrüge mich ruhig weiter mit ihm.«

»Ich werde es befolgen«, sagt sie, sieht ihn amüsiert an, trinkt dann aus ihrer Kaffeetasse. »Sexuelle Heimlichkeiten wird es bei uns nicht geben, Kurt.«

»Nein, Ingrid«, sagt er. »Jeder weiß Bescheid.«

»Aber gespannt bin ich schon darauf, wie wir drei uns hier in den nächsten Tagen verhalten werden.«

»Ich auch, Ingrid. Einen Sex-Terminkalender brauchen wir wohl nicht.«

»Eher eine Spülmaschine«, sagt sie lachend, steht auf, setzt sich auf seinen Schoß und umarmt ihn. »Weißt du, Kurt, das

Duo mit Hermann hat mir ja ganz gut gefallen. Unser Trio noch besser. Aber es geht doch nichts über unsere Duos. Die sind für mich am schönsten. Aufregend und voller Harmonie. Nicht zu übertreffen.«

»Für mich gibt es nichts Erotischeres«, sagt er. Das Gewicht ihres Körpers empfindet er als angenehm. Er umarmt sie. Ein zitronenartiger Duft steigt von ihren Brüsten zu ihm hoch, die er in ihrem aufklaffenden Bademantel mit gewohnter Sehfreude betrachtet.

»Das höre ich gern, Kurt«, sagt sie und küsst ihn auf die Stirn.

»Ist sogar die Wahrheit», sagt er, nimmt ihre Brüste in beide Hände und küsst ihre duftenden Spitzen.

»Das glaube ich dir ausnahmsweise«, sagt sie und atmet hörbar aus. »Kurt, mon amour. Geht's mir gut ... Mach ruhig weiter ... schön, hmh ... ja, da auch ... willst schon wieder ... du Monster, bei dir bleibe ich ... meine Nummer 1 ... oh du ... was für ein Schwanz ... mein Talisman ... köstlich, aber, hmh ... ja, noch ein bisschen ... warte ... nein, später ja? ... bin doch noch zu tranig ... mein Kreislauf ... muss wohl erst duschen ... ja, dann aber richtig.« Langsam steht sie von ihm auf, schließt ihren Bademantel, knotet den Gürtel fest, beugt sich zu ihm herunter, küsst ihn auf seinen Mund, saugt für ihn viel zu kurz an seinem steifen Glied, setzt sich dann wieder auf ihren Stuhl. Sie schüttet sich ein Glas Apfelsinensaft ein.

»Dann bis später, Ingrid«, sagt Wiegand, nachlässig seinen Bademantel schließend.

Sie trinkt einen Schluck, lehnt sich zurück, steckt ihre Hände in die Taschen ihres Bademantels. Im Ausschnitt sind für ihn jetzt nur noch ihre Schlüsselbeine und die glatte, ansteigende Übergangspartie zu ihren Brüsten zu sehen. Sie macht ein nachdenkliches Gesicht.

»Kurt«, sagt sie nach einem kurzen Schweigen, »was bin ich froh, dass ich mein Leben geändert habe. Ich habe wie in einem Käfig gelebt. Jetzt fühle ich mich wie in freier Wildbahn.«

»Freie Wildbahn, das ist gut, Ingrid«, sagt er und lacht.

»Es kommt mir wirklich so vor, Kurt«, sagt sie mit ernstem Gesicht. »Kein Vergleich zu früher. Nicht nur beim Sex. Ich habe ein völlig neues Lebensgefühl bekommen. Und das möchte ich auch behalten. So viel Power hatte ich noch nie. Das muss an dir liegen.«

»Schätze ich auch«, sagt er.

Ihre Worte erfreuen ihn. Es passt. Sie beflügelt ihn, und er sie.

»Möchtest du ein paar Trauben, Ingrid?«, fragt er lächelnd und reicht ihr die Schüssel mit blauen Trauben.

Sie nimmt einen Zweig heraus, pflückt mehrere Trauben ab, steckt eine in seinen Mund, wo sie köstlich zerfruchtet.

»Zuckersüß«, sagt er.

»Ja«, bestätigt sie. Ihr kauender und saugender Mund wirkt auf ihn wieder äußerst erotisch. Sie dreht ihren Kopf in Richtung Balkon. Er betrachtet ihr Profil, in dem sich noch keine Hängeformen des Alters auszubilden beginnen, auch nicht im Unterkieferbereich, wie er es bei Frauen um dreißig schon öfter bemerkt hat.

»Jetzt brauche ich nur noch eine neue Wohnung. Eine mit Balkon muss es schon sein. Eine andere kommt für mich nicht infrage«, sagt sie, ihren Kopf wieder zu ihm hinwendend. »Der Makler, den ich beauftragt habe, ein Geschäftsfreund meines Vaters, meint, dass er mir innerhalb eines Monats eine passende Wohnung besorgen kann.«

»Es eilt doch nicht so, oder?«, fragt er.

»Nein zurzeit gefällt es mir hier ausgezeichnet. Viel Action«, antwortet sie, lächelt kurz, bekommt dann eine ernste Miene. Zwei symmetrische Faltenbögen furchen ihre Stirn. »Bei mir muss sich alles erst noch setzen«, fährt sie fort. »Innerhalb kurzer Zeit ist ja so einiges geschehen.«

»Gibt's für dich jetzt doch ein Problem?«, fragt er.
»Nein«, antwortet sie. »Aber eines weiß ich bereits, Kurt: Wochenlang möchte ich mit dir hier nicht wohnen. Ein enges Zusammenleben zu dritt kommt für mich nur kurz infrage. Hermann bedeutet für mich zwar einen Zugewinn, aber er spielt nur eine Nebenrolle. Die meiste Zeit will ich mit dir alleine verbringen. Gut, dass wir in deine Wohnung ausweichen können.«
»So war es ja auch vorgesehen, Ingrid. Gekündigt habe ich zum 31. September. Wir können also noch fast fünf Wochen zwischen Hermanns und meiner Wohnung pendeln. Ganz wie wir wollen.«
»Genau, Kurt. Und wir könnten ein bis zwei Wochen verreisen. Was meinst du dazu?«, fragt sie.
»Gute Idee«, antwortet er und überlegt kurz, wohin.
»Aber erst wenn ich eine Wohnung gefunden habe. Das dürfte eigentlich nicht schwer werden.«
»Nein. Nicht mit so einem Portemonnaie.«
»Eben. Eine schöne Dreizimmerwohnung mit Balkon. In guter Lage. Nichts anderes. Kurt, ich brauche dringend meine eigenen vier Wände. Ist doch verständlich nach meinem Eheschlamassel, oder?«
»Klar, Ingrid. In letzter Zeit hast du dich ja in deinem eigenen Haus nur noch wie ein Gast gefühlt. Ohne richtige Privatsphäre.«
»Leider. Und oft wie eingesperrt. Das ist jetzt glücklicherweise vorbei. Es wurde auch höchste Zeit.«
»Kannst es abhaken.«
»Schon geschehen, Kurt. Ich lebe jetzt endlich mein Leben.«
»In freier Wildbahn.«
»Nur noch dort. Und vor allem mit dir, Kurt«, sagt sie, stützt ihr Kinn auf ihren Handteller und sieht ihn schweigend an. Ihr Gesicht bekommt einen fragenden Ausdruck. Er hat das

Gefühl, als zögerte sie, ihm die Frage zu stellen, die sie auf der Zunge hat. Irgendetwas scheint sie jetzt zu beschäftigen.
»Was ist, Ingrid?«, fragt er und streicht mit dem Zeigefinger langsam von ihrer Stirn bis zu ihrem Kinn.
»Ach nichts«, antwortet sie mit einem etwas verrutschten Lächeln. Sie dreht ihren Oberkörper nach links und nimmt die noch ungelesene Zeitung vom Stuhl neben ihr. »Mal sehen, Kurt, was es Neues gibt.«
»Beziehungsweise Altes.«
Sie schlägt die Zeitung auf, legt sie ausgebreitet auf den Tisch, blättert suchend in ihr und gibt ihm den Sportteil.
Breitbeinig eine große Standfläche einnehmend, seine Arme in der seitlichen Horizontalen, in jeder Hand einen Griff des Expanders und die Kraft seiner angespannten Muskeln gegen den Zug der Seile richtend, bleibt Wiegand jetzt mehrere Sekunden bewegungslos im Wohnzimmer stehen. Er genießt das mit dieser Übung verbundene Körpergefühl. Langsam hebt er seine Arme gegen die Zugkraft des Expanders über seinen Kopf, verharrt so einen Moment, dann senkt er sie bis unterhalb seiner Hüfte, von wo aus er sie wieder bis zu einer waagerechten Position hebt. Seinen breitbeinigen Stand verändert er nicht. Jetzt streckt er seine Arme vor und hinter seinen Körper. Das wiederholt er zehnmal. Danach beginnt er mit dem letzten Teil seiner Expanderübungen. Schneller als vorher führt er verschiedene Spann- und Streckbewegungen aus, die sich in einer festgelegten Reihenfolge abwechseln.
Wiegand löst seine linke Hand vom Griff des Expanders, wischt mit seinem Unterarm über seine schweißnasse Stirn. Er legt den Expander beiseite, lockert seine Muskulatur und beginnt wenig später mit dem Hanteltraining. Er hat seine Übungen so zusammengestellt, dass die Beuge- und Streckmuskulatur seiner Arme und seines Rumpfes gleichmäßig belastet wird. In jeder Hand hält er eine 5 Kilogramm schwere

Kurzhantel. Rhythmisch und ohne große Kraftanstrengung bewegt er seine Arme gegen den Gewichtswiderstand der Hanteln.
Wiegand, der nach dem Krafttraining mit einer aus einfachen und schwierigen Übungsteilen bestehenden Gymnastik begonnen hat, geht jetzt mehrmals hintereinander in den Zehenspitzenstand. Dabei streckt er seinen Körper, seine Arme hoch über den Kopf hebend, so weit wie möglich nach oben und bleibt sekundenlang regungslos stehen.
Ein leichter Trainingsabschnitt, mehr als Vorbereitung für die darauf folgenden Standwaagen gedacht, die ein Höchstmaß an Gelenkigkeit und Gleichgewichtsgefühl erfordern. Er führt sie heute auf dreifache Weise aus: nach hinten, zur Seite und nach vorne. Die einzelnen Standwaagen turnt er mit großer Bewegungslust. Dabei kommt es ihm so vor, als wäre auch sein Inneres gut ausbalanciert.
Jetzt beginnt er mit der zwölften, der letzten. Auf seinem linken Fuß stehend, spreizt er sein rechtes Bein nach hinten ab, hebt es bis über Hüfthöhe, wobei er gleichzeitig seine Arme seitlich ausstreckt und seinen Oberkörper von der Vertikalen in die Horizontale senkt. Es kommt zu einer Verlegung seines Körperschwerpunkts nach vorne. Das durch jahrelanges Training gut aufeinander eingespielte Zusammenspiel der daran beteiligten Muskeln verhindert, dass er vornüber fällt, vor allem die von ihm besonders geschätzten Anti-Schwerkraft-Muskeln, die dabei der Fallneigung des Körpers durch sofortige Spannungsänderungen entgegenwirken, ihn bei diesem schwierigen Bewegungsablauf so halten, dass er sich in einer sicheren Balance befindet.
Wiegand bewegt seinen Körper jetzt nicht mehr weiter, bleibt in dieser Haltung, sieht aus, als wäre er zu einer Standwaage erstarrt. Er spürt deutlich, wie er gegen die Erdanziehung muskelt. Sekundenlang hält er ihr stand.

Wiegand beendet sein Training mit einem Dauerlauf. Den nur wenige Autominuten von Hermanns Wohnung entfernten Grüngürtel schätzt er als vorzügliches Laufrevier. Ebenerdige, ziemlich breite Feld- und Waldwege, die auch schnellere Läufe erlauben und seine Bänder und Gelenke schonen. Erfreulich wenige Menschen zieht es hierhin, kein Straßenlärm, keine bierblöden, unberechenbaren Treckerfahrer, keine ekelhaften Landgerüche, nichts, was ihn stört. Er hat sich für ein mittleres Tempo entschieden und wird etwa eine Stunde so weiterlaufen. Heute Nachmittag ist es noch immer drückend warm. Er läuft mehr im Schatten als in der Sonne. Er trägt die für diese Bodenverhältnisse geeigneten Laufschuhe, schweißaufsaugende Socken, eine dottergelbe Turnhose und ein weißes T-Shirt mit einer vorne und hinten aufgedruckten Welle, die sich überschlägt. Er genießt es, mit sich alleine zu sein. Sein Schrittrhythmus bleibt gleichmäßig, er atmet leicht. Bald scheint es ihm, als würde sich sein Körper wie von selbst vorwärtsbewegen, als hätte er eine von seinem Bewusstsein losgelöste Eigendynamik bekommen. Der Weg knickt jetzt beinahe rechtwinklig ab, führt tiefer in den Mischwald. Das schräg durch die Bäume einfallende Sonnenlicht lässt das Waldstück vor ihm wie von riesigen Scheinwerfern ausgeleuchtet erscheinen. Der Specht, der mehrere Meter von ihm entfernt wegfliegt, wird kurz angestrahlt. Sein Blick verfolgt ihn, bis er in den Baumkronen verschwunden ist. Er schwitzt, spürt aber keine Ermüdungserscheinungen.

Während er leichtfüßig weiterläuft, kommt ihm Verschiedenes in den Sinn, wie so oft beim Laufen, wenn nach kurzer Zeit die Bewegungsrhythmen seines Körpers von Denkbewegungen begleitet werden. Innerlich entspannt folgt er seinen Gedankengängen, mit denen er sich gut unterhält:

Im Scheinwerferlicht. Kurt Wiegand Actionstar. Warum eigentlich nicht? Habe einiges zu bieten. Gekonnte Körpereinsätze. Und gewagte. Gutes Aussehen. Eine große Portion Glück gehört natürlich dazu. Wenn, nichts dagegen. Zukunftsmusik. Vielleicht auch nur größere Nebenrollen. Die würden mir schon genügen. Hauptsache, ich verdiene so viel Geld, wie ich brauche. Am Schauspielunterricht komme ich nicht vorbei. Ein Intensivkurs. Nur ein paar Monate. Habe dann größere Chancen. Ein guter Stuntman und ein mäßiger Schauspieler. Keine schlechte Mischung. Damit kann man's im Filmgeschäft weit bringen.

Be young before you get old. Jakob summte es gestern wieder. Einer seiner Lieblingssongs. Hat auch begriffen, worauf es ankommt. Mississippi-Blues. Text gefällt mir. Musik nicht so. Ab dreißig geht's abwärts. Vor allem mit der Kraft. Je fitter, desto langsamer. Baue jedenfalls noch nicht ab. Keine Spur davon. Habe auch noch Reserven.

Das Interview mit der Nutte. Sie gehörte zur besseren Sorte. Schlagfertig. Redete ohne Filter. So was kann sich nur ein Privatsender erlauben. War ganz amüsant. Zog sich splitternackt aus. Wollte zeigen, womit sie handelte. Super Figur. Ließ den Interviewer mal kurz anfassen. Entweder Nutte oder Tippse. Ihre Schlüsselfrage. Sie hat genau darüber nachgedacht. Fühlt sich jetzt mitten im Leben. Ist mit ihrem Job zufrieden. Bis auf kleinere Abstriche. Bedauerte die Frauen, die dauernd Blödsinn bearbeiten müssen. Sie würde in einem Büro draufgehen. Besser ein paar Schwänze mehr als dauernd dasselbe Ekel von Chef. Viele ihrer Kolleginnen sollen ähnlich wie sie denken. Glaube es ihr. Frauen, die lieber auf den Strich gehen als ins Büro. Würde ich wohl auch.

Ich körper, also bin ich. Nichts ohne meinen Körper.

Heilpraktiker wäre kein schlechter Beruf. Keine lange Ausbildung. In ein paar Jahren vielleicht. Oder Physiotherapeut. Je nachdem. Wäre gut für meinen Geldbeutel. Und für meinen eigenen Körper. Könnte dann auch mich selbst kurieren.

Ingrid lebt jetzt so, wie sie will. Zögert nicht mehr. Freies Leben. Kann es sich erlauben. Schön mit ihr. Mal sehen, wie's bei uns weitergeht. Sie treibt's anscheinend gern mit Hermann. Kein Grund, es nicht zu wollen. Hermann ist im Bett besser als ich dachte. Gut für sie beide. Wie er sie gefickt hat. Als wäre es schon eine Selbstverständlichkeit. Hat ihr auch Spaß gemacht. Fand's scharf, den beiden dabei zuzusehen. Was Neues für mich. Hermann bekommt von Ingrid jetzt den letzten Schliff. Könnte wegen ihr selbstsicherer werden. Wird Zeit. Was für eine Nacht! Unter Ingrids Regie. Bin eigentlich kein Freund von Dreiern. Stehe nicht so gerne an. Trotzdem, nichts dagegen. Hat ja auch seine Reize. Ingrid und Hermann. Verstehen sich gut. Sie beginnt aber schon stark einzuschränken. Könnte auch nur ein Intermezzo für sie sein. Sie sagt wohl nicht alles. Ich werde mit Marion darüber reden. Schätze, sie wird ironisch.
Über meinen Angstanfall werde ich mit niemandem reden. Könnte sonst an mir hängen bleiben. Wer es weiß, zieht schnell falsche Schlüsse. Und sieht mich dann anders. Wie sollte ich auch darüber reden? Weiß noch immer nicht, warum es passiert ist. Schwer zu begreifen. Ich will es für mich behalten. Mein Geheimnis.
Hermanns Film über meinen Sprung werde ich mir vor meinem Double-Auftritt nicht ansehen. Erst nachher. Brauche noch Abstand. Hermann hat es gestern Morgen nicht verstanden. Wollte ihn mir unbedingt zeigen. Habe ihm gesagt, dass ich noch zu sehr darauf fixiert bin. Irgendwann werde ich es ihm erzählen. Aber Ingrid nicht.
Sekundenbruchteile können genügen, um zu sterben. Kommt aber nur selten vor. Eine erstklassige körperliche Verfassung ist und bleibt die beste Sicherheitsgarantie. Auch seelisch darf's nicht hapern. Volle Konzentration. Keine Zweifel. Keine Angst. Ein hoher Puls vor einem Stunt macht nichts aus.

Ob ich irgendwann einmal selbst gedoubelt würde? Fände es dann bestimmt komisch.
Der Luftsack hat ja gehalten. Mir ist nichts passiert. Die Luftsäcke werden immer sicherer. Bessere Qualität. Mein Risiko bei Sprüngen aus größeren Höhen wird dadurch kleiner. Ist doch beruhigend. Gar nicht mehr daran denken. Bringt nichts. Das Material wird immer besser. Eine hundertprozentige Sicherheit wird's aber nie geben.
Wenn ich am Freitag keine Angst bekomme, dann werde ich für Delta springen. Und verläuft alles dabei normal, kann ich weiter außergewöhnliche Sprünge wagen. Habe auch wieder Lust dazu. Vielleicht ein sensationeller Sprung, einer, den ich noch nicht versucht habe. Etwas Extremes. An meiner Leistungsgrenze. Als Test. Oder Beweis.
Wie eine schwere Niederlage, die man als Sportler erst einmal verdauen muss. Geht nicht sofort. Trifft einen ja auch mittendrin. Vor fünf Tagen ist es passiert. Die Angst kann mich wieder überraschen. Irgendwann einmal. Früher oder später. Bei irgendeinem Stunt. Vielleicht sogar bei einem einfachen. Oder am Limit. Wieder ganz plötzlich. Dann ist's ein Rendezvous mit dem Tod. Diese verfluchte Angst. Vor meinem Sprung gab es sie noch nicht. Es ist passiert. Damit muss ich jetzt leben. Was sonst?
Ich würde gern mal bei einem Astronautentraining mitmachen. Schwerelosigkeit erleben. Muss ein irres Gefühl sein. Als hätte man kein Gewicht. Der Körper schwebt im luftleeren Raum herum. Verhält sich so wie noch nie. Kaum zu kontrollieren. Ohne Schwerpunkt. Ich würde dann kunstturnen. Vielleicht viele Salti hintereinander schaffen. Wie ein Rad frei im Raum rollen. Gibt's eigentlich Gesetze der Schwerelosigkeit? Keine Ahnung. Astronauten sind Top-Stuntmen. Ich könnte nicht Astronaut sein. Viel zu gefährlich. Interessiert mich auch nicht. Was soll ich denn im All? Ziehe es vor, hier

unten zu bleiben. Fühle mich wieder gut geerdet. G gleich neun Komma acht eins Meter pro Sekunde zum Quadrat.
Der Film soll ein Krimi sein. Kommt aber nicht richtig auf Touren. Mehr langweilig als spannend. Made in Germany. Ziemlich abgedroschene Geschichte, Rauschgift, Mord, Erpressung, Betrug. Mit Soft-Sex überpudert. Das Beste vom ganzen Film ist unsere Actionszene. Werner hat sie spannender gemacht. Dass sie überhaupt für die neue Fassung grünes Licht gegeben haben. Wohl eingesehen, dass der Film sonst zu sehr lahmt. Habe deswegen am Freitag einen längeren Double-Einsatz. Und einen schwierigeren. Bekomme aber nicht mehr Geld dafür. Ist eben so. Ein guter Test für mich. Enorm wichtig. Die ganze Szene wird jetzt ungefähr zehn Minuten dauern. Verfolgungsjagd. Polizeispitzel gegen zwei Gangster. Jakob und Martin. Morgen proben wir es noch einmal durch. Das Industriegelände in Ingolstadt eignet sich gut dafür. Muss viel laufen. Dann ist's einfach. Auch wenn ich über das dicke Rohr in sechs Metern Höhe spaziere. Schwieriger wird's, wenn ich von dem einen Dach aufs andere springe. Rutsche dann über das Schrägdach abwärts. Erdwärts. Muss darauf achten, dass sich mein Körper nicht zur Seite wegdreht und abrutscht. Wird er schon nicht. Bleibt dann unter meiner Kontrolle. Ein ziemlich turnerischer Stunt. Gehört zu den besseren. Kann noch längst nicht jeder. Mein Job. Ich muss aufpassen. Habe aber schon mehr gewagt. Mir ist noch nichts passiert.
Morgen weiß ich mehr. Keiner ahnt etwas. Gut so. Ich muss es schaffen. Werde ganz konzentriert sein. Und keine Angst bekommen. Hoffentlich.
In leichtem Trab läuft Wiegand noch an einem kleinen Weiher vorbei, biegt dann auf den Weg ab, der ihn wieder dorthin zurückführt, wo er sein Lauftraining begonnen hat. Neben einer Wiese, auf der Jugendliche sich beim Fußball austoben,

bleibt er stehen. Er wischt sich mit beiden Händen Schweiß aus dem Gesicht, atmet mehrmals tief ein und aus, macht noch einige Lockerungsübungen.
Heute ist Freitag, der Tag, an dem sich für Kurt Wiegand entscheiden wird, ob er weiter so leben kann wie bisher. Schon in wenigen Minuten wird er es wissen. Er denkt an nichts mehr. Das mulmige Gefühl von vorhin, wie vor einer Prüfung, ist verschwunden. Er ist entspannt, fühlt sich an diesem für ihn so wichtigen Morgen gut in Form. Er ist bereit. Gleich beginnt sein Auftritt als Double. Konzentriert wartet er auf das Action-Kommando.
Noch sitzt er hinter dem Lenkrad des Wagens, der mit stark eingedrückter Fahrerseite und zwei zerfetzten Reifen vor einem Baum steht. Durch die zersplitterte Windschutzscheibe sieht er zu dem etwa 15 Meter entfernten Filmteam, das ihn bei der ersten Einstellung von der Seite aufnehmen wird. Im Film wird man ihn später nicht erkennen können, ihn für den Schauspieler Frank Grüter halten. Eine Gesichtsmaske und eine Perücke verleihen ihm so viel Ähnlichkeit, wie er sie für seine Doublearbeit haben muss. Er ist wie der Schauspieler angezogen. Um sein Verletzungsrisiko zu vermindern, trägt er unter seiner Kleidung einen korsettähnlichen Rippenschutz, schwere Schaumstoff gepolsterte Knie- und Ellbogenschoner und über seinem männlichen Zentrum einen beruhigenden Schutz aus garantiert bruchsicherem Material.
Vor ungefähr einer Stunde saß noch der Stuntkoordinator Werner Schellhorn am Steuer des Wagens, in dem Wiegand jetzt auf seinen Einsatz wartet. Es handelte sich dabei um den ersten Teil der Actionszene, an der Wiegand nicht beteiligt war. Eine von Schellhorn spannend inszenierte Auto-Verfolgungsjagd zwischen einem Polizeispitzel und zwei Berufsverbrechern. Sie rasten über Landstraßen und Wiesen, zwischen Stallungen, mehrere Zaun- und Buschattrappen

wegkegelnd, zeigten Schleudereinlagen und Ausweichmanöver, fuhren mit quietschenden Reifen an erschrockenen Kühen vorbei, rammten einen Anhänger voller Rüben, veranstalteten schließlich ein Rennen auf kurvenreicher Straße, verstießen dabei spektakulär gegen alle Verkehrsregeln. Dem Polizeispitzel gelang es zunächst einen Vorsprung herauszufahren, musste dann aber in einer scharfen Kurve einem Motorradfahrer ausweichen, ohne Gage gespielt von Ludwig Diefenbach, den Schellhorn noch nachträglich in diese Szene eingebaut hat. Wie geplant fing Diefenbach die in ein Feld ausscherende Maschine noch ab, sah zu dem bremsenden Wagen, machte eine obszöne Geste und fuhr weiter, als wäre nichts geschehen. Schellhorns Wagen begann zu schleudern, drehte sich, rutschte dann von der Straße und prallte seitlich gegen die für diesen Filmunfall ausgewählte Buche.

Der Wagen war so präpariert, von der stahlverstärkten Karosserie bis zum doppelt verankerten Motorblock, dass Schellhorn bei dem genau berechneten Aufprall kein Risiko eingehen musste. Unverletzt stieg er dann aus, lächelte zum klatschenden Aufnahmeteam hinüber, wirkte wie jemand, der gerade von einer angenehmen Spazierfahrt zurückgekommen war.

Wiegand, der schon drehfertig beim Aufnahmeteam stand, freute sich über diesen Auftakt nach Maß und fühlte sich davon bestens auf seinen eigenen Auftritt eingestimmt. Man machte dann den Wagen für die nächste Kameraeinstellung zurecht, ließ ihn mehr nach Unfall aussehen. Man ersetzte die Windschutzscheibe aus Sicherheitsglas mit einer Scheibe aus einfachem Glas, die man dann einschlug, verbeulte mit einem Vorschlaghammer die Aufprallseite stärker und zerstach noch einen Reifen. Der Wagen sah danach reichlich beschädigt aus, jedoch nicht so, dass es im Film später nicht unglaubwürdig

wirkt, wenn der Spitzel unverletzt aussteigt, nur eine kurze Zeit benommen ist, dann zu Fuß vor seinen Verfolgern weiter flieht.
Kurz bevor Wiegand sich in den Wagen setzte, sagte ihm Schellhorn noch leise: »So, jetzt mach du mal weiter. Zeig's ihnen, Kurt.«
Ungefähr hundert Meter entfernt steht der Verfolgerwagen hinter einer Kurve und wird bei der ersten Kameraeinstellung nicht ins Bild kommen. Jakob Kovac sitzt am Steuer, neben ihm Martin Mettler. Beide spielen eine Verbrecher-Nebenrolle, haben mehrmals im Film einen Kurzauftritt. Kovac beherrscht mittlerweile die Fahrtechnik so gut, dass er heute die gesamte Verfolgungsjagd ohne Probleme bewältigen müsste. Den ersten Teil hat er schon glänzend geschafft. Seine Fahrkünste verdankt er Schellhorn, bei dem er noch immer dazulernt. Über Funk sind Kovac und Mettler mit dem Aufnahmeteam verbunden, warten ebenso wie Wiegand auf das Startsignal.
Gleich wird die Actionszene weitergedreht, in der die beiden Berufsverbrecher einen enttarnten Polizeispitzel kidnappen sollen. Den Auftrag dazu gab ihnen ihr Chef, ein mit den üblichen Gemeinheiten und einer närrischen Tierliebe ausgestatteter Rauschgift-Großhändler, der um seine Fassade als seriöser Geschäftsmann fürchtet.
Im Drehbuch steht: »Schnappt ihn euch. Direkt morgen früh. Der wird Augen machen. Ihr könnt ihn ruhig ein bisschen weich klopfen. Dann weiß er sofort, was los ist. Aber nicht übertreiben. Verstanden? Ich brauche diesen Scheißkerl nämlich noch. Ich will erst wissen, was der den Bullen alles gesagt hat. Danach stellt ihr ihn auf null.«
In der unmittelbar darauf folgenden Szene lauerten die beiden dem Spitzel vor der Wohnung seiner Freundin auf, und der erste Teil der Actionszene begann.

»Action!«, hört Wiegand jetzt den Regisseur rufen, sieht, wie er eine startende Handbewegung macht, und reagiert sofort. Mit einem Rammstoß seiner linken Schulter öffnet er die verbeulte Wagentür, lässt sich herauskippen, bleibt kurz liegen, rappelt sich dann auf, scheinbar benommen, torkelt, geht in die Hocke, schüttelt mehrmals wie ein angeschlagener Boxer den Kopf, richtet sich langsam auf, dreht sich zur Straße, wo der Wagen noch nicht zu sehen ist. Zögernd läuft er über den holprigen Ackerboden nach rechts, als sei er noch unschlüssig, ob er sich in dem Gehölz vor ihm verstecken soll, ändert dann seine Laufrichtung. Querfeldein und schneller werdend läuft er auf ein Industriegelände zu, das von einer Mauer umgeben ist. Er blickt sich dabei mehrmals um, weil jetzt der Wagen mit den Verfolgern aufgenommen wird, der in Rallye-Manier über die Landstraße rast, die an dem Industriegelände vorbeiführt. Wiegand weiß zwar, dass er jetzt spielt, fühlt sich aber trotzdem wie jemand, der flieht. Er ist in der Szene. Jetzt beginnt er wie abgesprochen zu straucheln, rudert kurz mit den Armen in der Luft, lässt sich gekonnt fallen, steht sofort wieder auf, sich nach dem immer näherkommenden Wagen umsehend und rennt auf die nur noch wenige Meter entfernte Mauer zu. Quietschend stoppt der Wagen, Kovac und Mettler springen heraus, laufen kurz über die Straße, dann die Böschung hinunter, direkt auf Wiegand zu. Aber bevor sie ihn erreichen, springt er vor der Mauer hoch, bekommt sie mit seinen Händen zu fassen, schwingt sein rechtes Bein nach oben, als wollte er auf ein Pferd steigen, überwindet die Mauer, lässt sich auf der anderen Seite hinunter, läuft sofort weiter, blickt dabei suchend um sich. Vor ihm erstreckt sich das heruntergekommene Industriegelände mit verfallenden Gebäuden, alten Lagerhallen, einem Autofriedhof, verrosteten Rohren und Fässern, ausrangierten Baumaschinen, einer unkrautbewachsenen Schienenstrecke mit alten Güterwagen

und schrottreifen Ladekränen, links und rechts davon freie, spärlich begraste Flächen. Ein eindrucksvolles Gelände industriellen Niedergangs, wo schon öfter Actionszenen gedreht worden sind.
Wiegand sieht jetzt, wie Mettler über die Mauer klettert, sprintet zu einer Lagerhalle, von Mettler verfolgt. Wenige Augenblicke später bricht Kovac mit dem Wagen durch ein altersschwaches Tor, kommt von der Seite, spektakulär zwischen Schrott kurvend. Aus den Augenwinkeln sieht Wiegand, wie der Kamerawagen einen Halbkreis um diese Szene fährt. Er läuft in die von Scheinwerfern ausgeleuchtete Lagerhalle. Flach gestapelte Bretter und herumliegende Maschinenteile bieten kein Versteck. Wiegand bleibt stehen, dreht seinen Kopf scheinbar ratlos in alle Richtungen. Mettler kommt von hinten angelaufen, Kovac lenkt den Wagen, Slalom zwischen Stützpfeilern und Motorenschrott fahrend, von vorne auf ihn zu. Wiegand flieht nach links, schlägt ein paar Haken, aber beide bleiben ihm auf den Fersen. Jetzt stoppt Wiegand abrupt seinen Lauf, dreht sich um, rennt auf Mettler zu und greift ihn frontal an, während Kovac mit einer Schleuderwende den Wagen wenige Meter von ihnen entfernt bremst. Wie verabredet bringt Wiegand Mettler mit einem Bodycheck zu Fall, fängt seinen strauchelnden Körper ab, rennt aus der Lagerhalle, verlangsamt erst seinen Lauf, spurtet dann zu dem ehemaligen Verwaltungsgebäude, hinter ihm bereits wieder Mettler, der aufholt. Wiegand erreicht jetzt die an der Stirnseite des Gebäudes bis zum Dach führende Außentreppe, nimmt mehrere Stufen auf einmal, hastet nach oben, rutscht an der Stelle ab, wo er abrutschen soll, fällt sicher mehrere Stufen nach unten, bekommt dabei das Geländer zu fassen und verschafft so seinem Körper einen Halt. Sekunden später ergreift ihn Mettler am linken Unterarm und schlägt sofort eine Rechte zielgenau an seinem Kopf vorbei. Wiegand spielt

den Getroffenen, taumelt zurück, prallt mit dem Rücken gegen das Geländer, hält sich mit beiden Händen daran fest, ähnelt einem angeschlagenen Boxer, der in den Seilen hängt. Er bekommt von Mettler noch einen frühzeitig abgebremsten Schlag in Richtung Magengrube, krümmt sich zusammen, reißt dann reflexartig beide Arme hoch, blockt so einen weiteren Schlag von Mettler ab und führt einen überraschenden Ellbogenstoß bis kurz vor Mettlers Brust aus, der zur Seite taumelt, und sich mit seiner Linken am Geländer festzuhalten versucht. Wiegand schlägt zweimal präzise an Mettlers Kinn vorbei, der seinen Körper herumwirft, gegen das Geländer drückt, sich dabei mit beiden Händen kurz am Gestänge festhält, um seinen Sturz besser abfangen zu können, lässt sich dann geschickt auf die Stufen fallen.

Wiegand flieht weiter nach oben, sieht sich einige Treppenabsätze später nach Mettler um, der ihm dicht auf den Fersen ist. Er bleibt stehen, tritt in Richtung Mettlers Kopf, der sich erst wegduckt, dann auf ihn stürzt. Sie fallen beide auf den Treppenabsatz, wo ihre Kampfszene wie vorgesehen gipfeln soll. Beide schlagen verbissen aneinander vorbei, keiner scheint einen Vorteil zu erkämpfen, bis Wiegand blitzschnell Mettlers Schulter mit beiden Händen erfasst und sofort einen kraftvollen Kopfstoß vortäuscht. Mettler beugt sich mit schmerzverzerrtem Gesicht zurück, mimt den Getroffenen, wirft die Arme hoch, schwankt, wird jetzt noch von Wiegands genau getimeter rechten Geraden scheinbar schwer getroffen, taumelt drei Schritte rückwärts, prallt gegen das präparierte Geländer, das seitlich wegbricht und stürzt rücklings aus 12 Metern Höhe in die Tiefe. Er stößt dabei den geforderten markerschütternden Schrei aus, so echt, dass er später im Studio wohl nicht wiederholt werden muss.

Wiegand, der am Rand des Treppenabsatzes steht, sieht dem genau auf den Luftsack zufallenden Mettler hinterher und hat vor Augen, was im Film später nicht zu sehen sein wird. Mettler prallt mit dem Rücken zuerst auf dem grünen, 4 mal 6 mal 2 Meter großen Luftsack auf, der von oben betrachtet jetzt wie eine eingedrückte riesige Geleemasse aussieht. Das war wirklich gekonnt, muss man ihm lassen, denkt Wiegand und bekommt noch mit, wie Mettler sich auf dem Luftsack aufrichtet.

Jetzt hat er lange genug den Todessturz seines Gegners mitverfolgt und eilt, wie es abgesprochen war, die restlichen Stufen zum Dach hoch. Wieder ein Luftsack, der gehalten hat. Die Dinger werden immer besser, denkt er. Auf dem Dach, das auf der linken und rechten Seite einen stumpfwinkligen Aufbau hat, läuft er nur wenige Meter zur flachen Mitte hin, dann stoppt er.

An dieser Stelle beginnt die Drehpause. Bis hier habe ich es schon mal geschafft. Keine Probleme, denkt er und merkt, wie erleichtert er ist. Zufrieden lächelnd geht er zu Kovac, der hinten am Rand des Daches steht, in einem Bereich, den die Kamera vorhin nicht aufgenommen hat. Kovac klatscht gerade Beifall nach unten. Als er Wiegand erblickt, winkt er sofort freudestrahlend mit beiden Händen, ballt dann die Faust wie ein Sieger.

»Alles ist wie am Schnürchen gelaufen, Kurt«, sagt er, Wiegand freundschaftlich in die Seite knuffend.

»Kann man wohl sagen, Jakob«, erwidert er, stellt sich neben ihn und klatscht Mettler zu, der vor dem Luftsack steht und hochblickt.

»Klasse, Martin«, ruft er ihm zu.

»Wie immer. Du warst auch nicht schlecht, Kurt«, ruft Mettler nach oben.

Schellhorn kommt jetzt zu Mettler, umarmt ihn kurz, wechselt mit ihm ein paar Worte, die Wiegand nicht verstehen kann. Dann sieht Schellhorn zu ihnen hoch.

»Macht weiter so«, ruft er. »Dann wird's eine runde Sache. Kurt, achte darauf, dass du die Dachrinne noch im markierten Bereich zu fassen kriegst. Da ist sie extra griffig gemacht worden.«

»Klar doch, Werner«, antwortet Wiegand.

»Wir machen's genau nach Plan, Kurt. Für deinen Stunt ist schon fast alles vorbereitet. In etwa einer Dreiviertelstunde wird weitergedreht. Ich komme wohl nicht mehr zu euch rauf. Wir müssen hier unten noch ein paar Kleinigkeiten durchsprechen«, ruft Schellhorn, winkt ihnen knapp zu und geht dann zum Aufnahmeteam.

Wiegand streckt sich erst, schüttelt dann seine Beine aus.

»Ist schon richtig Tempo in der Szene. Du hast vorhin viel laufen müssen, Kurt«, sagt Kovac.

»Ja. Das war aber mehr ein Aufgalopp für alles Weitere«, sagt Wiegand und geht zusammen mit Kovac zu den beiden Klappstühlen, die in der Nähe eines baufällig wirkenden Kamins stehen.

»Das große Finale kommt ja noch. Ist wohl auch der Höhepunkt in unserer Actionszene«, sagt Kovac, während sie sich setzen.

»Einer der Höhepunkte, Jakob.«

Kovac wiegt den Kopf hin und her, scheint sich darüber noch nicht im Klaren zu sein. Sie schweigen einige Sekunden, bleiben weiter mit verschränkten Armen am Rand des Daches stehen.

»Je mehr Höhepunkte, desto besser. Es geht in der Szene jetzt Schlag auf Schlag. Nicht zu vergleichen mit der ersten lahmen Fassung. Dafür hat Werner ja gesorgt. Du bist übrigens gefahren wie der Teufel«, sagt Wiegand.

»Besser, Kurt. Bis jetzt hat alles prima geklappt. Und das Wetter spielt auch mit. Wahrscheinlich wird heute die ganze Szene abgedreht. Ohne Probleme. War Martin nicht gut?«

»War er. Und Werner hat seinen Auto-Stunt ganz souverän gebracht. Als er ausstieg, sah's aus, als käme er gerade von einer Spazierfahrt zurück.«

»Vielleicht war's für ihn auch eine. Der hat doch schon ganz andere Sachen mit einem Auto gemacht.«

»Gehörte aber schon zu den besseren Autostunts.«

»Würde ich auch sagen, Kurt.«

»Ludwig hat sich über seinen Kurzauftritt mit dem Motorrad gefreut wie ein Schneekönig.«

»Der war gestern bei den Proben schon ganz high.«

»Er ist eben leidenschaftlich gern Stuntman.«

»Aber leider nicht gut genug.«

»Leider.«

»Du willst doch auch einen Kräutertee, oder?«, fragt Kovac, nach einem der beiden Plastikbecher greifend, die neben der Thermoskanne auf dem schmutzig grauen, von Rissen durchzogenen Dachbeton stehen.

»Gerne, Jakob«, antwortet Wiegand.

Kovac gibt ihm den Plastikbecher, schenkt erst ihm, dann sich Tee ein. Sie trinken, schweigen, sitzen in 17 Metern Höhe entspannt auf ihren Klappstühlen, lassen von dort aus ihre Blicke schweifen.

Mit Unbehagen mustert Wiegand verschiedene Bereiche des abgewirtschafteten Industriegeländes, das sich vor seinen Augen über mehrere Hektar erstreckt.

»Tagaus, tagein hier seine Brötchen verdienen zu müssen. Wie hält man das bloß aus? Ich könnte so nicht leben. Das muss eine erbärmliche Schufterei gewesen sein. Vor allem da hinten«, sagt er und weist zu der Ziegelei-Ruine, die an einem Schrottplatz angrenzt.

»Ich würde glatt verrückt, wenn ich so malochen müsste. Eher würde ich Eisverkäufer an der Costa del Sol«, meint Kovac mit düsterem Gesicht.

»Auf dem Gelände hier müssten eine Menge Leute an ihrem Job gelitten haben.«
»Wenn hier normale Menschen gearbeitet haben, bestimmt.«
»Haben wir dagegen nicht einen tollen Job?«
»Haben wir, Kurt. Der macht uns ja wirklich Spaß. Das Dumme ist nur, dass man als Stuntman in diesem Scheiß Land nicht das verdient, was man zum Leben braucht.«
»Kommt noch.«
»Wird auch langsam Zeit.«
»Ist schon höchste Zeit. Werner rechnet fest damit, dass wir nächstes Jahr mehr zu tun bekommen.«
»Nichts dagegen.«
Wiegand löst die Schnürsenkel, zieht die Schuhe aus und greift zu den Sportschuhen, die neben seinem Klappstuhl stehen.
»Die kann ich gleich gut gebrauchen«, meint er, während er in den rechten Schuh schlüpft.
»Augenblick, Kurt. Gib mir beide Schuhe doch mal. Ich möchte sie mir nur kurz ansehen. Man kann nie wissen«, meint Kovac.
»Die müssten aber in Ordnung sein, Jakob. Gestern nach den Proben waren sie es jedenfalls noch. Aber nimm sie ruhig noch einmal unter die Lupe«, sagt Wiegand. Er dreht erst beide Schuhe vor seinen Augen hin und her, ohne etwas Auffälliges zu entdecken, gibt sie dann Kovac.
»Weißt du, Kurt, ich habe schon so allerhand mit Sportschuhen erlebt. Bei anderen und auch bei mir selbst. Bei einem Zehnkampf ist mir einmal an einem Schuh mitten im Hürdenlauf die Sohle losgegangen. Das habe ich dir doch schon erzählt, oder?«
»Ja, ich erinnere mich, Jakob.«
»Ich glaube, dass bei Sportschuhen viel geschlampt wird.«
»Aber die hier sind eine Sonderanfertigung.«

»Trotzdem, Kurt. Dabei kann auch geschlampt worden sein«, sagt Kovac und nimmt den linken Schuh in beide Hände, biegt ihn nach oben und unten, nach links und rechts, sieht ihn sich genau an, gibt ihn dann Wiegand.
»Den kannst du schon anziehen, Kurt. Der ist okay«, sagt er. Auf die gleiche Weise begutachtet er den rechten Schuh, nickt mehrmals.
»Der ist auch okay. Wirklich tadellose Verarbeitung. Und die Sohlen sind einfach Spitze. Haben ein Profil, mit dem du wohl über Eis laufen könntest.«
»Scheint mir auch so. Die Schuhe machen meinen Stunt noch sicherer. Ich werde bestimmt nicht abrutschen«, sagt Wiegand, zieht den rechten Schuh an und knotet den Schnürsenkel sorgfältig fest.
»Alles andere als ein einfacher Stunt. Aber es wird schon nichts schiefgehen, Kurt«, sagt Kovac mit ernstem Gesicht.
»Ich wüsste nicht, was, Jakob«, erwidert Wiegand, steht auf, geht einige Schritte, überprüft mehrmals, ob die Schuhe richtig sitzen. Dann stellt er sich an den Rand des Daches und blickt nach unten, wo die Drehvorbereitungen im vollen Gange sind. Er verfolgt kurz zwei Probeschwenks mit dem Kamerakran, sieht dann zu dem Aufnahmeteam, wo Schellhorn und Weineck, der Regisseur, gestikulieren, anscheinend eine der ersten Einstellungen noch einmal durchgehen.
»Es dauert bei uns noch ein bisschen. Haltet euch aber bereit. In einer Viertelstunde beginnen wir wieder mit dem Drehen. Spätestens«, ruft Weineck zu ihm hoch und wendet sich danach sofort zu dem Kameramann.
»Okay«, ruft Wiegand nach unten.
»Kurt«, ruft jetzt Schellhorn, »du brauchst dich gleich überhaupt nicht nach der Kamera zu richten. Die Einstellungen sind jetzt so, dass es egal ist, von welcher Seite dein Kopf ins Bild kommt. Und wenn du auf dem Rohr stehst, machen sie

einen Zoom von hinten. Kümmer dich also nur noch um deinen Stunt.«

»Werde ich machen.«

»Wie ich dich kenne, schaffst du ihn sofort beim ersten Mal.«

»Natürlich, Werner«, ruft Wiegand, hebt kurz die Hand und geht vom Rand des Daches weg.

»Dauert noch was«, sagt er zu Kovac, der mit lang ausgestreckten Beinen auf dem Klappstuhl sitzt und gerade eine Banane isst.

»Macht nichts. Willst du eine Banane, Kurt?«, fragt Kovac. Wiegand antwortet mit einem Nicken. Kovac bricht von einem Büschel Bananen eine ab und wirft sie ihm über mehrere Meter zu. Wiegand berührt sie noch mit der Hand, bekommt sie jedoch nicht mehr zu fassen. Die Banane trudelt von ihm weg, übers Dach hinaus, fällt nach unten.

»Auf ein Neues«, sagt Kovac, bricht eine weitere Banane ab, steht auf, zielt kurz und wirft sie ihm wieder zu, dieses Mal genauer, sodass Wiegand sie leicht mit seiner rechten Hand auffangen kann. Während er sie isst, sieht er zu der zweiten Kamera, die auf dem gegenüberliegenden Dach postiert ist. Neben ihr warten der Kameramann und sein Assistent, die über Funk mit dem Aufnahmeteam unten verbunden sind. Wiegand spürt, wie gelassen er vor diesem für ihn so wichtigen Stunt ist. Was vorher mehr Routine zu sein schien, ist heute zu einem entscheidenden Test geworden.

Habe mich bis jetzt klar unter Kontrolle, denkt er. Wird auch so bleiben.

Er geht einige Schritte bis zu dem aufgeklebten ersten Markierungsstreifen, der Stelle auf dem Betondach, wo gleich sein Anlauf für den Stunt beginnt, läuft dann mit gedrosseltem Tempo bis zu dem zweiten Streifen, der die Hälfte der Strecke kennzeichnet, stoppt dort ab und geht langsam zu dem dritten, einen halben Meter vom Dachrand entfernten Streifen, von wo er abspringen wird. Er merkt, dass er die 12 Meter lange Anlaufstrecke gut im Gefühl hat. Sein Blick ruht kurz auf dem etwa 45 Grad schrägen Dach der gegenüberliegenden Fabrikhalle, das in einem Abstand von zweieinhalb Metern an dem Flachdach vorbeiführt, auf dem er jetzt steht. Dann gleitet sein Blick tiefer, bis zur Dachrinne, verweilt dort einen Moment, wandert dann zu dem aus der Fabrikhalle führenden dicken Rohr, streift den darunterliegenden Luftsack, den er wohl nicht nötig haben wird und fällt auf den Boden ringsum. Gleichzeitig laufen in seiner Vorstellung die einzelnen Phasen seines Stunts ab, mehr im Ungefähren bleibend, ohne die Absicht, sie gedanklich noch einmal durchzuspielen. Er braucht sie sich nicht mehr einzuprägen, kennt sie in- und auswendig.

Er fühlt sich gut auf seinen Stunt eingestellt. Zwar hat er nur die einzelnen Phasen seines Stunts eingeübt, ihn noch nicht durchgehend von Anfang bis Ende versucht, weil das aus technischen Gründen erst heute möglich ist, aber darin liegt für ihn kein Unsicherheitsfaktor.

Bei den gestrigen Proben haben sie nur kleinere Abänderungen durchgetestet, die Zeit vor allem dazu genutzt, die endgültige Fassung der gesamten Actionszene festzulegen. Es handelt sich jetzt um eine für deutsche Verhältnisse außergewöhnliche Actionszene. Wiegands Doubleauftritt, für den er vor zwei Monaten engagiert worden ist, enthält viele Teile, die er schon in anderen Filmen auf eine ähnliche Weise gezeigt hat, und die ihm bei den Proben ohne große Schwierigkeiten gelungen sind. Seinen Dach-Stunt hat er jedoch in dem neuen Ablauf noch nie zuvor ausgeführt.

Nicht gerade einfach, denkt er. Ich muss gut auf dem Dach aufkommen. Meinen Schwerpunkt sofort verlagern. Wohl etwas abbremsen. Ich werde es schaffen. Habe das meiste schon gemacht. Das war aber noch vor meinem Sprung. Heute ist's

was ganz anderes. Diese verdammte Angst. Sie kann mich gleich wieder überraschen. Plötzlich ist sie dann da. Mitten im Stunt. Kann davor nicht sicher sein. Wird sich gleich entscheiden. 50 zu 50? Keine Ahnung. Was soll das? Mach dich bloß nicht verrückt damit. Konzentrier dich. Du musst da jetzt durch. Du wirst es schaffen. Ohne Angst.
Wiegand geht auf dem Dach hin und her. Er möchte in Bewegung bleiben. Er spürt den Wind in seinem Gesicht, der jetzt böiger weht, was aber keine Auswirkungen auf seinen Stunt haben wird. Er bleibt stehen, stemmt die Arme in die Hüften, lockert kurz seinen Oberkörper. Dann geht er weiter. Tief ein- und ausatmend, sieht er zu der über das Himmelsblau ziehenden Wolkenkolonne. Die Sonne blendet ihn, er wendet seinen Blick ab. Es ist wärmer geworden.
Kovac stellt sich vor ihm hin, betrachtet ihn sichtlich belustigt.
»Sonst gefällst du mir besser, Kurt«, sagt er.
»Ich mir auch«, sagt Wiegand.
»Die Gesichtsmaske und die Perücke sind eigentlich ganz gut gelungen. Ist auch noch alles in Ordnung. Sogar die Frisur. Wie die vom Grüter. Todchic.«
»Na schön.«
»Wenn sie's mit den Einstellungen und Schnitten richtig bringen, wirst du im Film wie der Grüter aussehen. Eine gewisse Ähnlichkeit ist sogar vom Nahen unverkennbar. Wenn man's nicht so genau nimmt.«
»Müsste reichen, Jakob.«
»Dicke. Darauf kommt's sowieso nicht an.«
»Nee.«
»Was zählt, Kurt, das ist dein Stunt.«
»Genau«, bestätigt Wiegand und beginnt mit einigen Stretchübungen. Ähnliche wie er führt dann auch Kovac aus.
Das Mädchen für alles, vollschlank und grobgesichtig, kommt auf das Dach.

»Es geht gleich los«, sagt sie und macht ein wichtiges Gesicht.
»Was denn?«, fragt Kovac, charmant lächelnd.
Sie lächelt kühl zurück, sieht sich um und räumt schweigend auf. Wiegands Schuhe, die Thermoskanne, Pappbecher, Bananen und Schalen steckt sie mürrisch in eine Plastiktüte. Mit den beiden zusammengeklappten Stühlen über ihrem linken Unterarm und der Plastiktüte in ihrer rechten Hand verlässt sie über die Außentreppe wieder das Dach.
Während Wiegand im Halbspagat seine Beinmuskulatur dehnt, hört er Kovac irgendeine Melodie summen und sieht zu ihm hin. Kovac läuft auf der Stelle, bewegt dabei rhythmisch seinen Kopf und schließt mehrmals kurz seine Augen. Ein Verhalten, das Wiegand von ihm bereits kennt. Konzentriert sich wieder so, denkt er.
Kurze Zeit später ruft der zweite Kameramann auf dem Dach gegenüber ihnen zu, dass gleich weitergedreht werde.
»Ich verschwinde jetzt. Also ran, Kurt.«
»Also ran, Jakob.«
Sie klatschen sich gegenseitig in die offenen Hände, dann geht Kovac mit rhythmisch federnden Schritten zu der linken Feuerleiter und klettert aus Wiegands Blickfeld. Wiegand geht zu der Stelle auf dem Dach, wo er vorhin wegen der Drehpause seinen Lauf unterbrochen hat. Er vergewissert sich, dass seine Schnürsenkel noch immer fest zugeknotet sind. Danach streicht er mit seinen Fingerkuppen über seine Handflächen, die sich trocken anfühlen, ein gutes Zeichen für ihn. Um seine Griffsicherheit zu verbessern, holt er die kleine Tüte mit dem Magnesiumpulver aus seiner Hosentasche und bestäubt damit seine beiden Handflächen. Er spürt die Anspannung, bleibt aber gelassen. Er beginnt zu tänzeln. Ich bin bereit. Kann losgehen. G gleich neun Komma acht eins Meter pro Sekunde zum Quadrat, denkt er. Konzentriert wartet er auf seinen Einsatz.

»Action!«, hört er jetzt die megafonverstärkte Stimme des Regisseurs von unten rufen. Sofort läuft er los. Nach wenigen Metern stoppt er ab und dreht, als wollte er sich erst einmal orientieren, seinen Kopf in verschiedene Richtungen. Er scheint zu zögern.
Jetzt kommt Kovac über die linke Feuerleiter geklettert, schneidet ihm den Weg zur Außentreppe ab, bleibt kurz stehen, nimmt eine drohende Haltung ein, läuft dann auf ihn zu. Wiegand weicht ihm aus, flieht zur rechten Feuerleiter, kann sie aber nicht mehr hinunterklettern, weil Kovac ihn jetzt am Arm ergreift, zurückreißt und vortäuscht, er würde ihm ein Knie in die Seite stoßen. Wiegand mimt den Getroffenen, der auch noch einen Schlag ins Gesicht einstecken muss, den Kovac ziemlich knapp an seinem Gesicht vorbeistreichen lässt. Er trippelt einige Schritte zurück, scheinbar angeschlagen, dreht sich um die eigene Achse, läuft dann einige Meter nach hinten, bis sich Kovac ihm in den Weg stellt und ihn erneut angreift. Wiegand duckt eine rechte Gerade von Kovac weg, kontert mit einer schnellen Links-rechts-Kombination. Zwischen ihnen entbrennt ein harter Kampf, der nach einer vorher genau festgelegten Choreografie abläuft. Sie schlagen und treten gut gezielt aneinander vorbei, lassen ihre Körper dabei eine deutliche Sprache sprechen. Sie zeigen ein Kampfverhalten, das im Film später wie echt aussehen wird. Jetzt greift Wiegand Kovac mit einem großen Ausfallsschritt an, sein Handkantenschlag wird von Kovac abgeblockt, aber ein sofort folgender klassischer Karatetritt bis knapp vor seine Brust lässt Kovac kurz zu Boden gehen. Kovac rappelt sich wieder auf, greift in seine Jacke und hält wenig später ein Stilett mit drohend auf ihn gerichteter Klinge in seiner Hand. Kovac kommt mit Killer-Mimik auf ihn zu. Wiegand weicht vor ihm zurück, sieht sich dabei um, flieht dann mehrere Meter nach rechts, bis er den Streifen erreicht, der den Beginn

seiner Anlaufstrecke markiert. Er bleibt einige Augenblicke dort stehen.
Er befindet sich in einem Zustand höchster Konzentration. Für ihn gibt es nur noch seinen Körper und den Stunt, den er jetzt schaffen will. Entschlossen läuft er geradewegs auf den hinteren Rand des Daches zu, in einem mittleren Tempo, das für seinen Stunt am günstigsten ist. Wie geplant trifft er mit seinem rechten Fuß den zweiten, die Hälfte der Anlaufstrecke kennzeichnenden Streifen und sechs Meter weiter wieder mit demselben Fuß den dritten Streifen, von wo er jetzt in 17 Metern Höhe abspringt. Seine Augen fest auf das gegenüberliegende Schrägdach gerichtet, führt er in kontrollierter Haltung einen Sprung von Dach zu Dach aus. Beide Dächer sind etwa zweieinhalb Meter voneinander entfernt. Unten stehen ein Luftsack und große, mit Schaumstoff gefüllte Kartons auf dem lehmigen Boden, um einen Sturz Wiegands, wenn er zwischen die beiden Gebäude fallen sollte, abzupuffern. Darin liegt sein größtes Risiko bei diesem Stunt. Für Sekundenbruchteile befindet sich Wiegands Körper zwischen beiden Dächern 17 Meter hoch in der Luft. Jetzt verändert er seine aufrechte Weitsprung-Haltung, lässt seinen Körper schnell so kippen, dass er mit der rechten Seite auf dem Dach aufkommt. Ein recht harter, aber schmerzloser Aufprall. Er dreht sich sofort auf den Rücken und rutscht mit angezogenen Beinen und aufgestützten Ellbogen die schiefe Ebene des Daches hinunter. Eine in einem Winkel von 45 Grad abfallende, etwa 8 Meter lange Strecke. Das Dach hat man in diesem Bereich mit einem Flüssigkunststoff überzogen, wodurch sein Körper besser nach unten rutschen kann. Wiegand hält seinen Körper so, dass er sich in einer geraden Bahn abwärts bewegt. Kurz bevor er die mit Sicherheitseisen verstärkte Dachrinne erreicht, zieht er die Beine noch mehr an, fast bis zu seiner Brust, schnellt sie dann stoßartig nach vorne, drückt dabei

seinen Körper vom Dach ab. Für einen Moment verliert er den Halt, befindet sich frei in der Luft. Mit einer schnellen Drehung, ähnlich wie beim Turnen an einer Reckstange, richtet er seinen Körper jetzt so aus, dass er eine frontale Position zum Dach einnimmt. Gleichzeitig breitet er seine Arme aus und bekommt mit beiden Händen die Dachrinne innerhalb des schwarz eingefärbten Bereichs zu fassen. Im Ristgriff hält er sich dort fest, fängt so seinen nach unten fallenden Körper ab, mit der Kraft seiner Arme gegen die Anziehung der Schwerkraft muskelnd.

Einige Augenblicke hängt er lang ausgestreckt an der Dachrinne, regungslos, an nichts denkend, nur das Gewicht seines Körpers in beiden Armen spürend. Dann sieht er prüfend zur Dachrinne, von dort nach unten. Sein Blick fällt auf den grünen Luftsack, etwa 9 Meter unter ihm, derselbe, auf den Mettler vorhin gestürzt ist, neu gefüllt mit der Luft Bayerns. Ihm wird bewusst, dass bis jetzt alles planmäßig verlaufen ist, er den schwierigsten Teil seines Stunts problemlos bewältigt hat. Kontrolliert hangelt er sich fast 3 Meter nach links, lässt jetzt wie geplant seinen Körper scheinbar gefährlich hin und her schwingen, damit diese Fällt-er-oder-fällt-er-nicht-Szene im Film noch spannender auf die Zuschauer wirkt. Dann ergreift er mit seiner linken Hand die Dachrinne genau an dem gelben Markierungsstreifen, hangelt ab dieser Stelle nicht mehr weiter, hält seinen Körper ganz ruhig. Er sieht nach unten, stellt fest, dass er genau über dem Rohr hängt, das von der Fabrikhalle aus weit über das Industriegelände verläuft. Es hat einen Durchmesser von 1,5 Metern. Der Fallweg von seinen Füßen bis zu dem Rohr beträgt etwa 1,80 Meter. Jetzt lässt Wiegand die Dachrinne los. Sekundenbruchteile lang fällt sein Körper, den er ganz gerade hält, nach unten. Seine Füße setzen dann sicher auf dem Rohr auf, rutschen nicht einen Zentimeter. Er geht in die Knie, balanciert mit ausgestreckten Armen, wie nach einem Abgang vom Reck, seinen Körper aus. Er hält ihn im Gleichgewicht, bleibt noch einen Moment vor der Ziegelwand der Fabrikhalle stehen, dann dreht er sich in einem Halbkreis um seine Längsachse und geht, mit seinen Armen balancierend, in sechs Metern Höhe über das Rohr, vor sich das Industriegelände, das er kaum wahrnimmt. Unter dem Rohr liegen ein 4 mal 6 mal 2 Meter großer Luftsack und zusätzliche, mit Schaumstoff gefüllte Kartons. Mit gut ausbalanciertem Körper schwankt er mehrmals absichtlich, um die Spannung zu erhöhen, zweimal nur auf einem Bein stehend wie ein Seiltänzer. Seine Füße weiterhin sicher aufsetzend, erreicht er nach mehreren Metern die Stelle, wo er gleich von dem Rohr herunterklettern wird. Er bleibt stehen, dreht sich nach Kovac um. Kovac steht noch am Rand des Flachdaches, von dem Wiegand vor 36 Sekunden abgesprungen ist. Drohend hebt Kovac jetzt sein Messer. Wiegand kniet sich auf das Rohr, erfasst mit beiden Händen die oberste Stange des Stützpfeilers, klettert dann geschickt über die sich kreuzenden Stahlverstrebungen nach unten. Mit einem großen Schritt abwärts erreicht er wieder den Boden des Industriegeländes. Er bleibt vor dem hohen Stützpfeiler stehen, blickt wie abgesprochen suchend um sich, sieht dann Kovac die Außentreppe des Gebäudes hinunterstürmen, der im Film später vergeblich den Polizeispitzel verfolgen wird. Wiegand sprintet auf Kovacs Wagen zu, dessen Fahrertür noch offen steht. Mitten im Lauf wird ihm erst bewusst, dass ihm sein Stunt gelungen ist, er keine Angst bekommen hat. Sofort bestimmt ihn ein Gefühl großer Erleichterung. Er hat Lust, loszujubeln, beherrscht sich aber, läuft weiter in Richtung Ziegelei. Es scheint ihm, als liefe er so leicht und so schnell wie noch nie zuvor. Zwar weiß er, dass er noch immer in der Szene ist, macht auch, was man von ihm erwartet, aber er fühlt sich, während er weiterläuft, schon wieder ganz bei sich. Kurz vor

der Ziegelei endet sein Actionauftritt. Leichtfüßig läuft er noch einige Meter aus, bleibt dann stehen, zufrieden wie lange nicht mehr.
Kurt Wiegand hört jetzt, wie sie rufen und klatschen. Er dreht sich nach ihnen um. Ungefähr 35 Meter von ihm entfernt sieht er sie in einer kleinen Gruppe zusammenstehen, nimmt sie zuerst nur als ein Bild wahr, das vor seinen Augen verschwimmt. Dann erkennt er Diefenbach, der alle anderen überragt und wie wild klatscht, daneben Schellhorn mit hochgerecktem Daumen, sieht andere klatschen, hört noch vereinzelte Beifallsrufe, erblickt auch Weineck, der mehrmals regiezufrieden nickt und ihm kurz zuwinkt, daneben steht, geziert klatschend, Grüter, den er gerade gedoubelt hat.
Zunächst geht er einige Schritte auf sie zu, bleibt dann aber abrupt stehen, verspürt mit einem Mal den Wunsch, jetzt nur für sich zu sein, will keinen sehen, will mit keinem sprechen, dreht sich um, geht langsam in die Knie, senkt seinen Blick auf den kaum bewachsenen Lehmboden. Dann legt er sich auf den Rücken, will nur noch so liegen bleiben, ist froh, dass er alles hinter sich hat, alles gut gegangen ist.
Ich hab's geschafft, denkt er. Ohne Angst. Ja, ich hab's wirklich geschafft. Es kommt ihm so vor, als hätte er gerade einen großen Sieg errungen. Über ihm verschieben sich helle Wolkenformen, im Blau dazwischen flammt die Mittagssonne. Er schließt die Augen, breitet die Arme aus, legt die Handflächen auf den sich warm anfühlenden Lehmboden. Mit einem Mal durchströmt ihn ein noch nie erlebtes Glücksgefühl. Bewegungslos bleibt er einige Sekunden auf dem Erdboden liegen, doch dann wird ihm schlagartig bewusst, dass sein Verhalten auffallen muss.
Sofort richtet er sich auf, streckt sich, dreht seinen Oberkörper mehrmals um die eigene Achse, nach links, nach rechts, tänzelt noch kurz auf der Stelle, um zu demonstrieren, dass er

sich nach seinem Stunt erst einmal lockern muss. Danach geht er beschwingt zu den anderen, die alle wie nach einem Kommando zu ihm hinblicken. Am liebsten würde er einen Luftsprung machen, lässt es aber sein. Er ist glücklich. Ja, er kann weiter das Leben führen, an dem er so hängt. Für ihn gibt es nichts Wichtigeres.

Schellhorn kommt ihm mit besorgter Miene ein paar Schritte entgegen.

»Was ist los mit dir, Kurt? Hast du dich verletzt? Oder bist du nur groggy?«, fragt er.

»Wieso? Ist alles in Ordnung, Werner«, antwortet Wiegand.

»Ich dachte zuerst, ich hätte mich gezerrt. In der Schulter. Ich habe mich erst einmal gelockert. War nur ein bisschen verspannt.«

»Na schön. Es sah nicht so gut aus. Dann bin ich ja beruhigt. Dein Stunt war prima«, sagt Schellhorn und legt kurz den Arm um Wiegands Schulter. Seite an Seite gehen sie zu den anderen.

»Gut, dass du es heil überstanden hast. Ich dachte schon, du hättest dich verletzt«, sagt Weineck.

»Ich bin okay«, sagt Wiegand.

»Dein Stunt war's eigentlich auch«, meint Weineck.

»Eigentlich?«, fragt Schellhorn mit ärgerlichem Gesichtsausdruck. Weineck scheint erst noch zu überlegen, schweigt.

»Das war richtig spannend. 1A«, lobt ihn Kovac.

»Mensch, Kurt. Einsame Spitze«, sagt Diefenbach strahlend.

»Du warst gut. Fast so gut wie ich«, meint Mettler grinsend.

»Kann ich mal«, sagt die zierliche Maskenbildnerin, die sich zwischen sie schiebt.

»Aber sicherlich«, sagt Wiegand bereitwillig lächelnd.

Sie nimmt die Perücke von seinem Kopf, gibt sie dem neben ihr stehenden Mädchen für alles. Mit behutsamer Fingerfertigkeit zieht sie Wiegands Gesichtsmaske ab.

»So, jetzt bist du wieder Kurt«, sagt sie.
»Das wurde auch Zeit. Ich habe mich schon vermisst«, sagt er.
»Wir drehen gleich weiter«, sagt Weineck zu Grüter. »Vor der Ziegelei. Wir machen erst eine Nahaufnahme von dir. Danach musst du noch ein paar Meter rennen. Dafür brauchst du ja wohl nicht von Kurt gedoubelt zu werden, oder?«, fragt er spöttisch.
»Glaube nicht. Das kann ich wagen«, antwortet Grüter verkrampft lächelnd.
»Kurt«, wendet sich Weineck an Wiegand. »Wir lassen deinen Stunt so, wie er ist. Wir brauchen nichts noch einmal zu drehen. Das war schon gut. Aber du hättest mehr auf dem Rohr schwanken können. Dann hätte es gefährlicher ausgesehen. Es war irgendwie zu artistisch.«
»Da wird doch der Hund in der Pfanne verrückt«, legt Schellhorn los, bevor Wiegand etwas sagen kann. »Was laberst du denn da, Theo? Du hast wohl immer was zu meckern. Kurt war Spitze.«
»Schon. Aber ich finde –«
»Was du findest, das ist mir jetzt scheißegal«, fährt ihn Schellhorn an. »Du nörgelst schon den ganzen Tag herum. Was willst du eigentlich? Es hat doch alles prima geklappt. Langsam reicht's mir. Du brauchst uns zurzeit ja nicht.«
Er dreht dem verdatterten Weineck den Rücken zu. »Kommt«, sagt er zu seinen Stuntmen, »wir gehen erst mal was essen.« Geschlossen entfernen sie sich vom Aufnahmeteam, bewegen sich auf ein abbruchreifes Fabrikgebäude zu.
»Der Kerl hat doch einen Sprung in der Schüssel«, schimpft Diefenbach, mehrmals mit dem Zeigefinger an die Stirn tippend.
»So ein Arsch. Was bildet der sich bloß ein? Kann nix, rein gar nix«, faucht Mettler verächtlich. Sein Gesicht verzieht sich zu einer feindseligen Grimasse.

»Diese Knallerbse muss einfach meckern. Wir haben auf Anhieb alle Szenen hingekriegt. Soll doch sein Maul halten. Der Kerl bringt mich jedes Mal auf die Palme«, flucht Schellhorn.
»Komm wieder runter, Werner. Reg dich ab«, beruhigt ihn Wiegand. Er wird weiter von diesem einmaligen Glücksgefühl bestimmt, das er auskostet und das alles andere überdeckt.
»Genau. Der ändert sich nicht mehr«, meint Kovac gelassen.
»Der wird sich weiter aufblähen«, weiß Mettler.
»Soll er doch. Hat's nötig. Den sollten wir nicht ernst nehmen. Mal sehen, was es Leckeres gibt«, sagt Wiegand, während sie auf das Fabrikgebäude zugehen. Vor der linken Seitenwand hat man auf die Schnelle leicht transportierbare Möbel zu einem Essplatz zusammengestellt. Sie setzen sich auf die Klappstühle vor dem wie ein Tapeziertisch aussehenden langen Tisch. Der Catering-Service hat gerade in großen Töpfen das einfache, aber schmackhafte Mittagessen geliefert.
Wiegand genießt das gemeinsame Essen, als wäre es ein Festmahl mit Freunden unter freiem Himmel. Schon bald werden sie von einer Woge der guten Laune getragen. Wiegand könnte jubeln. Keiner hier ahnt etwas davon, was in ihm vorgeht. Ein Gefühl, das mit nichts zu vergleichen ist. Seinen Stunt hat er gemeistert. Dabei hat er keine Angst gespürt. Sie hat ihn nicht wieder überfallen, wie bei seinem Sprung. Wahrscheinlich lauerte sie in irgendeinem Winkel auf ihn, bereit, ihn wieder anzugreifen. Doch er hatte einen guten Schutz, sie regte sich nicht mehr. Was für ein herrlicher Tag! Sein Leben braucht er nicht zu ändern. Er kann so weitermachen wie bisher.
Heute Nachmittag fährt er nicht, wie zunächst beabsichtigt, nach München, sondern nach Alsbach zurück. Er will den Tag nur noch mit sich alleine verbringen, merkt, dass er das jetzt braucht. Bei ihm muss sich erst einmal alles setzen, wieder

normalisieren. Schon seit einer Woche fühlt er sich in seinem Inneren so bewegt wie noch nie zuvor. Eine Art stürmischer Wellengang, der ihn mitreißt. Lieber wäre ihm jetzt eine sanfte Dünung. Zwar ist er zufrieden, aber er fühlt sich noch immer aufgewühlt. Es war einfach alles zu viel für ihn. Es wird Zeit, sich herunterzuregeln. Und das wird ihm am besten gelingen, wenn er heute nur noch mit sich und niemandem sonst zusammen ist.

Der zähflüssige Berufsverkehr erlaubt nur ein gemächliches Fahren. Heute gefällt es ihm, es hat etwas Dämpfendes. Er fühlt sich eingereiht im Alltagstrott von Tausenden, die zwischen Arbeitsplatz und Zuhause pendeln. Menschen, die sich jahrzehntelang für ihren Lebensunterhalt in einem meist stumpfsinnigen Beruf abrackern müssen und dabei draufgehen. Bedauernswerte Menschen, nicht zu vergleichen mit ihm. Er hat eine Art Neigungsberuf, den er leidenschaftlich gern ausübt. Mit seinem Körper verdient er auf seine spezielle Weise das Geld, das er nötig hat. Sein Leben verwöhnt ihn, er kann es weiter in vollen Zügen genießen.

Die unspektakuläre bayerische Voralpenlandschaft zieht an ihm vorbei, von Autokolonnen durchschnitten. Viel Blech und genormt aussehendes Grün liegen kilometerweit in seinem Blickfeld. Die Hügel, die rechts von ihm hochbuckeln, kommen ihm wieder so vor, als hätte die Erde dort mehrmals hintereinander aufgestoßen. Erdrülpser, die es in dieser Gegend an mehreren Orten gibt. Sie passen für ihn gut zu der hier herrschenden bäurisch-dumpfen Atmosphäre. Er hätte nie nach Alsbach ziehen sollen, wo er sich wie in einem fremden Land fühlt. Er ist froh, dass er seine Wohnung gekündigt hat. Die langweilige Landschaft und die heuchlerische Biederkeit der Bevölkerung hat ihn viel zu lange abgestoßen.

Heute Nachmittag kommt er jedoch gern in seine Wohnung zurück. Der Ort, an dem er jetzt alleine sein, sich treiben las-

sen kann. Durch die kleine Diele, die eher ein Türzentrum ist, geht Wiegand ins Wohnzimmer. Er stellt die Sporttasche auf den abgenutzten Teppichboden, blickt zu dem blinkenden Anrufbeantworter, zögert kurz, nein, er wird ihn erst später abhören. Wer ihn warum angerufen hat, interessiert ihn jetzt nicht. Er will noch bei sich bleiben, diesen außergewöhnlichen Tag weiter alleine genießen. Niemand weiß, wie wichtig der Stunt für ihn war. Er hat ihn gemeistert. Es ist angenehm warm im Raum. Er zieht sich aus, geht ins renovierungsbedürftige Badezimmer und duscht lange mit großem Behagen.
Wiegand sitzt mit ausgestreckten Beinen, die nackten Füße auf den klobigen Holztisch vor ihm gelegt, auf dem Sofa und trinkt die zweite Tasse Kaffee. Er trägt eine helle Baumwollhose und ein olivgrünes Polohemd. Nachdem er sich eine Zeit lang mit entschlossenem Nichtstun und tändelnden Gedanken entspannt hat, regt sich in ihm jetzt Interesse dafür, welche Nachrichten auf dem Anrufbeantworter gespeichert sind.
Zuerst hört er Marions melodische Stimme:
»Kurt, wo schwirrst du denn herum? Ich habe auch schon bei Hermann angerufen, aber niemand war da. Ich wollte dich fragen, ob du Lust hast, dir mit mir die Soho Dance Company anzusehen. Die sind wirklich Spitzenklasse. Ich habe zwei Freikarten für den nächsten Mittwoch bekommen. Ein Küsschen auf deinen Mund und deinen Schwanz.«
Danach hört er:
»Tag, Herr Wiegand. Hier Kersting. Sie haben mich leider nicht in der Agentur erreichen können. Und jetzt erreiche ich Sie nicht. Schade. Aber das lässt sich schnell ändern. Sehr erfreulich, dass sie für »Delta« einen spektakulären Werbesprung zeigen wollen. Wenn es geht, rufen Sie mich doch bitte morgen zu Hause an. Meine Privatnummer haben Sie ja. Ich wünsche Ihnen einen schönen Abend.«
Dann der dröhnende Bass von Lothar Ganten:

»Hallo Maestro, alter Stunter. Ich habe nach deinem irren Sprung nichts mehr von dir gesehen und gehört. Wir wollten doch zusammen trainieren. Diese Woche geht's ja nicht mehr. Aber nächste. Schon Montag? So gegen 19 Uhr? Ruf mich an, aber pronto. Treib's nicht zu toll. Tschüss.«

Entspannt lächelnd schwingt Wiegand die Beine mit einer fließenden Bewegung vom Tisch zum Sofa, lässt seinen Oberkörper auf das Polster fallen, verschränkt die Arme hinter dem Kopf, bleibt lang ausgestreckt liegen. Die Augen zur weißen Zimmerdecke gerichtet, überlegt er kurz, beschließt dann, Marion und Lothar heute nicht mehr anzurufen, sondern erst morgen. Er hat keine Lust mit jemandem zu reden, will sich heute nur noch mit sich selbst beschäftigen und den Tag weiter vertrödeln.

Ingrid hat er bereits vor seiner Rückfahrt angerufen. Sie schien zunächst darüber enttäuscht zu sein, dass er in seiner Wohnung bleiben und nicht mehr zu Hermann fahren wollte.

»Gut, Kurt. Dann machen wir es besser so. Morgen komme ich zu dir«, sagte sie.

»Gegen sieben?«, fragte er.

»Etwas früher ist mir lieber. So um sechs. Ich mache uns dann etwas zu essen, bringe dafür alles mit«, antwortet sie.

»Gute Idee, Ingrid.«

»Ein Tag Ruhepause kann nicht schaden«, meinte sie.

»Ruhepause ist gut«, sagte Wiegand.

»Umso heißere Action gibt's danach«, sagte sie und lachte herzlich. »Mit Nadja zusammen wird es heute sowieso spät. Nachts fahre ich auch nicht mehr gern von München zu dir in die Walachei.«

»Morgen ist auch noch ein Tag.«

»Genau. Samstagabend bin ich wieder bei dir. Und ab jetzt freue ich mich schon darauf.« Sie schweigt einige Sekunden. »Bevor ich Nadja treffe, werde ich mir meinen Mann vorknöpfen. Es muss sein. Da gibt es noch einiges zu klären. Vor allem, was das Haus angeht.«

»Reg dich aber nicht auf.«

»Mal sehen. Dieser Kretin, dem gebe ich Zunder. Ich glaube, der schnüffelt bei mir herum. Ich werde mein Zimmer abschließen.«

»Oder mauer es zu.« Er hört sie lachen.

»Später vielleicht. So ein Ekelpaket. Der kann was erleben. Vor dem lasse ich mir nichts mehr bieten.«

»Wird höchste Zeit.«

»Ja. Reden wir besser von etwas anderem. Kurt, ich glaube, dass Nadja sehr an Hermann interessiert ist.«

»Prima. Seine Qualitäten kennst du schon ziemlich gut. Du kannst heute für ihn werben.«

»Mache ich. Auch in meinem eigenen Interesse. Das verstehst du doch, oder?«

»Natürlich.«

»Für mich wird Hermann weiterhin eine Art Liebhaber sein. Je nach Lust und Laune. Ich möchte auf keinen Fall, dass er sich auf mich sexuell fixiert.«

»Dafür wird schon Nadja sorgen. Wenn es bei den beiden funkt.«

»Damit rechne ich. Sonst werde ich eine andere Freundin engagieren. Ob Nadja, Susanne oder Birgit. Das ist eigentlich gehopst wie gesprungen..«

»Hauptsache, Hermann bekommt eine gute Dosis Sex.«

»Ja. Sag mal, Kurt, was machst du heute noch?«

»Nichts.«

»Donnerwetter. Überanstreng dich dabei aber nicht. Bleibst du heute Abend wirklich allein?«

»Ja. Und auch heute Nacht. Das sagte ich dir bereits. Warum fragst du?«

»Ach, nur so. Wenn ich dich –«, sie unterbricht sich. »Am

liebsten würde ich sofort zu dir kommen. Aber wir haben uns ja anders entschieden.«

»Morgen werden wir uns wieder genießen.«

»Und wie! Bis morgen, Kurt. Ich drücke dich ganz fest.«

»Ich dich auch, Ingrid.«

Wiegand federt aus dem Sofa und geht in die Küche. Ihm ist gerade eingefallen, dass er nichts eingekauft hat, vermutet gähnende Leere in seinem Kühlschrank. Er sieht nach, findet mehr als erwartet. Für heute und morgen reicht es. Aus dem Tiefkühlfach holt er Sojaschnitzel und Frühlingsgemüse, aus einem Hängeschränkchen Naturreis. Die schon tiefer stehende Sonne scheint vom wolkenlosen Himmel in die Küche, überzieht Wiegand mit angenehmer Wärme. Durch das geöffnete Fenster hört er den geduldigen Minnesang einer Dorfdrossel und zwei sich rustikal hochschaukelnde Männerstimmen. Auf dem Balkon des gegenüberliegenden Hauses schneidet eine alte Frau umständlich verblühte Geranien ab. Er wendet seinen Blick ab und beginnt mit dem leicht und schnell zuzubereitenden Abendessen.

Er beschließt, am Mittwoch mit Marion zu dem Tanzabend zu gehen. Schon seit Längerem schwärmt sie von der Soho Dance Company, die er noch nie tanzen gesehen hat. Er freut sich darauf. Marions Tanzbegeisterung wird dann wieder auf ihn abfärben. Wenn er sie nicht kennengelernt hätte, würde er sich wohl weniger fürs Tanzen interessierten. Gute Tänzer gehören für ihn zu den Körpervirtuosen, die wie Stuntmen, Kunstturner und Artisten Spitzenleistungen vollbringen. Er schätzt sie sehr, ist beeindruckt davon, wie sie auf ihre spezielle Art den Körper im Raum bewegen und dabei mit der Erdanziehung fertig werden. Beim Zusehen versucht er sich in ihre Bewegungsabläufe hineinzuversetzen und ihnen zu folgen. Was er von Marion weiß, leitet ihn dabei. Manchmal fasziniert ihn eine Tanzszene wie ein Körperstunt oder eine

Bodenkür beim Kunstturnen. Es ist für ihn ein Bewegungsablauf auf hohem Niveau.
Marion vergleicht gern Balletttänzer, Kunstturner und Artisten miteinander, übertreibt dabei auf eine für ihn angenehme Weise. Für sie sind komplexe Bewegungsabläufe, die mit gekonnter Haltung ausgeführt werden, mehr oder minder Ballett.
Noch wichtiger als der Ballettabend mit Marion ist für ihn das gemeinsame Training mit Lothar Ganten. Daran denkt er jetzt, während er nach dem Essen weiter an dem kleinen runden Tisch sitzen bleibt und ein Glas Bier trinkt. Am Montag, wie Lothar es vorgeschlagen hat, wird er wieder mit ihm in der Halle sein, wo sie als Kunstturner bis vor eineinhalb Jahren gemeinsam Wettkämpfe für den TSV München bestritten haben. Jetzt trainieren sie inmitten von anderen Kunstturnern nur noch aus Freude an ihrem Sport. Sie kennen sich seit ihrem Studium an der Kölner Sporthochschule, das Lothar im Gegensatz zu ihm abgeschlossen hat. Heute arbeitet er als Lehrer für Sport und Englisch, hat sich damit, wie er sagt, arrangiert. Er ist Buddhist oder Epikureer, je nach Lebenslage, nimmt nichts wirklich ernst. Bei seinen Schülern ist er beliebter als bei seinen Kollegen.
Wiegand trainiert mit ihm meistens zwei Stunden, um seinen Körper nicht vom Kunstturnen zu entfremden, aber auch, weil er als Stuntman davon profitiert. Heute ist ihm der Stunt auf dem Dach nur deswegen so gut gelungen, weil sein Körper turnerisch so viel leistet. Wenn er ihn als Kunstturner nicht so intensiv ausgebildet hätte, dann würde er heute nicht als Stuntman arbeiten. Er bringt ihn ins Spiel, ohne ihn aufs Spiel zu setzen. Was er macht, ist durchdacht. Vor allem seine gewagten Sprünge. Die sind genau vorbereitet, bestens abgesichert. Bei solchen Sprüngen ist auch vieles Kopfsache. Er weiß, was er kann, überschätzt sich nicht, achtet auf seine

Grenzen. Er ist kein Hasardeur. Sein Körper ist ein Instrument, das er beherrscht. Dafür hat er lange trainiert. Er ist ein Körpervirtuose.

Die Dämmerung hat bereits eingesetzt, das gedämpfte Licht lässt sein spärlich möbliertes Wohnzimmer gemütlicher erscheinen, als es ist. Wiegand genießt es, den Tag weiter zu vertrödeln. Entspannt folgt er weiter seinen Gedankengängen, die in verschiedene Richtungen spazieren.

Seit seiner Kindheit steht für ihn sein Körper im Mittelpunkt. Er galt als Bewegungstalent, das gefördert werden müsse. Mit sechs Jahren meldeten seine Eltern ihn im Turnverein Nippes an, wofür er ihnen heute ausnahmsweise dankbar ist; auch wenn er vermutet, dass sie damit nur eine für sie bequeme Erziehungsmethode nutzen wollten.

»Du warst ein schwieriges Kind. Viel wilder als die anderen Kinder und sehr sehr trotzig«, behaupten sie weiterhin mit elterlicher Anmaßung.

Wahrscheinlich schwebte ihnen vor, dass er im Turnverein an die Kandare genommen würde. Dressiert für zu Hause. Und wenn schon. Darüber kann er heute nur noch spotten. Turnvater Jahn lässt schön grüßen, dieser Körper-Preuße. Ausschlaggebend ist für ihn, dass sein Körper von klein auf gefordert wurde, und dass es ihm Spaß machte. Er wurde auf Leistung trainiert, woran er sich orientierte. Er verglich sich körperlich mit anderen Kindern, fühle sich dabei hervorragend, fand darin seinen Wert. Zunächst bedauerte er die Steifen, so lange, bis er merkte, wie sie ihn beneideten und sogar missachteten. Er begann sich gegen Missgunst abzuhärten, wurde gleichgültiger.

Nichts bot ihm mehr. Schon als Kind war er stolz auf seinen Körper. Er wollte ein Weltklasse-Turner werden, hatte dafür Vorbilder, die er vergötterte. Dagegen verblasste alles andere. Sein Trainingsfleiß beim Turnen stand in krassem Gegensatz zu seiner Faulheit als Schüler, die ihm zwar nur mäßige Noten, dafür aber einen großen Zeitgewinn einbrachte, der für ihn wichtig war, und den er geschickt verteidigte. Er fand als Schüler immer genügend Zeit, um seine Fähigkeiten beim Turnen auf hohem Niveau auszubilden. Auf schulische Erfolge konnte er gut verzichten, er brauchte sie nicht, hatte seine sportlichen Erfolge.

Doch dann veränderte sich seine Einstellung zu seinem Körper. Er wurde misstrauisch, wusste nicht mehr, was er von ihm halten sollte, als er ihn mit starken Wachstumsschüben überraschte. Er schoss ins Kraut, wie es sein Trainer ausdrückte. Für einen Spitzenturner wurde er zu groß. Seinen Eltern kreidete er an, ihm Gene vererbt zu haben, die ihn so wachsen ließen und nun als Turner benachteiligten. Damals hätte er lieber die asiatische Größe verkörpert. Japaner und Chinesen dominierten das Kunstturnen, und er beneidete sie. Sie hatten einen Größenvorteil, den er nie ausgleichen könnte. Kleine, höchst gelenkige Kraftpakete, die turntechnische Höchstleistungen vollbrachten, alle anderen in Grund und Boden turnten. Er bedauerte kein Asiate zu sein. Wenn es einen Wachstumshemmer gegeben hätte, dann hätte er ihn in dieser Zeit eingenommen.

Als Heranwachsender haderte er jedoch bald nicht mehr mit seiner Größe. Es überwog die Freude am Kunsturnen, diese beflügelnde Bewegungslust. Und er merkte auch, dass er als großer, gut aussehender Jugendlicher den Mädchen sehr gefiel. Sein eigenes Spiegelbild wurde ihm immer vertrauter, stärkte seine Selbstsicherheit.

Er lernte, dass eine gute Technik die Voraussetzung für gute Haltungsnoten bei Wettkämpfen war. Vor den Punktrichtern hatte er zunächst Respekt, doch je älter er wurde, desto kleinkarierter wirkten sie auf ihn. Pedantische Wichtigtuer, die dauernd etwas zu mäkeln hatten und wie Lehrer zur Zensurenkeule griffen. Die maßgeblichen Schwung- und Kraftübungen an den sechs Wettkampfgeräten turnte er mit großer Bewegungsfreude und dem Ziel, sich ständig zu verbessern, immer schwierigere Elemente zu beherrschen, dabei Technik- und Haltungsfehler zu vermeiden. Die Bedeutung von Konzentration und Präzision verinnerlichte er dabei. Er genoss es zu zeigen, was er alles mit seinem Körper machen konnte. Die Bewältigung von Übungen mit hohen Schwierigkeitsgraden wurde für ihn wichtiger als die ganz exakte Ausführung von Übungen, mit niedrigeren Schwierigkeitsgraden. Es zählte zu seiner körperlichen Selbstverwirklichung.

»Du gehörst eher in einen Zirkus als in eine Turnhalle«, wurde er gemaßregelt, wenn er aus reiner Bewegungslust die Grenze zwischen Kunstturnen und Artistik überschritt. Für ihn war es jedoch eher ein Lob. Das Artistische reizte ihn mehr als turnerische Vollendung. Ein Leben als Artist, der im Zirkus groß geworden ist, hätte ihm auch gut gefallen. Aber noch besser gefällt ihm sein tatsächlicher Werdegang, der ihn dorthin geführt hat, wo er heute ist.

Nur wer die Kraft hat, kann die Technik beherrschen. Dieser zum Grundlagenwissen von Kunstturnern zählende Leitsatz kommt Wiegand während des Spülens in den Sinn. Als Leistungssportler trainierte er systematisch bestimmte Muskelgruppen, verbesserte so seine Maximalkraft, Schnellkraft und Ausdauer. Die nötige Voraussetzung, um beim Kunstturnen das Gewicht seines Körpers sicher zu halten, spielend zu überwinden und geschickt abzufangen. Er erinnert sich jetzt daran, wie zufrieden er war, wenn ihm Übungen mit Höchstschwierigkeiten gelangen, und er dabei spürte, wie flüssig er seine Kraft in Bewegung umsetzen konnte. Was er alles mit seinem Körper gemacht hatte! Er ließ ihn um alle Achsen rotieren, durch die Luft wirbeln, hielt ihn trotz komplizierter Bewegungsabläufe im Gleichgewicht und brachte ihn sicher zum Stand. Kraft und Beweglichkeit beeinflussten sich wechselseitig so positiv, dass sie bei ihm ein physiologisches Gleichgewicht erzeugten. Kein Zweifel, als Kunstturner beherrschte er seinen Körper am besten. Ihm fallen jetzt die Übungen an den Ringen ein, die er besonders gern turnte: schwungvolle Riesenfelgen, schwierige Handstände, spektakuläre Saltos mit Schrauben oder Doppelsaltos als Abgang. Die Ringe waren sein Lieblingsgerät, daran turnte er sich am weitesten nach vorn. Aber nie ganz nach vorn. Dafür hätte er mehr trainieren müssen, wozu er schon als 20-jähriger nicht mehr bereit war. Und er hätte nicht 1,88 Meter hoch wachsen dürfen. Aber er kann heilfroh sein, diese Körpergröße zu haben. Wäre er ein idealgroßer Turner gewesen, dann würde er sich heute als ein zu klein geratener Mann fühlen. Er möchte keinen Zentimeter kleiner sein. Seine Größe passt zu seinem Lebensstil. Er wird weiterhin seine 188 Zentimeter so gekonnt wie möglich ins Spiel bringen.

Im Fernsehen sieht er sich noch einen alten Kriegsfilm an, den er nicht bis zum Ende verfolgt. Gegen Mitternacht wechselt er zu einer Talk Show, amüsiert sich kurz über aufgekratzte Möchtegerne, die sich mit ihrer Eigenwerbung anbiedern, schaltet dann den Fernseher aus.

Als Wiegand sich in sein ausnahmsweise frauenloses Bett legt, spürt er eine behagliche Müdigkeit, die seinen Körper schlafschwer macht.

Bewegung ist eigentlich alles, sagte er sich noch und dreht sich auf die Seite. Ohne Bewegung gäbe es nur Stillstand. Nichts würde geschehen. Oder doch? Wie denn? Ohne Bewegung kein Sex. Lustbewegungen. Ist toll mit Marion. Aber mit Ingrid ganz andres. Fabelhaft.

»Einen schönen guten Morgen, wünsche ich Ihnen, Herr Wiegand. Es freut mich, dass Sie anrufen«, säuselt Kersting heute Morgen am Telefon.

»Schön, dass ich Sie endlich erreiche. Ich hoffe, dass ich Sie zu Hause nicht störe«, säuselt Wiegand bemüht zurück.
»Ganz im Gegenteil. Ich habe ja auf Ihren Anruf gewartet. Und nicht nur ich«, sagt Kersting.
»Wer denn noch?«, fragt Wiegand irritiert.
»Meine beiden Kinder. Die reden noch immer von Ihrem Sprung. Sind richtige Fans von Ihnen. Ich soll Ihnen sagen, dass sie gern ein Autogramm von Ihnen hätten. Herr, Wiegand, möchten Sie meine Tochter und meinen Sohn mit einem Autogramm beglücken? Sie in Action?«
»Gern. Ich werde gleich zwei Fotos aussuchen.«
»Vielen Dank. Sie könnten die beiden Autogramme mitbringen, wenn wir uns in der Agentur treffen.«
»Kann ich machen.«
»Ist Ihnen der kommende Dienstag recht? Um zehn?«
Wiegand schweigt einige Sekunden, um zu signalisieren, dass er einen gut gefüllten Terminkalender hat.
»Ja, dann geht's noch. Ich muss erst mittags am Drehort sein.«
»Handelt es sich um einen Actionfilm?«
»Nein, nur um ein Liebesdrama. Eine eifersüchtige Frau stößt ihren untreuen Ehemann durchs Fenster, der dann drei Stockwerke tief zu Tode stürzt. Und ich doubel den Schauspieler.«
»Der ist sicherlich froh, dass Sie es machen. Aber das ist ja auch Ihr Job. Hals- und Beinbruch wünsche ich Ihnen jetzt schon.«
»Danke.«
»Als Top-Stuntman sind Sie sicherlich gut im Geschäft.«
»Ich kann nicht klagen.«
»Wir von »Delta« möchten mit Ihnen auch ins Geschäft kommen. Mit meinem Partner, Herr Baumgartner, habe ich bereits gesprochen. Wir sind sehr interessiert. Wir möchten sie für einen Sprung der Art engagieren, wie Sie ihn im Vergnü-

gungspark »Eldorado« gezeigt haben. Das habe ich Ihnen ja bereits in meinem Brief vorgeschlagen.«

»Einen ähnlichen oder den gleichen Sprung kann ich Ihnen anbieten.«

»Super. Ihr Angebot nehme ich gern an. Gibt es vielleicht einen spektakulären Sprung, den Sie favorisieren?«

Wiegand überlegt kurz, weiß, wie wichtig die richtige Antwort sein könnte.

»Ich habe auch schon an einen Rekord-Sprung gedacht«, fällt ihm ein. »An einen wirklich einmaligen Sprung, den in Deutschland noch niemand geschafft hat. Das wäre doch sehr werbewirksam, wenn ich mit meinem Sprung zugleich einen deutschen Rekord aufstellen würde.«

»Eine Top-Idee, Herr Wiegand. Das könnten wir gezielt in die Kampagne einbauen. Spektakulär und dazu auch noch ein deutscher Rekord. Das passt sehr gut. Wir werben ja schließlich für ein deutsches Versicherungsunternehmen. Ich lasse es mir in den nächsten Tagen noch durch den Kopf gehen. Über alles Weitere können wir uns am Dienstag unterhalten. Natürlich auch über Ihre Gage.«

»Für Gagen dieser Art gibt's ziemlich klare Vorgaben«, beeilt sich Wiegand zu sagen. »Je höher der Absprung, desto tiefer der Fall. Aber auch umso höher die Gage. Die richtet sich bei Sprüngen immer nach der Höhe und dem Schwierigkeitsgrad. So wird es jedenfalls im Film- und Fernsehgeschäft gehandhabt. Und dafür gibt's eine Preisliste.« Er hört Kersting lachen. Ein angenehmes, gedämpftes Kollern.

»Ich habe schon verstanden, Herr Wiegand. Je höher und schwieriger, desto teurer. Und natürlich auch umso spektakulärer. Genau das Richtige für unsere Werbekampagne. Etwas Aufsehenerregendes.«

»Das werden Sie bekommen.«

»Herr Wiegand, Sie sind für uns genau der richtige Mann. Mit

Ihrer Gage werden Sie zufrieden sein. Wir wissen, was Qualität wert ist.«

»Freut mich zu hören.«

»Es ist durchaus möglich, dass es nicht Ihr einziger Auftritt für uns bleiben wird. Durch Sie bin ich erst darauf gekommen, wie gut sich Stunts für Werbekampagnen nutzen lassen. Die Leute gieren nach Attraktionen und Sensationen. Wir leben in einer Event-Kultur. Die Menschen werden immer verwöhnter, verlangen nach immer stärkeren Reizen. Alles braucht mehr Pfeffer. Mehr Action.«

»Werbung mit Action müsste die Leute anziehen, ihr Interesse wecken«, bestärkt ihn Wiegand.

»Ganz genau. Das ist doch der springende Punkt. Wenn ich daran denke, wie langweilig oft Werbung ist, dann ist doch klar, dass sie wirkungslos verpufft. Ausgeworfenes Geld.«

»Wer interessiert sich schon für die Langeweile. Noch nicht einmal die Langweiler.«

»Stimmt. Ich merke schon, dass wir die gleiche Wellenlänge haben. Unser Gespräch finde ich sehr aufschlussreich, und ich habe ein gutes Gefühl, was unser Gespräch am Dienstag angeht.«

»Das habe ich auch.« Ein kurzes Schweigen entsteht, in dem Weigand nach freundlichen Floskeln sucht, aber keine findet.

»Wir werden dann alles konkretisieren«, sagt Kersting. »Über Ihre Gage müssten wir uns schnell einigen können.«

»Ich hoffe es«, sagt Wiegand.

»Ich wünsche Ihnen ein schönes, interessantes Wochenende. Bis Dienstag, Herr Wiegand.«

»Das wünsche ich Ihnen auch. Bis Dienstag, Herr Kersting«, sagt Wiegand.

Mit einem zufriedenen Lächeln legt er das Telefon auf den Holztisch. Er lehnt sich im Sessel zurück, streckt sich wohlig aufstöhnend, verharrt so einige Sekunden, steht dann auf. Er

geht zu einer Fotobox in dem Allzweckregal aus Stahlblech, in der er Stunt-Fotos von sich gesammelt hat, sucht in den nach Jahren sortierten Aufnahmen, wählt zwei aus.
Sie zeigen ihn bei seinem Hechtsprung aus einem Hubschrauber in den Bodensee. Diese Aufnahmen wird er Kersting am Dienstag für seine beiden Kinder mitbringen. Er nimmt sie, legt sie auf den Holztisch neben ein Glas Orangensaft, das er austrinkt.
Zum ersten Mal ist er nach einem Autogramm gefragt worden. Seine kleinen Fans. Auch wenn es nur Kinder sind, fühlt er sich von ihrer Begeisterung geschmeichelt. Kurt Wiegand Actionstar. Er will es nicht überbewerten, aber es ist eine angenehme Erfahrung für ihn. Kinder sind ehrlich, unverfälscht. Weil er sie mit einem Super-Sprung fasziniert hat, schwärmen sie von ihm.
Und Kersting selbst scheint von ihm beeindruckt zu sein. Seine Stimme klang nach weichem Tenor. Eignet sich gut zum Süßholzraspeln. Könnte damit selbst für Honig werben. Zwar wirkte Kersting auf ihn etwas schleimig, wohl berufsbedingt, aber dennoch sympathisch. Er müsste sich mit ihm verstehen. Er will einen werbewirksamen Sprung von ihm, und den kann er liefern. Mit einem Sprung für »Delta« wird er einige Tausend Euro verdienen und Aufsehen erregen. Eine gute Werbung auch für ihn selbst. Ein Hechtsprung aus einem Hubschrauber schwebt ihm jetzt vor, vielleicht aus 60 Metern Höhe. Das müsste ein deutscher Rekord sein. Oder sollte er lieber einen Doppelsalto vorschlagen? Denselben noch einmal wie im Eldorado? Das würde die Planung erleichtern. Und man hätte die Gewissheit, dass ihm im Normalfall so ein Sprung gelingt. Ohne großes Risiko. Der Angst-Zwischenfall, der ihm noch immer rätselhaft ist, wird ihn nicht mehr belasten. Davon ist er überzeugt. Er hat sich lange genug darüber den Kopf zerbrochen. Vielleicht hat er ja dabei zerdacht, was

ihm passiert ist, seinen Kopf davon befreit und sich auf diese Weise selbst kuriert.

Nur noch wenige Male wird Wiegand durch die bayerische Voralpenlandschaft joggen, die auch heute Morgen seinen Sinnen nichts bietet. Der Himmel ist grau verhangen, ein feiner Nieselregen besprüht ihn, von dem er sich bei seinem Training nicht stören lässt. In einem mittleren Tempo läuft er an langweiligen Feldern und Weiden vorbei, beäugt von träge wiederkäuenden Rindviechern, deren hässliche Körper ihm wieder missfallen. Sie sehen stark übergewichtig aus, als wären sie Bluthochdruck und Schlaganfall gefährdet wie die meisten Einwohner hier, die sich täglich zu viele Kalorien einverleiben, sich selbst mästen. Er ist froh, dass er Ende des Monats wegziehen wird. Am besten gefallen ihm die gute Luft und die langen, fast menschenleeren Laufstrecken, die er für sein Training auswählen kann.

Als er an einem im bajuwarischen Einheitsstil erbauten Bauernhof vorbeiläuft, der wie aus einem Katalog bestellt wirkt, begrüßt ihn das knorrige Grüß-Gott eines klein geratenen Mannes, der aufgeregte Hühner füttert. Er fühlt sich gestört, grüßt nicht zurück. Es ist für ihn ein Ärgernis, dass ihn ein Wildfremder mit diesem bescheuerten Gruß belästigt. Alles scheint hier vom Katholizismus überzogen zu sein. Wenigstens kann man es nicht riechen. Sogar die freilaufenden Hühner kommen ihm irgendwie katholisch vor. Vielleicht sind sie von einem rotgesichtigen Dorfpfaffen gesegnet worden. Wiegand beschleunigt seinen Lauf, um diesen Ort schneller hinter sich zu lassen.

In einem vorwiegend von Kiefern bewachsenen Wäldchen atmet er tief die würzige Luft ein. Er fühlt sich voller Kraft. Er kann sich wieder ganz auf sein gewohntes Leben konzentrieren, bei dem sein Hochleistungs-Körper im Mittelpunkt steht. Er weiß, dass er ihm weiter vertrauen kann. Ja, er hat jetzt große Lust auf ein neues Körperkunststück, auf eine besondere Herausforderung, an der er sich messen kann. Auch als Beweis dafür, dass es im »Eldorado« nur ein einmaliger Zwischenfall war. Selbst wenn ihn die Angst bei einem Sprung aus großer Höhe wieder überraschen sollte, dann wird er damit schon fertig. Dann gehört es bei ihm eben dazu. Wenn er technisch perfekt seinen Sprung ausführt, er weiter automatisch abläuft, dann kann die Angst nichts mehr ausrichten. Wie bei seinem Eldorado-Sprung. Es war ein Sprung aus 55 Metern Höhe in ein Tief. Aber jetzt ist er wieder auf der Höhe. Er hatte große Angst, Todesangst sogar, trotzdem ist ihm nichts passiert. War es vor allem die Angst davor, dass der Luftsack nicht hält, platzt? Gut möglich. Tatsache ist, dass er seine Gedanken nicht im Griff gehabt hat. Bei solchen Sprüngen sollte er nicht nur Vertrauen in sich, sondern auch Vertrauen ins Material haben. Im Normalfall hält ein Luftsack, sagt er sich, als er auf abschüssigem Weg sein Lauftempo drosselt. Links und rechts von ihm blühen am Rand von Wiesen Wildblumen und Kräuter. Etwas zum Sammeln für einen hiesigen Wurzelsepp, der mit den Heilkräften der Natur blufft. Er hört Rufe eines Vogels, den er nicht kennt. Der Nieselregen besprüht ihn weiter, die Nässe auf seiner Haut empfindet er als angenehm.

Er beschließt, schon in der nächsten Woche mit der Planung für einen Rekordsprung zu beginnen. Ein deutscher Rekord. Das ist jetzt sein großes Ziel. Entweder er stellt ihn bereits bei seinem Engagement für »Delta« auf oder bei einer anderen Gelegenheit. Er will es versuchen, und er müsste es schaffen. Es wäre die Krönung. Der Höhepunkt seines Lebens. Ein Festtag für ihn.

Gegen Ende seines Trainings beschleunigt er sein Tempo auf ebener Fläche, nähert sich dem heutigen Ausgangspunkt, sprintet noch einige Sekunden bis er außer Atem kommt,

beendet dann seinen Lauf. Er stützt seine Hände auf seine Oberschenkel und genießt, wie sein Körper vom Zustand der Erschöpfung in den der Entspannung wechselt.
Der Film beginnt mit einem langsamen Panoramaschwenk über den Vergnügungspark, fokussiert dann immer mehr den Bereich, in dem er gleich seinen Sprung zeigen wird. Ganz vorne im Publikum, das im geforderten Sicherheitsabstand von 15 Metern um den riesigen blauen Luftsack steht, erblickt er Ingrid, die sehr nervös wirkt. Sekundenlang verweilt die Kamera bei ihr, als wäre sie die Hauptdarstellerin.
»Sieht sie nicht toll aus?«, fragt ihn Hermann, der ihm gegenüber auf dem Sofa sitzt. Gemeinsam sehen sie sich den auf eine Speicherkarte kopierten Film im Fernseher an.
»Umwerfend«, antwortet Wiegand. Er verfolgt wie die Kamera Werner und die anderen Stuntmen einfängt, die sich angeregt unterhalten.
Von links kommt Wiegand ins Bild, im plakativen, mit »10 Jahre Eldorado« bedrucktem dunkelroten Overall. Als wäre er nur ein Sicherheitstechniker, geht er ganz gelassen zum Luftsack und drückt ihn mit beiden Händen scheinbar prüfend an mehreren Stellen. Als er sich vor den Luftsack stellt, tritt Mander vor das Publikum und hält seine Rede.
»Was für ein schleimiger Typ. Könnte auch ein Anlagebetrüger sein«, sagt er zu Hermann, der zustimmend nickt.
»Selbstgefällig und aalglatt,« meint er.
Nachdem er von Mander dem Publikum präsentiert worden ist, schwenkt der Autokran den Transportcontainer zu ihm hin. Wiegand blickt prüfend auf sein Gesicht, das als Großaufnahme herangezoomt wird, aber er entdeckt nichts, was seinen Angstanfall ankündigen könnte. Seine zusammengezogenen Augenbrauen und die beiden senkrechten Falten auf seiner Stirn zeugen nur von seiner Anspannung und Konzentration. Jetzt steigt er in den Transportcontainer, der wenig

später hochgezogen wird, sehr langsam, wie abgesprochen, um den Zuschauern so die große Höhe eindrucksvoll zu verdeutlichen. Es sieht feierlich-pathetisch aus, wie eine Nationalflagge, die gehisst wird. Das scheppernde Geräusch, das Wiegand vor einer Woche hörte, als der Transportcontainer in 55 Metern Höhe stoppte, ist auch im Film zu hören. Gespannt verfolgt er, wie er sich an den Rand des Containers stellt, absprungbereit. Aus dieser Kameraperspektive ist er nur als eine rot angezogene Gestalt zu erkennen, über der sich ein grauer Himmel wölbt.

»Verdammt hoch«, meint Hermann.

»Ziemlich. Sag jetzt nichts mehr«, sagt Wiegand schroff.

Gebannt verfolgt er, wie er zum Sprung ansetzt, sein gewagtes Spiel mit der Erdanziehung beginnt. Jetzt hat er sich abgedrückt, bewegt seinen Körper frei in der Luft. G gleich neun Komma acht eins Meter pro Sekunde zum Quadrat, sagt sich Wiegand. Sein Körper bekommt die nötige Rotationsbeschleunigung, dreht sich schnell einmal, dann noch einmal technisch perfekt zum Salto und öffnet sich Sekundenbruchteile später zum Hechtsprung. Rasend schnell fällt er mit durchgedrückter Körperhaltung dem Luftsack entgegen. Jetzt passiert es. Wiegand springt aus dem Sessel auf, hält den Atem an, will in dieser sekundenkurzen Szene alles ganz genau sehen. Etwa 10 Meter über dem Luftsack hat er seinen Körper in eine kontrollierte Rückenlage gedreht. Von seinem Gesicht ist nur das Profil zu sehen, es zeigt nichts von der schrecklichen Angst, die ihn in der letzten Sprungphase überfallen hat. Alles sieht ganz normal aus, auch, wie er auf dem Luftsack aufschlägt und in ihm versinkt. Wiegand entdeckt nichts, was auf seine Angst deuten oder sie sogar erklärbar machen würde. Als er federnd über den Luftsack stapft, sieht sein Gesicht etwas müde aus.

»Was ist los, Kurt?«, fragt Hermann schnell.

»Wieso?«, fragt Wiegand zurück, kurz zu ihm hinblickend.

»Du bist bei deinem Sprung aufgesprungen. Du stehst da noch immer wie angewurzelt.«

»Ist so spannend«, sagt er, während er weiter zusieht, wie er sich vom Luftsack zum Eldorado-Rasen hinuntergleiten lässt, dabei kurz in die Hocke geht. Mander stolziert bereits auf ihn zu, mit dem 5000-Euro-Scheck wedelnd, den er ihm dann mit einem breiten Grinsen überreicht. Die wenigen Worte, die sie wechseln, sind nicht zu hören. Kurze Zeit später trippelt Miss Bayern an ihn heran und drückt ihm wie abgesprochen einen Kuss auf jede Wange. Nach einem Schwenk über die noch immer dicht gedrängt stehenden Zuschauer endet der Film mit der Szene, in der Ingrid ihn umarmt.

»Und? Zufrieden?«, fragt Hermann.

»Ja. Sehr«, antwortet er. Sein Sprung war perfekt und von seinem Angstanfall war nichts zu sehen.

»Kurt Wiegand Superstar.«

»Übertreib nicht.«

»Sah dein Kunstsprung nicht schön aus?«

»Ja. Er war technisch gelungen und schön.«

»Möchtest du eine Kopie von dem Film haben?«

»Was für eine Frage, Hermann! Na klar.«

Hermann schaltet den Fernseher aus.

»Wir können uns den Film ja noch einmal zusammen mit Ingrid ansehen«, sagt er und setzt sich wieder.

»Machen wir.«

»Ich hoffe, ihr gefällt, was sie von sich sieht.«

»Wenn nicht, dann wird sie dich vielleicht bitten, die Sequenz herauszuschneiden. Das würde mich nicht wundern. In solchen Dingen ist sie sehr eitel. Fotos, die ihr nicht gefallen, zerreißt sie.«

»Eine Aggression gegen das eigene Abbild«, sagt Hermann schmunzelnd. »Ingrid sollte Fotos nicht so wichtig nehmen.

Augenblicksabfall. Sie wird sich schon nicht an meinem Film vergreifen. Wie findest du die Schlussszene?«

»Eignet sich gut als Ende.«

»Zurzeit neige ich dazu, den Film so zu lassen, wie er ist. Alles wird festgehalten, was ich in der Zeitspanne vor und nach deinem Sprung aufgenommen habe. Ein ungekürzter Kurzfilm. Ich sehe ihn als ein Dokument für mich. Und er müsste eine gute Werbung für den Markenartikel Kurt Wiegand sein. Eine Kopie werde ich auch Kofler geben. Der kann sie dann gezielt weiterreichen.«

»Nichts dagegen, Hermann. An Kofler habe ich noch gar nicht gedacht. Auch eine Möglichkeit.«

»Du willst zwar noch nicht daran glauben, Kurt, aber ich sage dir, du wirst dich im Film- und Fernsehgeschäft durchsetzen. Denke doch nur daran, wie viele Krimis mit Actionszenen gedreht werden. Typen wie dich hat man dafür bitternötig.«

»Aber davon gibt's einige. Und ein paar sind verdammt gut.«

»Und wenn schon. Das bist du auch. Ich glaube, du bist noch zu bescheiden. Wer angibt, hat mehr vom Leben. Das gilt vor allem im Filmgeschäft.« Er schweigt einige Sekunden. »Übrigens, ich habe für dich einen Sprachlehrer gefunden. Er will dir ganz individuell Sprechunterricht geben.«

»Tatsächlich? Es eilt aber nicht«, weicht Wiegand aus.

»Doch. Du solltest es nicht länger aufschieben. Du hast dann mehr Chancen, um nicht nur als Stuntman, sondern auch als Schauspieler deine Brötchen zu verdienen. Dein rheinischer Singsang ist zwar nur noch schwach, aber unüberhörbar. Und du sprichst zu schnell.«

»Ich überleg's mir noch.«

»Aber nicht zu lange«, beharrt Hermann, was Wiegands Widerstand verstärkt.

»Je nachdem, wie ich Lust habe. Ich bin schon zufrieden, wenn alles so bleibt, wie es ist.«

»Na schön. Ich habe nur die Initiative ergriffen, so wie du vor ein paar Tagen die Initiative wegen meiner Sexualnot ergriffen hast. Dir kann ich verdanken, dass Ingrid mit mir schläft.«

»Ich habe sie nur gefragt. Entschieden hat sie es.«

»Jetzt sorgt sie für mein sexuelles Seelenheil. Auf eine sensationelle Weise!«

»Ich wusste gar nicht, dass es ein sexuelles Seelenheil gibt.«

»Gibt es. Ich merke es doch ganz deutlich. Dank Ingrid fühle ich mich erotisch beflügelt. Was für eine Frau! Wirklich eine Rarität. Du solltest sie gut behandeln, Kurt. Spiele nicht mit ihr. Es könnte dir später leidtun.«

»Wie kommst du denn darauf?«, fragt Wiegand erstaunt. »Das mache ich nicht. Wer weiß, vielleicht spielt sie mit mir, und ich merke es nur noch nicht. Und auch mit dir.«

»Ach, Unfug, Kurt. Was hätte sie denn davon? Das wäre für sie bloß Zeitverschwendung. Sie möchte jetzt freier und ehrlicher leben. Und nur machen, was für sie sinnvoll ist«, meint Hermann.

»Da hast du recht. Sie hat schon mit allem gebrochen, was sie daran hindert. Sie macht sich nichts mehr vor. Sie kennt ihren Wert. Will jetzt mehr vom Leben haben.«

»Verständlich. Ingrid ist erst 31. Sie fühlt sich noch voller Energie. Das hat sie mir selbst gesagt. Du bist für sie ein großer Gewinn. Sie braucht dich.«

»Und dich auch. Sie vögelt gern mit dir.«

»Ich gebe auch mein Bestes. So eine Frau habe ich noch nie gehabt.« Er schweigt kurz, schüttelt den Kopf. »Kurt, ich hätte nie gedacht, dass wir einmal mit derselben Frau schlafen.«

»Ich auch nicht. Eine spezielle Erfahrung«, meint Wiegand.

»Ja. Und ich spiele gern bei ihr die zweite Geige.«

»Ingrid will dich jetzt mit einer Freundin verkuppeln.«

»Sie kann sich ruhig Zeit damit lassen. Der Sex mit ihr ist super, vollauf befriedigend.«

»Sie hat sich bereits gestern mit Nadja getroffen. Heute Abend weiß ich mehr. Ich rufe dich dann sofort an.«

»Gut. Eilt aber nicht.«

»Nadjas Ehe hat nur noch Schrottwert. Ihr Mann ist für sie zu einer Schlaftablette geworden. Ein waschechter Spießbürger. Sie sehnt sich nach einem aufgeschlossenen Mann mit Niveau.«

»Kennst du sie?«, fragt Hermann wenig interessiert.

»Ein bisschen«, antwortet Wiegand. »Ende zwanzig, eine Augenweide. Sie kehrt etwas zu sehr die moderne Frau heraus, wirkt aber sonst sympathisch. Sie könnte dir gefallen. Von der anderen Freundin, die sie auch schon ausgewählt hat, weiß ich nur, dass sie im Seitensprung bestens geübt ist. Entweder klappt's mit einer von diesen beiden oder mit einer anderen.«

»Das ist mir jetzt gar nicht so wichtig. Ingrid reicht mir. Mit ihr ist es fantastisch.«

»Genieße es weiter.«

»Was für eine Frau!«

In seiner Wohnung, die für ihn nur noch eine Art Lager ist, fühlt sich Wiegand zwar seit Wochen nicht mehr zu Hause, heute Abend aber findet er es in ihr außergewöhnlich behaglich. Es kommt ihm so vor, als würde alles stimmen. Er genießt es und wundert sich darüber. So gut hat es ihm in seiner Wohnung noch nie gefallen. Das hängt für ihn nicht nur mit Ingrid zusammen, sondern auch mit dem wiedergewonnenen Vertrauen ihn sich und seinen Körper. Er fühlt sich von nagenden Zweifeln, die ihn in den vergangenen Tagen wie eine Infektion befallen hatten, restlos erholt.

Zusammen mit Ingrid hat er das Abendessen in seiner kleinen Küche zubereitet und ihr mit seinen bescheidenen Fähigkeiten nur bei den einfachen Arbeiten helfen können. Er machte es sogar gern. Es sind für ihn Gemeinsamkeiten, die zu dem

besonderen Abend gehören. Was sie für das Abendessen brauchte, hatte sie mitgebracht, sogar Öl und Essig sowie kleinere Zutaten. Er merkte, wie wichtig es für sie war, dass ihr das Essen gelingt. Sie kochte routiniert und schnell, ließ sich nicht ablenken, war ganz bei der Sache.
Das Essen schmeckte hervorragend, portugiesische Fischpfanne mit Naturreis und Eisbergsalat mit Artischockenherzen. Sein Lob würzte er mit Küssen, was sie beinahe zu einem erotischen Abschweifen verleitet hätte. Mit einem Aufseufzen strich sie wieder ihr Kleid zurecht und aß zwar erregt, aber beherrscht weiter. Es fiel ihm wieder auf, wie formvollendet sie aß. Das rustikale Besteck von ihm wirkte in ihren feinen Händen zu schwer. Sie benutzte es mit knappen Bewegungen, kaute langsam, saß mit entspannt aufrechter Körperhaltung am Tisch. Mit ihren Manieren und ihrem Aussehen strahlte sie eine beeindruckende Kultiviertheit aus. Ihm wurde erneut bewusst, das sie ihm mit ihrem stilvollen Verhalten und ihrer Bildung klar überlegen ist. Darin hatte er noch einen beträchtlichen Nachholbedarf, den er nicht mehr akzeptieren wollte. Seine Körper-Kultur war sicherlich auf einem hohen Niveau, aber seine Hirn-Kultur hatte er noch nicht genug ausgebildet. Es wurde Zeit. Dafür brauchte er ein gutes Trainingsprogramm, das ihn schnell geistig gelenkiger machen würde. Sie half ihm schon jetzt dabei, auf kulturellem Gebiet aufzuholen.
Während sie als Nachspeise Eistorte mit Beerenobst essen, zieht Ingrid seinen Blick weiter an. Er kann sich an ihr nicht sattsehen, was sie bemerkt und offensichtlich genießt. Sie trägt ein schwarzes, klassisch geschnittenes Kleid mit spitzem Ausschnitt und hat sich mit erlesenem Schmuck zurückhaltend dekoriert. Ich muss aufpassen, sagte er sich. Ich darf mich nicht zu sehr in sie verlieben. Sie sieht hinreißend aus. Seine zuerst legere Kleidung hat er gewechselt, als sie ihn fragte, ob sie nicht overstylt sei. Ihre geschickte Frage inter-

pretierte er richtig. Er trägt jetzt einen Marken-Sakko über einem weißen Hemd und schwarze Edel-Jeans. Die lange weiße Kerze auf dem Kristallständer in der Mitte des Esstisches, beides hat Ingrid mitgebracht, verstärkt sein Festtagsgefühl.

»Ein sehr schöner Abend. Findest du nicht auch, Kurt?«, fragt sie.

»Ja«, antwortet er. »Außergewöhnlich schön.« Er stockt kurz, überlegt. »Obwohl wir nur in meiner Bude sind.«

»Ja. Trotzdem.«

»Muss an uns liegen.«

»Das glaube ich auch. Deine Wohnung ist eher eine Studentenbude. Das hat du nicht mehr nötig, so zu hausen«, sagt sie und lässt ihre Augen durch den Raum schweifen.

»Ende des Monats verschwinde ich von hier endgültig. Dann kommt der Möbelwagen«, sagt er und sieht ihr zu, wie sie sinnlich langsam ihren Mund über einen Löffel mit Eis gleiten lässt. Ihr Blick ruht auf dem Tisch, mit ihren Gedanken scheint sie woanders zu sein.

»Kurt, ich glaube«, sagt sie schließlich, »dass du für manche Menschen eine Provokation sein musst. Ein richtiges Ärgernis.«

»So?«, fragt er und überlegt kurz. »Kann schon sein. Vor allem für Ärzte. Die verdienen an mir nämlich nichts.«

»Für die wohl auch. Aber ich meine die Menschen, denen das Leben sauer aufstößt. Die sich mies fühlen und alles mies machen. Diese Nörgler, die das Leben nicht genießen können. Und vor Neid platzen. Auch was das Körperliche angeht.«

»Bedauernswerte Kreaturen. Was Nörgler und Neider von mir halten, ist mir total egal. Wenn, dann bin ich nur kurz mit solchen Typen zusammen. Können mich mal.«

»Mein Alter, dieser komische Kauz, ist so ein Nörgler. Der hat schon ein richtiges Leichenbittergesicht bekommen.«

»Mein Beileid nachträglich. Du hättest eher einen Schlussstrich ziehen sollen.«

»Hätte ich. Einen ganz dicken. Meine Ehe war im Grunde eine einzige Strapaze. Dieses gegenseitige Sichbelauern und diese häufigen Kleinkriege. Einfach widerlich. Mein Mann ist jetzt mein Gegner. Vielleicht sogar mein Feind. Hast du auch einen Gegner?«, fragt sie.

Wiegand überlegt einige Sekunden, lächelt dann verschmitzt.

»Ja. Einen extrem starken. Und leider unbesiegbaren«, sagt er.

»Wen?«, fragt sie erstaunt, einen Löffel Eis nicht weiter zu ihrem Mund führend.

»Die Erdanziehung.«

Sie lacht herzhaft, isst das Eis.

»Ich meine einen wirklichen Gegner, Kurt.«

»Die Zeit.«

»Den habe ich auch.«

»Lässt mich aber noch in Ruhe.«

»Mich auch. Ein Glück. Du hast also keinen menschlichen Gegner?«

»Nicht dass ich wüsste.«

»Ich habe zwar einen, aber mit dem werde ich gut fertig.«

Wiegand nickt bestätigend. »Es wurde höchste Zeit, dich von deinem Alten zu trennen. Wie kann man nur heiraten?«, sagt er kopfschüttelnd. »Die Leute sind doch unverbesserlich. Heiraten verblendet drauflos. Überall grassiert das Eheunglück. Wie eine Epidemie.«

»Stimmt, Kurt. Ich bin kuriert. Ich ziehe jetzt meine Scheidung durch. Ich will aber keine Schlammschlacht. So etwas liegt mir nicht. Doch ich werde hart zur Sache gehen. Und mein Noch-Mann wohl auch. Ich habe einen guten Anwalt. Irgendwie freue ich mich sogar auf unseren Scheidungskampf.«

»Es wird bei euch wahrscheinlich knallhart, aber noch immer recht gesittet ablaufen«, vermutet er.

Sie schiebt die nur noch von Eisschlieren überzogene Schale zur Seite, stützt beide Arme auf den runden Tisch, faltet die Hände unter dem Kinn.
»Hoffentlich. Kurt, ich breche alles ab, was mir zuwider ist. Mit einer Reihe von Bekannten will ich auch nichts mehr zu tun haben. Was für eine affige Bagage! Ich pfeife darauf. Und erst recht diese dusseligen Partys, wo man sich einen antrinken muss, um es dort länger auszuhalten. Dieser ganze Krampf dabei. Im »Rübezahl« fühle ich mich zehnmal wohler. Nirgendwo duze ich mich schneller. Was habe ich da schon für tolle Abende erlebt!«
»Wir können ja morgen wieder dahin fahren.«
»Machen wir. Ich muss mich doch an den Kopf fassen, wenn ich an all diese Angebertypen unter meinen Bekannten denke. Wie habe ich die bloß ausgehalten? Und wie höflich ich zu ihnen war, obwohl sie mir auf den Geist gingen. Quasseln dummes Zeug und bilden sich dabei ein, es wäre interessant. Gut betucht, aber ohne Saft und Kraft. Sturzlangweilig. Stellen eine Selbstsicherheit zur Schau, die einen wütend macht.«
»Ich habe mit solchen Typen nichts zu tun. Könnte mit ihnen nichts anfangen.«
»Ich wüsste auch nicht was, Kurt. Die haben sich doch nur einen Status erarbeitet oder ergaunert, an den sie sich wie verrückt klammern.«
»Anscheinend ihr ganzer Stolz.«
»Ja. Sonst haben sie nämlich nichts anderes. Noch nicht einmal ihre Frauen. Die stecken ihre Köpfe zusammen und ziehen über ihre Hampelmänner her. Ich habe es oft selbst miterlebt. Was glaubst du, Kurt, wie viele Frauen aus den sogenannt besseren Kreisen von ihrem Leben angeödet sind und nur auf den richtigen Absprung warten.«
»Manche warten zu lange und verkümmern dabei, oder?«
»Ja. Ich kenne solche Fälle.«

»Sind diese Frauen es nicht selbst schuld?«
»Meistens. Statussüchtig und zu bequem.«
»Das bist du glücklicherweise nicht.«
»Aber ich habe zu lange gezögert. Diesen Vorwurf muss ich mir machen. Ich habe erst spät meinen Absprung geschafft, kostbare Zeit vertändelt. So viel steht einem leider nicht zur Verfügung.«
»Ist verdammt knapp bemessen.«
»Leider. Danach sollte man sich richten. Und das mache ich jetzt auch. Rigoros. Gut, dass ich dich kennengelernt habe. Ich genieße mein Leben in vollen Zügen«, sagt sie und stützt ihren Kopf auf ihre Hand. Sie lässt ihren Blick auf ihm ruhen, ihr Gesicht bekommt einen versonnen Ausdruck.
»Ich auch«, sagt er und muss wieder daran denken, dass er wegen seines Angstanfalls nichts mehr befürchten muss. Sein schönes Leben braucht er nicht zu ändern. Er schweigt noch einige Sekunden, räuspert sich. »Möchtest du noch ein Eis?«, fragt er.
»Danke«, antwortet sie und zeigt zu der leeren Glasschale neben ihr. »Das war schon meine zweite Portion. Und es war genau eine zu viel. Und du?«
»Auch nicht«, antwortet er und trinkt einen Schluck von dem badischen Weißwein. »Ingrid«, fährt er fort, »das Essen war köstlich. Du bist auch eine 1A-Köchin.«
Sie antwortet mit einem zufriedenen Lächeln, stützt ihre Unterarme auf die Tischplatte. Im Ausschnitt ihres raffiniert streng geschnittenen Kleides, der sich etwas öffnet, kann er mehr von ihrem Dekolleté sehen. Es bildet im weichen Kerzenlicht einen reizvollen Kontrast zu dem Schwarz ihres Kleides.
»Kurt, ich finde, dass wir uns immer besser verstehen.«
»Immer besser, Ingrid. Ich merke es daran, wie offen wir miteinander umgehen.«

»Sehr offen sogar. Taktik haben wir nicht nötig.«
»Nein. Ich halte sowieso nichts von Taktik in –«, er überlegt kurz, »Liebesangelegenheiten. Die Ehrlichkeit bleibt dabei auf der Strecke. Man versucht mit Taktik doch nur den anderen einzuwickeln. Das ist mir zuwider. Ich bin fürs Direkte. Schleichwege liegen mir nicht.«
»Das habe ich schon früh gemerkt. Bleib so.«
»Wird mir nicht schwerfallen.«
»Heimlichkeiten wird es bei uns nicht geben. Auch keine sexuellen«, meint sie.
»Nein. Jeder weiß Bescheid.«
»Ein großer Vorteil. Meine Eheerfahrungen reichen mir. Dieses Hin- und Herlarvieren habe ich schon lange satt gehabt.«
»Vorbei.«
»Ein Glück«, seufzt sie und fährt sich mit beiden Händen durchs Haar. »Kurt, ich bin gespannt, ob ich Hermann und Nadja verkuppeln kann. Nadja ist jedenfalls sehr interessiert. Er müsste ihr gefallen, und sie ihm.«
»Ich glaube nicht, dass es Hermann jetzt schon nach einer anderen Frau gelüstet. So wie du ihn bezirzt hast.«
»Sollte es aber. Ich möchte einfach nicht, dass ich als Frau für ihn an erster Stelle stehe. Als Frau sollte ich für ihn das sein, was er als Mann bereits für mich ist. Neben Nadja seine Zweitfrau, Geliebte. Das wäre für uns alle die Ideallösung.«
»Hermann und Nadja. Schön wär's. Das würde alles abrunden.«
»Nadja hat sich gerade erst von Bernd getrennt. Du weißt doch, dieser Pfau, mit dem wir sie vorige Woche in München getroffen haben. Der war für sie schon seit Längerem ein Auslaufmodell, ohne dass er es merkte. Jetzt sucht sie jemanden, der eine höhere Entwicklungsstufe verkörpert als Bernd. Was ja bei Hermann der Fall ist. Ich habe ihre Neugier geweckt. Sie will ihn unbedingt kennenlernen.«

»Wie wird sie denn darauf reagieren, dass du mit Hermann weiter ins Bett gehst? Falls aus den beiden tatsächlich ein Paar werden sollte.«
»Ich kenne Nadja. Sie ist alles andere als eine verquälte Romantikerin. Macht sich nichts mehr vor. Und sie ist eine gute Freundin von mir. Dass ich Hermann mag und mit ihm schlafe, wird sie als Beweis seiner Klasse werten. Dadurch wird Hermann für sie noch interessanter.«
»Wann willst du Hermann und Nadja miteinander bekannt machen?«
»Nächste Woche. Je eher, desto besser. Ich glaube, Nadja wird von Hermann begeistert sein. Was hat der Mann für Augen! Beim Sex sind sie noch schöner als sonst. Und er ist ziemlich gut im Bett. Bald noch besser. Und er ist gebildet. Nadja kann sich freuen. Und Hermann auch. Sie hat einiges zu bieten. Sie ist ein Vollblutweib.«
»Jetzt muss er nur noch anbeißen.«
»Hoffentlich. Er ist für mich zwar ein Zugewinn, aber ich will ihn auch nicht überbewerten. Vielleicht ist er nur ein Intermezzo. Mal abwarten. Eins weiß ich schon jetzt: Die meiste Zeit möchte ich mit dir alleine verbringen.«
»Wie halte ich das bloß aus?«, scherzt er.
»Mit Leichtigkeit«, sagt sie und trinkt einen Schluck Wein. Sie lehnt sich im Stuhl zurück, sieht Wiegand forschend an. »Hermann ist mein Zweitmann und Marion ist deine Zweitfrau. Stimmt's?«
»Stimmt. Aber das weißt du doch, Ingrid. Warum fragst du?«, wundert er sich.
»Ich wollte es nur noch einmal von dir hören. So, wie es ist, sollte es auch bleiben. Klare Verhältnisse. Dann gibt es keine Probleme. Ich möchte nicht, dass du noch mit einer anderen Frau vögelst. Also keinen Harem, Kurt.«
»Versprochen, Ingrid. Wird mir leicht fallen.«

Sie steht auf, nimmt das Weinglas in die Hand.
»Komm, Kurt, setzen wir uns besser aufs Sofa. Da ist es gemütlicher. Auch wenn dein Sofa auf den Sperrmüll gehört.«
»Beleidige mein Designer-Sofa nicht«, scherzt Wiegand.
Er zieht sein Sakko aus, legt es über den Stuhl und folgt ihr. Sie setzen sich, er lässt einen Arm auf ihrer Schulter ruhen.
»Das Beste an deinem Wohnzimmer ist, dass es ziemlich groß ist und hohe Decken hat. Aber sag mal, Kurt, willst du diesen ganzen Krempel hier behalten?«, fragt sie.
»Einiges werde ich entsorgen«, antwortet er
»Das meiste würde ich vorschlagen.«
»Mal sehen.«
»Musst du wissen. Ist auch nicht so wichtig«, sagt sie und gibt ihm einen schnellen Kuss auf die Wange.
»Möchtest du noch ein Glas Wein?«
»Gern.«
Er steht auf, verharrt, zögert noch, folgt dann seinem Impuls, jetzt etwas mit seinem Körper zu machen. Er will seine Lebenslust auch vor Ingrid körperlich zum Ausdruck bringen. Sein Wohnzimmer bietet ihm genügend Leerraum für seinen beabsichtigten Freudensprung. Auf der langen Fläche zwischen Sofa und Tür nimmt er mit kleinen kontrollierten Schritten Anlauf, als würde er beim Kunstturnen eine Bodenübung ausführen, springt hoch, streckt die Arme, die noch weit genug von der Zimmerdecke entfernt sind, über den Kopf, gibt seinem Körper eine starke Bogenspannung, dreht sich um seine Längsachse und kommt auf dem Teppichboden wieder sicher zum Stand. Er blickt zu Ingrid und verbeugt sich knapp. In ihrem Gesicht zeigt sich heitere Verblüffung.
»Klasse«, sagt sie und klatscht Beifall.
»Ich hatte einfach Lust dazu. Es gehört zu meinem Balzen«, sagt er selbstironisch.
»Jeder auf seine Art. Balze ruhig weiter.«

Wiegand geht zum Esstisch, holt die Weinflasche, schenkt Ingrid und sich ein Glas ein, stellt die Flasche auf den Holztisch. Er setzt sich neben sie, wird von ihr sofort abgeküsst.

»Was du alles mit deinem Körper machen kannst! Enorm. Diese Körperbeherrschung«, sagt sie schließlich.

»Das gehört zu meinem Job.«

»Für deine Performance kannst du dir etwas wünschen.«

»Ich sag's dir gleich im Bett.«

»Ich bin gespannt, was du dir wünschst.« Sie trinkt einen Schluck Wein. »Du Körpervirtuose. Ich muss dir sagen, mit deinen Fähigkeiten imponierst du mir sehr.«

»Und du mir mit deinen.«

»Das höre ich gern«, sagt sie und fährt ihm mehrmals mit ihrer linken Hand durchs Haar. Sie beugt sich vor, betrachtet erneut die beiden Fotos auf dem Holztisch, die Wiegand bei seinem gehechteten Sprung aus 40 Metern Höhe in den Bodensee zeigen.

»Das sind wirklich tolle Fotos. Ideal für Autogramme. Du solltest dir einen ganzen Stapel davon zulegen.«

»Bisher brauchte ich keine Autogramm-Fotos. Die beiden Kinder sind die Ersten, die ein Autogramm von mir haben wollen. Meine kleinen Fans.«

»Ich bin auch ein Fan von dir. Ein ganz großer«, sagt sie, sich wieder zurückbeugend.

»Bleib es.«

»Kurt, ich möchte auch ein Autogramm von dir.«

»Tatsächlich? Nicht dein Ernst«, sagt er verblüfft.

»Dochdoch.«

»Und welches Foto möchtest du?«

»Kein Foto.« Sie schweigt einige Sekunden. »Hole doch bitte einen Kuli. Oder einen Filzstift.«

Wiegand steht auf, geht zum Regal und fischt aus einem Becher mit Schreibutensilien einen Filzstift.

»Ich möchte die Erste sein, der du ein Autogramm gibst«, sagt sie.
»Das mache ich gern«, sagt er und setzt sich wieder neben sie. »Ich weiß nur nicht –«
»Nimm mich«, unterbricht sie ihn strahlend. »Meinen Körper. Ich möchte ein Autogramm von dir auf meinem Körper.«
Wiegand lacht amüsiert, blickt erst auf den Filzstift in seiner Hand, dann zu ihr. Sie zieht das Kleid hoch über ihre Oberschenkel und legt ihr rechts Bein auf seinen Schoß.
»Hierhin. Auf meinen Oberschenkel.«
Er legt seine linke Hand auf ihren nackten, warmen Oberschenkel und schreibt mit dem blauen Filzstift darauf behutsam Kurt Wiegand.
»Nicht dass du es dir noch eintätowieren lässt.«
»Nur mit Filzstift. Das reicht mir. Alles in Maßen, Kurt.«
»Genau.« Er küsst sie auf den duftenden Oberschenkel.
»Das kannst du dir gleich weiter betrachten. Und alles andere.« Sie zieht das Kleid wieder nach unten.
»Kurt, es bleibt doch dabei, im September verreisen wir, oder?«, fragt sie nach einem stimmungsvollen Schweigen.
»Klar«, antwortet er. »Aber, wie gesagt, nicht vor Mitte September. Bis zum zwölften bin ich für ein paar Stunts und kleinere Nebenrollen fest eingeplant. Danach können wir abdüsen.«
»Korsika ist wirklich traumhaft schön. Am liebsten würde ich dort jedes Jahr Urlaub machen. Du wirst von Korsika begeistert sein.«
»Und auch von dir.«
»Erst dann?«
»Ich bin es schon jetzt. Zufrieden?«
»Ja. Kurt, 14 Tage werden wir dann ganz für uns haben. Tage im Süden voller Genuss. Natürlich mit viel Sex. Und süßem Nichtstun.«

»Das klingt sehr verlockend, Ingrid.«

»Es wird auch eine Reise zu uns sein. Ich bin gespannt. Aber sag mal, Kurt, kannst du das überhaupt, dich auf die faule Haut legen?«

»Ja das schaffe ich.«

»Und wie lange?«

»Ein paar Tage. Dann brauche ich wieder Action.«